Ich ging durchs Feuer und brannte nicht

Edith Hahn Beer
mit Susan Dworkin

Ich ging durchs Feuer und brannte nicht

Eine außergewöhnliche
Lebens- und Liebesgeschichte

Aus dem Englischen
von Otto Bayer

Scherz

Die Originalausgabe erschien unter dem Titel «The Nazi Officer's Wife»
by Rob Weisbach Books, William Morrow, New York.

Erste Auflage 2000

In liebevoller Erinnerung an meine Mutter,
Klothilde Hahn

Vorwort

Die nachfolgende Geschichte habe ich lange Zeit bewusst für mich behalten. Gleich vielen Menschen, die ein großes Unheil überlebten, in dem so viele andere ihr Leben ließen, habe ich nie über meine Zeit als «U-Boot» gesprochen, als Flüchtige, die sich mit falschem Namen im Untergrund der Nazi-deutschen Gesellschaft vor der Gestapo versteckt hielt; vielmehr habe ich es vorgezogen, so viel wie möglich von dem allen zu vergessen und spätere Generationen nicht mit traurigen Erinnerungen zu belasten. Es war meine Tochter Angela, die mich drängte, meine Geschichte zu erzählen, einen schriftlichen Bericht zu hinterlassen und der Welt somit Kenntnis zu geben.

1997 entschloss ich mich, meine gesammelten Briefe, Bilder und Dokumente aus dem Krieg auf einer Auktion zu verkaufen. Das Archiv wurde bei Sotheby's in London von zwei langjährigen Freunden und erklärten Philanthropen der Geschichte ersteigert – Drew Lewis und Dalck Feith. Ihre Absicht war, es dem United States Holocaust Museum in Washington, D. C., zu schenken, und dort befindet es sich jetzt. Ich bin ihnen für ihre Großzügigkeit und ihr teilnehmendes Interesse über die Maßen dankbar. Die Unterlagen haben viele Erinnerungen wieder wachgerufen. Ich danke meiner Mitautorin Susan Dworkin, die mir mit großer Einfühlsamkeit und viel Verständnis geholfen hat, diesen Erinnerungen Ausdruck zu geben.

Dank gilt auch Nina Sasportas in Köln, deren detaillierte Nachforschungen es uns ermöglicht haben, meine Erinnerungen zu vervollständigen, sowie Elizabeth LeVangia Uppenbrink in New York, die alle Dokumente und Briefe in ein verständliches und geläufiges Englisch übersetzt hat. Den gleichen Dank auch an Nicholas Kolarz, Robert Levine und Suzanne Braun Levine, unseren Lektor Colin Dickerman und seine Mitarbeiterin Karen Murphy sowie an unseren Verleger Rob Weisbach – geschätzte Kritiker und Mitstreiter, die ihren Elan, ihre Energie und ihr Wissen beigesteuert haben.

Zu guter Letzt verdankt dieses Buch alles meiner Tochter, Angela Schlüter, die mich mit ihren liebevollen Fragen, ihrem Wissensdrang, ihrem Forschen nach der fremdartigen, wundersamen Vergangenheit dazu bewogen hat, die Geschichte endlich zu erzählen.

Edith Hahn Beer
Netanya, Israel

I

Das zaghafte Stimmchen von dazumal

Nach einiger Zeit gab es keine Zwiebeln mehr. Meine Kolleginnen unter den Rotkreuzhelferinnen am Städtischen Krankenhaus Brandenburg sagten, der Führer brauche alle Zwiebeln für die Herstellung von Giftgas, mit dem er unsere Feinde besiegen werde. Ich glaube aber, dass damals – im Mai 1943 – viele Menschen im Dritten Reich gern auf das Vergnügen verzichtet hätten, den Feind zu vergasen, wenn sie dafür eine Zwiebel bekommen hätten.

Ich arbeitete seinerzeit auf der Station für ausländische Zwangsarbeiter und Kriegsgefangene, das heißt, ich kochte für alle Patienten Tee, schob ihn auf einem kleinen Rollwagen von Zimmer zu Zimmer und bemühte mich zu lächeln und allen fröhlich guten Tag zu sagen.

Als ich eines Tages die Tassen zum Spülen in die Küche zurückbrachte, überraschte ich dort eine der Krankenschwestern beim Zwiebelschneiden. Sie war die Frau eines Offiziers und kam aus Hamburg. Ich glaube, sie hieß Hilde. Sie erklärte, die Zwiebel sei für ihr eigenes Mittagessen. Dabei forschte sie in meinem Gesicht, ob ich wohl wusste, dass sie log.

Ich sah sie mit leerem Blick an, setzte mein Dummchen-Lächeln auf und machte mich ans Abspülen der Teetassen, als hätte ich nicht die mindeste Ahnung, dass sie diese Zwiebel eigens auf dem Schwarzmarkt gekauft hatte, um einem schwer verletzten russischen Kriegsgefangenen einen Genuss zu bereiten, nach dem er sich in seinen letzten Tagen sehnte. Beides – der Erwerb der Zwiebel wie die Verbrüderung mit dem Russen – hätte sie hinter Gitter bringen können.

Wie fast alle Deutschen, die gegen Hitlers Gesetze verstießen, war diese Schwester aus Hamburg eine seltene Ausnahme. Normaler war es, dass das Krankenhauspersonal die Lebensmittel, die den ausländischen Patienten zugedacht waren, stahl und mit nach Hause nahm oder gleich selbst aß. Man muss dazu wissen, dass diese Pflegekräfte keine Frauen waren, denen die Fürsorge für die Kranken eine geheiligte Berufung war. Unter ihnen waren viele junge Bauernmädchen aus Ostpreußen, bestimmt zu lebenslanger Knochenarbeit in Feld und Stall, denen die Krankenpflege einer der wenigen akzeptablen Auswege war. Sie waren in der Nazizeit mit der Nazi-Propaganda aufgewachsen und glaubten tatsächlich, dass sie als nordische «Arier» einer überlegenen Rasse angehörten. Ihrer Auffassung nach waren die Russen, Franzosen, Niederländer, Belgier und Polen, die in unser Krankenhaus kamen, nur auf der Welt, um für sie zu arbeiten. Solch niederen Kreaturen einen Teller Suppe zu stehlen erschien ihnen nicht als Sünde, sondern als ein vollauf gerechtfertigtes Tun.

Wir müssen in Brandenburg über zehntausend von diesen ausländischen Gefangenen gehabt haben, die im Autowerk Opel, in der Flugzeugfabrik Arado und anderen Unternehmen arbeiteten. Die meisten, die zu uns ins Krankenhaus kamen, hatten sich bei Arbeitsunfällen verletzt. Während sie die Wirtschaft des Reiches in Gang hielten, zerquetschten sie sich die Hände in stählernen Pressen, verbrannten sich an lodernden Schmiedefeuern, bespritzten sich mit ätzenden Chemikalien. Sie waren ein Sklavenvolk, besiegt und hilflos, fortgerissen von ihren Eltern, Frauen und Kindern und voller

Sehnsucht nach zu Hause. Ich wagte nicht, in ihre Gesichter zu sehen, denn da hätte ich womöglich mich selbst gesehen – mein eigenes Grauen, meine Einsamkeit.

Unser Krankenhaus bestand aus mehreren kleinen Gebäuden, in denen die einzelnen Dienste untergebracht waren. Wir Pflegerinnen aßen in dem einen Haus, wuschen in einem anderen die Wäsche, betreuten hier die orthopädischen Fälle, dort die ansteckenden Krankheiten. Die ausländischen Gefangenen waren streng von den deutschen Patienten getrennt, unabhängig davon, was ihnen fehlte. Wir hörten, dass einmal ein ganzes Haus allein mit typhuskranken Ausländern belegt gewesen war. Typhus bekommt man durch verschmutztes Wasser; wie sie sich diese Krankheit in unserer schönen historischen Stadt zugezogen hatten – einer Stadt, die zu unsterblichen Konzerten inspiriert hatte, wo das Wasser sauber war und alle Lebensmittel von unserer Regierung penibel zugeteilt und kontrolliert wurden –, das konnten einfache Mädchen wie wir unmöglich begreifen. Viele meiner Kolleginnen waren der Meinung, die Ausländer hätten die Krankheit mit ihren schmutzigen Angewohnheiten selbst verschuldet. Diese Pflegerinnen brachten es fertig, sich nicht einzugestehen, dass die Krankheit von den unsäglichen Verhältnissen kam, unter denen zu leben diese Sklavenarbeiter gezwungen wurden.

Sie müssen wissen, dass ich keine richtige Krankenschwester war, mehr eine Pflegehelferin und nur für einfache Tätigkeiten ausgebildet. Ich fütterte Patienten, die nicht selbst essen konnten, und wischte Staub von den Nachttischen. Ich wusch die Bettpfannen aus. An meinem ersten Arbeitstag musste ich siebenundzwanzig Bettpfannen auswaschen – im Spülbecken, wie Essgeschirr. Ich wusch die Gummihandschuhe. Das waren nämlich keine Wegwerfhandschuhe wie diese dünnen weißen Dinger, die man heutzutage benutzt. Unsere waren dick und strapazierfähig und wieder verwendbar. Ich musste sie innen einpudern. Manchmal bereitete ich eine schwarze Salbe zu, die ich auf einen Verband schmierte, und machte Kompressen zur Linderung von Rheumaschmerzen. Das war es schon so ungefähr. Anderes, wofür ich mehr medizinische Kenntnisse gebraucht hätte, konnte ich gar nicht.

Einmal musste ich bei einer Bluttransfusion helfen. Da wurde einem Patienten Blut abgezapft und in einer Schüssel aufgefangen, aus der es einem anderen Patienten in die Vene gepumpt wurde. Ich sollte das Blut in der Schüssel umrühren, damit es nicht gerann. Mir wurde schlecht, und ich rannte aus dem Zimmer. Da sagten sich die anderen: «Grete ist eben nur ein dummes kleines Mädchen aus Wien, so gut wie ohne Ausbildung, kaum mehr als eine Putzfrau – was kann man von ihr schon erwarten? Soll sie die Ausländer füttern, die sich von einer Maschine die Finger haben abhacken lassen.»

Ich betete darum, dass während meiner Wache niemand starb. Der Himmel muss mich erhört haben, denn die Gefangenen warteten immer mit dem Sterben, bis meine Schicht zu Ende war.

Ich wollte so nett wie möglich zu ihnen sein; ich versuchte mit den Franzosen Französisch zu sprechen, um ihr Heimweh zu lindern. Vielleicht habe ich dabei zu strahlend gelächelt, denn an einem Augustmorgen teilte die Oberschwester mir mit, man habe beobachtet, dass ich zu freundlich zu den Ausländern sei, und deshalb würde ich auf die Entbindungsstation versetzt.

Man sieht, es gab Verräter überall. Darum hatte die Schwester, die für ihren russischen Patienten die verbotene Zwiebel schnitt, solche Angst vor mir, ja, sogar vor mir, Margarethe, kurz Grete genannt. Eine ungebildete zwanzigjährige Rotkreuzhelferin aus Österreich. Sogar *mir* war zuzutrauen, dass ich für Gestapo oder SS arbeitete.

Im Frühherbst 1943, kurz nachdem ich auf die Entbindungsstation versetzt worden war, kam ein bedeutender Industrieller bei uns an. Ein Krankenwagen hatte ihn den ganzen weiten Weg von Berlin zu uns gebracht. Der Mann hatte einen Schlaganfall erlitten und brauchte Ruhe und ständige Therapie. Seit Januar bombardierten die Alliierten Berlin, und seine Angehörigen und Freunde waren der Meinung, in Brandenburg, wo keine Bomben fielen und das Krankenhauspersonal nicht ständig mit Notfällen beschäftigt war, würde ihm mehr persönliche Zuwendung zuteil und er könne schneller genesen. Ich wurde von den kleinen Kindern fortgeholt und diesem Patienten zugeteilt, vielleicht weil ich die Jüngste und am wenigsten Ausgebildete war und deshalb nicht dringend anderswo gebraucht wurde.

Es war keine sehr angenehme Arbeit. Der Mann war teilweise gelähmt, und ich musste ihm jeden Bissen füttern, ihn auf die Toilette begleiten, ihn baden und ständig umbetten. Und sein kraftloser, schlaffer Körper musste massiert werden.

Ich erzählte meinem Verlobten Werner nicht viel über meinen neuen Patienten, denn das hätte, glaube ich, seinen Ehrgeiz geweckt und er hätte womöglich versucht, aus meiner Nähe zu einer so bedeutenden Persönlichkeit einen Vorteil zu schlagen. Die Erfahrung hatte ihn gelehrt, dass man es im Dritten Reich nicht mit Talent und Können weiterbrachte, sondern nur mit Beziehungen: hoch gestellten Freunden, mächtigen Verwandten. Werner war Maler, phantasievoll und durchaus begabt. Vor der Nazizeit hatten seine Gaben ihm nichts als Arbeits- und Obdachlosigkeit eingebracht; eine Zeit lang hatte er bei Wind und Wetter im Wald schlafen müssen. Doch dann waren bessere Zeiten angebrochen. Er war in die Nazipartei eingetreten und Leiter der Lackiererei in der Flugzeugfabrik Arado geworden, wo er viele «Fremdarbeiter» unter sich hatte. Bald würde er mein liebender Gatte sein. Aber er gab sich nicht zufrieden – noch nicht, nicht Werner. Er war ein rastloser, impulsiver Mensch, der von Erfolg träumte. Wenn ich ihm zu viel über meinen bedeutenden

Patienten erzählt hätte, womöglich hätte er zu viel geträumt. Ich erzählte ihm also gerade das Nötigste, nicht mehr.

Als Albert Speer, Minister für Bewaffnung und Munition, persönlich meinem Patienten Blumen schickte, verstand ich, warum die anderen Schwestern so darauf bedacht gewesen waren, diese Aufgabe auf mich abzuwälzen. Es war gefährlich, hohe Parteimitglieder zu pflegen. Eine fallen gelassene Bettpfanne, ein verschüttetes Glas Wasser konnte einen in arge Ungelegenheiten bringen. Wenn es mir nur einmal passierte, dass ich diesen Patienten zu schnell umdrehte, zu grob wusch, ihm Suppe in den Mund löffelte, die zu heiß war, zu kalt, zu salzig . . .? Und – o Gott – wenn er einen neuerlichen Schlaganfall bekam? Oder wenn er *starb*, während ich für seine Pflege zuständig war?

Mich schauderte bei der Vorstellung, was ich alles falsch machen konnte, und ich bemühte mich nach Leibeskräften, keinen Fehler zu begehen. Woraufhin mich der Industrielle natürlich großartig fand.

«Sie sind eine ausgezeichnete Kraft, Schwester Margarethe», sagte er, als ich ihn badete. «Dafür, dass Sie so jung sind, scheinen Sie schon sehr viel Erfahrung zu haben.»

«Aber nein, Herr Direktor», antwortete ich mit meinem schüchternsten Stimmchen. «Ich komme gerade erst von der Schule. Ich tue nur, was man mir beigebracht hat.»

«Und Sie haben noch nie einen Menschen gepflegt, der einen Schlaganfall hatte?»

«Nein.»

«Erstaunlich.»

Von Tag zu Tag wurde er wieder etwas beweglicher, seine Stimme fester. Seine fortschreitende Genesung muss ihm viel Mut gemacht haben, denn er war bester Laune.

«Sagen Sie, Schwester Margarethe», begann er, als ich ihm die Füße massierte, »wie denken die Menschen hier in Brandenburg über den Krieg?»

«Das weiß ich nicht, Herr Direktor.»

«Aber Sie haben doch sicher etwas gehört. Ich interessiere mich für die öffentliche Meinung. Wie denken die Leute über die Fleischrationen?»

«Sie sind ausreichend.»

«Wie denken sie über die Nachrichten aus Italien?»

Sollte ich zugeben, dass ich von den Landungen der Alliierten wusste? Konnte ich das wagen? Konnte ich es wagen, *nichts* zu wissen? «Wir glauben alle, dass die Engländer am Ende besiegt werden, Herr Direktor.»

«Kennen Sie irgendein Mädchen, dessen Freund an der Ostfront kämpft? Was schreiben die Männer nach Hause?»

«Ach, die Männer schreiben nichts über die Kämpfe, Herr Direktor, weil sie nicht wollen, dass wir uns Sorgen machen; außerdem fürchten sie, dass sie etwas Wichtiges verraten könnten, und wenn dann die Post dem Feind in die Hände fällt, bringt das ihre Kameraden in Gefahr.»

«Haben Sie schon gehört, dass die Russen Kannibalen sind? Dass sie ihre eigenen Kinder fressen?»

»Ja.»

»Und glauben Sie das?»

Ich ließ es darauf ankommen. «Manche Leute glauben das. Aber ich meine, wenn es stimmte, dass die Russen ihre Kinder aufessen, könnte es gar nicht so viele Russen geben.»

Er lachte. Er hatte freundliche, humorvolle Augen und eine nette Art. Ein wenig erinnerte er mich sogar an meinen Großvater, den ich Jahre zuvor nach seinem Schlaganfall gepflegt hatte ... vor so langer Zeit, in einem anderen Leben. Also wurde ich etwas lockerer im Umgang mit dem bedeutenden Industriellen und ließ meinen Schild ein wenig sinken.

«Was könnte der Führer tun, um sein Volk glücklich zu machen, Schwester? Was meinen Sie?»

«Mein Verlobter sagt, der Führer liebt Deutschland so, wie man eine Frau liebt, und darum hat er selbst keine Frau und will tun, was er kann, um uns glücklich zu machen. Wenn Sie also einmal mit dem Führer sprechen sollten, Herr Direktor, könnten Sie ihm vielleicht sagen, dass wir sehr glücklich wären, wenn er uns ein paar Zwiebeln zukommen lassen könnte.»

Das amüsierte ihn sehr. «Sie sind eine gute Medizin für mich, Margarethe. So geradeheraus und herzensgut, die wahre Seele deutscher Fraulichkeit. Erzählen Sie mal, kämpft Ihr Verlobter an der Front?»

«Noch nicht. Er verfügt über Spezialkenntnisse und arbeitet darum im Flugzeugbau für die Luftwaffe.»

«Ah, sehr gut, sehr gut», sagte er. «Meine Söhne sind auch prächtige junge Männer; sie machen sich sehr gut.» Er zeigte mir ein Bild von seinen hoch gewachsenen, gut aussehenden Söhnen in Uniform. Sie hatten es in der Nazipartei weit nach oben gebracht und waren bedeutende Männer geworden. Er war sehr stolz auf sie.

Ich sagte: «Es ist leicht, Kardinal zu werden, wenn man den Papst zum Vetter hat.»

Er beendete seine Prahlerei und sah mich aus zusammengekniffenen Augen kalt an. «Wie ich sehe, sind Sie gar nicht so ein einfaches Mädchen», sagte er. «Sie sind eine sehr kluge Frau. Wo sind Sie zur Schule gegangen?»

Mir knotete sich der Magen zusammen, und ich bekam einen trockenen Hals.

«Das ist nur ein Spruch, den ich oft von meiner Großmutter gehört habe», sagte ich, während ich ihn drehte, um ihm den Rücken zu waschen. «Eine Redensart in unserer Familie.»

«Wenn ich wieder nach Berlin gehe, möchte ich Sie als meine private Krankenschwester mitnehmen. Ich werde mit Ihren Vorgesetzten reden.»

«Oh, das würde mir sehr gefallen, Herr Direktor, aber mein Verlobter und ich, wir wollen doch demnächst heiraten, und da kann ich ja nicht gut von Brandenburg fort – völlig unmöglich. Trotzdem vielen Dank. Danke! Ich fühle mich sehr geehrt.»

Meine Schicht ging zu Ende. Ich wünschte ihm eine gute Nacht und verließ zitternd und wacklig sein Zimmer. Ich war völlig durchgeschwitzt. Der Kollegin, die mich ablösen kam, sagte ich, das komme nur von der Anstrengung, die schweren Glieder meines Patienten zu bewegen. Aber in Wirklichkeit schwitzte ich, weil ich mich um ein Haar verraten hätte. Die kleinste Andeutung von Bildung – eine literarische Anspielung oder geschichtliches Wissen, über das ein gewöhnliches österreichisches Mädel niemals verfügt hätte – konnte in meinem Fall so verräterisch sein wie etwa eine Beschneidung.

Auf dem Weg zur Arado-Siedlung am Ostende der Stadt, wo Werner und ich wohnten, ermahnte ich mich zum tausendsten Mal, vorsichtiger zu sein und jede Spur von Intellekt zu verbergen, einfach ein dummes Gesicht zu machen und den Mund zu halten.

Im Oktober 1943 erwiesen die anderen Rotkreuzschwestern mir eine große Ehre. Die Stadt Brandenburg veranstaltete eine Versammlung für ihre Angestellten, und alle Abteilungen unseres Krankenhauses sollten da vertreten sein. Aus irgendeinem Grund konnte keine unserer leitenden Schwestern teilnehmen; ich vermute, dass ihnen nicht nach Feiern war, weil sie erfahren hatten, wie schlecht es um die deutschen Streitkräfte in Russland, Nordafrika und Italien stand (obwohl ich mir nicht vorstellen kann, wie sie davon erfahren hatten, denn der deutsche Rundfunk berichtete nicht ausführlich darüber, und Radio Moskau oder BBC, die Stimme Amerikas oder den Schweizer Sender Beromünster zu hören war ein Verbrechen, das an Verrat grenzte). Ich wurde also dazu ausersehen, unsere Abteilung bei dieser Versammlung zu vertreten.

Werner war sehr stolz auf mich. Ich kann mir vorstellen, wie er vor seinen Kollegen bei Arado geprahlt haben muss: «Kein Wunder, dass sie meine Grete dafür ausgesucht haben! Sie ist doch eine wahre Patriotin!» Ja, er hatte Humor, mein

Werner. Er hatte einen Sinn für die kleinen Ironien des Lebens.

Ich zog mich für den großen Tag sorgsam an. Ich trug meine Rotkreuzuniform, kämmte mein dunkles Haar zu einer schlichten, natürlichen Frisur – kein Käppchen, keine Locken, keine Pomade. Ich legte kein Make-up auf und trug außer einem schmalen Goldring mit einem winzigen Brillantsplitter, den mir mein Vater zum sechzehnten Geburtstag geschenkt hatte, keinen Schmuck. Ich war ziemlich klein, knapp über eins fünfzig, und hatte damals eine gute Figur. Aber die versteckte ich unter losen weißen Strümpfen und einem unförmigen Kittel. Es war für eine Frau wie mich nicht die Zeit, in der man in der Öffentlichkeit besonders attraktiv aussehen wollte. Adrett und sauber ja. Vor allem aber unscheinbar. Nur ja nichts, was Aufmerksamkeit erregte.

Die Versammlung verlief völlig anders, als wir es gewohnt waren. Keine Trommelwirbel, keine Marschmusik, keine Fahnen schwenkenden, schönen jungen Menschen in Uniform. Diese Veranstaltung verfolgte einen Zweck, und zwar den, die defätistische Stimmung zu überwinden, die sich seit dem Stalingrad-Debakel im vergangenen Winter in Deutschland breit machte. Heinrich Himmler war im August zum Innenminister ernannt worden und hatte den ausdrücklichen Auftrag bekommen, den «Glauben der Deutschen an den Sieg» zu erneuern. Ein Redner nach dem anderen forderte uns auf, immer fleißiger zu arbeiten, um unsere tapferen Krieger an der Front zu unterstützen, denn wenn der Krieg verloren gehe, werde die schreckliche Armut wiederkehren, an die sich die meisten Deutschen noch aus den Tagen vor der Zeit der Nationalsozialisten erinnerten, und wir würden alle unsere Arbeitsstellen verlieren. Wenn wir den abendlichen Eintopf leid seien, den Joseph Goebbels als das geeignete Gericht für ein opferbereites Volk propagierte, das sich im «totalen Krieg» befand, sollten wir uns sagen, dass wir nach dem Sieg wie die Könige speisen würden, mit richtigem Kaffee, goldenem Weißbrot und frischen Eiern. Wir sollten tun, was in unseren Kräften stehe, um die Produktivität am Arbeitsplatz zu erhalten, und jeden melden, den wir der Unzuverlässigkeit verdächtigten, besonders Leute, die Feindsender hörten und den «maßlos übertriebenen» Meldungen über deutsche Niederlagen in Nordafrika und Italien Glauben schenkten.

Mein Gott, dachte ich, jetzt werden sie nervös!

Die nationalsozialistischen «Herren der Welt» begannen zu zittern und zu wanken. Ich fühlte mich regelrecht beschwipst, mir blieb die Luft weg. Tief in meinem Herzen erklang ein altes Lied.

Still, dachte ich, es ist zu früh zum Singen. Still!

Als Werner und ich an diesem Abend BBC einschalteten, betete ich, dass die Meldungen über militärische Rückschläge der Deutschen ein frühes Ende des Krieges und für mich die Befreiung aus dem Gefängnis meines Doppellebens bedeuten möchten.

Aber ich wagte meine Hoffnungen mit niemandem zu teilen, selbst mit Werner nicht. Ich hütete mich, meine Freude zu zeigen, und verhielt mich weiter still und unauffällig. Unsichtbarkeit und Schweigen – sie bildeten die Tracht, die ich in jener Zeit trug, als «U-Boot», wie die Überlebenden des Holocaust jetzt jene Juden nennen, die sich vor der Todesmaschinerie der Nazis versteckt hielten und sich mitten im Herzen des Dritten Reichs im Untergrund der Gesellschaft bewegten.

In späteren Jahren, als ich mit Fred Beer verheiratet war und sicher in England lebte, legte ich diese Kriegsgewohnheiten vorübergehend ab. Aber nun, da Fred nicht mehr da ist und ich alt bin und gegen die Wucht meiner Erinnerungen nicht mehr ankomme, lege ich sie wieder an. Ich sitze hier, wie ich heute mit Ihnen am Marktplatz von Netanya im Lande Israel in meinem Lieblingscafé am Meer sitze, und eine Bekannte bleibt auf ein Schwätzchen bei mir stehen und sagt: «Erzählen Sie, *Giveret* Beer, wie war das damals, im Krieg, als angebliche Arierin an der Seite eines Parteigenossen in Deutschland zu leben, Ihre wahre Identität zu verstecken und immer Angst vor Entdeckung zu haben?» Dann antworte ich mit verzagtem Stimmchen, das ganz benebelt ist von der eigenen Unwissenheit: «Aber das weiß ich doch nicht. Ich glaube, daran erinnere ich mich gar nicht.» Mein Blick schweift ab, und ich sehe nicht mehr klar; meine Stimme wird verträumt, stockend, leise. Es ist meine Stimme aus jenen Tagen in Brandenburg, als ich, die neunundzwanzigjährige jüdische Jura-Studentin, die auf der Fahndungsliste der Gestapo stand, mich für eine einundzwanzigjährige ahnungslose Rotkreuzhelferin ausgab.

Sie müssen mir verzeihen, wenn Sie dieses Stimmchen von damals stocken und immer leiser werden hören. Dann müssen Sie mich ermahnen: «Sprechen Sie, Edith! Erzählen Sie Ihre Geschichte.»

Sie liegt jetzt über ein halbes Jahrhundert zurück.

Ich glaube, es ist Zeit.

2

Die Hahns aus Wien

Als ich in Wien noch zur Schule ging, hatte ich manchmal den Eindruck, dass alle Welt in meine Stadt kam, um in den sonnigen Cafés zu sitzen und sich an Kaffee und Kuchen und unvergleichlichen Gesprächen zu laben. Mein Schulweg führte an der Oper vorbei und über den schönen Josefsplatz und den Michaelerplatz. Ich spielte im Volksgarten und im Burggarten. Ich sah würdevolle Damen mit verwegenen Hüten auf den Köpfen und Seidenstrümpfen an den Beinen, Herren mit Spazierstöcken und goldenen Uhrketten, einfache Arbeiter aus allen Provinzen des vergangenen Habsburger-Reichs, die mit ihren kräftigen, geschickten Händen unsere prunkvollen Fassaden verputzten und bemalten. Die Läden quollen über von exotischen Früchten, Kristall und Seide. Auf Schritt und Tritt stolperte ich über neue Erfindungen.

Eines Tages drängte ich mich durch einen Menschenauflauf und fand mich vor einem Schaufenster wieder, in dem eine Frau in der Tracht eines Stubenmädchens einen so genannten «Hoover» vorführte. Sie verstreute Schmutz auf dem Boden, schaltete das Gerät ein, und wie von Zauberhand verschwand der Schmutz. Ich juchzte auf vor Freude und rannte los, um meinen Schulfreundinnen davon zu erzählen.

Als ich zehn war, stellte ich mich einmal in eine lange Schlange vor dem Redaktionsgebäude der Zeitschrift *Die Bühne*. Bald saß ich an einem Tisch vor einem großen braunen Kasten. Eine freundliche Dame setzte mir Kopfhörer auf, und der Kasten erwachte zum Leben. Eine Stimme. Ein Lied. Radio.

Ich lief zum Restaurant meines Vaters, um es meinen Angehörigen zu erzählen. Meine Schwester Mimi, nur ein Jahr jünger als ich, hätte es nicht gleichgültiger aufnehmen können. Unser Nesthäkchen – die kleine Johanna, genannt Hansi – war zu jung, um zu verstehen. Aber ich wusste, dass ich etwas Besonderes gehört hatte, die Macht der Zukunft, einen kommenden Gott. Wohlgemerkt, das Radio war 1924 noch etwas Nagelneues. Man stelle sich vor, welche Macht es darstellte und wie hilflos die Leute seiner Botschaft ausgeliefert waren.

Ich redete auf Professor Spitzer von der Technischen Universität ein, meinen Liebling unter den Stammgästen: «Der Mensch, der da spricht, kann ganz weit weg sein, Herr Professor! Aber seine Stimme fliegt durch die Luft wie ein Vogel! Bald können wir die Stimmen von Menschen überall auf der Welt hören!»

Mit großem Eifer las ich die Zeitungen und Zeitschriften, die mein Vater für seine Gäste hielt. Am meisten interessierten mich die Gerichtsspalten, in denen über Prozesse, Plädoyers und Probleme berichtet wurde, von denen einem der Kopf schwirrte. Ich lief in unserer «Walzerstadt» herum, ewig auf der Suche nach jemandem, mit dem ich über das Gelesene und Gehörte reden konnte.

Die Schule war meine große Freude. In meiner Klasse gab es nur Mädchen, denn mein Papa hielt nichts von gemischten Klassen. Anders als meinen Schwestern machte das Lernen mir großen Spaß, und es fiel mir nie schwer.

Wir lernten, dass die Franzosen unsere Erzfeinde und die Italiener Verräter waren und dass Österreich den Ersten

Weltkrieg nur durch einen «Dolchstoß» verloren hatte – aber ich muss dazu sagen, dass wir nie so genau wussten, wer diesen Dolchstoß geführt haben sollte. Oft fragten mich die Lehrer, welche Sprache bei uns zu Hause gesprochen werde. Das war ein ziemlich plumper Versuch, herauszubekommen, ob wir Jiddisch sprachen (was wir nicht taten) und somit Juden waren (was wir sehr wohl waren).

Sie wollten es eben wissen. Sie fürchteten, dass wir mit unseren typisch österreichischen Gesichtern durch die Maschen schlüpfen könnten. Sie wollten sich nicht für dumm verkaufen lassen. Schon damals, in den Zwanzigern, wollten sie unbedingt sagen können, wer Jude war.

Eines Tages fragte Professor Spitzer meinen Vater, wie er sich meine künftige Ausbildung vorstelle. Mein Vater antwortete, ich solle die mittlere Reife machen und dann in eine Schneiderlehre gehen, wie meine Mutter.

«Aber Sie haben eine hochintelligente Tochter, lieber Herr Hahn», sagte der Professor. «Sie müssen sie auf die höhere Schule schicken, vielleicht sogar ... auf die Universität.»

Mein Vater lachte. Wäre ich ein Junge gewesen, er hätte für meine Ausbildung sein letztes Hemd gegeben. Aber nun war ich ein Mädchen, und so hatte er das nie auch nur in Betracht gezogen. Doch da der vornehme Herr Professor die Frage aufgeworfen hatte, wollte Papa mit meiner Mutter darüber reden.

Mein Vater, Leopold Hahn, hatte einen schönen schwarzen Schnurrbart, schwarze Locken und ein humorvolles, leutseliges Wesen, das einem Gastronomen sehr zugute kam. Er war der jüngste von sechs Brüdern, sodass der Familie das Geld ausgegangen war, als er mit der Ausbildung an der Reihe gewesen wäre. Darum machte er eine Kellnerlehre. Ich weiß, dass es schwer zu glauben ist, aber zur damaligen Zeit und an diesem Ort dauerte die Ausbildung zum Kellner mehrere Jahre. Die Leute mochten Papa. Sie vertrauten ihm und erzählten ihm alles. Er war ein begnadeter Zuhörer. Das war sein Talent.

Er war viel weltgewandter und gebildeter, als er es von uns je erwartet hätte. Er hatte an der Riviera und in den tschechoslowakischen Kurorten Karlsbad und Marienbad gearbeitet und schon manch wüste Nächte erlebt. Im Ersten Weltkrieg hatte er in der österreichisch-ungarischen Armee gekämpft. Er war verwundet worden und in Gefangenschaft geraten, aber er hatte fliehen können und war zu uns zurückgekehrt. Wegen der Schulterverletzung war sein Arm in der Bewegung eingeschränkt.

Das Restaurant am Kohlmarkt, mitten im Wiener Geschäftszentrum, war meines Vaters Leben. Es hatte eine lange polierte Bar und hinten einen Speisessaal. Die Gäste kamen täglich, jahraus, jahrein. Noch ehe sie bestellt hatten, wusste Papa schon, was sie essen wollten. Er sorgte dafür, dass sie sich wohl fühlten, bot ihnen eine kleine Welt der Zuverlässigkeiten.

Wir hatten eine Zweizimmerwohnung in der Argentinierstraße Nr. 29, also im vierten Wiener Bezirk. Das Haus war eigentlich ein umgebautes Palais und unsere Vermieterin von königlichem Geblüt, nämlich aus der Linie Habsburg-Lothringen. Da Mama sieben Tage die Woche mit im Restaurant arbeitete, nahmen wir Mädchen dort unsere Mahlzeiten ein. Die Haushaltshilfe besorgte das Reinemachen und passte auf uns auf, solange wir noch klein waren.

Meine Mutter Klothilde war klein und drall, hübsch, aber nicht kokett. Ihr langes Haar blieb immer rabenschwarz. Sie war geduldig und ein bisschen zerstreut, verzieh Dummheiten, seufzte viel und wusste immer, wann sie den Mund zu halten hatte.

Ich überschüttete meine Schwester Hansi, die sieben Jahre jünger war als ich, mit aller Liebe. In meinen Augen war sie wie ein Cherub aus einer unserer Kathedralen, mit rosigen Pausbäckchen, zarter Haut und wippenden Löckchen. Meine

Schwester Mimi dagegen mochte ich nicht. Das beruhte auf Gegenseitigkeit. Sie hatte schlechte Augen, trug eine dicke Brille und war ein richtiger Griesgram – gehässig und auf jeden eifersüchtig. Mama hatte solche Angst vor Mimis Launen, dass sie ihr immer gab, was sie wollte, wobei sie annahm, dass ich, die «Sorgenfreie», für mich selbst sorgen könne. Da Mimi sich mit niemandem befreunden konnte, ich hingegen, genau wie mein Vater, sehr beliebt war, musste ich meine Freundinnen mit ihr teilen und sie überallhin mitnehmen.

Papa sorgte für uns und schirmte uns von allem Wissen über die Schattenseiten der Welt ab. Er traf die Entscheidungen für uns und sparte für unsere Aussteuer. In guten Zeiten ging er, wenn ihm spendabel zumute war, auf dem Heimweg von der Arbeit in ein Auktionshaus und kaufte meiner Mutter irgendein Schmuckstück als Überraschung – ein Goldkettchen, ein Paar Bernstein-Ohrringe. Er stützte sich auf einen unserer ledernen Sessel und wartete, dass sie das Päckchen öffnete, genoss ihre Aufregung, freute sich auf ihre Umarmung. Er betete meine Mutter an. Sie stritten sich nie. Und das meine ich wörtlich: *nie*. Abends besorgte sie ihre Näharbeiten, er las seine Zeitung, wir machten unsere Hausaufgaben, und es herrschte, wie die Israelis es nennen, *schalom bait* – Frieden im Haus.

Ich glaube, mein Vater verstand sich aufs Judentum, aber er unterwies uns nicht darin. Er muss wohl gedacht haben, wir saugten das alles mit der Muttermilch ein.

Samstags nachmittags wurden wir zum Judengottesdienst in die Synagoge geschickt. Das Hausmädchen sollte uns eigentlich begleiten, aber sie war, wie die meisten Österreicher, katholisch und fürchtete sich vor der Synagoge; und meine Mutter – eine berufstätige Frau und auf sie angewiesen – fürchtete sich vor ihr. Also gingen wir nur unregelmäßig hin und lernten nichts. Ein Lied aus dieser Zeit ist mir allerdings im Gedächtnis geblieben:

Eines Tages wird der Tempel neu erbaut.
Eines Tages werden die Juden nach Jerusalem zurückkehren.
So ist es geschrieben in der Heiligen Schrift.
So ist es geschrieben, halleluja!

Neben dem Glaubensbekenntnis – *Sch'ma Israel, Adonai Elohenu, Adonai Echot* – war dieses Kinderlied über den Tempel alles, was ich an jüdischen Texten und Übungen kannte.

Zu schade, dass ich nicht mehr kannte.

Gott sei Dank, dass ich wenigstens so viel kannte.

Vaters Restaurant schloss an Rosch Haschana und Jom Kippur. (Wie bei uns zu Hause kamen dort weder Schweinefleisch noch Schalentiere auf den Tisch, aber ansonsten war es gar nicht koscher.) An diesen hohen Feiertagen gingen wir in die Synagoge, hauptsächlich um unsere Verwandtschaft zu treffen. Mama und Papa waren miteinander ja auch entfernt verwandt; beide kamen aus Familien namens Hahn. Zusammen mit Mamas beiden Schwestern und einem Bruder sowie Papas sechs Brüdern und drei Schwestern brachte die Sippe es auf über dreißig Hahn-Vettern und Kusinen in Wien. Irgendeinen Hahn traf man immer im Dritten Café im Prater. Jeder Zweig der Familie praktizierte den jüdischen Glauben auf eine andere Weise. Zum Beispiel öffnete Tante Gisela Kirschenbaum – eine von Papas Schwestern, die auch ein Restaurant betrieb – an Pessach ihr Lokal für die Armen zu einem freien *Seder*. Mamas Bruder Richard, ein erklärter Ungläubiger, heiratete eine vornehme Möbel-Erbin aus Topolčany bei Bratislava. Sie hieß Roszi, war orthodox erzogen und konnte die assimilierten Gewohnheiten der Hahns nicht ausstehen, weshalb sie zu den Feiertagen immer nach Hause in die Tschechoslowakei fuhr.

Manchmal überraschten meine Eltern mich mit einer Anwandlung von jüdischem Gewissen. So hatte ich einmal bei einer Freundin ein Brot mit Blutwurst gegessen. «Einfach köstlich», berichtete ich Mama. Sie musste buchstäblich würgen. Ihr aufrichtiges Entsetzen verblüffte mich. Ein andermal fragte ich – nur um des Gesprächs willen – meinen Vater, ob ich einen Christen heiraten dürfe. Seine schwarzen Augen flammten, als er antwortete: «Nein, Edith. Das könnte ich nicht ertragen. Es wäre mein Tod. Meine Antwort ist nein.»

Papa fand immer, dass Juden besser zu sein hätten als alle anderen. Er erwartete, dass unsere Zeugnisse besser waren und unser soziales Gewissen höher entwickelt. Er erwartete bessere Manieren von uns, reinlichere Kleidung und eine tadellose Moral.

Damals habe ich mir darüber keine Gedanken gemacht, aber heute ist mir natürlich klar, dass die Forderung meines Vaters, wir Juden müssten besser sein, ihren Ursprung in der festen Überzeugung unserer Landsleute hatte, dass wir eben nicht so gut wären.

Die Eltern meiner Mutter besaßen ein grau verputztes Einfamilienhaus in Stockerau, einem hübschen Städtchen nördlich von Wien. Dahin fuhren wir an Wochenenden oder zu Feiertagen und Geburtstagen. Dort lebte meine Lieblingskusine Jultschi.

Als Jultschi neun Jahre alt war, hatte ihre Mutter (Mamas Schwester Elvira) sie bei Großmutter abgeliefert, war nach Hause gefahren und hatte sich umgebracht.

Jultschis Vater war in Wien geblieben. Aber Jultschi – durch ihre Vergangenheit seelisch geschädigt und darum immer liebesbedürftig und leicht einzuschüchtern – blieb bei unseren Großeltern, die sie aufzogen wie ihr eigenes Kind.

Jultschi war groß, brünett und braunäugig und hatte volle, wohlgeformte Lippen. Sie war sanft, hatte ein großes Herz und – im Gegensatz zu meiner Schwester Mimi – viel Humor. Sie spielte Klavier – schlecht, aber für unsere unmusikalische Sippe gut genug –, und wir führten zu ihrem gut gemeinten

Geklimper selbst erfundene Opern auf. Während ich, die «Intellektuelle», meine Leidenschaft für Bücher voll Spannung, Sehnsucht und Romantik entdeckte, verfiel Jultschi dem Film und dem Swing.

Großmutter Hahn – sie war klein und rundlich, eine starke Frau und sehr streng –, wies uns immer Hausarbeiten zu, bevor sie auf den Markt ging, und wir taten natürlich nie, was sie uns aufgetragen hatte, sondern spielten den ganzen Nachmittag draußen. Kaum sahen wir sie aber zurückkommen, hechteten wir durchs offene Fenster ins Haus und machten uns an die Arbeit, sodass sie uns, die braven Kinder, beim Staubwischen und Fegen antraf. Ich bin überzeugt, dass wir sie nicht einen Augenblick lang getäuscht haben.

Großmutter schien immerzu damit beschäftigt, den Reichtum der Welt zu mehren, indem sie Spitzendeckchen häkelte, Jultschi das Stollenbacken beibrachte oder ihre Hühner und Gänse, den Hund namens Mohrli und ihre vielen hundert Topfpflanzen versorgte. Sie besaß Kakteen aller Art und pflegte meiner Mutter anzukündigen: «Klothilde, am Sonntag wird der Kaktus blühen. Bring die Kinder mit, damit sie es sehen.» Und dann standen wir in Stockerau auf dem Hof und bestaunten die robusten Wüstenpflanzen in ihrem Kampf ums Überleben in unserem kalten Land.

Großvater Hahn hatte ein Geschäft für Nähmaschinen und Fahrräder und eine Vertretung für Puch-Motorräder. Sonntags half Großmutter ihm im Geschäft, denn das war der große Einkaufstag für die Bauern der Umgebung, die sich nach der Kirche zum Frühschoppen im Wirtshaus trafen und die Besorgungen für die Woche erledigten. Sie alle kannten meine Großeltern. Die Räte der Stadt Stockerau luden die Hahns zu Fasching immer ein, bei ihnen zu sitzen und den Auftritten der Gilden zuzusehen.

Zu Großvaters Geburtstag mussten wir Kinder aus Mamas «Wunschbuch» jeweils ein Gedicht abschreiben und es ihm zu Ehren vortragen. Ich erinnere mich, dass er immer dasaß wie ein rundlicher kleiner König und mit vor Stolz blitzenden Augen unseren niedlichen Vorträgen lauschte. Ich fühle noch seine Umarmung.

Nicht weit vom Haus meiner Großeltern floss ein Nebenfluss der Donau, in dem Jultschi und ich gern schwammen. Um ans Wasser zu kommen, musste man über eine hohe Holzbrücke gehen. Als ich sieben war, stand ich einmal vor allen anderen auf, lief zur Brücke hinunter, rutschte aus und fiel und fiel und fiel ins Wasser. Hysterisch schreiend tauchte ich auf. Ein junger Mann sprang mir nach und rettete mich.

Von da an hatte ich Höhenangst. Ich fuhr nicht in den Alpen Ski. Ich stieg nicht auf hohe Gebäude, um sozialistische Spruchbänder an der Dachkuppel zu befestigen. Ich versuchte immer, möglichst in Bodennähe zu bleiben.

1928, als in Österreich die Inflation so hoch war, dass der Preis für ein Essen im Wirtshaus sich verdoppelte, während der Gast es verzehrte, beschloss Papa, das Restaurant zu verkaufen.

Zum Glück fand er bald Arbeit bei der Familie Kokisch, die ihn schon an der Riviera beschäftigt hatte. Sie hatten ein neues Hotel in Badgastein eröffnet, jenem für seine heißen Heilquellen berühmten Alpenkurort. Papa führte das Hotel-Restaurant.

Das Hotel Bristol stand inmitten grüner Wiesen am Fuße schneebedeckter Berge. Das Wasser der Heilquellen sprudelte aus der Erde in die marmornen Bäder. Wohlhabende Familien flanierten auf den Gartenwegen, fütterten fette Eichhörnchen und unterhielten sich mit wohlerzogen leisen Stimmen. Häufig spielte irgendein reiches Mädchen, das von seinen Eltern für halbwegs begabt gehalten wurde, etwas auf dem Klavier vor oder sang bei einem der nachmittäglichen Konzerte im Wintergarten. Wir besuchten Papa jeden Sommer – es war ein himmlisches Leben.

Als einziges koscheres Hotel in der Umgebung lockte das

Bristol jüdische Gäste von überall her an. Die Familie Ochs, der die *New York Times* gehörte, kam dorthin, desgleichen Sigmund Freud und der Schriftsteller Schalom Asch. Eines Tages trat ein großer blonder Mann in Lederhosen und mit Gamsbart am Tirolerhut ins Restaurant. Papa dachte, er sei wohl ins falsche Lokal geraten. Aber dann nahm der Mann seinen Hut ab, setzte eine Jarmulke auf, erhob sich und machte eine *brucha*.

«Ich glaube, nicht einmal wir Juden können sagen, wer die Juden sind», meinte Papa lachend.

In Badgastein lernten wir Rabbiner aus Polen kennen, fromme Männer mit schönen langen Bärten, die langsam, die Hände hinter dem Rücken, durch die Hotelhallen schritten. Sie gaben mir ein Gefühl des Geheimnisumwitterten und des Friedens. Ich glaube, einer von ihnen hat mir das Leben gerettet.

Ich war sechzehn Jahre alt, unvernünftig und eine rechte Genießerin. Ich blieb also zu lange in einem der Bäder liegen und zog mir eine fiebrige Erkältung zu. Meine Mutter steckte mich ins Bett, machte mir Tee mit Honig und legte mir kalte Kompressen auf die Stirn und um die Handgelenke. Als es Abend wurde, klopfte einer der polnischen Rabbiner an unsere Tür. Er sagte, er komme nicht mehr rechtzeitig zum Abendgebet in die *Schul*, und fragte, ob er es bei uns sprechen dürfe. Natürlich erlaubte Mama es ihm gern. Als er fertig war, fragte sie ihn, ob er einen Segen für ihre kranke Tochter sprechen könne.

Er kam an mein Bett, beugte sich über mich und tätschelte meine Hand. Sein Gesicht strahlte Wärme und Gutmütigkeit aus. Er sagte etwas auf Hebräisch, in einer Sprache, von der ich dachte, ich würde sie nie lernen. Dann ging er. Und ich wurde gesund.

In späteren Jahren, als es Augenblicke gab, in denen ich sterben zu müssen glaubte, erinnerte ich mich an diesen Mann und tröstete mich mit dem Gedanken, dass sein Segen mich beschützen werde.

Natürlich hatte die Arbeit in so einem Paradies auch weniger schöne Seiten, aber sie gehörten zum Leben, und um die Wahrheit zu sagen, wir akzeptierten sie. Zum Beispiel war koscheres Schlachten in dem Bezirk, in dem das Hotel stand, nicht erlaubt. Der *Schoichet* musste also im Nachbarbezirk schlachten und das Fleisch dann zum Bristol bringen. Um ein anderes Beispiel zu nennen: Die Generation unserer Großeltern lebte überwiegend in den Vorstädten Wiens – Floritzdorf, Stockerau. Erst als unsere Eltern schon erwachsen waren, bekamen Juden die Erlaubnis, im eigentlichen Wien zu wohnen.

Man sieht, wir hatten alle Bürden zu tragen, die es mit sich brachte, als Juden in einem antisemitischen Land zu leben, verfügten aber über keine der Stärken: das Thora-Studium, die Gebete, den Zusammenhalt der Gemeinde. Wir sprachen weder Jiddisch noch Hebräisch. Wir hatten keinen tiefen Glauben an Gott. Wir waren weder polnische Chassidim noch litauische *Jeschiwa*-Gelehrte. Wir waren keine selbstbewussten, freien Amerikaner – das sollte man nicht vergessen. Und es gab damals noch keine Israelis, keine Wüstensoldaten, keine «Nation wie andere Nationen». Behalten Sie das immer im Gedächtnis, während ich Ihnen meine Geschichte erzähle.

Was wir hatten, waren vor allem Intellekt und Lebensart. Unsere Stadt war die weltoffene «Königin der Donau», das «rote Wien» mit Sozialfürsorge und Arbeiterwohnungen, wo Genies wie Freud, Herzl und Mahler den Gärstoff ihrer Ideen einbrachten – Psychoanalyse, Zionismus, Sozialismus, Reform, Erneuerung – und Licht verbreiteten, auf dass alle Welt sehe.

In dieser Hinsicht zumindest – der Sache mit dem «Licht für die Völker» – waren meine assimilierten Wiener Juden so jüdisch, wie man nur sein kann.

3

Pepi Rosenfelds liebes Mädel

Die Entscheidung meines Vaters, mich auf die höhere Schule zu schicken, hatte umwälzende Bedeutung für mein Leben.

Burschen wurden damals besser ausgebildet als Mädeln. Sie lasen mehr, reisten mehr, dachten mehr nach. Zum ersten Mal bekam ich also Freunde, mit denen ich über Dinge reden konnte, die mir wirklich wichtig waren – Geschichte, Literatur, die zahlreichen Übel der Gesellschaft und wie sie vollständig zu kurieren wären, auf dass alle glücklich sein könnten.

Ich liebte Mathematik, Französisch und Philosophie. Ich stenografierte im Unterricht mit und wusste danach alles auswendig; nie brauchte ich mir etwas ein zweites Mal einzuprägen. Eine Freundin, die Schwierigkeiten in Mathematik hatte – Mama nannte sie spöttisch «Fräulein Einstein» –, kam jeden Morgen vor der Schule zu mir, um sich bei den Mathematik-Hausaufgaben helfen zu lassen. Ich versuchte ihr alles zu erklären, ohne dass sie sich noch schlechter fühlte, als sie es ohnehin schon tat. Der Lohn, den ich erhielt, war eine bittere Klage: «Wie kommt es, dass ihr Juden immer so schlau seid?»

Ich war ein jugendlicher Blaustrumpf, begeisterte mich allein für Ideen und träumte vom Abenteuer. Ich wollte nach Russland reisen, unter Bauern leben und viel gelesene Romane über meine romantischen Affären mit Kommissaren schreiben. Ich wollte Rechtsanwältin werden, vielleicht sogar Richterin, und einfachen Menschen zu ihrem Recht verhelfen. Diese Idee kam mir zum ersten Mal im September 1928, während des Prozesses gegen den jungen Philippe Halsmann, den manche den österreichischen «Fall Dreyfus» nannten.

Halsmann war mit seinem Vater bei Innsbruck in den Alpen gewandert. Er war ein Stück vorausgegangen und hatte den Vater aus den Augen verloren, und als er umkehrte, fand er ihn tot in einem Bachbett, in das er gestürzt war. Der Sohn wurde des Mordes an seinem Vater angeklagt. Der Staatsanwalt, der weder Beweise noch ein Motiv anführen konnte, begründete seinen Strafantrag mit antisemitischen Stammtischparolen, denn Halsmann war Jude, und viele Österreicher glaubten nur zu gern, dass Juden geborene Mörder seien. Ein Priester verkündete von der Kanzel herab, der junge Halsmann verdiene schon für das Beharren auf seiner Unschuld und das Fehlen jeglicher Reue schlimmere Höllenstrafen als Judas. Ein Polizist sagte aus, der Geist des Vaters sei ihm erschienen «wie König Hamlet» und habe seinen Sohn beschuldigt.

Philippe wurde zu Unrecht schuldig gesprochen und zu zehn Jahren Zwangsarbeit verurteilt. Nachdem er zwei Jahre abgeleistet hatte, wurde er dank der Intervention von Leuten wie dem Nobelpreisträger Thomas Mann begnadigt und durfte das Land verlassen. Er ging nach Amerika und wurde dort ein berühmter Fotograf.

Sein Prozess beflügelte meine Phantasie. Ich träumte davon, auf dem Richterstuhl zu sitzen und Gerechtigkeit gegen jedermann zu üben. Im Gerichtssaal meiner Träume wurde kein Unschuldiger verurteilt.

Ich verstieß nie gegen irgendwelche Regeln, nie, außer dass ich den Sportunterricht regelmäßig schwänzte. Das störte niemanden, weil keiner sich ein Mädchen wie mich in einer Situation vorstellen konnte, in der Körperkraft gefordert war.

Ich war ein wenig üppig – das fand man damals schön –, und den Burschen gefiel ich.

Ich sehe sie noch alle vor mir: Anton Rieder, groß, gut aussehend, verarmt und streng katholisch; wir beäugten einander aus der Ferne. Rudolf Gischa, gescheit und ehrgeizig; er nannte mich seine «Hexe» und nahm mir das Versprechen ab, ihn zu heiraten, sowie er mit dem Studium fertig sei. Ich sagte, natürlich wolle ich ihn heiraten, aber das müsse vorläufig unser Geheimnis bleiben. In Wahrheit wusste ich, dass ich meinem Vater nicht hätte sagen dürfen, dass ich einen Nichtjuden heiraten wolle, denn dann hätte er mich zu Hause eingesperrt und nie auf die Universität gehen lassen, ein Privileg, um dessentwillen ich ihm ständig in den Ohren lag und das mir viel wichtiger war als jeder Bursche.

Unter den sechsunddreißig Schülern in meiner Klasse waren drei Jüdinnen – Steffi Kanagur, Erna Marcus und ich. Eines Tages schrieb jemand auf die Pulte der beiden anderen: «Juden raus, zurück nach Palästina!» Auf meinem Pult stand das nicht, denn sie stammten aus Polen, ich aus Österreich, und sie schienen – nein *waren* – leichter als Jüdinnen zu erkennen als ich.

Es war 1930.

Erna Marcus war Zionistin. Mein Vater hatte einmal eine zionistische Versammlung in seinem Restaurant erlaubt und war zu dem Schluss gekommen, dass die ganze Idee, auf dem ursprünglichen Boden in Palästina einen jüdischen Staat neu aufzubauen, ein Hirngespinst sei. Aber bei der vielen antisemitischen Propaganda, der wir ausgesetzt waren, fühlten viele junge Wiener Juden, darunter auch meine kleine Schwester Hansi, sich von diesem Plan der Zionisten angezogen. Während ich Kant, Nietzsche und Schopenhauer las und mich für Goethe und Schiller begeisterte, ging Hansi zu *Haschomer* Hatzair, einer linken zionistischen Jugendgruppe, und wollte den *Hachschara*-Kurs machen, um sich auf ein Leben als Pionier in Israel vorzubereiten.

Steffi Kanagur war eine Rote. Ihr Bruder Siegfried ebenso. Eines Samstags sagte ich meinen Eltern, ich wolle zu einer seiner kommunistischen Kundgebungen gegen die christdemokratische Regierung gehen. In Wirklichkeit wollte ich mich mit Rudolf Gischa im Park treffen.

«Wie war's bei der Kundgebung?», fragte Papa, als ich wiederkam.

«Wunderbar!», rief ich. «Bündelweise rote Ballons. Alle hatten rote Fähnchen. Der Chor der Kommunistischen Jugend-Liga hat sehr schön gesungen, und eine Kapelle war da, mit vielen Hörnern und einer dicken Trommel ... und ... was ist los?»

Papa runzelte die Stirn. Mama verbarg ihr Gesicht in der Schürze, um nicht zu platzen vor Lachen.

«Es hat keine Kundgebung stattgefunden», sagte Papa. «Die Regierung hat sie verboten.»

Entehrt und in mein Zimmer verbannt, spielte ich mit Hansi Schach und fragte mich, was einer Regierung nur einfiel, Siegfried Kanagurs Kundgebung zu verbieten.

Man sieht, ich hatte keinen Sinn für Politik. Politische Betätigung war für mich ein Spaß, eine intellektuelle Rangelei mit gescheiten Burschen und Mädeln. Als Mimi und ich in den Sozialistischen Mittelschülerbund eintraten, hatte das keine ideologischen Gründe, es war für uns nur ein Treffpunkt, wo wir uns Vorträge über die Not der Arbeiter anhörten, sozialistische Lieder sangen und neue Burschen von anderen Schulen kennen lernten, etwa den «traurigen» Kohn, der Medizin studierte; und den «lustigen» Zich, der die Absicht hatte, den Rest seines Lebens Ski zu fahren; und Wolfgang Römer, klein, dunkelhaarig und charmant; und Josef Rosenfeld, den alle Pepi nannten.

Pepi war nur ein halbes Jahr älter als ich, ging aber schon in die nächsthöhere Klasse und war sehr viel reifer. Er war ein schlanker, flinker junger Bursche, verlor aber mit seinen achtzehn Jahren schon die ersten Haare. Doch er hatte strahlend blaue Augen und ein durchtriebenes Katzenlächeln und er rauchte Zigaretten. Und natürlich war Pepi intelligent, hochintelligent, das muss man eben auch sagen.

Während wir auf dem Schulball miteinander tanzten, redete ich unentwegt über die Stücke von Arthur Schnitzler.

«Wir treffen uns nächsten Samstag um acht im Belvedere-Garten», meinte er.

«Ist gut», antwortete ich. «Bis dann.» Und dann walzte ich mit Zich oder Kohn oder Anton oder Wolfgang oder Rudolf davon.

Es wurde also Samstag. Ich beschloss, einkaufen zu gehen, und bat Wolfgang, mich zu begleiten, was er auch tat. Es begann zu regnen und ich wurde ganz nass. Also nahm Wolfgang mich mit zu seiner Mutter, Frau Römer – sie war eine der liebsten Frauen, die ich je gekannt habe. Sie trocknete mir die Haare und setzte mir Erdbeeren mit Schlagsahne vor. Dann kamen ihr Mann und sein stets unbekümmerter Bruder Felix. Auch Wolfgangs jüngere Schwester Ilse kam und schüttelte ihren Schirm aus. Sie schlugen den Teppich zurück, holten das Grammophon hervor und legten ein paar Swing-Platten auf, zu denen wir tanzten. Und herein spazierte Pepi Rosenfeld, nass bis auf die Haut.

«Dieses Mädel aus dem Sozialistenbund – sie wollte sich doch mit mir am Belvedere treffen. Ich habe eine Stunde lang auf sie gewartet und schließlich aufgegeben. Ich ärgere mich ja so! Meine Mutter hatte Recht! Mädeln sind unmöglich!»

Da stand er, tropfnass, und sah mich an. Die Musik spielte weiter.

«Es tut mir Leid», flötete ich. «Ich hab's vergessen.»

«Tanz mit mir», meinte er, «dann sage ich dir, wie böse ich auf dich bin.»

Tags darauf kam ein Junge namens Suri Fellner zu uns und brachte einen Brief, den sowohl Wolfgang als auch Pepi unterschrieben hatten. Anscheinend hatten sie miteinander über die Situation gesprochen und waren zu dem Schluss gekommen, dass ich mich zwischen ihnen entscheiden müsse. Der, für den ich mich entschied, sollte mein Freund sein. Der andere würde sich gebrochenen Herzens zurückziehen.

Ich schrieb «Wolfang» unten auf den Brief und schickte meine Antwort mit dem getreuen Boten zurück. Ein paar Wochen später fuhr ich mit meiner Familie auf Urlaub in die Berge und vergaß völlig, dass ich Wolfgang Römer «erwählt» hatte. Zum Glück vergaß auch er es.

In meinem letzten Jahr am Realgymnasium – es war 1933 – schrieb ich eine Abschlussarbeit über Nietzsches *Also sprach Zarathustra*. Ich wollte zum Recherchieren in die Nationalbibliothek gehen (und auf dem Rückweg meine Schwester Mimi vor den Zwillingssäulen der Karlskirche abholen, das hatte ich ihr versprochen). Da erschien Pepi Rosenfeld wie aus dem Nichts. Er hatte so eine Art, plötzlich vor einem aufzutauchen wie eine Katze oder ein Kobold, auf leisen Sohlen und mit diesem durchtriebenen Grinsen im Gesicht. Wortlos nahm er mir meine schwere Büchertasche ab und ging neben mir her.

«Warst du noch nie in der Nationalbibliothek?», fragte er.

«Nein.»

«Also, ich gehe da sehr oft hin, seit ich Jura studiere, und ich kann dir sagen, sie ist gewaltig, einfach riesig. Wenn du dich nicht auskennst, findest du vielleicht nicht einmal den richtigen Eingang. Da kannst du dich schon verlaufen, bevor du überhaupt drinnen bist. Du solltest dich lieber von mir führen lassen.»

Ich ließ mich führen. Wir gingen und gingen, an den Palais vorbei und durch die Parks, wo wir die Tauben aufscheuchten. Wir hörten nicht einmal das Schlagen der Uhren in der Stadt.

«Mein Aufsatz soll sehr lang und vielschichtig werden», sagte ich. «Alle großen Denker will ich zitieren – Karl Marx, Sigmund Freud.»

«Und Adolf Hitler?»

«Ach was. Der ist doch kein Denker. Er ist nur ein Schreihals.»

«Es kommt vielleicht eine Zeit», meinte Pepi, «in der die Leute den Unterschied nicht mehr erkennen.»

«Unmöglich!», erklärte ich feierlich. «Ich habe Hitlers *Mein Kampf* gelesen und ein paar Schriften seines Mitstreiters Alfred Rosenberg, weil ich ein gerecht denkender, objektiver Mensch bin und finde, dass man immer alle Seiten hören soll, bevor man sich ein Urteil bildet, und somit kann ich dir aus eigener Anschauung sagen, dass diese Männer Idioten sind. Ihre Vorstellungen – dass die Juden die so genannte überlegene arische Rasse vergiftet haben und an allem Unglück in Deutschland schuld sein sollen – sind reiner Mumpitz. Kein intelligenter Mensch kann so etwas glauben. Hitler ist eine Witzfigur. Er wird bald verschwinden.»

«Ganz so, wie alle deine früheren Freunde», sagte Pepi mit seinem hinterhältigen Lächeln.

Wir kehrten zu Kaffee und Kuchen ein, wie es unsereiner nachmittags gern tat. Pepi erzählte mir ausführlich von seinem Studium, seinen Professoren, seiner großen Zukunft als Doktor der Jurisprudenz. Die Sonne blitzte auf den Kirchtürmen. Im Belvedere-Garten brachte er mein Geplapper kurz mit einem Küsschen zum Verstummen. Ich verlor völlig den Faden meiner Gedanken. Er setzte meine Tasche ab, nahm mich in die Arme und küsste mich richtig. Wir kamen nie bei der Nationalbibliothek an. Ich holte auch meine Schwester Mimi nicht ab (sie beschwerte sich noch Jahre danach über meine Lieblosigkeit). Aber was Pepi Rosenfeld gesagt hatte, war bis zum Ende des Nachmittags wahr geworden: Alle meine früheren Freunde hatten sich in Luft aufgelöst. Einfach so. Paff – und weg.

Pepi konnte sich mir jederzeit bemerkbar machen. Ob ich in der Schule war, in einem Buchladen oder im Café, plötzlich fühlte ich ein Kribbeln unter der Kopfhaut oder im Nacken.

Ich drehte mich um, und siehe, da war er und sah mich an. Nie redete er Unsinn. Er wollte immer auf etwas hinaus. Ich hatte das Gefühl, mein langes Suchen nach einem Menschen, der meine Leidenschaft für Ideen, für Bücher, für Kunst teilte, sei endlich abgeschlossen. Bald war ich bis über beide Ohren in ihn verliebt und konnte an sonst niemanden mehr denken. Als Rudolf Gischa, meine alte Liebe, mir aus dem Sudetenland, wo er studierte, einen Brief schrieb und mir kundtat, dass er beschlossen habe, in die Nazipartei einzutreten, dass Adolf Hitler in allen Fragen, einschließlich der Judenfrage, Recht habe und ich ihn bitte von seinem Liebes- und Eheversprechen entbinden möge, tat ich das mit Vergnügen.

Als ich Pepi kennen lernte, war sein Vater schon tot, gestorben in Steinhof, der berühmten Irrenanstalt, die der Kaiser gebaut hatte. Pepi hatte mehrere Onkel in Eisenstadt, lauter bedeutende Männer, die für seine Mutter Anna eine monatliche Rente ausgesetzt hatten. Sie war für die Heirat zum Judentum übergetreten, in Wirklichkeit aber Katholikin geblieben, die in die Messe ging und Kerzen anzündete. Nach Herrn Rosenfelds Tod spielte sie weiter die Jüdin, damit seine Familie sie unterstützte. Als sie 1934 Herrn Hofer heiratete, einen Versicherungsangestellten aus Ybbs, hielt sie auch das geheim – damit das Geld weiter floss.

Pepi bekam auch so etwas Ähnliches wie eine Bar-Mizwa; genau genommen gab seine Mutter ein Fest, um den Onkeln ein paar Geschenke zu entlocken. Sie war enttäuscht, als statt Bargeld einige wunderschön ausgestattete Bände Goethe und Schiller kamen. Es ist seltsam – aber ich glaube, wenn Pepi so etwas wie eine Verbindung mit dem Judentum empfand, dann vielleicht nur wegen dieser herrlichen deutschen Bücher. Er wusste, dass er so etwas von der Familie seiner Mutter nie bekommen hätte. Ihm war bewusst, dass er intellektuell zum jüdischen Zweig gehörte. Und Pepis ganze Persönlichkeit – wohlgemerkt – war sein Intellekt.

Anna war nicht dumm, sie war einfach ungebildet und steckte voller Aberglauben und unverhüllter Ängste und Sehnsüchte. Korpulent und rotwangig war sie, immer kurzatmig und für eine Frau ihres Alters und ihres Umfangs unpassend auffällig gekleidet. Ihr falsches Lächeln entblößte eine Reihe großer Zähne. Ihr rötliches Haar trug sie in engen Löckchen, die sie mit Bier festigte. Sie tratschte den lieben langen Tag, und lesen tat sie nie.

Sie schlief mit ihrem Sohn in einem Zimmer, selbst als er schon erwachsen war. Sie bediente ihn wie einen König, servierte ihm sein Mittagessen grundsätzlich auf dem guten Porzellan und befahl den Nachbarskindern, leise zu sein, wenn er seinen täglichen Mittagsschlaf hielt.

Sie wusste immer, welches Kind in ihrem Wohnbezirk mit einer Missbildung auf die Welt gekommen war, und nannte auch immer den Grund: Eine Hasenscharte kam von der Eitelkeit der Mutter, ein lahmes Bein von der Schürzenjägerei des Vaters. Sie erzählte Pepi, sein Vater sei am Ende seines Lebens schwachsinnig gewesen – ein sicheres Anzeichen für Syphilis, sagte sie. Ich weiß bis zum heutigen Tag nicht, ob das stimmte. Vielleicht entstammte diese Ansicht derselben österreichischen Giftquelle, die Syphilis für Hitler zu einer «jüdischen Krankheit» machte.

Anna kaufte «neuen Wein», der, wie sie sagte, «noch nicht gealtert» war, darum «keinen Alkohol» enthielt und einen «nicht betrunken machen» konnte. Wenn es Abend wurde, trafen Pepi und ich sie zu Hause in der Dampfgasse 1 oft bei «neuem Wein» vor dem Radio an, wo sie mit besorgter Miene den Nazisender hörte.

«Um Himmels willen, Mutter!», begehrte Pepi auf. «Mach dich doch nicht verrückt, indem du dir diese unsinnige Propaganda anhörst!»

Anna drehte sich um und sah uns mit großen, angsterfüllten Augen an. «Wir müssen uns vor ihnen in Acht nehmen», sagte sie.

«Bitte ...»

«Sie sind sehr, sehr gefährlich, mein lieber Junge!», beharrte sie. «Sie hassen die Juden. Sie machen die Juden für alles verantwortlich.»

«Es hört ihnen keiner zu», sagte Pepi.

«*Alle* hören ihnen zu!», rief sie. «In der Kirche, auf dem Markt, überall höre ich die Leute reden, und ich weiß, dass alle zuhören, dass *alle ihnen zustimmen*!»

Sie war sichtlich aufgewühlt, den Tränen nahe. Ich nahm an, es läge am Wein.

Mein Vater lenkte ein und ließ mich auf die Universität gehen. Ich entschied mich für Jura.

Damals belegten alle, die später einmal Richter oder Rechtsanwalt werden wollten, dieselben Fächer und spezialisierten sich erst nach dem Abschlussexamen. Wir studierten römisches Recht, deutsches Recht und Kirchenrecht, bürgerliches Recht, Strafrecht und Handelsrecht, Völkerrecht, politische Wissenschaften, Wirtschaftstheorie und auch einige neue Fächer wie Psychiatrie und forensische Fotografie, soweit ein Bezug zu kriminellem Verhalten bestand.

Ich kaufte mir einen kleinen Fotoapparat, eine Box, und fotografierte Menschen.

Pepi bekam von seiner Mutter eine Leica. Er richtete sich zu Hause eine Dunkelkammer ein und machte stimmungsvolle Aufnahmen von Dingen: Dominosteine in einem schräg einfallenden Sonnenstrahl auf dem Tisch verstreut, Bücher, Obst.

Als Hitler in Deutschland an die Macht kam, war ich gerade mit den Mädeln von der Sozialistischen Jugend zum Wandern in den Bergen. Ich erinnere mich an Heddy Deutsch, die Tochter eines jüdischen Parlamentsabgeordneten, und Elfi Westermayer, eine Medizinstudentin. Wir schliefen in Heuschobern an den Seen von St. Gilgen und Gmunden. Wir trugen blaue Hemden, beschlugen unsere

Schuhsohlen mit Nägeln, um auf den steinigen Pfaden besseren Halt zu haben, und sangen in der frischen Bergluft aus voller Kehle. Ich erinnere mich an alle die Lieder. Die «Internationale», «Das Wandern ist des Müllers Lust», «La Bandiera Rossa» («Die Rote Fahne»).

Das Jahr über versammelten meine Freunde und ich uns im Sozialistenheim und zerbrachen uns die Köpfe darüber, wie die Welt zu retten sei. In diesen stürmischen Zeiten gab es junge Leute, die Politik *lebten*; die bereit waren, für ihre Überzeugungen zu sterben. Unsere Gruppe aber beschränkte sich weitgehend aufs Reden.

Zwei der Burschen, Fritz und Franck, spielten unaufhörlich Pingpong, aber nie so, dass es anstrengte. Ihr eintöniges Klick-klack fing nichts vom irren Rhythmus der Außenwelt ein. Mehrere Mädchen brachten Kuchen mit, die ihre Mütter gebacken hatten. Ein anderer Junge spielte Schallplatten zum Tanzen. Pepi steuerte sein Schachspiel bei. Wolfgang, er und ich spielten die ganze Zeit. Hin und wieder schlug sogar ich einen der beiden.

«Oswald Spengler sagt, dass es mit unseren großen kulturellen Errungenschaften vorbei ist», sinnierte Pepi, während er seinen Turm zog. «Er sagt, wir versinken alle im Materialismus und werden zu Philosophen statt zu Menschen der Tat.»

«Da müssen die Nazis ihn aber lieben», meinte Wolfgang, der mir über die Schulter guckte und über meinen nächsten Zug nachgrübelte. «Sie halten sich schließlich für Männer der Tat.»

«Die Nazis haben Spengler geächtet», kommentierte Pepi. «Einer, der behauptet, das Schlimmste komme erst noch, ist ihnen nicht geheuer.»

«Für sie ist die Zukunft doch schön», stimmte ich ein, während ich Pepis König geschickt einkreiste. «Sie freuen sich auf ein tausendjähriges Reich, in dem sie die Übermenschen und alle anderen die Untermenschen sind, die für sie alle Arbeit tun.»

«Und worauf freust du dich, Edith?», rief Fritz vom Pingpong-Tisch herüber.

«Ich freue mich auf sechs Kinder, die mit großen weißen Servietten unterm Kinn zum Mittagessen um den Tisch sitzen und sagen: ‹Hm, der Strudel ist *lecker*, Mama!›»

«Wer wird den Strudel denn backen?», hänselte Pepi. «Was machst du, wenn Großmutter Hahn an dem Tag gerade was anderes zu tun hat?»

Ich gab ihm einen Rippenstoß. Er drückte meine Hand.

«Habt ihr schon gehört, dass Hitler den Müttern ihre Kinder wegnimmt?», fragte Wolfgang. «Wenn sie zu Hause nicht die nationalsozialistische Lehre verbreiten, sind sie ihre Kinder los.»

«Aber das würde doch kein Gericht erlauben!», rief ich.

«Die Gerichte sind von Nazis durchsetzt», antwortete Pepi.

«Wie kann eine Bande aufgeblasener kleiner Männer so schnell die demokratischen Institutionen eines großen Landes zerstören?», rief Wolfgang und schlug so wütend auf den Tisch, dass die Schachfiguren durcheinander purzelten.

«Freud würde dir das als einen Triumph des Ichs erklären», meinte Pepi. «Sie halten sich für große Männer, und ihr Glaube an sich selbst erzeugt ein so helles Licht, dass alle drumherum geblendet sind. Das Ärgerliche an diesen Nationalsozialisten ist, dass ihnen die Fähigkeit zur Selbstkritik abgeht; in ihrem Streben nach Größe gelingt ihnen nur eine Parodie von Größe. Cäsar hat Völker unterworfen, ihre Führer gefangen genommen, von ihnen gelernt und so sein Imperium bereichert. Hitler wird Völker vernichten, ihre Führer zu Tode foltern und die Welt zerstören.»

Wir nahmen Pepis Weissagung mit betroffenem Schweigen auf. Unsere Freunde stellten das Tanzen und Reden ein. Selbst das Pingpong wurde unterbrochen.

«Was tun wir also, Pepi?»

«Wir müssen für die Herrschaft des Rechts kämpfen und

an die Unausbleiblichkeit des sozialistischen Paradieses glauben», antwortete Pepi, während er mir den Arm um die Schulter legte. «Eine Klasse. Keine Herren, keine Sklaven. Keine Schwarzen, keine Weißen, keine Juden, keine Christen. *Eine* Menschheit.»

Wie kann ich den Stolz beschreiben, den ich in diesem Augenblick empfand? Pepis Freundin zu sein, die erwählte Gefährtin unseres unbestrittenen Vordenkers – das war genau der Platz in der Gesellschaft, den ich mir wünschte, und seine Vision war genau die Zukunft, die ich der Menschheit wünschte.

Während meines Studiums an der Universität Wien von 1933 bis 1937 nahmen die politischen Wirren in Österreich kein Ende. Kanzler Dollfuß, der uns um jeden Preis als katholisches Land erhalten wollte, verbot die Sozialistische Partei. Die Sozialisten reagierten darauf in einer Weise, die mir, obwohl ich selbst Sozialistin war, oft regelrecht albern vorkam.

Ich ging zu einer illegalen Sozialisten-Versammlung. Ich glaube mich zu erinnern, dass Bruno Kreisky als Redner angekündigt war. Unsere Führer hatten sich die Erlaubnis zur Benutzung des Saals mit der Behauptung erschlichen, es handle sich um eine Chorprobe. Sie sagten, wenn die Polizei komme, müssten wir sofort Beethovens «Ode an die Freude» anstimmen. Die übten wir also.

Ich sage Ihnen, was wir da an Tönen hervorbrachten, war unbeschreiblich. Ich biss mir auf die Lippen, auf die Fingerknöchel; ich hätte fast mein Notenblatt aufgegessen, aber nichts konnte verhindern, dass ich – wie alle anderen – in hysterisches Lachen ausbrach.

Die Sozialisten riefen den Generalstreik aus. Aber 1934 war über ein Drittel aller Erwerbsfähigen in Wien arbeitslos. Wie konnte man in den Streik treten, wenn man gar nicht arbeitete? Die nicht minder dumme Regierung schickte die Armee und ließ die Häuser der Arbeiter unter Beschuss nehmen. Die Sozialisten schossen zurück. Es gab Hunderte von Toten und Verletzten. Und so spalteten Wut, Verbitterung und Trauer für alle Zeiten die beiden Kräfte in Österreich, die gegen die Nazis hätten zusammenstehen müssen.

Dollfuß verwies die Nazi-Führer des Landes, und Hitler hieß sie bei sich willkommen und stellte ihnen in München einen starken Rundfunksender zur Verfügung, über den sie uns beschimpften und bedrohten. Sie erzählten Gräuelgeschichten, wie Deutsche in der Tschechoslowakei von Bolschewiken abgeschlachtet würden, wie die «diebischen, lügnerischen, mörderischen» Juden die Weltwirtschaftskrise herbeigeführt hätten, durch die Millionen arbeitslos geworden seien. Ich weigerte mich, den Nazi-Rundfunk einzuschalten, und so habe ich Hitler nie kreischen hören.

Nazi-Studenten zettelten Schlägereien und Tumulte an, um das Universitätsleben zu stören. Sie verprügelten Professoren und Studenten, die etwas gegen Hitler sagten. Sie warfen Stinkbomben in die Hörsäle, sodass man sich darin nicht versammeln konnte. Die Polizei hinwiederum versuchte Studentenkundgebungen mit Tränengas aufzulösen. Sollten wir noch Zweifel gehabt haben, wie es in Österreich einmal aussehen würde, wenn die Nazis die Macht erlangten, so kamen deutsche Schriftsteller und hielten in der Konzerthalle Vorträge, um uns zu warnen: Erich Kästner, der Autor von *Emil und die Detektive* und einer meiner Helden, und Thomas Mann, Autor von *Der Zauberberg* und Nobelpreisträger; so groß und streng und ernst stand er da oben auf dem Podium, dass mir das Herz gefror, wenn ich ihn nur ansah.

«Ich weiß nicht, was dieser Abend Ihnen bedeutet», sagte Mann zu der Anti-Nazi-Versammlung in Wien, die gegen die Eskalation der Gewalt protestierte, «aber mir bedeutet er mehr.»

Manche Leute aus unserem Bekanntenkreis zogen weiße Strümpfe an, um zu zeigen, dass sie mit den Nazis sympathisierten. Außer Rudolf Gischa waren unter ihnen meine frühere morgendliche Mathematik-Schülerin, «Fräulein Einstein», und Elfi Westermayer mit ihrem Freund Franz Sehors. Ich sagte mir, dass sie vorübergehend den Verstand verloren haben mussten.

Man sieht, ich kultivierte meine Blindheit, wie meine Großmutter in Stockerau ihre Kakteen kultivierte. Ich war nicht die richtige Pflanze für dieses Klima.

Die österreichischen Nazis begannen mit der Ermordung von Sozialistenführern. Am 25. Juli 1934 ermordeten sie Kanzler Dollfuß.

Das Kriegsrecht wurde ausgerufen. Auf den Straßen wimmelte es von Polizei, bewaffnete Posten hielten vor den Toren der zahlreichen Botschaften in unserer Nachbarschaft Wache. Einmal, als ich auf dem Weg von der Universität nach Hause war, wurden zwei Männer, die vor mir hergingen, plötzlich von einem motorisierten Polizisten abgefangen, der ihre Papiere zu sehen verlangte und sie ihre Aktentaschen öffnen ließ. Ich bog in die Argentinierstraße ein, und da wurde gerade ein junger Mann gefilzt, während man seine Freundin – sie war ungefähr in meinem Alter – verhörte.

Wenn ich ehrlich sein soll, ich hätte mich auch ganz gern einmal aufhalten lassen. Da hätte ich meinen Freunden etwas Aufregendes zu berichten gehabt. Aber von mir nahm niemand Notiz! Falls überhaupt einmal einer in meine Richtung blickte, dann ohne jeden Argwohn. Irgendetwas an mir sagte: «dumm», «harmlos», «unwichtig». Und so konnte ich mich in unserer aufgeregten, gefährlichen Stadt frei bewegen, eine zwanzigjährige Jura-Studentin, die aussah wie vierzehn und für niemanden eine Bedrohung darstellte.

Ein neuer Kanzler, Kurt von Schuschnigg, kam nach Dollfuß' Tod an die Macht. Die Leute mochten ihn nicht besonders, glaubten aber, dass er uns Hitlers aggressiven Plänen vielleicht entziehen könnte.

Pepi und ich unternahmen lange Spaziergänge durch die

Stadt, lasen einander vor und träumten vom sozialistischen Paradies. Inzwischen besetzte die deutsche Wehrmacht das angeblich entmilitarisierte Rheinland, und die Nazis zettelten einen Bürgerkrieg in Spanien an. Die Italiener, angeblich Österreichs Verbündete, taten sich stattdessen mit Hitler zusammen, um ungestört über Äthiopien herfallen zu können.

Und dann starb mein Vater.

Es war Juni 1936. Er blieb in der Tür zum Restaurant des Hotels Bristol stehen, blickte in die Runde, ob auch alles seine Ordnung hatte – die Tische makellos sauber, die Kellner an ihren Plätzen –, und fiel tot um.

Die Nachricht traf uns mit solcher Wucht, dass wir weder aus noch ein wussten. Unser Stützpfeiler, unser Felsen war zerbrochen.

Mama saß mit leerem Blick im Wohnzimmer, das Haar ungekämmt, das Gesicht unter einem Schleier von Tränen. Mimi saß stumm und untröstlich dabei und hielt die Hand ihres Freundes Milo Grenzbauer, der ein Kommilitone von mir war. Unsere liebe kleine Hansi konnte gar nicht mehr aufhören zu weinen.

Ich ging zwischen Küche und Wohnzimmer hin und her und schenkte den Kondolenzbesuchern Kaffee ein. Unsere Hausmeisterin, Frau Falat, war auch da. Meine Kusine Jultschi kam mit ihrem Verlobten, einem arroganten, gut aussehenden tschechischen Schneider namens Otto Ondrej. Jultschi klammerte sich an seine Hand und wischte sich mit seinem Taschentuch die Augen trocken.

Pepi kam mit seiner Mutter. Sie setzte sich neben Mama, redete davon, wie schwer es sei, als Frau allein zu stehen, und erkundigte sich derweil nicht allzu diskret bei den anderen Trauergästen, wie viel Geld mein Vater wohl hinterlassen habe.

In der Küche strich Pepi mir übers Haar und sagte, es werde schon alles gut werden.

Ich glaubte ihm nicht. Ich fühlte mich auf einmal viel verwundbarer durch die Politik als je zuvor. Wie sollten wir diese stürmischen Zeiten ohne den Schutz unseres Vaters überstehen? Bei den Berliner Olympischen Spielen in diesem Sommer salutierten die deutschen Sportler ihrem hässlichen kleinen Führer, und ich empfand jeden ihrer Siege als einen persönlichen Angriff auf die Hahns in Wien.

Um die Familie zu ernähren, beschloss Mama, eine Schneiderei aufzumachen. Sie wollte Bilder von eleganten Kleidungsstücken ausschneiden und sie für ihre Kunden aus dem gewünschten Stoff und mit den verlangten Besätzen nach Maß schneidern. Wie es damals Sitte war, musste sie alle anderen Schneider im Umkreis fragen, ob sie mit ihrer Gewerbe-Aufnahme einverstanden waren. Ohne Ausnahme sagten alle ja. Wie konnte Mama bei einem solchen Vertrauensvotum daran zweifeln, dass sie bei unseren Nachbarn in hohen Ehren stand?

Mein Beitrag zum Lebensunterhalt der Familie bestand darin, dass ich Nachhilfestunden gab, sooft ich nur konnte, und derweil unablässig für mein eigenes Staatsexamen büffelte. Wenn ich erst meinen Doktor der Rechte und ein gutes Auskommen hätte, dachte ich, würden unsere politischen Probleme sich inzwischen vielleicht von selbst gelöst haben.

Aber es fiel mir schwer, mich zu konzentrieren. Ich ging in einem Nebel aus Verzweiflung und Trauer in meine Vorlesungen. Ich saß in der Bibliothek, ein aufgeschlagenes, aber ungelesenes Buch vor mir, und mein Gehirn stand still. Eines Tages setzte Anton Rieder, mein früherer Schwarm vom Realgymnasium, sich neben mich. Sein Vater hatte schon nicht mehr gelebt, als wir Kinder gewesen waren. Er kannte das Gefühl – die Orientierungslosigkeit, die Unsicherheit, das vorzeitige Erwachsenwerden.

«Du bist immer noch schön», sagte er.

«Und du bist noch immer ein Kavalier.»

«Ich habe mich an der Diplomatischen Akademie eingeschrieben. Nicht weil ich unbedingt Diplomat werden möchte, sondern weil die mir ein Stipendium gegeben haben.»

«Aber das ist doch schön für dich, Anton. Du wirst reisen, vielleicht sogar nach England oder Amerika gehen können.»

«Komm mit mir.»

«Wie bitte?»

«Ich weiß, dass du mit Pepi Rosenfeld gehst, aber glaub mir, er ist schlauer, als ihm gut tut – sein Verstand wird seinem Gewissen immer in die Quere kommen. Er ist nicht gut genug für dich. Ich war schon immer in dich verliebt, das weißt du. Lass ihn sausen, und komm mit mir. Ich habe nichts. Jetzt ist dein Vater tot, und du hast auch nichts. Wir passen ideal zusammen.»

Er griff über den Bibliothekstisch und nahm meine Hand. Er war so schön, so ernst. Einen Augenblick dachte ich: Vielleicht. Was spricht dagegen? Und dann purzelte natürlich alles, was dagegen sprach, auf den langen Eichentisch, wo Anton es nicht übersehen konnte. Und ganz der kluge junge Diplomat, erhob er sich, küsste mir die Hand und ging.

Wir bekamen Besuch von einem neuen Nachbarn – einem Ingenieur namens Denner, der nett aussah und gesellig war. Ihm war kurz zuvor die Frau nach langem, schlimmem Leiden an Tuberkulose gestorben. Er hatte zwei Töchter, die elfjährige Elsa und die vierzehnjährige Christl. Da er oft beruflich unterwegs war und die Mädchen dann sich selbst überlassen musste, suchte er eine Nachhilfelehrerin, damit seine Töchter in der Schule nicht zurückblieben. Die Hausmeisterin hatte mich wärmstens empfohlen, und ich nahm gern an. So kam ich nun jeden Tag von der Universität nach Hause und verbrachte den Nachmittag mit diesen reizenden Mädeln.

Die Denners wohnten auf der Empfangsetage unseres Hauses in großen, nicht unterteilbaren Räumen, in denen sich einmal Leute mit «von» vor dem Namen eingefunden hatten, um zu Barockmusik zu tanzen. Die Fenster waren riesig. Sie reichten vom Boden bis zur Decke. Die Fußböden waren aus Holz und schier endlos. Es konnte einem das Herz brechen, wenn man die Mädeln diese Böden bohnern sah.

«Wer kommt denn zum Ball?», rief ich, als ich sie wieder einmal schrubben und wienern sah. «Die Habsburger sind abgesetzt und die Bourbonen verreist.»

«Vater möchte, dass wir unsern Teil dazu tun, die vormalige Pracht unseres Landes zu erhalten», stöhnte Christl.

Die Mädeln hatten jede ein Hündchen mit russischem Namen – dies zu Ehren von Frau Denner, die aus Weißrussland stammte. Elsas Hündchen benahm sich vorbildlich und schlief auf ihrem Schoß. Christls Hündchen dagegen musste immer Tauben jagen und sprang jeden Besucher an, um ihn liebevoll abzuschlecken. So ähnlich war es auch mit den Mädeln selbst. Elsa hatte alles im Griff. Christls Leben war ein Abenteuer.

Christl besuchte die Handelsschule, aber sie kam mit Buchführung nicht zurecht, konnte keinen sauberen Brief schreiben und vermochte sich nicht zu konzentrieren. Ich saß bei ihr, wenn sie sich mit ihren Hausaufgaben abrackerte; ich ging mit ihr und ihrem Hündchen im Park spazieren. Bald kam sie mit Jungmädelproblemen aller Art zu mir. Sie war groß und lebhaft, hatte hellbraunes Haar und beinah violette Augen, und die Burschen belagerten sie regelrecht. Sie standen auf der Straße und sangen ihr Ständchen, folgten ihr nach Hause, schickten Blumen, brachten Leckereien für den Hund und taten überhaupt alles, um ihre Aufmerksamkeit zu gewinnen.

Als sie fünfzehn war und ich dreiundzwanzig, verliebte sich Christl. Er hieß Hans Beran. Alle nannten ihn Bertschi. «Er ist ein bisschen dumm», meinte Herr Denner. «Aber wenigstens wirft er sein Geld nicht aus dem Fenster wie die anderen jungen Leute alle.»

Bertschi setzte Christl arg zu. Erst wollte er sie unbedingt haben. Dann war er zu schüchtern, um ihre Zuneigung anzunehmen. Dann fand er, dass sie zu schön für ihn sei und er die

Eifersucht der anderen Burschen nicht ertragen könne. Dann wieder rief er sehr spät abends an und erklärte, er könne nicht ohne sie leben und sie müsse sich mit ihm im Café Mozart treffen, damit er ihr sagen könne, wie sehr er sie anbete.

Jedes Mal, wenn ich hinkam, nahm Christl mich an der Wohnungstür in Empfang und flüsterte atemlos: «Ich muss mit dir reden – unter vier Augen!» Und sie bugsierte mich in eine schattige Ecke im Flur und erzählte mir, was für herrlich dumme Sachen Bertschi wieder angestellt habe und dass sie ihm unbedingt schreiben müsse, aber das sei ihr ohne meine Hilfe einfach nicht möglich.

«Bitte, Edith, bitte! Wenn du den Brief schreibst, ist er perfekt. Bitte, bitte!»

Wie konnte ich da widerstehen? Ich konnte einer kleinen Schwester nie etwas abschlagen.

Als sie ihre Abschlussprüfung an der Handelsschule hinter sich hatte, gab ihr Vater ein Fest. Er mietete ein Schiff und lud seine Gäste zu einer Mondscheinfahrt auf der Donau ein. Als der Abend zu Ende ging, brachte ein Kellner mir einen Strauß rote Rosen. Es war kein Kärtchen dabei, und ich fragte mich, wer sie geschickt haben mochte.

Meine Mutter, die im Wohnzimmer saß und hübsche Vögelchen auf meine neue gelbe Bluse applizierte, wusste es sofort. «Die Blumen sind von Herrn Denner», sagte sie. »Denn als seine Töchter eine Ersatzmutter brauchten, jemanden, der ihnen mit teilnehmendem Herzen zuhörte, warst du da.» Sie grinste. «Du siehst, du musst Mutter werden, Edith – dafür hast du offensichtlich Talent.»

Die Nazi-Rabauken tönten, Kanzler von Schuschnigg wolle die Habsburger Monarchie wieder einsetzen und wenn dies geschehe, sei Deutschland gezwungen, nach Österreich einzumarschieren, um das Vorhaben mit militärischer Gewalt zu verhindern. Das war eine unmittelbare Drohung, ein Vorspiel.

Der Kanzler hielt sie sich eine Zeit lang vom Leib, sah aber bald, dass ihm niemand helfen würde und weiterer Widerstand sinnlos war. Am 11. März 1938, als Pepi und ich in einem Arbeiterviertel spazieren gingen – Händchen haltend und aneinander geschmiegt, ein warmer Pfeiler der Liebe in der kalten, dunkler werdenden Nacht –, lehnte sich jemand aus einem Fenster und rief: «Von Schuschnigg ist zurückgetreten.»

Auf der Straße wurde es still.

Pepi hielt mich fest umschlungen. Ich flüsterte: «Wir müssen hier raus.»

«Abwarten», meinte er.

«Nein, wir müssen hier raus, sofort», sagte ich, wobei ich mich noch fester an ihn drückte.

«Nur nicht hysterisch werden. In einer Woche kann das alles schon wieder vorbei sein.»

«Ich habe Angst . . .»

«Das sollst du nicht. Ich bin doch bei dir. Ich liebe dich. Du bist mein. Ich werde immer für dich sorgen.»

Er küsste mich so leidenschaftlich, dass mir innerlich ganz warm und hell wurde. Was kümmerte es mich, wenn Politiker verschwanden und Völker sich auf den Krieg vorbereiteten? Ich hatte Pepi, mein Genie, meinen Trost, den Fels, der meinen Vater ersetzt hatte.

Am nächsten Tag feierten die Eltern meiner Mutter ihre goldene Hochzeit. Die ganze Familie wollte zu diesem Anlass zu ihnen nach Stockerau fahren. Wir hatten Geschenke, Kuchen, Wein und Trinksprüche vorbereitet.

Aus der fröhlichen Fahrt wurde nichts mehr, denn genau an diesem Tag gefiel es der deutschen Wehrmacht, nach Österreich einzumarschieren. Fahnen wehten. Marschmusik spielte. Der Nazi-Rundfunk – inzwischen der einzige Sender überhaupt – verkündete brüllend den Sieg, und Tausende unserer Freunde, Nachbarn und Landsleute fanden sich auf den Straßen und Alleen ein, um die Wehrmacht mit ausgelassener Freude und brausendem Jubel zu begrüßen.

Am 10. April 1938 stimmten neunzig Prozent der Österreicher für die Vereinigung mit Deutschland.

Ein sozialistischer Freund, dessen Vater von Nazi-Mördern hingerichtet worden war, wollte Proteste gegen den Anschluss organisieren und versuchte mich für den Untergrund zu gewinnen. Er sagte, ich solle einen anderen Namen annehmen, werde einer Zelle angehören und könne Nachrichten überbringen.

Zum ersten Mal sah ich die praktische Weisheit politischen Handelns. Ich sagte ja und versprach es ihm in die Hand. «Du kannst auf mich zählen.»

Aber Pepi sagte nein. Es sei unverantwortlich, an so etwas auch nur zu denken, sagte er, ich hätte schließlich eine verwitwete Mutter und zwei Schwestern, die auf mich angewiesen seien. Was aus ihnen werden solle, wenn ich verhaftet würde?

Also sagte ich dem Freund, er werde ohne mich arbeiten müssen. Ich war ein braves kleines Mädel und tat, was Pepi Rosenfeld sagte.

∽ 4 ∼

In der Falle der Liebe

Eine der ersten Maßnahmen der Nationalsozialisten war die kostenlose Verteilung von hunderttausend Rundfunkempfängern an österreichische Christen. Woher hatten sie diese Radios? Natürlich von uns. Gleich nach dem Anschluss mussten die Juden ihre Schreibmaschinen und Rundfunkempfänger abliefern, was den Sinn hatte, dass wir – ohne die Möglichkeit der Kommunikation untereinander oder mit der Außenwelt – bald isoliert sein sollten und leichter zu terrorisieren und zu manipulieren wären. Es war eine gute Idee. Sie funktionierte.

Der Mann, den die Deutschen damit beauftragten, die Juden aus Wien zu eliminieren, war Adolf Eichmann. Nach dem Modell seines Vorgehens sollte einmal das ganze Reich «judenrein» werden. Seine Politik bestand im Wesentlichen darin, uns für unser Entrinnen so viel wie möglich bezahlen zu lassen. Die Reichen mussten alles, was sie besaßen, übereignen; die weniger Reichen hatten für ihre Fahrkarten nach draußen solch horrende Summen zu zahlen, dass viele Familien unter ihren Kindern auswählen mussten, welche gehen und welche bleiben sollten.

Schlägerbanden in Braunhemden beherrschten die Straßen.

Sie fuhren in Lastwagen umher, protzten mit ihren Gewehren und Hakenkreuz-Armbinden und johlten den hübschen Mädchen zu. Ob es ihnen einfiel, dich zu verschleppen oder zu verprügeln, sie taten das alles ungestraft. Wer sich ihnen widersetzte, wurde zusammengeschlagen oder getötet oder nach Dachau, Buchenwald oder in ein anderes Konzentrationslager verschleppt. Man muss wissen, dass die Konzentrationslager zur damaligen Zeit noch Gefängnisse waren, in denen die Gegner des Naziregimes interniert wurden. Von Schuschnigg war in einem solchen Konzentrationslager, eine Zeit lang auch Bruno Bettelheim. Die Insassen mussten Zwangsarbeit verrichten und lebten in fürchterlichen Verhältnissen, aber viele kamen von dort auch wieder zurück. Erst ab den Vierzigern begannen die Buchstaben «KZ» für ungeheuerliche Grausamkeit und sicheren Tod zu stehen. Dass es einmal Vernichtungslager wie das in Auschwitz geben würde, konnte sich damals niemand auch nur vorstellen.

Wie soll ich unsere Bestürzung, unser Entsetzen schildern, als die Nazis die Macht übernahmen? Bis gestern noch hatten wir in einer rationalen Welt gelebt. Jetzt waren alle Leute um uns herum – unsere Schulkameraden, Nachbarn und Lehrer, Ladenbesitzer, Polizisten und Bürokraten – mit einem Schlag verrückt geworden. Seit langem hegten sie einen Hass gegen uns, den wir als «Vorurteil» zu bezeichnen pflegten. Welch ein freundliches Wort! Welche Beschönigung! Dabei war der Hass, den sie uns entgegenbrachten, so alt wie ihre Religion; sie waren geboren, uns zu hassen, dazu erzogen worden, uns zu hassen, und mit dem Anschluss war der Schleier der Zivilisation, der uns vor ihrem Hass geschützt hatte, fortgerissen worden.

Regimegegner hatten antinazistische Parolen auf die Bürgersteige geschrieben. Die SS schnappte sich Juden und zwang sie mit vorgehaltener Waffe, diese Inschriften aufzuwischen, während Österreicher sich johlend und lachend um dieses Schauspiel drängten.

Der Nazi-Rundfunk machte uns für alle Übel auf der Welt verantwortlich. Die Nazis erklärten uns zu Untermenschen und im nächsten Atemzug wieder zu Übermenschen; sie beschuldigten uns, sie alle ermorden und ausplündern zu wollen; sie erklärten, sie müssten die Welt erobern, um zu verhindern, dass wir die Welt eroberten. Der Rundfunk verkündete, dass man all unseren Besitz enteignen müsse; dass mein Vater – der bei der Arbeit tot umgefallen war – nicht wirklich für unsere schöne Wohnung gearbeitet habe, für die Ledersessel im Wohnzimmer, die Ohrringe meiner Mutter; vielmehr habe er das alles irgendwie dem christlichen Österreich gestohlen, das nun jedes Recht habe, es ihm wieder wegzunehmen.

Glaubten unsere Freunde, unsere Nachbarn das wirklich? Natürlich glaubten sie es nicht. Sie waren ja nicht dumm. Aber sie hatten Wirtschaftskrise, Inflation und Arbeitslosigkeit durchlitten. Sie wünschten sich, dass es ihnen wieder gut ging, und am schnellsten war das durch Diebstahl zu erreichen. Den Glauben an die Raffgier der Juden zu pflegen lieferte ihnen einen Vorwand, den Juden alles zu stehlen, was sie besaßen.

Wir saßen in unseren Wohnungen, gelähmt vor Angst, und warteten darauf, dass dieser Wahn ein Ende nähme. Unser vernünftiges, charmantes, geistreiches, tanzendes, großzügiges Wien musste sich doch gegen diesen Irrsinn erheben. Wir warteten und warteten, und der Wahn endete und endete nicht, und immer noch warteten wir und warteten.

Die gegen die Juden verhängten Beschränkungen erfassten alle Bereiche unseres Lebens. Wir durften nicht mehr ins Kino oder ins Konzert. Wir durften uns auf bestimmten Straßen nicht zeigen. Die Nazis hängten Schilder an jüdische Geschäfte, auf denen sie die Bevölkerung aufforderten, dort nicht zu kaufen. Mimi verlor ihre Stelle bei der chemischen Reinigung, weil es Christen verboten worden war, Juden zu beschäftigen. Hansi durfte die Schule nicht mehr besuchen.

Onkel Richard ging in das Café, in das er seit zwanzig Jahren ging. Es hatte jetzt eine jüdische und eine arische Seite, und er setzte sich auf die jüdische. Da er blond war und gar nicht jüdisch aussah, sagte ihm ein Kellner, der ihn nicht kannte, er müsse auf die arische Seite wechseln. Und auf der arischen Seite sagte ein Kellner, der ihn kannte, er müsse zurück auf die jüdische Seite. Er gab es schließlich auf und ging nach Hause.

Baron Louis de Rothschild, einer der wohlhabendsten Juden in Wien, wollte die Stadt verlassen. Die Nazis fingen ihn am Flughafen ab und steckten ihn ins Gefängnis, und was immer sie ihm dort antaten – wir hörten, sie hätten ihn schlicht verhungern lassen –, überzeugte ihn davon, dass es besser war, alles dem Nazistaat zu übereignen. Danach ließen sie ihn laufen. Die Gestapo übernahm das Palais Rothschild an der Prinz-Eugen-Straße und nannte es fortan Zentralstelle für jüdische Auswanderung.

Alle sprachen davon, das Land zu verlassen.

«Vielleicht sollten wir nach Palästina gehen, in einen Kibbuz», meinte ich zu Pepi.

«Du? Mein allerliebstes Mausi? Landwirtschaftliche Arbeit verrichten?» Er lachte und kitzelte mich. «Da könntest du doch Blasen an deinen schönen Fingerchen bekommen.»

Ich stand stundenlang vor dem britischen Konsulat Schlange und versuchte, eine Arbeitserlaubnis als Hausmädchen in England zu bekommen. Alle jüdischen Mädchen Wiens schienen sich dort zu bewerben.

Ein lächelnder asiatischer Herr trat mit einer Verbeugung an meine Kusine Elli und mich heran. «Wenn Sie daran interessiert sind, die Wunder des Ostens zu sehen ... die große Mauer ... den Kaiserpalast ... Ich bin ermächtigt, Ihnen eine faszinierende Arbeit in einer von mehreren chinesischen Städten anzubieten», sagte er. «Wir sorgen für Pässe, Transport und Unterkunft. Ich habe ein Auto in der Nähe stehen. Sie könnten schon morgen Österreich verlassen haben.» Ich bin sicher, dass einige mit ihm gegangen sind.

Meine Kusine Elli bekam eine Anstellung in England. Ich erhielt eine Arbeitserlaubnis, aber keine Stelle.

Eines Nachmittags kam Hansi nicht nach Hause. Mimi und ich gingen sie suchen. Als wir ohne sie zurückkehrten, begann Mama zu weinen. Ein hübsches siebzehnjähriges jüdisches Mädchen war in einer Stadt, in der es von Braunhemden wimmelte, abhanden gekommen. Wir waren krank vor Angst.

Gegen Mitternacht kam Hansi. Sie war blass und zitterte, ihr verkniffenes Gesicht wirkte gealtert.

Sie erzählte uns, die Nazis hätten sie aufgegriffen und zur SS gebracht, wo man ihr eine Pistole an den Kopf gesetzt und ihr befohlen hatte, Knöpfe an Dutzende von Uniformen zu nähen. Im Zimmer nebenan habe sie orthodoxe Juden gesehen, fromme Männer mit langen Bärten, die von ihren Peinigern zu lächerlichen Turnübungen gezwungen wurden, was diese furchtbar komisch fanden. Sie habe laut dagegen protestiert. Da habe irgend so ein Flegel gedroht, sie zu verprügeln, wenn sie nicht den Mund halte und weiternähe. Gegen Abend habe man sie gehen lassen. Seitdem sei sie in der Stadt umhergelaufen.

«Wir müssen fort», sagte sie.

Wenn man verheiratet war, bekam man leichter eine Fahrkarte nach draußen, weshalb Milo und Mimi sich entschlossen, den Bund einzugehen.

«Lass uns heiraten, Pepi», sagte ich.

Er grinste mich an und zog verspielt die Stirn kraus. «Du hast doch deinem Vater versprochen, nie einen Christen zu heiraten», scherzte er. Es stimmte, er war jetzt Christ. Anna hatte ihren sechsundzwanzigjährigen Sohn, um ihn vor den Nürnberger Gesetzen zu schützen – die den Juden die Reichszugehörigkeit verweigerten –, in die Kirche geschleppt und taufen lassen. Dann hatte sie mit Hilfe ihrer Beziehungen dafür gesorgt, dass der Familienname aus der Liste der jüdischen Gemeinde getilgt wurde. Wenn nun also die Juden

Wiens gezählt wurden – und der penible Obersturmbannführer Eichmann zählte sie unablässig –, stand Josef Rosenfeld nicht mehr auf der Liste.

«Das wird dir gar nichts nützen», sagte ich. «Die Nürnberger Gesetze gelten rückwirkend. Alles, was darin steht, gilt für Personen, die Juden waren, bevor die Gesetze 1936 in Kraft getreten sind. Wenn einer also erst 1937 Christ geworden ist, zählt das nicht.»

«Tu mir einen Gefallen, mein Schatz», sagte er. «Erzähl das meiner Mutter nicht. Sie glaubt doch, sie hätte mich vor dieser ganzen Idiotie gerettet. Ich möchte ihr dieses Luftschloss nicht niederreißen.»

Er küsste mich, und in meinem Kopf drehte sich alles. Mein Heiratsantrag geriet darüber irgendwie in Vergessenheit.

Ich wollte mich um keinen Preis durch die politische Situation von meinem Studium abhalten lassen. Die ersten beiden Staatsexamen hatte ich mit guten Noten absolviert. Noch eine letzte Prüfung, und ich würde Doktor der Rechte sein und nicht nur befähigt, den Beruf eines Rechtsanwalts auszuüben, sondern auch den des Richters. Ich dachte, wenn ich erst meinen Doktor hätte, wenn ich eine voll ausgebildete und staatlich anerkannte Juristin wäre, könnte ich viel leichter auswandern.

Im April 1938 ging ich zur Universität, um meine letzten Prüfungsaufgaben abzuholen und mir einen Termin für das dritte Staatsexamen geben zu lassen. Eine junge Sekretärin – eine Frau, die ich kannte – sagte zu mir: «Sie werden diese Prüfung nicht ablegen, Fräulein Hahn. Sie sind an unserer Universität nicht mehr erwünscht.» Damit gab sie mir meine Papiere und die Abschriften meiner Zeugnisse. «Leben Sie wohl.»

Fast fünf Jahre lang hatte ich Jura, Verfassungsrecht, Schadenersatzrecht, Psychologie, Volkswirtschaft, Politische Theorie, Geschichte und Philosophie studiert. Ich hatte

Arbeiten geschrieben, Vorlesungen besucht, Rechtsfälle analysiert und dreimal die Woche mit einem Richter fürs Examen gepaukt. Und nun ließen sie es mich nicht machen.

Mir wurden die Knie weich. Ich musste mich auf den Schreibtisch stützen.

«Aber ... aber ... das ist die letzte Prüfung, die ich brauche, um meinen Doktor zu bekommen!»

Sie kehrte mir den Rücken zu. Ich fühlte ihren Triumph, ihre aufrichtige Befriedigung darüber, dass sie mein Leben zerstören konnte. Ein Geruch stieg mir in die Nase – ich sage Ihnen, es roch wie Schweiß, wie Wollust.

Großmutter half dem Hausmädchen, ein paar schwere Matratzen zum Auslüften auf den Hof zu tragen, und zog sich dabei einen Bruch zu. Sie musste operiert werden, und bei dieser Operation starb sie.

Großvater konnte es nicht richtig glauben. Man hatte den Eindruck, dass er sich ständig nach ihr umdrehte, als müsse sie hinter ihm stehen, bis er sich schließlich mit einem tiefen Seufzer wieder daran erinnerte, dass sie nicht mehr war.

Kurz nach Großmutters Tod fand in Evian-les-Bains, einem vornehmen Badeort in den französischen Alpen, nicht weit vom Genfer See, eine Weltkonferenz statt, auf der es um das Schicksal der österreichischen Juden ging. Eichmann schickte Vertreter unserer Gemeinde, die sich bei den anderen Regierungen dafür einsetzen sollten, dass sie den Nazis Lösegeld zahlten und uns aufnahmen. «Wollen Sie die weltgewandten, gebildeten, lebensfrohen, kultivierten Juden Österreichs nicht retten?», fragten sie. «Wie wäre es mit vierhundert Dollar pro Kopf, zahlbar an die Naziregierung? Zu viel? Dann vielleicht zweihundert Dollar?»

Sie bekamen nicht einen Cent.

Kein Land wollte für unsere Rettung bezahlen, auch die Vereinigten Staaten von Amerika nicht. Trujillo, der Diktator der Dominikanischen Republik, nahm ein paar Juden auf, weil er hoffte, sie würden seinem kleinen, verarmten Land zu etwas Wohlstand verhelfen. Das taten sie, wie ich gehört habe.

Am 9. November 1938 ging ich nicht zu den Denners, um Nachhilfe zu geben, da meine Schwester Hansi die Ausreisegenehmigung nach Palästina bekommen hatte. Mit einer Mischung aus Freude und Trauer brachten wir sie zum Bahnhof. In ihrem Rucksack und dem einen Koffer, den die Nazis ihr gestatteten, hatte sie Brot, hart gekochte Eier, Kuchen, Milchpulver, Unterwäsche, Socken, Schuhe, robuste Hosen, dicke Hemden, nur ein Kleid und nur einen Rock. Fraulichkeit mit all ihrem hübschen Drum und Dran hatte an Bedeutung verloren. Wie Obst und Blumen war sie zu einer verderblichen Ware geworden, die im Verhältnis zu ihrem geringen Nutzen in Zeiten des Krieges zu viel kostete.

Mama, Mimi und ich weinten, Hansi dagegen nicht. «Kommt bald nach», sagte sie. «Verlasst dieses verfluchte Land, verschwindet hier, so schnell ihr könnt.»

Der Zug kam und nahm sie mit sich fort. Zusammen mit all den anderen jungen Menschen, die das Land flohen, beugte sie sich aus dem Fenster und winkte. Aber sie lächelte nicht.

Mama hatte unser Bankkonto geplündert, um den hohen Preis zu bezahlen, den die Nazis für Hansis Ausreiseerlaubnis verlangt hatten. Es war, wie Mimi und ich wussten, so gut wie nichts mehr übrig, um auch uns auszulösen. «Ihr habt doch Männer, die euch lieben», sagte Mama, wobei sie uns beide fest an sich drückte. «Sie werden euch retten. Hansi war noch zu jung für einen Mann.»

Auf dem Weg vom Bahnhof nach Hause hörten wir ein sonderbares Rumpeln in den dunkler werdenden Straßen. Am Horizont sahen wir orangefarbenen Feuerschein. Auf der anderen Seite der Stadt stand ein Gebäude in Flammen. Die Bürgersteige waren unnatürlich leer. Fahrzeuge voll aufgeregter junger Nazis brausten vorbei. Fußgänger sah man keine.

Mimi und ich hatten während der vergangenen Monate unsere Sinne für Gefahr geschärft. Wir setzten uns in Trab und zerrten unsere Mutter mit. In unserem Haus erwartete uns mit besorgter Miene Frau Falat, die Hausmeisterin. «Sie demolieren alle jüdischen Geschäfte», sagte sie. «Eine Synagoge brennt. Gehen Sie heute Abend nicht mehr weg.»

Milo Grenzbauer kam völlig außer Atem bei uns an, nachdem er durch die ganze Stadt gerannt war. «Darf ich Ihnen die Umstände machen, Frau Hahn?», fragte er höflich. «Ich müsste heute Nacht bei Ihnen schlafen. Ein Freund meines Bruders, der in der SA ist, hat gesagt, die Nazis greifen heute Nacht alle jüdischen jungen Männer und bringen sie wer weiß wohin – nach Dachau, Buchenwald. Er hat gesagt, es ist besser, wenn man meinen Bruder und mich heute Nacht nicht zu Hause antrifft.»

Er sank erschöpft in einen unserer Ledersessel. Mimi saß zitternd zu seinen Füßen und hielt seine Knie umklammert.

Auf den Straßen ging der Lärm los. Männer brüllten, Bremsen kreischten, Fenster krachten. Gegen zehn Uhr kam mein Vetter Erwin, ein Medizinstudent. Er war in Schweiß gebadet und ganz bleich. Er war spät aus dem Labor gekommen, hatte auf dem Heimweg einen Pöbelhaufen vor der Synagoge gesehen und die Richtung in unseren Bezirk eingeschlagen, gerade als die Synagoge zu brennen anfing. Er hatte gesehen, wie Juden verprügelt und fortgeschleppt wurden.

Gleich nach ihm kam auch Pepi. Von den drei jungen Männern in unserer Wohnung war er der Einzige, der ruhig blieb – sauber, geschniegelt und unbekümmert.

«Der Pöbel wird irgendwann ermüden und nach Hause gehen», meinte er. «Ihr werdet sehen. Morgen früh haben die einen schrecklichen Kater, und wir haben massenhaft zerschlagene Fensterscheiben, dann werden sie wieder nüchtern, wir werden die Fenster reparieren, und das Leben geht wieder seinen normalen Gang.»

Wir konnten ihn nur mit großen Augen ansehen. War er verrückt geworden?

«Sie können immer so schön ruhig tun, Pepi», sagte meine Mutter höchst amüsiert. «Sie werden sicher einmal ein wunderbarer Anwalt.»

«Ich kann nur nicht mit ansehen, wie mein liebes Mädel sich grämt», antwortete er. Und er strich mir die Sorgen von der Stirn. «Diese Falte hat auf ihrer hübschen Stirn nichts verloren.»

Er legte die Arme um mich und zog mich neben sich aufs Sofa. In diesem Augenblick betete ich Pepi Rosenfeld an. Ich hatte das sichere Gefühl, dass sein Charakter, seine Furchtlosigkeit uns letzten Endes aus dieser Hölle herausführen würde.

Und dann kam kreischend seine Mutter Anna herein. «Bist du von Sinnen?», schrie sie ihn an. «Ich habe die halbe Beamtenschaft der Stadt bestochen, um dich zum Christen zu machen und deinen Namen aus der Liste der jüdischen Gemeinde zu tilgen! Und ausgerechnet heute Abend, wo sie die Juden fortschleppen und ihre Geschäfte niederbrennen, was machst du da? Kommst mitten in ihr Versteck und setzt dich zu ihnen ins Wohnzimmer! Halt dich von diesen Leuten fern! Es sind nicht deine Leute! Du bist Christ, Katholik, ein Österreicher! Diese Leute sind Ausländer! Alle hassen sie! Ich dulde nicht, dass du auch nur noch eine Minute bei ihnen verbringst!»

Sie wandte sich mit irrem Blick an mich. «Geben Sie ihn frei, Edith! Wenn Sie ihn lieben, geben Sie ihn frei! Halten Sie an ihm fest, wird man ihn fortschleppen und ins Gefängnis stecken, meinen Jungen, meinen einzigen Sohn, mein Alles ...» Sie begann zu schluchzen.

Meine Mutter, die mitleidige Seele, bot ihr einen Cognac an.

«Aber Mutter», sagte Pepi, «jetzt mach doch hier bitte nicht so eine Szene. Edith und ich werden bald weggehen von hier. Wir wollen nach England, vielleicht nach Palästina.»

«Wie? Solche Pläne schmiedest du also hinter meinem Rücken? Du willst mich verlassen? Eine arme Witwe einfach sitzen lassen, am Vorabend eines Krieges?»

«Jetzt hör mal mit diesem Unsinn von der ‹armen Witwe› auf», schalt Pepi sie. «Du bist doch gar keine. Herr Hofer ist dein Mann und wird für dich sorgen.»

Derart bloßgestellt, bekam Anna Hofer einen Tobsuchtsanfall. «Wenn du mich im Stich lässt, wenn du dieses Judenflittchen nimmst und mit ihr wegläufst, bringe ich mich um!», kreischte sie. Damit rannte sie zum Fenster und stieg aufs Sims, als wollte sie sich hinausstürzen.

Pepi sprang hin, umschlang ihren rundlichen Körper, zog sie herunter und tätschelte ihr den bebenden Rücken. «Aber, aber, Mutter ...»

«Komm mit nach Hause», heulte sie. «Geh diesen Leuten aus dem Weg. Verlass das Mädel – sie wird dein Tod sein! Komm nach Hause, komm mit mir!»

Er sah mich über ihren wabbelnden Rücken hinweg an, und in seinem Blick erkannte ich, was er die ganzen Wochen seit dem Anschluss durchgemacht hatte, verstand, warum er sich nie ganz dazu durchgerungen hatte, fortzugehen. Mir wurde klar, dass Anna Hofer solche hysterischen Zustände täglich bekam, dass sie gebrüllt, geweint, ihn mit Selbstmorddrohungen unter Druck gesetzt und mit einer ehernen Kette an sich gefesselt hatte, die sie «Liebe» nannte.

«Geh», sagte ich leise. «Geh mit ihr nach Hause. Geh.»

Er ging mit ihr, und wir anderen saßen die ganze restliche «Kristallnacht» beisammen und hörten zu, wie draußen unser Leben in Scherben ging.

Im Dezember 1938 heiratete Mimi Milo Grenzbauer. Im Februar 1939 gingen sie mit einem illegalen Transport nach Israel. Meine Mutter verkaufte unsere Ledersessel, um die Überfahrt bezahlen zu können. Vielleicht hätten wir noch das Geld aufgebracht, um eine dritte Passage für mich zu bezahlen – aber ehrlich gesagt, mir war der Gedanke, Pepi zu verlassen, unerträglich.

Die Ereignisse überschlugen sich mit solcher Schnelligkeit und Heftigkeit, dass wir uns vorkamen wie inmitten einer Lawine: keine Zeit zum Luftholen, bevor der nächste Hang ins Rutschen kam. Im März 1939 verleibte sich Hitler – von Chamberlain «besänftigt» – die Tschechoslowakei ein. «Wenn die Goyim nicht einmal einander verteidigen», sagte meine Mutter, «wie können wir dann erwarten, dass sie uns verteidigen?» Dann erlitt mein Großvater einen Schlaganfall. Onkel Richard engagierte eine Krankenschwester, die ihn versorgte, und wir alle versuchten, ihn so oft wie möglich in Stockerau zu besuchen. Aber dann verhafteten die Nazis auch Onkel Richard und Tante Roszi.

Sie saßen sechs Wochen im Gefängnis. Um herauszukommen, übereigneten sie den Nazis alles, was sie besaßen: Immobilien, Bankkonten, Wertpapiere, Porzellan, Silber. Dann machten sie sich unverzüglich in Richtung Osten davon. Russland verschluckte sie. Meine Mutter wartete und betete um Nachricht von ihnen, aber es kam keine.

Eines Tages klopfte ein junger Mann in Uniform an unsere Tür. Dazu muss ich sagen, sie hatten so eine Art zu klopfen, diese Nazis – als wäre ihnen die Tür verhasst, als erwarteten sie, dass sie unter ihren hämmernden Fäusten einfach verschwand. Mein Körper sagte mir, wann sie es waren, die klopften. Meine Haut begann zu kribbeln. Mein Magen krampfte sich zusammen. Der Nazi teilte Mama mit, dass Großvaters Haus und Geschäft von «guten Österreichern» übernommen würden und er zu Verwandten ziehen müsse.

Das war's. Kein Stockerau mehr.

Großvater hatte fünfundvierzig Jahre lang in diesem Haus gewohnt. Das Geschirr, die Möbel, die Bilder, die Kissen, die Teppiche, das Telefon, die Töpfe und Pfannen, das Besteck, das Klavier, die herrlichen Spitzendeckchen, die Puch-Motorräder, die Nähmaschinen, die Briefe, die wir ihm geschrieben hatten und die er in seinem großen hölzernen Schreibtisch aufbewahrte, der Schreibtisch selbst – alles, jeder Gegenstand, jedes Andenken wurde gestohlen, und die Diebe verkauften es zu einem sehr guten Preis an die Leute, die ein Leben lang seine Nachbarn gewesen waren.

Mama schickte mich hin, damit ich mich um ihn kümmerte. Der Schlaganfall so kurz nach dem Tod meiner Großmutter hatte ihn arg mitgenommen, aber der Verlust seines Zuhauses traf ihn ins Mark. Ich musste ihn auf die Toilette führen. Ich massierte ihm die Füße. Er brauchte eine Spezialdiät. Aber ich konnte ihm zubereiten, was ich wollte, immer dankte er mir und sagte dann liebenswürdig, fast abbittend: «Deine Großmutter hat das besser gemacht.»

«Ja, ich weiß.»

«Wo ist sie?»

«Sie ist nicht mehr.»

«Ach ja, natürlich, ich wusste es doch, ich wusste es.» Er blickte auf seine alten, schwieligen, von der Arbeit zernarbten Hände. «Wann kann ich nach Hause?», fragte er.

Eines Vormittags starb er.

Ich habe sein Haus in späteren Jahren noch einmal gesehen. Ich glaube, es ist bis heute bewohnt. Stockerau, Donaustraße Nr. 12.

Gegen die Vertreibung unseres Großvaters war die unsere eine Kleinigkeit. Unsere Hausmeisterin stand weinend an der Tür, in der Hand eine Räumungsaufforderung von unserer adligen Vermieterin. «Was soll sie denn machen?», rief Frau Falat. «Die Regierung hat es verlangt.»

So zogen Mama und ich in die Untere Donaustraße Nr. 13 in Leopoldstadt, dem Wiener Ghetto, und zwar in die Wohnung von Frau Maimon, Milos verwitweter Tante. Bei ihr wohnten schon zwei andere Damen – Schwestern, die eine unverheiratet, die andere mit einem Ehemann in Dachau. Wir lebten zu fünft in einer Wohnung, die für eine Person gedacht war, und gerieten nie in Streit; wir versäumten es nie, uns zu entschuldigen, wenn es sich nicht vermeiden ließ, dass man die Privatsphäre einer anderen verletzte.

Mama und ich hielten uns mit Näharbeiten über Wasser – natürlich keine Modeschneiderei mehr, sondern Flick- und Änderungsarbeiten, mit denen alte Sachen den neuen Zeiten angepasst werden sollten. Unsere Hauptarbeit waren «Abnäher», da unsere jüdischen Nachbarn im Ghetto immer dünner wurden.

Nur meine Kusine Jultschi wurde immer dicker.

Sie saß mit mir im Park und heulte sich die Augen aus. Ihre Haut war fleckig und voller Ausschlag.

«Ich weiß, dass ich in so einer schrecklichen Zeit nicht hätte schwanger werden dürfen», weinte sie. «Aber Otto hatte seinen Gestellungsbefehl bekommen, und wir hatten Angst, uns nie wieder zu sehen, und da ist es einfach über uns gekommen. Es ist eben passiert, und jetzt weiß ich nicht, was ich machen soll. Vielleicht lassen sie ja das Kind in Ruhe. Was meinst du, Edith? Ich meine, es muss doch ein bisschen nützen, wenigstens einen Vater zu haben, der kein Jude ist, der als Soldat für das Reich kämpft.»

«Vielleicht nützt es etwas», sagte ich, aber ich glaubte es eigentlich nicht.

«Ich habe ja schon versucht, eine Stelle als Hausmädchen in England zu bekommen. Ich dachte, die würden mich einfach nur für dick halten. Aber sie haben gleich gesehen, dass ich schwanger bin.» Sie richtete ihre großen, sanften braunen Augen auf mich. «Ich darf nicht schwanger sein, Edith, wenn Otto im Krieg ist und sie alle diese Gesetze gegen die Juden machen. Ich brauche einen Arzt.»

Ich setzte mich mit unserem alten Freund Kohn in Verbindung. Er hatte gerade sein Studium abgeschlossen und eine Praxis eröffnet – und nun hatten die Nazis seine Zulassung widerrufen. Er sah furchtbar aus.

Er war bereit, sich Jultschi anzusehen, aber die Abtreibung

nahm er letzten Endes doch nicht vor. «Dieser Eingriff wäre nicht ohne Risiko», erklärte er. «Ich habe kein Behandlungszimmer, keine Belegbetten im Krankenhaus, keinen Zugang zu Medikamenten. Gott bewahre, du könntest eine Infektion bekommen ... die Folgen wären furchtbar.» Er nahm Jultschis Hand. «Geh nach Hause. Bring das Kind zur Welt. Es wird dir in künftigen Zeiten ein Trost sein.»

Jultschi ging also nach Hause zu ihrem Mann. Er packte gerade seine Sachen, um in den Krieg zu ziehen und Polen zu erobern. Er küsste sie, versprach wiederzukommen und ließ sie mit dem werdenden Kind allein.

Es war erstaunlich, in welchem Tempo Mama und ich in die Armut abstiegen. Da man uns keine Möglichkeit ließ, unseren Lebensunterhalt zu verdienen, und wir für Kunden arbeiteten, die uns in Groschen (nach neuer deutscher Zählweise in Pfennigen) bezahlten, gingen wir dazu über, unsere Besitztümer gegen Dinge einzutauschen, die wir nötig brauchten.

Mama hatte einen faulen Zahn, der sie schier umbrachte. Unser jüdischer Zahnarzt durfte nicht mehr praktizieren, aber mit Pepis Hilfe fand Mama einen arischen Zahnarzt, der bereit war, ihr den Zahn zu ziehen. Er wollte Gold dafür. Mama gab ihm ein Goldkettchen. Er wollte mehr. Sie gab ihm noch eines. Er wollte mehr. Sie gab ihm ihr letztes. Drei Goldkettchen für einen Zahn.

Ich versuchte die Raten für die Nähmaschinen und Motorräder einzutreiben, die über den Vertragshandel meines Großvaters verkauft worden waren, aber keiner, der einem Juden Geld schuldete, fühlte sich noch zum Bezahlen verpflichtet. Die meisten lachten mir einfach ins Gesicht.

Mamas jüngere Schwester, Tante Marianne, hatte einen Mann namens Adolf Robichek geheiratet und sich in Belgrad niedergelassen, wo er für die Donau-Schifffahrtsgesellschaft arbeitete. Die Robicheks gaben den Schiffskapitänen Lebensmittelpäckchen für uns mit, und wir teilten unsere Reichtümer mit Frau Maimon und den beiden Schwestern. Die Päckchen wurden zu unserer Rettungsleine.

Verstanden die übrigen Österreicher, was mit uns Juden geschah? Verstanden sie, dass wir enteignet wurden und zu hungern anfingen? Lassen Sie mich als Antwort eine Geschichte erzählen.

Nach dem Anschluss wurde ich einmal von einem Polizisten angehalten, weil ich vorschriftswidrig die Straße überquert hatte. Er wollte mir eine saftige Verwarnung aufbrummen. «Aber ich bin Jüdin», sagte ich. Mehr brauchte er nicht zu hören, um zu wissen, dass ich keinen Pfennig besaß, dass ich unmöglich bezahlen konnte, und er ließ mich laufen.

Wenn Leute Ihnen also erzählen, ihnen sei nicht bewusst gewesen, wie die Juden ausgeplündert wurden, dürfen Sie das niemals glauben. Sie wussten es alle.

Christl Denners Liebesleben, das schon immer wild bewegt war, wurde durch die Nazipolitik regelrecht chaotisch.

Wir unterhielten uns im Bad, weil es in den anderen Zimmern wegen der riesigen Fenster eiskalt war.

«Ich sage dir, Edith, die Situation ist so dämlich, so etwas konnten nur die Nazis anrichten. Nach den Nürnberger Rassengesetzen ist man doch nur ein rechtmäßiger Arier, wenn alle Großeltern auf beiden Seiten Arier waren, stimmt's? Wenn also nur ein Großelternteil Jude war, gilt man als Jude und verliert alle Bürgerrechte, stimmt's? So, und nun rate mal. Bertschis Vater ist ein tschechoslowakischer Jude.»

«O Gott», rief ich bestürzt.

«Also», fuhr sie fort, «hat mein Vater Bertschis Vater geholfen, sich falsche Papiere zu beschaffen, die ‹beweisen›, dass auch er seit drei Generationen Arier ist. Gute Idee, nicht?»

«Ausgezeichnet.»

«Es hatte zur Folge, dass Bertschis Vater sofort eingezogen wurde.»

«O Gott!»

«Bei der Wehrmacht haben sie dann Herrn Berans wahre Identität entdeckt und ihn ins Kittchen gesteckt. Inzwischen hatten sie nun aber auch Bertschi eingezogen, der aufgrund der falschen Papiere seines Vaters ja jetzt arisch genug war. Kurz darauf stellte die Wehrmacht dann fest, dass Bertschis Vater im Gefängnis saß, aber nicht, *warum* er im Gefängnis saß, und da haben sie Bertschi unehrenhaft entlassen und nach Wien zurückgeschickt. Und jetzt hör zu, Edith, du wirst es kaum glauben ...»

«Was denn? Was?»

«Während Bertschi auf der Heimfahrt nach Wien war, ist seine ganze Einheit durch eine Bombe der französischen Résistance in die Luft geflogen.»

Es tat mir Leid für die Soldaten, zugleich freute ich mich für Bertschi, und ich war glücklich zu erfahren, dass es wirklich eine französische Résistance gab.

«Jetzt haben sie herausgefunden, dass Bertschi Halbjude ist, und die Gestapo ist hinter ihm her.»

«O nein ...»

«Aber ich habe einen Plan. Mein Vater hat mir ein ehemals jüdisches Geschäft gekauft. Da soll ich Souvenirs verkaufen: Kaffeetassen mit dem Bild vom Stephansdom drauf, Nachbildungen von Nymphenburger Statuetten, Spieldosen mit Wagner-Musik. Natürlich brauche ich einen Buchhalter zur Unterstützung. Da habe ich eben Bertschi angestellt.»

Sie lächelte. Ihr Hund legte den Kopf in ihren Schoß und schmachtete sie an.

«Aber Christl, das ist zu gefährlich. Sie werden dir auf die Schliche kommen ...»

«Das sind sie schon», antwortete sie. «Ich muss mich morgen in der Prinz-Eugen-Straße melden.»

«Da darfst du nicht hin!», rief ich. «Du bist Arierin, du kannst ins Ausland, du hast Papiere, du musst die Stadt verlassen, das Reich!»

«Mein Vater ist nach Münster in Westfalen zur Flak

eingezogen worden», sagte sie. «Ich gehe nicht außer Landes.»

Ich dachte an Hansi, die SS, ihre Brutalität gegenüber Frauen.

Christl lächelte. «Du brauchst mir nur deine gelbe Bluse zu leihen, die mit den Vögeln drauf, dann klappt das schon.»

Am nächsten Tag zog Christl Denner die Bluse an, die meine Mutter für mich gemacht hatte. Sie passte ihr wie angegossen. Christl legte ihren rötesten Lippenstift auf und tuschte sich die Wimpern. Als sie mit wippendem Rock und leuchtendem Haar die Straße hinunterging, sah sie aus, als ginge sie zu einem Ball.

Bei der Gestapo kamen sämtliche Männer hinter ihren Schreibtischen hervor, um sie sich aus der Nähe anzusehen. Der Hauptsturmführer versuchte sich streng zu gebärden.

«Bei Ihnen arbeitet ein Mann, Fräulein Denner, ein gewisser Hans Beran . . .»

«Ja, mein Buchhalter. Er ist zur Zeit auf Reisen, im Reich. Ich habe erst neulich eine Postkarte von ihm bekommen.»

«Wenn er zurückkommt, möchte ich ihn sprechen.»

«Selbstverständlich, Herr Hauptsturmführer. Ich werde ihn sofort herschicken.»

Sie lächelte ihn strahlend an. Er küsste ihr die Hand und fragte, ob er sie zu einem Kaffee einladen dürfe. Sie nahm an.

«Du hast *was*? Du bist mit einem SS-Mann ausgegangen?»

«Wie kann eine Frau eine schlichte Einladung zum Kaffee ausschlagen?», fragte sie zurück. «Das wäre doch ungezogen. Es würde nur Misstrauen wecken. Als der Hauptsturmführer ein weiteres Treffen vorschlug, habe ich ihm erzählt, ich sei mit einem tapferen Matrosen auf hoher See verlobt und könne unmöglich sein heiliges Vertrauen in mich enttäuschen.»

Grinsend gab sie mir meine Bluse zurück. Sie hatte die Ausstrahlung einer Leinwandheldin, meine Freundin Christl.

Im Kellergeschoss ihres Ladens saß Bertschi Beran, der glücklichste aller Männer.

Pepi besuchte mich täglich. Er arbeitete als Gerichts-Stenograf; nach der Arbeit ging er rasch einen Happen essen und kam dann zu uns, ein Fußweg von fünfundvierzig Minuten. Er kam um sieben, legte seine Uhr auf den Tisch, um die Zeit nicht zu vergessen, und ging um Punkt Viertel nach neun, damit er um zehn zu Hause war, denn um diese Zeit wurde er von seiner hysterischen Mutter erwartet.

Unsere lange hinausgeschobene, immer wieder verhinderte Liebesbeziehung fand nirgendwo ein Plätzchen, ein Eckchen, und allmählich verschmachteten wir. Selbst bei größter Kälte gingen wir draußen spazieren und mussten eine Bank oder einen Toreingang finden, wo wir uns küssen und aneinander schmiegen konnten.

Eines Nachmittags schlichen wir uns in Heidenängsten, dass Nachbarn uns beobachten könnten, in seine Wohnung. Pepi hatte Kondome gekauft und sie vor Anna – die in allen seinen Sachen herumschnüffelte – in einer Schachtel versteckt, auf der stand: UNENTWICKELTER FILM! NICHT DEM LICHT AUSSETZEN! Wir waren ganz verrückt vor Aufregung und konnten es nicht erwarten, zusammenzukommen. Aber kaum hatten wir begonnen, uns auszuziehen, da hörten wir auf dem Flur Männer herumbrüllen und dieses widerliche Nazi-Gehämmer an der Tür irgendeines bedauernswerten Österreichers, dann das Weinen einer Frau: «Nein, nein! Er hat doch nichts getan! Nehmen Sie ihn nicht mit!» Darauf nur noch die schweren Schritte der Schergen, die ihr Opfer fortschleiften.

Unsere Leidenschaft starb an der Angst. Wir konnten sie an diesem Abend auch nicht wiederbeleben. Pepi begleitete mich zurück ins Ghetto.

Er flog bei Gericht nicht raus. Eines Morgens ging er einfach nicht mehr zur Arbeit, und seine Kollegen nahmen an, er sei wie alle Juden, Halbjuden und Vierteljuden verhaftet worden oder setze alles daran, aus dem Land zu kommen. Lebensmittelkarten für Juden bekam er nicht, da er nach den

Machenschaften seiner Mutter nicht mehr als Jude geführt war. Wenn er aber versucht hätte, normale Lebensmittelkarten zu bekommen, hätte man ihn eingezogen.

So saß Pepi in der Wohnung seiner Mutter fest. Er lebte von dem, was seine Mutter ihm brachte. Sie schwor bei den Ämtern, dass sie eine starke Raucherin sei, und bekam auf diese Weise Zigaretten, die sie ihm mit nach Hause nahm. Tagsüber ging er hinaus und setzte sich in den Park, wo ihn niemand beachtete. Er beschäftigte sich damit, Gesetze für das neue demokratische Österreich zu formulieren, von dem er überzeugt war, dass es nach der Beseitigung der Naziherrschaft kommen werde. Können Sie sich das vorstellen? Während er so tat, als gäbe es ihn gar nicht, schrieb mein genialer Pepi das österreichische Strafrecht um, nur so zum Spaß.

Als die Deutschen 1939 Polen überfielen und damit Frankreich und Großbritannien zum Kriegseintritt veranlassten, hatten wir kurze Zeit die Hoffnung gehegt, dass die Deutschen bald besiegt sein würden und unsere Entscheidung, in Wien zu bleiben, sich als die richtige erweisen werde. Aber bald genug mussten wir begreifen, dass die Ausweitung des Krieges uns alle Fluchtwege abschnitt.

Die Alten und Kranken sahen keine Möglichkeit mehr, sich in Sicherheit zu bringen. Die betagte Witwe des deutsch-jüdischen Malers Max Liebermann nahm sich das Leben, als die Gestapo sie gerade abholen kam. Ein Onkel meiner Mutter, Ignatz Hoffmann, ein bedeutender Arzt, hatte eine junge Frau geheiratet und ein paar sehr glückliche Jahre mit ihr verbracht. Bevor die Gestapo ihn holen kam, nahm er Gift. «Du musst jetzt fliehen, meine Liebe», sagte er. «Lauf wie der Wind. Du kannst dich nicht mit einem alten Mann belasten.» Er starb in ihren Armen.

Wir hörten, eine geheimnisvolle Nazi-Frau habe Onkel Ignatz' Frau geholfen, ihren Besitz außer Landes zu schaffen, bevor sie selbst entkam.

Alle Juden polnischen Ursprungs wurden ins Land ihrer Väter zurückgeschickt, und so verabschiedeten sich die beiden lieben Schwestern von uns, packten ihre Sachen und reisten ab. Wir schickten ihnen über die Jüdische Gemeinde in Warschau Päckchen, aber die kamen natürlich zurück, weil es verboten war, irgendetwas an Juden zu schicken. Also befolgten wir den Rat eines gewitzten Nachbarn und formulierten die Adresse auf Polnisch, worauf die Päckchen wundersamerweise ankamen. Auch ich wurde gewitzter. Nie gab ich zwei Päckchen im selben Postamt auf.

Nach und nach verloren wir den Kontakt zu allen unseren Verwandten und Freunden. Wie schwerelose Sterne entschwebten sie durch alle denkbaren Löcher, die sich in der Mauer der Naziherrschaft auftaten.

Meine Tante Marianne Robichek schrieb, sie wolle sich mit ihrer Familie in Richtung Italien begeben. Onkel Richard und Tante Roszi schickten eine Postkarte aus China. Hansi, Milo und Mimi teilten uns über andere Verwandte mit, dass sie in Palästina angekommen waren. Mein Vetter Max Sternbach, ein begabter Maler, der an der Kunstschule mit Erfolg studiert hatte, die Hitler nicht hatte nehmen wollen, verschwand über die Alpen – Richtung Schweiz, wie wir hofften.

Ich borgte mir Christls fliederfarbene Bluse und ließ zu Pepis Geburtstag ein schönes Foto von mir machen. Irgendwie hatte ich das Gefühl, wir würden Fotos voneinander brauchen, falls wir getrennt würden. Er meinte, wir würden nie getrennt werden, aber es geschah doch so vielen Leuten.

Man denke an Onkel Ondrej an der Ostfront. Er hatte sein Söhnchen, das Jultschi nach ihm benannt hatte, noch nicht einmal gesehen.

Alle meine Hoffnungen richteten sich jetzt auf die Niederlage Deutschlands. Wenn nur Frankreich durchhielt . . . wenn nur Italien sich mit England verbündete . . . wenn nur Amerika in den Krieg einträte, dachte ich, dann würden die Nazis vernichtet.

Als Pepi und ich im Juni 1940 wieder einmal am Donaukanal spazieren gingen, rief jemand fröhlich vom anderen Ufer herüber: «Frankreich ist gefallen!» Die ganze Stadt brach in lauten Jubel aus ... Ich musste mich auf offener Straße übergeben. Ich bekam keine Luft, konnte keinen Schritt mehr gehen. Pepi musste mich halb nach Hause tragen. Seine Mutter hatte irgendwelche Beruhigungspillen. Da ich jetzt so hysterisch war wie sonst sie, stahl Pepi ein paar davon, steckte sie mir in den Mund und achtete darauf, dass ich sie auch wirklich hinunterschluckte.

Italien erklärte Frankreich und Großbritannien den Krieg – ein deutlicher Hinweis darauf, dass Mussolini auf Hitlers Sieg setzte. Da nahm ich die Pillen aus freien Stücken, denn nun glaubte ich alles verloren. Wir saßen in der Falle des faschistischen Reiches.

Pepi wollte sich nicht der Verzweiflung anheim geben. Seine Pünktlichkeit regelte unser Leben und brachte Ruhe hinein. Die kleinen Geschenke, die er von arischer Seite bekam – Kaffee, Käse, Bücher –, erinnerten uns an vergangene bessere Tage. Und dann nötigte er in einem unvergesslichen Akt romantischer Verwegenheit seiner Mutter etwas Geld ab und fuhr mit mir in die Wachau.

Wir erlebten drei herrliche Tage in einem Märchenland. Wir ließen uns auf dem kristallblauen Fluss treiben. Wir stiegen zur Ruine der Burg Dürnstein hinauf, wo Richard Löwenherz gefangen gehalten worden war und der Troubadour Blondel seine Freilassung besang. Wir schlossen die Tür unseres Hotelzimmers ab, warfen uns aufs Bett und flogen einander in die Arme. Leute fragten mich, warum ich einen so viel älteren Mann geheiratet hätte, denn Pepi sah älter aus, als er war, ich dagegen jünger. Ich antwortete: «Weil er der tollste Liebhaber der Welt ist!»

Die Nazis waren fortgehext wie böse Kobolde. Wir spazierten auf denselben zauberhaften Wegen, auf denen vor uns Bertrand Russell spaziert war, der diesen Ort den verwunschenen Garten Österreichs genannt hatte, und wir dachten an nichts anderes als an die Freude, die wir aneinander hatten. Politik, Armut, Terror und Hysterie, das alles verschwand in der dünnen, frischen Bergluft.

«Du bist mein Engel», flüsterte er. «Du bist mein Zaubermausi, mein liebstes Mädel . . .»

Einzig und allein deswegen war ich in Österreich geblieben, verstehen Sie? Ich war verliebt und konnte mir ein Leben ohne Pepi nicht vorstellen.

Nachdem etwa 100000 der 185000 Wiener Juden es auf irgendwelchen Wegen geschafft hatten, aus dem Land zu kommen, beschlossen die Nazis, die in der Stadt Verbliebenen zu registrieren. Wir wurden unter Androhung von Gewalt gezwungen, uns auf einem Platz aufzustellen. Alle Personen mit dem Anfangsbuchstaben F hatten an einem bestimmten Tag zu erscheinen, die mit G an einem anderen, die mit H am 24. April 1941. Mama und ich standen ab dem frühen Morgen in der Reihe. Wenn Leute in Ohnmacht fielen, hoben wir sie auf und trugen sie möglichst aus der Sonne. Ein Lastwagen mit Gestapo-Leuten kam angefahren. Einer von ihnen sprang herunter und riss meine Mutter und mich am Arm.

»Aufsteigen!», befahl er.

«Wieso? Warum?»

«Stell keine dummen Fragen, du Judensau, steig auf!»

Wir wurden auf den Lastwagen gestoßen. Ich hielt Mamas Hand. Sie brachten uns zu einer SS-Dienststelle und legten uns ein Formular vor.

«Sie werden beide für Landarbeit im Reich benötigt. Hier. Unterschreiben Sie. Das ist ein Vertrag.»

Augenblicklich fiel mir alles wieder ein, was ich in meiner Juristenausbildung gelernt hatte. Ich wurde zur Anwältin. Ich plädierte, als hätte ich die Kunst des Plädoyers soeben erfunden.

«Aber diese Frau hat hier gar nichts verloren», sagte ich, wobei ich Mama hinter mich schob. «Sie ist keine Wienerin, sie ist keine Jüdin, sie ist nur ein Dienstmädchen, das wir früher einmal hatten. Sie war bei uns zu Besuch und wollte mir nur Gesellschaft leisten.»

«Unterschreiben Sie.»

«Sehen Sie sich die Frau doch außerdem an! Sie würde zum Arbeiten überhaupt nicht taugen. Sie hat Fersensporne und arthritische Hüftgelenke. Ich sage Ihnen, sie ist orthopädisch ein Wrack. Wenn Sie Arbeiterinnen brauchen, gehen Sie meine Schwestern suchen. Meine Schwester Gretchen ist schön, erst zweiundzwanzig Jahre alt und eine gute Sportlerin. Die beste, jawohl! Sie wäre im Schwimmkader für die Olympischen Spiele gewesen, wenn sie nicht Jüdin wäre. Und meine Schwester Erika ist so stark wie zwei Pferde. Die können Sie vor einen Pflug spannen, sage ich Ihnen. Beide stehen noch in der Reihe, die müssen Sie übersehen haben. Wie konnten Sie zwei so starke junge Frauen übersehen und sich diese alte Schachtel schnappen? Haben Sie etwas an den Augen? Vielleicht sollten Sie sich mal untersu . . .»

«Schon gut, schon gut. Maul halten!», brüllte der Nazi. «Lasst die Alte gehen. Los, Mütterchen, raus hier!» Sie stießen Mama auf die sonnige Straße hinaus.

Ich unterschrieb das Papier. Es war ein Vertrag, der mich zu sechs Wochen Landarbeit in Norddeutschland verpflichtete. Wenn ich mich am nächsten Tag nicht am Bahnhof einfände, hieß es darin, dann würde ich als gesuchte Verbrecherin gelten und gnadenlos gejagt.

Meine Mutter und ich schliefen in dieser Nacht fest aneinander geschmiegt.

«Sechs Wochen», sagte ich. «Das ist alles. Sechs Wochen, und ich bin wieder zu Hause. Bis dahin wird Amerika in den Krieg eingetreten sein und Deutschland besiegt haben, dann ist das alles vorbei.»

Ich packte einen Rucksack und einen Koffer, wie seinerzeit

Hansi. Mama packte mir nahezu alles an Lebensmitteln ein, was wir im Haus hatten.

Pepi kam mit seiner Mutter zum Bahnhof. Er sah so lieb aus, so traurig. All seine liebenswerte Redseligkeit schien ihm abhanden gekommen. Er nahm meine Hände und schob sie in seine Manteltaschen. Meine Mutter hatte dunkle Ringe unter den Augen. Wir schwiegen – wir drei. Nur Anna Hofer konnte den Mund nicht halten. Sie plapperte in einem fort über Rationen und Mode und war außer sich vor Freude, dass ich fortging.

Plötzlich legte meine Mutter den Arm um sie und drehte sie, bevor sie protestieren konnte, von uns weg, damit Pepi und ich einen letzten Augenblick für uns allein hatten. Die salzigen Tränen in seinem Kuss blieben mir erhalten. Ich schmeckte sie in meinen Träumen.

Als die Lokomotive pfiff, flüsterte ich Mama noch zu, sie solle nicht traurig sein, in sechs Wochen würden wir uns wieder sehen.

5

Auf der Spargelplantage

Zunächst kam es mir vor wie eine ganz normale Reise. Ich fuhr in einem Abteil mit mehreren Frauen, und als wir in Melk ankamen, wusste ich bereits von jeder, wie lange sie mit ihren jeweiligen Kindern in den Wehen gelegen hatte. Ein ängstliches, weinerliches junges Mädel hängte sich an mich. Irgendwann wurde ich sie schließlich los. Wir hatten eine Aufpasserin, eine Deutsche, die sehr geschäftig tat. Sie sah in ihrer Nazi-Uniform sehr tüchtig aus, aber während der langen, schlaflosen Nacht ging sie nur in ihrem Schlafrock durch den Zug und wusste eigentlich gar nicht, was sie tun sollte.

Auf dem Leipziger Bahnhof wurden wir in einen Warteraum geführt, wo wir von zwei Polizisten bewacht wurden und die Anweisung bekamen, uns allen Lippenstift oder sonstige Schminke abzuwischen. Wenn wir auf die Toilette wollten, mussten wir um Erlaubnis bitten. Dann ging die Fahrt in einem Personenzug weiter. Inzwischen war unser Geplapper verstummt. Nachdem man uns ein paar Stunden lang wie Sträflinge behandelt hatte, waren wir zu Sträflingen *geworden*, stumm und jederzeit auf der Hut. Ich stand die ganze Zeit am Fenster und sah mir die deutsche Landschaft an, die peinlich sauberen Ortschaften und die adretten grauen

Häuschen, alle gleich gebaut. Die Erde, auf der noch Schneereste lagen, war matschig.

In solchem Matsch werde ich herumlaufen, dachte ich bei mir.

In Magdeburg mussten wir umsteigen und unser Gepäck eine steile Treppe hinaufschleppen. Ein Bummelzug brachte uns in eine Kleinstadt, wo wir frierend auf dem Bahnsteig standen.

Die Bauern kamen – einfache, ungeschliffene Menschen, die fest entschlossen waren, sich als die Herren zu gebärden, sich in ihrer Machtfülle aber sichtlich noch ein wenig unbehaglich fühlten. Sie beäugten uns kritisch, wie Pferde, dann teilten sie uns in Gruppen auf. Der kleinste Bauer nahm zwei, ein paar andere gleich acht oder zehn. Ich ging mit der größten Gruppe – ich glaube, wir waren achtzehn.

Es war ein großes Gut mit sechshundert Morgen Land und sechs schweren Ackergäulen. Das Gehöft bestand aus einem großen Haus, das ich nie betrat, ein paar Scheunen und Stallungen sowie den Baracken für uns Arbeiterinnen. Die Besitzerin, eine Frau in den Zwanzigern, deren Mann im Krieg war, erwartete von Juden, dass sie so waren, wie Goebbels' Rundfunk sie ihr angekündigt hatte: hässliche, ungehobelte, rattenartige Bösewichte, die mit Sicherheit versuchen würden, ihr alles zu stehlen. Sie schien erfreut, dass wir «bitte» und «danke» sagten und einen sanftmütigen und erschöpften Eindruck machten.

Am nächsten Tag begannen wir auf ihren Feldern zu arbeiten.

Noch nie im Leben hatte ich Arbeiten dieser Art verrichtet. Hätte ich doch nur den Sportunterricht nicht geschwänzt, vielleicht wäre ich dann kräftiger gewesen, aber die Reue kam zu spät.

Wir arbeiteten von sechs bis zwölf, dann wieder von eins bis sechs Uhr abends, sechs Tage in der Woche, am Sonntag nur halbtags. Wir mussten Bohnen stecken, dann Schwarzwurzeln säen, dann Kartoffeln legen – und Spargel stechen. Zum Spargelstechen mussten wir tief ins Erdreich fassen, nach den zarten weißen Stangen tasten, sie mit dem Messer abschneiden und herausziehen, dann das Loch wieder schließen – einige tausend Mal am Tag. Bald taten mir sämtliche Muskeln und Knochen weh. Ich hatte Kopfschmerzen. Der Aufseher – wir sprachen ihn mit «Herr Verwalter» an – war ein mickriger Mann mit stumpfen Augen und nervösem Gesichtsausdruck. Er hatte eine Mütze auf und trug ein sauberes weißes Hemd unter einer Jacke und Weste. Auf den Feldern stand er buchstäblich über uns.

Man hatte mir in der Prinz-Eugen-Straße gesagt, dass ich sechs Wochen hier zu arbeiten hätte. Im Zug hatte ich dann gehört, es wären zwei Monate. Als ich aber auf der Plantage etwas von zwei Monaten sagte, schüttelte sich der Herr Verwalter vor Lachen. Ich erinnere mich, dass er eine hohe, gackernde Stimme hatte, wie ein Unterteufel in der Hölle.

«Bestimmte Rassen sind dazu da, für bestimmte andere Rassen zu arbeiten», pflegte er kundzutun, wenn er uns beim Arbeiten zusah. «Das ist das Gesetz der Natur. Deshalb arbeiten die Polen für uns Deutsche, die Franzosen arbeiten für uns, ihr arbeitet heute für uns, und morgen werden auch die Engländer für uns arbeiten.»

Ich sollte einen Graben ausheben. Immer wieder brach mir die lockere Erde an den beiden Seiten ein. Der Verwalter schrie: «Schneller! Schneller!» Ich versuchte schneller zu arbeiten. «Idiotin!», brüllte er. «Du dummes, nichtsnutziges jüdisches Trampeltier! Wozu bist du eigentlich gut?» Ich brach in Tränen aus. Aber ich hätte den ganzen Graben mit meinen Tränen füllen und darin ertrinken können, mehr Mitleid hätte mir das auch nicht eingebracht.

Nachts im Bett schalt ich mich selbst dafür, dass ich mich vor einem so verachtenswerten Menschen derart würdelos benommen hatte. Ich schwor, dass mir so etwas nie wieder passieren würde, und es passierte mir nicht noch einmal. In den darauf folgenden Wochen sah der Verwalter in mir eine seiner besseren Arbeiterinnen, schnell und tüchtig. Nun richtete er seinen Zorn auf eine bedauernswerte Rumänin. «Du alte Krähe!», schrie er sie an. «Du vertrocknetes, dummes, unnützes jüdisches Trampeltier! Wozu bist du eigentlich gut?» Wiederholt stieß er sie mit dem Gesicht in den Dreck.

Gelegentlich kam die Besitzerin des Hofs, frisch wie aus dem Ei gepellt, auf die Felder hinaus, um zu sehen, wie die Dinge standen. Zum Gruß rief sie uns lächelnd «Heil Hitler» zu. Wir richteten uns von dem matschigen Boden auf und sahen sie nur groß an. Keine von uns sagte ein Wort. Sie schien enttäuscht.

Unsere aus Ziegeln und Holz errichtete Baracke hatte fünf Zimmer und eine Küche. In meinem Zimmer schliefen außer mir noch drei andere: Frau Teltscher, die zurückhaltend und still war, sowie Trude und Luci, beide achtzehn Jahre alt. Niemand glaubte mir, dass ich schon siebenundzwanzig war und ein – fast – abgeschlossenes Universitätsstudium hinter mir hatte. Im Zimmer gegenüber wohnte eine Gruppe, die wir «die vornehmen Sechs» nannten, Frauen aus der Wiener Oberschicht. Neben ihnen wohnten sechs andere Frauen, darunter die arme Rumänin, ein hübsches, nervöses dunkelhaariges Mädchen namens Frieda, noch eine junge Frau, die im zweiten Monat schwanger war, und eine, die als Dienstmädchen bei Leuten wie den «vornehmen Sechs» gearbeitet hatte. Sie hatte ihre Freude daran, dass diese verwöhnten Frauen sich mit uns übrigen auf den Feldern durch die Furchen schleppen mussten. Aber ihre Freude hielt nicht lange vor. Nichts kann einem solche Knochenarbeit auf die Dauer zum Vergnügen machen, nicht einmal die Genugtuung über einen Sieg im Klassenkampf.

Zum Schlafen hatten wir jede ein Eisenbett mit Strohmatratze, blau-weiß gewürfelte Laken und eine einzige Decke. Ich zog zum Zubettgehen an, soviel ich nur konnte, weil es so kalt war – zwei Hosen, zwei Hemden, mein Nachthemd, den

Schlafrock, zwei Paar Strümpfe. Ich schrieb an Mama und Pepi und bat sie, mir eine Daunendecke zu schicken, eine «Tuchent», wie wir in Österreich dazu sagten.

Es wurde bald deutlich, dass die Deutschen zwar an der Nutzung unserer Arbeitskraft interessiert waren, nicht aber an ihrer Erhaltung. Zu trinken bekamen wir jeweils eine Portion «Blümchenkaffee» – dünnen Kaffee-Ersatz, der nicht aus Bohnen, sondern aus irgendwas gemacht war, vielleicht aus Eicheln. Jede von uns bekam einen halben Laib Brot, der von Sonntag bis Mittwoch reichen musste. Zu Mittag gab es eine kalte Suppe aus Spargelstücken, die unverkäuflich waren, oder Senfsuppe mit Kartoffeln, vielleicht einmal ein hart gekochtes Ei. Abends erhielten wir Milchsuppe; an Glückstagen waren ein paar Haferflocken darin. Wir hatten ständig Hunger bis unter die Arme. Wie Coleridges Alter Seemann, der mitten im Wasser verdurstete, waren wir von Überfluss umgeben und hatten Bauchweh vor Hunger. Ich lebte bald nur noch für die Packerln von zu Hause, in denen vielleicht Brot oder ein kleiner Kuchen war – oder der größte aller Schätze: ein wenig Marmelade.

Die Frau des Verwalters beaufsichtigte uns ebenfalls. Sie hatte ein vierjähriges Töchterchen, das auf dem Bauernhof spielte, eine kleine süße Unschuld inmitten einer harschen Umgebung. Die Aufseherin war Kettenraucherin und genoss ihre Autorität. Sie ließ uns draußen antreten und las uns die «Lagerordnung für die in den Spargelplantagen zur Verwendung kommenden Jüdinnen» vor:

«Alle Lagerinsassen haben sich der Lagerordnung und den Anordnungen der verantwortlichen Aufseherin – also meinen – zu fügen», sagte sie.

«Jede Lagerinsassin hat morgens vor dem Verlassen des Schlafraums ihr Bett zu machen, ihre Waschgelegenheit zu säubern und dafür zu sorgen, dass ihr Platz im Schlafraum aufgeräumt ist.

Die Stubenälteste, die bestimmt wird ...» Sie zeigte auf

mich. «Das sind Sie.» Dann las sie weiter: «... hat für unbedingte Ordnung und Sauberkeit im Schlafraum zu sorgen. Ihren Anordnungen ist Folge zu leisten.

Die Mahlzeiten werden geschlossen im Ess- und Aufenthaltsraum eingenommen. Das Essen darf nicht in die Schlafräume getragen werden.

Zum Wäschewaschen und Bügeln sind die dafür bereitgestellten Räume zu benutzen.

Das Rauchen ist nicht gestattet.

Das Verlassen des Lagers und der näheren Umgebung ist nicht gestattet, es ist somit ein Besuch der näheren Dörfer und Städte sowie der Lokale, Kinos und Theater verboten.

Alle persönlichen Einkäufe sind der verantwortlichen Lagerleiterin – also mir – aufzugeben und werden, soweit notwendig, durch sie getätigt.»

Verzagt machte ich mir klar, dass ich sie um alles würde bitten müssen – um eine Zahnbürste, Damenbinden, Salz.

Spazieren gehen durften wir nur an Samstagen zwischen 19 und 21 Uhr und an Sonntagen zwischen 14 und 18 Uhr, aber nur in Gruppen von höchstens drei Personen.

Und natürlich durften wir bestimmte Straßen und Plätze nicht betreten und keinerlei Veranstaltungen besuchen. «Sie gehen spazieren und kommen wieder zurück. Sonst nichts.»

Die örtliche Polizei kam oft kontrollieren. Man drohte uns mit Gefängnis, falls wir aufsässig würden. Wir hörten brav zu, und wenn sie wieder fort waren, brachen wir in schallendes Gelächter aus. Wir konnten abends kaum noch in unsere Betten kriechen! Wer hätte da die Kraft gehabt, aufsässig zu werden?

In regelmäßigen Abständen schlug die Polizei Bekanntmachungen an, um uns darauf hinzuweisen, dass gewisse Tätigkeiten, die bis dahin als normal gegolten hatten, auf einmal strafbar waren: In ein Tanzlokal oder ins Kino zu gehen, in einem Gasthaus ein Bier zu trinken – das alles war uns Juden jetzt verboten. Und das schlimmste aller Verbrechen, sagte die Aufseherin, indem sie auf einen neuen Aushang zeigte, war «Rassenschande» – als solche galten insbesondere sexuelle Beziehungen zwischen Deutschen und Juden. Dafür könne man ins Gefängnis kommen, sagte sie.

Krankheit war auf der Spargelplantage nie eine Entschuldigung. Zum Beispiel wollte die Schwangere so gern nach Hause. Sie weinte und bettelte. Der Arzt erklärte sie für arbeitsfähig. Da erbrach sie sich willentlich jeden Morgen auf den Feldern. Einer vom Arbeitsamt – in Nazi-Uniform – ließ sie endlich fort. Aber nicht nach Hause, sondern nach Polen.

Die nervöse Frieda beging den Fehler, der Aufseherin zu sagen, dass sie Zahnschmerzen habe. Sie wurde zum Zahnarzt gebracht. Der riss ihr *zehn* Zähne auf einmal aus! Nach einem Tag musste sie, Blut spuckend, wieder aufs Feld. Sie war einundzwanzig Jahre alt.

Das ganze Frühjahr hindurch stachen wir Spargel. Wir gingen gebückt durch die Reihen und gruben, jäteten, stachen. Mir taten die Finger weh, als wären sie gebrochen. Ich bekam den Rücken gar nicht mehr gerade. Angefangen hatten wir mit sechsundfünfzig Wochenstunden, inzwischen waren wir bei achtzig. Die Bauern der Umgebung hatten sich getroffen und vereinbart, die Spargelernte an einem bestimmten Tag einzustellen, was für uns bedeutete, dass wir uns mächtig ins Zeug legen mussten, um bis dahin so viel Spargel wie möglich aus dem Boden zu holen. Wir standen um vier Uhr morgens auf und arbeiteten bis nach sechs Uhr abends. Ich betrieb ein bisschen Sabotage: Wenn ich mein Messer in die Erde stieß, durchschnitt ich so viele junge Schösslinge wie möglich, damit im nächsten Jahr nichts aus ihnen wurde.

Einmal, nach zwölf Stunden Arbeit im strömenden Regen, überkam mich das Selbstmitleid. Meine Knie waren rheumatisch angeschwollen, und die nassen Sachen drohten mir am Leib zu faulen. Wäre es nicht besser gewesen, fragte ich mich, in Wien einen schnellen Tod zu sterben als stückchenweise hier in diesem Dreck?

Aber sogleich schämte ich mich dieses Gedankens und suchte Zuflucht in der sozialistischen Doktrin, um meine Leiden herunterzuspielen. «Geht es nicht neunzig Prozent aller Menschen auf der Welt so?», schrieb ich einmal an Pepi. «Müssen sie nicht von morgens bis abends schuften? Müssen sie nicht hungrig und frierend zu Bett gehen?»

Wie man sieht, taugte Beschämung immer noch dazu, mich psychisch wieder aufzurichten. Ich besaß noch Stolz.

Als nach der Ernte die Arbeit weniger wurde, schickte man einige Frauen nach Hause. Sechs von uns – die als «die besten Arbeiterinnen» galten – blieben.

Es wurde warm. Die Felder raschelten im Wind und wogten wie ein liebliches grünes Meer. Mein Körper war kräftiger geworden, er hatte sich irgendwie der Arbeit angepasst. Gedanken an Liebe kamen mich an.

«Ich möchte mich an Deine Lippen pressen», schrieb ich meinem Liebsten. «Aber Du bist so weit fort! Wann werde ich dich wieder fühlen?»

Ich pflückte Mohnblumen und Margeriten und steckte sie allen ins Haar. Ich wurde zur Trösterin im Lager, die sich immer fröhlich gab und zwischen den Zuckerrüben mit Trude und Luci Walzer tanzte. Wenn es Schlafenszeit wurde, trug ich meinen jüngeren Zimmergenossinnen mein liebstes Goethe-Gedicht vor, das ich mir an den Spind geklebt hatte:

Feiger Gedanken bängliches Schwanken,
Weibisches Zagen, ängstliches Klagen
Wendet kein Elend, macht dich nicht frei.
Allen Gewalten zum Trutz sich erhalten,
Nimmer sich beugen, kräftig sich zeigen,
Rufet die Arme der Götter herbei.

Erschöpft von der Anstrengung, allen Mut zu machen, am meisten mir selbst, schlief ich mittags in der Sonne ein, den Kopf auf eine Gerstengarbe gebettet.

Die Post war unser größter Trost. Wir lebten für unsere Packerln. Damals hielten die Nazis noch einen regelmäßigen Postverkehr aufrecht. Sie wussten, dass jedes Paket, das an uns geschickt wurde, unsere Verwandten in Wien ärmer machte, und zugleich ersparte es unseren Wärtern die Kosten, uns allzu gut ernähren zu müssen. Die «Ostarbeiter» – Polen, Serben, Russen – durften nicht nach Hause schreiben, weil man fürchtete, sie könnten ihren Landsleuten berichten, wie schlecht sie behandelt wurden; das hätte womöglich Widerstand gegen künftige Deportationen hervorgerufen.

Ich schrieb unaufhörlich an Mama, an Pepi, die Denner-Töchter, die Römers und die Grenzbauers, mitunter dreimal täglich. Oft war es nichts weiter als zusammenhangloses Geplapper oder unreifer Protest. Manchmal führte ich aber auch präzise landwirtschaftliche Aufzeichnungen: Wie viele Reihen Spargel ich gestochen hatte, dass die Reihen zweihundert Meter lang waren, dass dieses Ungeziefer die zarten Blätter abfraß, jener Engerling die Wurzeln zerstörte, dass dieses Werkzeug zum Jäten und jenes zum Hacken diente. Ich schilderte, wie die serbischen Kriegsgefangenen behandelt wurden – als wären sie landwirtschaftliche Geräte –; wie der Herr Verwalter den Tabak klaute, den Pepi mir geschickt hatte (und den ich dem französischen Kriegsgefangenen hatte geben wollen, der uns allen so sehr half); dass ich gelernt hatte, mich zur Arbeit in die Furchen zu setzen und auf dem Allerwertesten vorwärts zu rutschen, um meine Knie zu schonen.

An Pepi bemühte ich mich die Wahrheit zu schreiben. Gegenüber Mama log ich konsequent.

Pepi berichtete ich, dass ich an Grippe erkrankt war; an Mama schrieb ich, ich sei gesund und munter. Ihm schrieb ich, dass Frau Hachek, eine alte Bekannte, im Lager war. In den Briefen an Mama ließ ich das unerwähnt, weil sie sonst vielleicht an Frau Hachek geschrieben und von ihr erfahren hätte, dass ich eine chronische Bronchitis und einen unidentifizierbaren Ausschlag hatte, dass meine Zähne braun wurden, dass ich mehr zu essen brauchte. Wenn Frieda, Trude, Luci und ich zur Arbeit gingen, riefen die deutschen Kinder uns höhnisch «Judenschweine!» nach. In der Stadt verkaufte man uns in den Geschäften nicht einmal eine Flasche Bier. Ich schrieb an Mama, es sei eine freundliche Stadt.

Ich las Nordau und Kästner und den *Faust* und Muselers *Geist und Antlitz des Barock*. Ich versuchte von unseren Mitgefangenen etwas Französisch und aus einem Buch, das wir «McCallum» nannten, etwas Englisch zu lernen, denn mir war klar, dass mein Körper, der mittlerweile dünn und knochig war, bei diesem Martyrium draufging und wohl nur mein Geist erhalten bleiben würde.

Wir waren gänzlich von der Welt abgeschnitten. Nie bekamen wir eine Zeitung zu sehen, nie hörten wir Radio. Ich schrieb an unseren alten Freund Zich, der jetzt der Wehrmacht angehörte, weil ich hoffte, von ihm etwas zu erfahren. Ich schrieb sogar an Rudolf Gischa, meinen ehemaligen Verehrer in der Tschechoslowakei.

Ich bat Pepi inständig um Nachrichten. «Ist es wahr, dass Kreta eingenommen wurde?», fragte ich ihn Ende Mai 1941. Ich konnte es nicht glauben. Für mich war Kreta ein Schauplatz der griechischen Sage. Im Geiste sah ich deutsche Soldaten mit Panzerfäusten auf eindimensionale Krieger mit krausen Bärten schießen, die Sandalen an den Füßen und zierliche Speere über den Schultern trugen.

Ich konnte den Krieg überhaupt nicht als Wirklichkeit begreifen. Obwohl ich davon hörte, dass die Nazis in Spanien Städte bombardiert hatten, konnte ich mir einen Luftangriff auf unbewaffnete Zivilisten doch nicht vorstellen. Man muss bedenken, dass zur damaligen Zeit in den ländlichen Gegenden Deutschlands noch Pferdefuhrwerke auf den Straßen verkehrten. Sehr wenige Menschen begriffen, was ein moderner Krieg sein konnte.

Eines Tages, als wir um sechs Uhr früh auf die Spargelfelder gingen, sahen wir, wie sich am Horizont schwarze Wolken zusammenballten. Wir wussten, es würde Regen geben, und der Herr Verwalter wusste das auch. «Schneller, schneller», brummelte er, denn er sorgte sich um das Pensum. Es begann zu gießen. Die Erde weichte auf. Die Messer wurden glitschig. Wir warteten darauf, dass er sagte: «Schluss für heute.» Aber er sagte es nicht.

Er stand mit einem Schirm über dem Kopf da, und wir hoben den Blick nicht vom Boden und ernteten Spargel. Erst als es in Strömen regnete und der Spargel zu schwimmen anfing wie der Reis in Burma, ließ er uns endlich in den Schuppen.

Wir nahmen an, er würde jetzt nach einem Wagen schicken und uns in die Unterkunft zurückbringen lassen, aber nein.

«Wir warten, bis der schlimmste Regen vorbei ist», sagte er. «Dann geht's zurück aufs Feld.»

Frieda, die Frau, die zehn Zähne eingebüßt hatte, begann zu heulen: «Wozu leben wir, nur um hier zu leiden! Der Spargel ist ja viel wichtiger als das Leben von Menschen!»

Dieser Verzweiflungsausbruch schien den Verwalter doch auf wundersame Weise zu berühren, denn nun erlaubte er uns endlich, in die Unterkunft zurückzukehren.

Man sieht, selbst die Unmenschen waren nicht immer unmenschlich. Diese Lektion sollte ich immer wieder lernen – wie völlig unberechenbar Individuen in Fragen ihrer persönlichen Moral sein können.

Der Franzose, der mit uns arbeitete, hieß Pierre, wurde aber von den Deutschen nur Franz gerufen, weil sie seinen Namen nicht aussprechen konnten. Er war Winzer, kam aus den Pyrenäen und trug einen weißen Flicken an seiner Kleidung, auf dem «KG» (Kriegsgefangener) stand. Er pflügte die Felder mit einem Pferd, und wir folgten ihm, gewöhnlich auf allen vieren, und säten oder jäteten. Ich rief ihm dabei französische Wörter zu, damit er meine Aussprache korrigierte.

«Egless!», rief ich.

«Non, non, église!»

Ich rief: «Pohm de töhr.»

«Pommes de terre!», verbesserte er mich.

Ich machte mit meiner Box ein Foto von ihm und schickte den Film zum Entwickeln zu Pepi nach Wien, damit Franz das Bild seiner Frau und seinen Kindern schicken konnte.

Pepi war eifersüchtig! Wie so viele Deutsche glaubte er, die Franzosen wären anderen Männern in erotischer Hinsicht überlegen, und Franz würde uns mit Sicherheit verführen.

«Höchste Zeit, diese dummen Vorurteile aufzugeben», teilte ich meinem ach so klugen Freund mit. «Er ist viel zu erschöpft, zu ausgezehrt, und sehnt sich viel zu sehr nach seiner Familie, um irgendwelche erotischen Absichten zu haben.»

In Wirklichkeit waren es die Deutschen, die uns nachstellten. Der Verwalter machte derbe Scherze mit Frieda und versuchte ihr mit seiner Macht zu imponieren. Werner, ein Junge aus dem Ort, der sich für zwölf Jahre bei der Wehrmacht verpflichten wollte, ließ sich keine Gelegenheit entgehen, mit Eva, der Tochter des rachsüchtigen Dienstmädchens, anzubändeln. Otto, der SA-Mann von der Nachbarplantage, traktierte uns mit unsittlichen Anträgen und schmutzigen Witzen.

Die Bauern waren stolz und hochmütig geworden. Sie aßen jetzt besser als alle anderen in Deutschland. Und wie Volkswagen und Siemens hielten sie Sklaven. Sie brauchten nichts weiter zu tun, als die örtlichen Nazigrößen zu füttern, dann konnten sie so viele Zwangsarbeiter haben, wie sie wollten.

«Die Stadtmenschen nennen uns Mistbauern», höhnte Otto, «aber jetzt werden sie bezahlen, passt nur auf!» Er verlangte halsabschneiderische Preise für ein Hühnchen oder ein Schwein und freute sich, wenn die Städter einander zu überbieten versuchten.

Gerüchte über die zunehmende Not in Wien erreichten uns in den Briefen unserer Lieben zwischen den Zeilen. Ich wusste immer, woran es Mama mangelte, denn genau das pflegte sie mir zu schicken. Wenn sie fror, schickte sie mir Fingerhandschuhe, gestrickt aus einem Rest gelber Wolle. Wenn sie hungerte, schickte sie mir kleine Kuchen.

Ich hatte mir von meinem Lohn ein paar Reichsmark zusammengespart und schickte sie Pepi mit der Anweisung, davon Seife für Mama zu kaufen, Schreibpapier für mich, sogar ein Geschenk für seine Mutter, um deren Gunst ich noch immer warb. Zur Erntezeit kaufte ich von den Bauern Äpfel, kiloweise Bohnen zum Einlegen sowie Spargel und Kartoffeln und schickte sie an Pepi und Mama und die Römers und Jultschi, die, wie ich wusste, diese Schätze miteinander teilen würden.

Die aus Polen stammenden Juden waren bereits nach Polen zurückgeschickt worden. Jetzt, im Sommer 1941, hörten wir davon reden, dass auch die deutschen und österreichischen Juden dorthin geschickt werden sollten. Diese Deportationen – oder «Aktionen», wie wir sie nannten – erfüllten uns mit Furcht und Schrecken. Wir wussten damals nicht, was «Polen» hieß, wir wussten nur, dass es nichts Gutes bedeutete. Wir stellten uns Polen mehr oder weniger als eine unzivilisierte Wildnis vor, wohin die Deutschen gingen, um das Land zu kolonisieren und sich die bäuerliche Bevölkerung untertan zu machen. Wenn Mama nach Polen müsste, so dachte ich, würde sie dort als Dienstmädchen bei deutschen Kolonisten arbeiten müssen – ihnen das Geschirr spülen, die Fußböden schrubben, die Kleider bügeln. Ich ertrug es nicht, sie mir unter solchen Umständen vorzustellen. Meine Mutter eine Dienstmagd? Unmöglich!

Die Aufseherin und der Verwalter versicherten uns, so lange wir hier arbeiteten, würden unsere Angehörigen nicht deportiert. Ich hatte das Gefühl, dass sie sich im Lauf der Zeit mehr und mehr bemühten, sich vor uns zu stellen. Eines Sonntags gingen wir sechs spazieren. Während unserer Abwesenheit kam die Polizei schnüffeln. Der Verwalter sagte, wir wären auf den Feldern und da solle man uns nicht stören. Als wir zurückkamen, meinte er grinsend: «Bedanken Sie sich, meine Damen. Ich habe Sie wieder mal aus dem Dreck gezogen.»

Am Dorfrand befand sich ein Lager mit polnischen Zwangsarbeitern, die für die Bauern Steine schleppen, ihre Häuser umbauen und ihre Schweineställe ausmisten mussten. Die Polen riefen uns nach, wenn wir zur Arbeit gingen.

«Beachtet sie nicht», sagte ich zu meinen jungen Leidensgefährtinnen.

Aber Liesel Brust, ein lebhaftes, dunkelhaariges junges Mädel, wollte unbedingt mehr über das Land wissen, in das so viele Juden gingen. Sie näherte sich einem der Männer und fragte: «Wie ist es denn in Polen?»

«Schön ist es da», antwortete er. Er war jung. Er lächelte. Ihm fehlten die Schneidezähne.

«Und in Warschau?»

«Glitzernde Paläste, Museen, Opernhäuser, Bibliotheken, Universitäten voller Professoren – alles, was einer hübschen jungen Jüdin wie dir gefallen würde. Komm rein, Süße, dann erzähle ich dir mehr über Warschau.»

Ich zog Liesel mit mir fort.

«Ich bin in Wien einmal einem Chinesen begegnet, der hat genauso geredet», warnte ich sie. «Wenn ich mit ihm gegangen wäre, säße ich jetzt in Kaulun in einem Bordell. Geh in dieses Polenlager, und du kommst nie mehr raus, das kann ich dir versprechen.»

Ich glaubte, nur von einem Haufen sexuell ausgehungerter Zwangsarbeiter im deutschen Flachland zu sprechen. Wie konnte ich damals wissen, dass der Satz sich ebenso auf Polen selbst hätte beziehen können?

Je schwerer ich arbeitete, je magerer ich wurde, je mehr ich die Hoffnung verlor und ans Sterben dachte, desto zärtlicher wurden meine Gefühle für alles Lebende. Ich machte keine Unterschiede mehr zwischen Menschen; ich war niemandem böse und respektierte jeden. Wir entdeckten Mäuse in unserer Unterkunft. Statt sie umzubringen, legten wir Brotkrumen für sie aus. Ich nahm ein krankes Küken mit in unser Zimmer und fütterte es gewissenhaft drei Tage lang, bis es starb.

Ich schrieb an Pepi, dass zwei Seelen in meiner Brust wohnten. Die eine glaube, dass dieses Leiden nie ein Ende haben werde und wir alle in diesem Dreck sterben müssten. Die andere glaube an Wunder: dass die Royal Air Force eine Bombe direkt auf Hitler und Goebbels werfen werde, die Nazis verschwinden würden und ich wieder ein freier Mensch wäre; dann könnten wir heiraten und viele Kinder bekommen.

Ich gewann eine echte Freundin: Mina Katz. Sie war ein liebenswertes, unbeschwertes Mädchen von achtzehn Jahren, blond und anmutig und gegen Trübsinn irgendwie immun; an allem sah sie auch die lichte Seite. Sie kam aus einer großen, verarmten Familie und brachte ins Arbeitslager nichts als einen Minderwertigkeitskomplex mit. Dabei wäre sie bestimmt eine gute Schülerin gewesen, wenn das Schicksal ihr nur eine Gelegenheit gegeben hätte.

Mina und ihre ältere Gefährtin, Frau Grünwald, hatten in einem Speditionsbüro gearbeitet, das einem Juden gehört hatte und von Frau Maria Niederall übernommen worden war, einer Nazi-Frau, die ihre jüdischen Angestellten aber brauchte, um von ihnen das Geschäft zu erlernen. Im Lauf der Zeit hatte sie die beiden lieb gewonnen und weiter beschäftigen wollen. Aber die Gestapo hatte andere Pläne gehabt. Mina und Frau Grünwald bekamen regelmäßig Päckchen von ihrer früheren Arbeitgeberin – eine üppige Auswahl an Lebensmitteln, Seife und Kleidung, Dingen, die nur eine Arierin mit guten Beziehungen beschaffen konnte.

Wie eine Kerze auf dem Felde verbreitete Mina einen Schimmer guter Laune um sich. Sie kicherte. Sie sang alberne Liebeslieder. Sie dachte sich Geschichten aus. Sie brachte allen kleine Geschenke. Wir liebten sie. Mina und ich begannen es so einzurichten, dass wir immer nebeneinander arbeiteten – ob wir Spargel stachen, Heuballen banden oder neue Kartoffeln aus der feuchten Erde zogen. Wir warfen die Kartoffeln in Körbe zu je fünfundzwanzig Kilo und schleppten sie zu einem wartenden Wagen, jede an einem Henkel. Wir hatten Holzschuhe an den Füßen. Wir erzählten einander von unseren Schwestern, unseren Schulen. So arbeiteten wir, ohne ans Arbeiten zu denken, und das ging uns so schnell von der Hand, dass eine der anderen Frauen uns schon die «Rennpferde» der Bohnenfelder nannte. Während wir Rüben aus der Erde rissen oder kleine Bohnenschösslinge mit Stroh bedeckten, gab ich mein Wissen an Mina weiter – über Wirtschaft, Recht, Politik, Literatur. Sie sog alles in sich hinein. Dieser Unterricht auf dem Feld gab uns beiden etwas, wovon wir zehren konnten.

Im Juli machten wir Heu. Der Schweiß lief uns über die Gesichter. Wir bekamen Sonnenbrand. Ich schmierte uns, Mina und mir, Lehm auf die Arme. Ich schrieb nach Hause und bat um Hautcreme, egal was für welche, aber natürlich war keine zu bekommen. Nicht weil es in Wien keine mehr gegeben hätte, sondern weil die Juden nichts mehr kaufen durften außer dem, was ihre kargen Zuteilungen erlaubten. Sehen Sie diese Flecken in meinem Gesicht? Ich habe sie in späteren Jahren bekommen. Es sind kleine schwarze Andenken an die sengende Sonne auf den deutschen Feldern.

Manchmal hatte ich in meinen wildesten Gedanken Visionen von Frieden, einer idealen ländlichen Gemeinde wie in der sozialistischen Literatur, wo Liebe und Leben allen Krieg und Hass ausschlossen.

Eines Tages, als ich von den Bohnenfeldern kam, sah ich an der Grenze zum benachbarten Hof eine Gruppe von Leuten im Schatten einer Kastanie ruhen. Es waren ein paar alte Frauen dabei, Deutsche mit verwitterten Gesichtern und Händen wie aus Eisen. Außerdem ein paar junge Jüdinnen – «H's» aus Wien, wie ich –, ein paar deutsche Burschen, zu jung noch für die Wehrmacht, mit breitkrempigen Hüten auf den Köpfen, und ein paar Franzosen. Keiner sah aus wie irgendjemandes Herr, keiner wie irgendjemandes Sklave. Sie saßen nur friedlich im Schatten und tranken aus einem Wasserkrug.

«Komm, Edith, setz dich ein bisschen zu uns», rief eines

der Mädeln. Ich ging hin. Ein junger Franzose legte ein zerknittertes Foto von einem kleinen Mädchen vor uns ins Gras.

«*Elle est très belle*», sagte ich.

Tränen liefen ihm übers Gesicht und hinterließen Rinnen im Schmutz.

So viel zu meiner Vision.

Im August setzte Regen ein, wieder zur Unzeit. Die Ernte, die so gut begonnen hatte, war nun verdorben, und es gab nicht genug zu essen. Wir hofften, nach der Getreideernte von unseren paar Mark «Lohn» bei der Besitzerin des Hofs zusätzliche Lebensmittel kaufen zu können. Wenn es bei uns schon schlecht stand, musste es in Wien schrecklich sein, und so erhielt ich die Erlaubnis, mit einem Sack Kartoffeln zur Post zu gehen.

«Sie dürfen keine Kartoffeln mehr nach Wien schicken», sagte die Postbeamtin sehr laut, damit ihr Vorgesetzter es im Hinterzimmer auch hörte.

«Warum nicht?»

«Weil es schon nicht mehr genug Kartoffeln gibt, um die Deutschen zu ernähren. Die Juden werden den Regen essen müssen.»

Ich wandte mich ab. Da packte sie mich am Arm und flüsterte mir ins Ohr: «Schreiben Sie ‹Kleidungsstücke› auf das Paket, dann geht es durch.»

Inzwischen konnten wir sehen, dass unsere Briefe geöffnet und gelesen wurden. Ich lebte in Angst und Schrecken, wenn ich daran dachte, was ich alles geschrieben hatte, was Mama oder Pepi oder Christl mir noch schreiben mochten. Wir hörten von Denunziationen und Deportationen. Plötzlich gab es so vieles zu verbergen. Wenn meine Mutter schrieb: «Denk daran, Liebes, ich will meinen Pelzmantel für Dich aufbewahren», dann mochte irgendjemand diesen Brief lesen und hingehen und den Pelzmantel stehlen, und das hätte meiner Mutter sehr wehgetan. Wenn Pepi schrieb, dass er bis zum Abend in dem kleinen Park in der Nähe des alten Cafés saß und Zeitung las, erfuhr es vielleicht die Gestapo und griff ihn.

«*Vernichte meine Briefe*», schrieb ich ihm. «*Lies sie, bewahre sie in deinem Herzen auf, und dann verbrenne sie!* Ich werde es mit Deinen ebenso machen. Und wenn Du mir schreibst, benutze Abkürzungen. Erwähne nie Orte oder Personen.»

Wir gewöhnten uns an, die Gestapo als «PE» zu bezeichnen - PE für Prinz-Eugen-Straße, wo sie in Wien ihre Zentrale hatte. Wir schrieben «zur Schule gehen» statt «sich zur Deportation melden», denn viele, die deportiert werden sollten, mussten sich in einer Schule einfinden.

Seit einiger Zeit bat ich Pepi, mich zu heiraten, weil ich hoffte, dass wir dann auswandern könnten wie Milo und Mimi oder wenigstens miteinander glücklich wären. «Eine verheiratete Frau mit Ring am Finger», dachte ich. «Die Kinder bekommen kann! Welch unaussprechliche Freude!» Ich klammerte mich an den Gedanken, dass ich, selbst wenn wir nicht hinauskämen, mit ihm verheiratet sicherer wäre und seine Unsichtbarkeit teilen könnte. Er sagte doch, dass er mich liebte. Er sprach von seiner Leidenschaft. Aber auf meine Heiratsanträge ging er mit keinem Wort ein; weder machte er mir Hoffnung, noch sagte er nein.

Wir spielten alle mit dem Gedanken, zum Christentum überzutreten. Was uns einstmals undenkbar gewesen wäre, ein schändlicher Verrat an unseren Eltern und unserer Kultur, erschien uns jetzt als eine durch und durch vertretbare List. Ich dachte an die Marranen in Spanien, die sich äußerlich zum Christentum bekehrt hatten, um das Ende des Inquisitions-Terrors abzuwarten und danach wieder ihren wahren Glauben leben zu können. Vielleicht konnte ich mich ja auch als Christin ausgeben. Gott hätte dafür gewiss Verständnis. Und vielleicht nützte es etwas. Warum es nicht versuchen?

Ich ging in die Stadt, betrachtete die Jesus-Statue vor der Kirche und bemühte mich, ihn zu lieben. Es war Krieg. Männer waren an der Front. Und dennoch sah ich keine Kerzen in der Kirche, keine Gläubigen, die auf Knien um eine sichere Heimkehr ihrer Söhne und Männer und Väter beteten. Die Nazis hatten den Deutschen jeden anderen Glauben als den an den Führer mit großem Erfolg ausgetrieben.

Ich schrieb an Pepi und bat ihn um Instruktionen, was man zum Konvertieren tun müsse. Welche Unterlagen benötigte ich, was für eidesstattliche Erklärungen, welche Unterschriften? Ich las die Gleichnisse. Ich fand Bilder von der Heiligen Familie. Ich wurde richtig poetisch, als ich meinem Liebsten dazu schrieb: «Sieh nur, wie schön die Mutter ist, wie zufrieden und glücklich! Wie stolz der Vater, wie entzückt über das Kind, das ihm geschenkt wurde! Wie wünsche ich mir, dass wir eine Familie sein könnten wie diese, so glücklich und verbunden!»

Was als ein Loblied auf die Heilige Familie begonnen hatte, war unversehens zu einer Schwärmerei über die Familie geworden, die Pepi und ich haben könnten, wenn er mich doch nur zur Frau nähme ... wenn er nur sagte, dass er mich haben wolle ... wenn er doch nur seine Mutter verließe – und wenn ich doch nur wieder meine Periode bekäme.

Ich bekam sie nämlich nicht mehr. Sie blieb aus, hatte einfach aufgehört. «Sei doch froh», sagte ich mir. «Überleg mal, wie praktisch das ist.» Aber in Wirklichkeit war ich verzweifelt. Nachts lag ich auf meiner Strohmatratze und versuchte, nicht an meine Rückenschmerzen zu denken, bemühte mich, meine steifen Finger zur Faust zu krümmen, und betete: «Komm wieder! Komm doch wieder!» Aber sie kam nicht.

Ich saß auf einem Futtertrog und schrieb Briefe. Über meinem Kopf flatterte Wäsche an der Leine. Trude setzte sich neben mich.

«Hör auf zu schreiben, Edith; dauernd schreibst du. Hör mir mal zu. Wie lange geht das jetzt schon so?»

«Seit Juni.»

«Bei mir auch. Und bei Liesel und Frieda und Luci auch.

Ich habe es meiner Mutter geschrieben. Sie hat den Arzt gefragt und der sagt, das kommt von Überarbeitung. Was sagt dein Arzt?»

«Dr. Kohn hat zu meiner Mutter gesagt, ich müsse schwanger sein», antwortete ich.

Wir lachten beide, bis wir weinten.

Pepi schrieb – verschlüsselt in unserer neuen Geheimsprache –, dass es dumm von mir sei, jetzt an einen Glaubensübertritt zu denken. Die Zeit, in der eine solche Geste noch etwas hätte nützen können, sei lange vorbei.

Die Besitzerin des Hofs lieh uns an ihren Nachbarn aus, der knapp an Arbeitskräften war. Jetzt ging es uns also wie den Kriegsgefangenen, den Serben, den Polen, dem ausgemergelten Franzosen – nur waren wir eben doch nicht so wie sie, denn wir hatten keine Heimat.

Ich klammerte mich an den Glauben, dass ich im Oktober wieder nach Hause könne. Was gab es denn im Winter auf einem Bauernhof zu tun? Waren wir nicht Saisonarbeiterinnen? Die angekündigte Wiederkehr kalten Wetters machte mir Angst – die Feuchtigkeit, die Eiseskälte am Morgen. Wie sollten wir hier überleben?

Ich dachte an meine Mutter, ihr dunkles Haar und ihren kecken Gang, die wunderbaren Kekse, die wie Götterspeise von ihren zuckrigen Fingern fielen, ihre ironischen Bemerkungen über die rassistischen Idioten, die unsere Erde kaputtmachten. Ich war siebenundzwanzig Jahre alt und träumte immer noch von ihrer lieben Umarmung, ihrer sanften Stimme. *Du musst Mutter werden, Edith – dafür hast du offensichtlich Talent.* Ich dachte an zu Hause, an die heimeligen, kopfsteingepflasterten Straßen, die Musik. Meine Hände brachen Spargelstangen und warfen Kartoffeln in die Eimer, und meine Seele sang Walzermelodien und tanzte mit meinem Herzallerliebsten.

«Kommen Sie zurück, Edith», rief der Verwalter. «Sie sind schon wieder in Wien.»

Er hatte Recht. Ich hatte gelernt, mich ganz und gar mit Erinnerungen zu füllen und die Plantage auszusperren. Diese wunderbare Abspaltung meines Geistes erhielt meine Seele am Leben. Als die Ortspolizei kam und sagte, wir müssten jetzt alle einen gelben Davidstern tragen, bildete ich mir ein, dass so etwas Albernes in Wien nicht passieren könne, denn ich stellte diese Stadt noch immer als Muster der Weltoffenheit auf einen Sockel. Und dann bekam Trude einen Brief, in dem stand, dass die Juden Wiens den sechszackigen Judenstern ebenfalls zu tragen hätten.

Ich konnte es nicht glauben. War das möglich? War Wien auf das Niveau eines hinterwäldlerischen Kuhdorfs gesunken? Der Gedanke entsetzte mich. Man sieht, wie lange es dauern kann, lieb gewordene Vorstellungen abzuschütteln.

Die Polizisten sagten, wir müssten uns die gelben Sterne aus Wien schicken lassen, und wenn sie da wären, müssten wir sie jederzeit tragen. Hätten wir das aber getan, wären wir in keinem Laden im Ort mehr bedient worden. Also trugen wir die Sterne nicht. Unsere Aufseher schien das nicht zu stören. Ich glaube, sie hatten angefangen, auf ihre Weise dafür zu sorgen, dass wir einigermaßen zufrieden waren, damit wir weiter brav für sie arbeiteten. Das war ihnen wichtiger, als der Polizei eine Freude zu machen.

Pepi schrieb, dass Otto Ondrej, Jultschis Mann, an der Ostfront gefallen war.

Die arme Jultschi, die Schwächste von uns, die am meisten vom Unglück Verfolgte, war wieder allein. Ich ertrug es nicht, an sie zu denken, aber sie ging mir nicht aus dem Kopf. «Meine Trauerkleider sind noch in Wien», schrieb ich an Pepi. «Sag ihr, sie soll sie sich holen.»

Eine der Frauen, die man nach Hause gelassen hatte, Liesel Brust, war mutiger gewesen als die meisten von uns und hatte immer versucht, den ausländischen Zwangsarbeitern näher zu kommen. Jetzt schickte sie mir aus Wien, zusammen mit einem großen Paket Herrenunterwäsche, einen verschlüsselten Brief, in dem sie mich bat, das Paket an einem bestimmten Abend an einem bestimmten Stein bei einem bestimmten Feld zu hinterlegen und den französischen Gefangenen, die in Lumpen gingen, zu sagen, wo sie es finden könnten.

Ich hatte so etwas noch nie gemacht – es war ein Akt politischer Sabotage! Dabei erwischt zu werden bedeutete Verbannung in eines der immer zahlreicher werdenden Konzentrationslager. Aber es abzulehnen wäre eine solche Schmach gewesen, dass mir schon der Gedanke unerträglich war. Ich wartete also, bis meine Zimmergenossinnen schliefen. Dann öffnete ich leise, ganz leise das Fenster und stieg hinaus. Es war eine warme, bewölkte Nacht, die schon den Regen des nächsten Tages verhieß. Das Paket verrutschte unter meinem Hemd und knisterte. Es klang für mich wie Donner. Ich atmete einmal tief durch, dann rannte ich über die abgeernteten Getreidefelder. Die spitzen Stoppeln stachen mich. Mein Herz hämmerte. Ich wagte nicht ein einziges Mal, mich umzudrehen, weil ich fürchtete, hinter mir jemanden zu entdecken. Von ferne sah ich schon den Stein am Ende eines Bohnenfeldes aus der Erde ragen. Ich duckte mich, so tief ich konnte, lief hin, hinterlegte das Paket und blickte mich einmal kurz um. Niemand war zu sehen, kein Licht im Bauernhaus, nicht einmal ein Loch in der Wolkendecke, durch das ein Stern hätte scheinen können. Ich hörte fernen Donner. Meine Hände klebten von Schweiß. Ich senkte den Kopf und rannte zurück zur Unterkunft.

Trude saß mit schreckensweiten Augen auf dem Bett. Meine Abwesenheit hatte ihr Angst gemacht. Ich legte ihr eine Hand auf den Mund, die andere auf den meinen.

Am nächsten Tag zog Franz mich hinter seinen Pflug.

«Wo ist die Unterwäsche?»

«Ich habe sie hinter den Stein gelegt.»

«Sie war nicht da.»

«Ich habe sie genau da abgelegt, wo Liesel es mir gesagt hat.»

«*Merde!* Dann hat sie einer gestohlen.»

Mir blieb die Luft weg. Vielleicht war ich beobachtet worden! Vielleicht hatte man Liesels Brief geöffnet und gelesen! Man würde uns verhaften! Ich malte mir das Lager Dachau aus. Den ganzen Tag und noch den nächsten und übernächsten rechnete ich jeden Augenblick mit der Gestapo.

Aber sie kam nicht, und wir erfuhren nie, wer die Wäsche gestohlen hatte.

Ich wurde in ein anderes Zimmer verlegt. Dort schlief ich unter dem Fenster. In der Nacht erwachte ich und merkte, dass mein Gesicht ganz nass war. Es waren keine Tränen. Es war Regen. Ich rückte von dem kaputten Fenster ab und schlief weiter. Sollte das Bett doch nass werden – na und?

Als die Zeit meiner Rückkehr nach Wien nahte, versuchte ich Pepi mitzuteilen, wie mir wirklich ums Herz war. Ich schrieb ihm, wie sehr ich es bedaure, dass wir das Land nicht verlassen hatten, als wir noch konnten, was für ein schrecklicher Fehler das gewesen sei und dass wir allein uns selbst die Schuld daran geben müssten. «Wir haben uns die Suppe eingebrockt und müssen sie auslöffeln», schrieb ich. «Ich verspreche Dir, dass ich Dir eine gute Kameradin sein werde, was immer auch kommen mag. Zähl die Tage, die mich von Dir trennen. Noch vierzehn Tage, dann bin ich bei Dir.»

Mina drehte sich in ihrem Bett zu mir um und stützte sich auf einen Ellbogen. Der Mond erhellte ihr Gesicht. «Erzähl mir», sagte sie, «erzähl mir, wie es sein wird.»

«Ich werde am Westbahnhof ankommen», sagte ich. «Ich werde aus dem Zug steigen und ihn nicht gleich sehen. Aber dann wird er mich sehen, und er wird auf mich zukommen, ohne meinen Namen zu rufen, sodass er plötzlich vor mir steht, wie hingezaubert – so kommt er nämlich immer. Er wird Blumen für mich haben und sein unartiges Lächeln im Gesicht. Wir werden zusammen nach Hause gehen, durch den Belvedere-Garten und über den Schwartzenbergplatz.

Wir werden in sein Zimmer gehen und uns drei Tage lang lieben, und er wird mir Orangen zu essen geben.»

Sie sank stöhnend auf ihre Matratze zurück. Sie hatte noch nie einen Liebhaber gehabt.

Wir packten unsere Koffer. Neun von unseren Freundinnen, darunter Frau Grünwald und Frau Hachek, bekamen Fahrkarten nach Hause. Sie waren in ihrer Vorfreude wie umgewandelt, als sie sich für die Reise fein machten. Wir konnten es nicht erwarten, auch so weit zu sein.

Als wir vom Feld kamen, ließ die Aufseherin diejenigen von uns, die noch da waren, vor der Unterkunft zusammenkommen. Wir warteten gespannt, was sie uns zu sagen hatte – überzeugt davon, dass sie uns Tag, Uhrzeit und Zugverbindung mitteilen werde.

«Sie fahren nicht nach Wien», sagte sie. «Sie fahren in eine Stadt am Rand des Harzes und werden dort in der Papierfabrik arbeiten. Schätzen Sie sich glücklich. Bedenken Sie, solange Sie fürs Reich arbeiten, sind Ihre Angehörigen sicher.»

Mina begann zu weinen. Ich legte den Arm um sie.

«Bitte sage es Mama», schrieb ich am 12. Oktober 1941 an Pepi, «ich kann es ihr nicht schreiben. Wann werden wir uns wieder sehen? Das Leben ist so schwer. Ich weiß von den Aktionen in Wien nichts. Sonst kann ich Dir heute nichts schreiben. Es küsst Dich Deine verzweifelte Edith.»

∽ 6 ∼

Die Sklavinnen der Papierfabrik

Wir standen auf dem Appellplatz des Arbeitslagers, angetan mit unseren saubersten Arbeitskleidern, den am wenigsten verdreckten Schuhen und dem gelben Stern mit der Aufschrift «Jude», den wir während der Zugfahrt hatten tragen müssen und nun nie mehr würden ablegen dürfen. Wir waren so braun wie das Herbstlaub.

Die anderen Frauen staunten uns ebenso an wie wir sie. Denn sie waren einfach schön. Sie hatten manikürte Hände und wunderhübsche Frisuren. Sie trugen Strümpfe! Auch die Unterkunft erschien uns schön, ein helles dreistöckiges Gebäude mit Küchen, Duschen, Aufenthaltsräumen, Vorhängen vor den Fenstern und Bildern an den Wänden. Ich dachte: Gegen die Baracke auf der Plantage sieht das hier ja richtig gemütlich aus!

Eine große, breitschultrige Frau namens Lilli Kramer brachte uns Ersatzkaffee. Sie hatte einen Universitätsabschluss und trug eine Brille, die tief auf ihrer langen Nase saß.

«Haben sie euch so herumlaufen lassen?»

«Das war auf einem Bauernhof.»

«Also, hier werdet ihr euch anziehen müssen wie fürs Büro», sagte sie. Dann beugte sie sich vor und sprach leise weiter: «Die wollen hier den Anschein erwecken, als ob wir richtige Arbeitskräfte wären, mit richtigen Löhnen. Dann brauchen sie sich keine Gedanken darüber zu machen, wer wir wirklich sind, und falls Besucher uns sehen, wird ihr Seelenfrieden nicht gestört.»

«Kommt denn viel Besuch hierher?», fragte Mina sofort. Sie klammerte sich eben immer an das Positive.

«Nein», antwortete Lilli. «Gar keiner. Übrigens, habt ihr Interesse an Kammermusik?» Wir sahen sie verwundert an. «Oder an Theater? Schiller?» War sie verrückt? «Wie schade.»

Sie seufzte und verzog sich, wie Elena in *Onkel Wanja* zu Tode betrübt über die Dummköpfe, mit denen sie es zu tun hatte.

Wir richteten uns ein. Die Frauen kamen und gingen in ihren hübschen Sachen, alle mit dem obligatorischen gelben Stern. Schon um sechs Uhr morgens wurden die Brennscheren erhitzt, um den Tag mit einer guten Frisur zu beginnen. Anfangs dachte ich, diese Frauen wollten nur den schönen Schein wahren. Aber bald merkte ich, dass mehr dahinter steckte. Sie versuchten einen Beschützer zu gewinnen. Nicht unbedingt einen Liebhaber, denn inzwischen – es war Oktober 1941 – konnte ein Arier für ein Verhältnis mit einer Jüdin ins Gefängnis kommen. Nein, die Sklavinnen der Papierfabrik versuchten nur jemanden zu finden, der sie gern um sich hatte und sie weiterbeschäftigte, damit ihre Angehörigen im Reich bleiben durften.

In späteren Jahren habe ich Fotos von der Papierfabrik gesehen. Sie hatte einen schönen Haupteingang, einen Hof und Blumenkästen an den Fenstern. Diese Seite des Gebäudes habe ich nie zu Gesicht bekommen. Wir gingen täglich, bewacht von unserer hübschen, jungen und bösartigen Lagerleiterin, vom Werkheim durchs Hintertor geradewegs in die Fabrik. Ich zählte unser zweiundachtzig, aber es können auch mehr gewesen sein.

Trude, Mina und ich wurden an die Stanzmaschinen gestellt, urtümliche grüne Monster, in denen Kartons für Produkte wie Makkaroni, Sago, Haferflocken und Kaffee ausgestanzt wurden – lauter Dinge, die wir nicht bekamen.

Ich stand an so einer Maschine und musste mit der linken Hand jeweils vier Kartons unter die Schneiden schieben. Die Messer kamen herunter. Ich drehte die Kartons um. Die Messer kamen herunter. Ich zog die Kartons mit der rechten Hand heraus und schob mit der linken die nächsten vier hinein. Die Messer kamen herunter. Ich stand immer am selben Fleck, schob Kartons hinein, drehte um, zog heraus, schob hinein – von morgens halb sieben bis mittags Viertel vor zwölf und dann weiter von Viertel nach eins bis Viertel vor sechs. Die Messer schlugen ein wie Raketen. Peng! Peng! Peng! Das Dröhnen der Motoren, das Donnern der Messer, das Zischeln der Kartons nahmen kein Ende.

Unser Abteilungsleiter, ein überzeugter Nazi und stolz auf seine Stellung, wartete darauf, dass der Maschinist das Tempo der Maschine regulierte, dann schaltete er seine Stoppuhr ein. «Sie!», bellte er mich an. «Anfangen, jetzt!» Ich arbeitete wie verrückt. Einschieben, umdrehen, einschieben, rausziehen, rein, umdrehen, rein, raus, zack, zack, zack! So schnell ich konnte. Und immer rasch die Finger unter den Messern wegziehen. Zehn Minuten verflogen. Plötzlich schrie er: «Halt!»

Ich schwitzte, mein Herz raste. Meine Fingerspitzen brannten vom Einschieben und Herausziehen der Kartons. Der Abteilungsleiter zählte, wie viele Kartons ich gestanzt hatte, nahm die Zahl mal sechs und kam so auf ein Stundenquantum, das er dann mit acht multiplizierte, um mein Tagesquantum zu errechnen: 20000 Kartons.

«Aber das ist unmöglich!», protestierte ich. «Man kann nicht acht Stunden lang im selben Tempo arbeiten wie in zehn Minuten.»

Er hörte mir nicht einmal zu. Er ging einfach fort. Ich wollte ihm nach. Unser Meister hielt mich zurück. Die Vorarbeiterin, die unter ihm arbeitete, legte den Finger auf die Lippen, um mir zu bedeuten, ich solle still sein. Ich sah, dass dieser Finger der einzige war, den sie außer dem Daumen noch an der rechten Hand hatte.

An diesem ersten Tag machte ich 12 500 Schachteln. Es war keine Knochenarbeit wie auf den Feldern, aber als die Sirene ertönte, war ich so müde, dass ich kaum noch gehen konnte.

Zum Abendessen bekamen wir jede zwei Scheiben Brot und eine Tasse Kaffee.

Am zweiten Tag bekam ich gesagt, wenn ich mein Quantum wieder nicht erreichte, müsse ich abends länger bleiben und das Fehlende nacharbeiten. Als die Feierabendsirene ertönte, hatte ich erst 17 000 Kartons geschafft. Sie ließen mich weiterarbeiten. Da war ich bereits so müde und hungrig, dass ich noch mehrere Stunden brauchte, um mein Quantum zu erfüllen. Als ich schließlich die Werkhalle verlassen wollte, drückte mir eine arische Arbeiterin einen Besen in die Hand und befahl mir, den Boden zu fegen. «Nein, Edith», sagte unser Meister. «Sie gehen jetzt zum Abendessen.»

Unsere Hauptmahlzeit war das Mittagessen, das wir in braunen Keramikschüsseln bekamen, ein zusammengerührtes Gemenge aus Kartoffeln, Kohl und Sellerie, «das arithmetische Mittel zwischen Gemüse und Suppe», sagte Lilli, unsere Intellektuelle. Es war eine zutreffende Beschreibung.

Neben der Fabrikarbeit hatte ich noch jeden Monat eine Woche Küchendienst. Ich wischte die Tische sauber, schälte Kartoffeln, spülte Töpfe. Wenn ich vor dem Kessel mit den kochenden Kartoffeln stand und jeweils eine davon in eine braune Schüssel löffelte, dachte ich: «Ich könnte jetzt eine heimlich in die Tasche stecken. Es würde brennen, aber was soll's?» Die Köchin beobachtete mich. Sie wusste genau, was ich dachte. Welches Mädchen hatte an diesem Platz nicht schon an Kartoffeldiebstahl gedacht? Ängstlich gab ich die Kartoffel in die nächste braune Schüssel und *träumte,* sie wäre in meiner Tasche.

Bei unserem Abendessen aus Brot und Kaffee flüsterte Mina: «Wollen die uns hier verhungern lassen, Edith?»

«Wir sollen uns wahrscheinlich mittags vollstopfen», antwortete ich, «und ansonsten nach Hause schreiben und um Lebensmittel betteln.»

«Zu Hause haben die Juden selbst nicht genug zu essen», flüsterte Trude. «Solange meine Schwester mit einem Arier verheiratet war, haben sie und ihre Kinder reichlich Lebensmittel bekommen. Aber sie musste meinen Eltern davon abgeben, weil die auf ihre jüdischen Lebensmittelkarten so wenig bekamen.»

«Wo lebt deine Schwester?»

«Ich weiß nicht einmal, *ob* sie noch lebt. Ihr Mann hat sie hinausgeworfen. Er hat sie bei der Gestapo als tot gemeldet und die Kinder bei sich behalten.»

«Aber wie konnte sie es über sich bringen, ihre Kinder bei ihm zu lassen?», rief Mina.

Unsere sonst so ruhige, wohlerzogene Trude packte Mina und schüttelte sie zornig. «Verstehst du denn nicht, welch ein Glück es für sie war, dass er sie nur als tot gemeldet und nicht gleich selbst der Gestapo übergeben hat? Wann wirst du endlich einmal etwas begreifen, Mina?»

Auf den ersten Blick schienen in der Fabrik und im Werkheim die gleichen Vorschriften zu gelten wie auf dem Bauernhof. Aber mit der Zeit sah man Unterschiede. Hier herrschte eine herzlose Strenge.

Nach den Vorschriften durfte man nur die Toilette auf dem Stockwerk benutzen, auf dem man wohnte, sonst kostete es fünfzig Pfennig Strafe. Wäsche durfte man nur an bestimmten Tagen waschen. Nach acht Uhr durfte man nicht duschen. Die Betten mussten nach einem vorgeschriebenen System gemacht werden: die Kanten des Lakens zweifach untergeschlagen, die Decke glatt gestrichen. Auf dem Spind hatte nichts zu stehen. Man durfte das Lager nur samstags zwischen 14 und 18 Uhr und sonntags zwischen 9 und 11 Uhr sowie zwischen

14 und 18 Uhr verlassen, und man durfte nie ohne den gelben Stern ausgehen. Jüdinnen durften keine Geschäfte betreten. Sie durften nichts kaufen.

Mina zeigte mir die Brotmarken, die ihre frühere Chefin, Maria Niederall, ihr geschickt hatte. «Was fangen wir damit an?», fragte sie. «Frau Niederall meint, wir könnten damit Brot kaufen.»

«Ich schicke sie an Pepi», antwortete ich, «dann kauft er Brot und schickt es uns.»

Aber war das Brot bis dahin nicht alt, könnte man fragen. Alt und hart, vielleicht schimmlig? Doch, natürlich. Nun stellen Sie sich bitte vor, wie wenig uns so etwas inzwischen kümmerte. Dankbar aßen wir Brot, das schon vierzehn Tage alt war. Wir wickelten es in feuchte Tücher, damit es etwas weicher wurde, und knabberten daran wie die Mäuse.

Am Samstag bekam ich meinen «Lohn». Zwölf Reichsmark und 72 Pfennig. Etwas über sechs Mark wurden für Kost und Logis abgezogen. Darüber hinaus wurde mir etwas als Ersatz für die zusätzliche Energie abgezogen, die ich verbraucht hatte, um mein Quantum zu erfüllen. So blieben mir 4,19 Reichsmark. Da es nichts gab, was ich mir davon hätte kaufen können, wollte ich zur Post gehen und den Rest an Mama schicken. Der Posten am Tor ließ mich nicht hinaus.

«Sie brauchen eine Genehmigung der Lagerleiterin.»

«Sie hat aber heute frei.»

«Dann hätten Sie sich die Genehmigung eben vorige Woche besorgen müssen.»

«Aber wenn meine Mutter nichts von mir hört, wird sie denken, es sei etwas Schlimmes passiert!»

«Und wenn ich Sie mit diesem Brief hinauslasse, denkt der Betriebsleiter, ich hätte Ihnen ermöglicht, etwas zu stehlen.»

«Was soll ich denn hier stehlen? In der ganzen Fabrik gibt es nichts als Pappe.»

»Gehen Sie wieder hinein», sagte er. Er war alt, aber er

hatte einen Stock und viel zu viel Angst, um *nicht* grausam zu sein. «Ich warne Sie.»

Eines Abends hatte Trude Magenbeschwerden. Da alle Toiletten besetzt waren, benutzte sie die auf dem nächsten Stock. Als sie zurückkam, wurde sie schon von der Lagerleiterin erwartet, die ihr wortlos ein paar Ohrfeigen verabreichte. Trude war so schockiert, dass sie nicht einmal weinen konnte.

«Dafür bekommen Sie fünfzig Pfennig vom Lohn abgezogen», sagte die Lagerleiterin. «Und Sie haben eine Woche Postsperre.»

Darüber weinte Trude. Post bedeutete uns alles. Wer Postsperre bekam – eine Strafe, mit der viele Verstöße geahndet wurden –, fühlte sich völlig verloren.

Unsere Vorarbeiterin war schon ihr Leben lang in der Fabrik beschäftigt. Sie war nicht gerade eine Schönheit, schon ganz krumm, aber ihre Augen hatten immer ein Lächeln für uns. Sie wartete, bis der Abteilungsleiter um die nächste Ecke verschwunden war, dann sagte sie: «Passen Sie mal auf, Edith, wenn Sie die Kartons genau aufeinander legen, können Sie fünf statt vier auf einmal hineinschieben.» Sie machte es mir vor. «Wenn die Messer abbrechen, sagen Sie es mir, dann hole ich den Maschinisten, dass er sie ersetzt. Lassen Sie sich aber nicht erwischen.» Und schon war sie fort.

Ich probierte es aus. Von einer Sekunde auf die andere steigerte ich meine Produktion um zwanzig Prozent. Ein Wunder! Ab sofort schoben wir alle acht, die an den Maschinen standen, immer fünf Kartons hinein. Nach einer Viertelstunde kam die Vorarbeiterin vorbei und warnte uns mit Blicken, dass der Abteilungsleiter auf dem Weg zu uns sei. Da nahmen wir wieder nur vier Kartons auf einmal.

Gegen vier, wenn unsere Vorgesetzten Tee trinken gingen, kam die Vorarbeiterin und gab einer von uns mit ihrer knochigen Hüfte einen Schubs. Das sollte heißen, dass sie für die nächste Viertelstunde einspringen werde und die Betreffende eine kleine Pause einlegen konnte. Jeden Tag verhalf sie auf diese Weise einer von uns zu einer Verschnaufpause.

Sie hatte für ihre Freundlichkeit nicht mehr «Gründe», als die Lagerleiterin, die Trude geohrfeigt hatte, für ihre Grausamkeit hatte. In dieser Situation machte sich ein jeder seine eigenen Regeln. Niemand zwang die Leute, unfreundlich zu sein. Gelegenheiten, sich anständig gegen uns zu verhalten, boten sich immer. Aber nur sehr wenige nutzten sie.

Obwohl ich gut aufpasste, dass ich nur ja nicht zu viel produzierte, wurde mein Tagesquantum im November auf 35 000 Schachteln erhöht. Mir sank der Mut. Ich war davon überzeugt, dass ich versagen musste, und wenn ich versagte, würden sie Mama nach Polen schicken. Mina sah das ganz anders.

«Zu Ehren deines neuen Quantums», sagte sie strahlend und präsentierte mir ein rotes Band. «Du gehörst eindeutig zu den Besten! *Mazel tov!*»

Unsere alte Freundin Liesel Brust schrieb, sie arbeite in der jüdischen Lebensmittelkartenstelle in Wien, dort habe sie unsere Angehörigen gesehen, und es sei mit ihnen alles in Ordnung. Dieser Brief gab mir Kraft. Ich trug das rote Band im Haar und ging mit neuem Schwung an die Maschine.

Dann erhöhten sie mein Quantum auf 3800 Schachteln pro Stunde. Ich schaffte es, weil ich immer fünf Kartons auf einmal in die Maschine schob und arbeitete wie ein geölter Blitz. Natürlich brachen mir einmal die Messer ab. Der Abteilungsleiter zog mir die Kosten vom Lohn ab und brüllte mich an. Ich ließ zerknirscht den Kopf hängen – darin hatte ich es inzwischen zur Meisterschaft gebracht. Aber nach ein paar Tagen schob ich wieder fünf Kartons in die Maschine. Der Meister sah es – ich weiß, dass er es sah. Aber er sagte nichts.

Ich bekam ganz wunde Fingerkuppen, die sich an dem rauen Karton blutig scheuerten. Zu gern hätte ich Handschuhe getragen, aber mit Handschuhen konnte man die Maschine nicht bedienen; man war damit zu langsam, und dadurch erhöhte sich die Gefahr, dass man mit den Fingern unter die Messer geriet. Ich blutete also still vor mich hin.

«Wir müssen weiter arbeiten!», sagte ich zu meinen Freundinnen. «Solange *wir* arbeiten, sind *sie* sicher.»

Ende November sahen wir zwei der Frauen vom dritten Stock, stadtfein gemacht, mit ihren Koffern am Lagertor stehen. Sie fuhren nach Hause.

«Ihr Glücklichen!», rief Mina. «Heiratet ihr? Lasst ihr euch scheiden? Wir haben von einer in einem anderen Arbeitslager gehört, die nach Hause durfte, weil sie schwanger war. Seid ihr schwanger?»

Sie lachten. Schwangerschaft war für uns zu einem Thema für bittere Witze geworden, weil nur noch wenige von uns die Periode bekamen.

«Unsere Eltern mussten in die Schule», erklärte uns die eine. «Wir fahren zurück, um bei ihnen zu sein.»

Bald sollten weitere drei Frauen nach Wien zurückgeschickt werden, um ihre Eltern nach Polen zu begleiten. Die Fabrik – offenbar knapp an Arbeitskräften – wollte sie jedoch nicht fortlassen, und ihre Eltern mussten die Reise nach Osten ohne sie antreten. Einerseits tröstete es uns zu wissen, dass die Fabrik sich bemühte, ihre Arbeiterinnen zu behalten. Andererseits lebte ich in der Angst, dass Mama und ich dadurch eines Tages auseinander gerissen werden könnten und sie dann ohne mich verschickt würde.

«Du musst mir sofort Bescheid geben, wenn Du etwas hörst», schrieb ich ihr. («Ich werde ein paar Tage brauchen, um von der Gestapo die Reisegenehmigung zu bekommen», schrieb ich an Pepi. «Sag also bitte Mama, sie soll mich sofort verständigen, wenn sie zur Schule muss.»)

Ich ging bei Dunkelheit zur Arbeit und kam bei Dunkelheit zurück, sodass ich gar nicht sagen konnte, wann der Tag endete; alles Zeitgefühl kam mir abhanden. Ich schrieb falsche

Daten auf meine Briefe. Manchmal schrieb ich an einem Tag zweimal an Mama, manchmal sogar öfter. Ich schrieb meine Fragen ins Ungewisse.

«Wer führt eigentlich Krieg gegen wen?», schrieb ich während einer meiner zahlreichen Postsperren an Pepi. «Ich kenne mich nicht mehr aus. Wir bekommen nie eine Zeitung zu sehen. Im Ess-Saal steht nur ein kleines Radio, aber wir haben weder die Zeit noch die Kraft, Nachrichten zu hören. Alles, was wir wissen, sind Gerüchte. Wann wird dieser Krieg zu Ende sein? Wann kommen unsere Befreier? Wie steht es in Wien? Habt Ihr genug zu essen? Sag Mama, sie soll mir keine Lebensmittel mehr schicken, denn ich bin sicher, dass sie selbst nicht genug hat. Kannst Du ausgehen? Kannst Du Dich auf den Straßen bewegen? Kannst Du irgendetwas arbeiten? Kann Deine Mutter Dich unterstützen? Verbrenne meine Briefe. Lies sie, und dann verbrenne sie!»

Zwischen den Zeilen konnte er lesen: *Denkst du an mich? Liebst Du mich noch?*

Gerüchte machten uns verrückt vor Angst. Wir hörten, die Nazis seien in dem fanatischen Bestreben, ihre Rasse zu «reinigen», dazu übergegangen, Behinderte, Geisteskranke und Senile mit Giftgas umzubringen. «Nein! Das geht zu weit, das kann nur Propaganda sein», redeten Lilli und ich einander zu. Wie wir hörten, starben in den Konzentrationslagern Menschen buchstäblich an Überarbeitung, dachten sadistische Wärter sich unmenschliche Foltern für die aus, die nicht mehr mithalten konnten, ließen sie sinnlos schwere Steine schleppen oder die ganze Nacht im Regen stehen, halbierten ihre Rationen.

Und wir hörten Entsetzliches über die Zustände in den polnischen Ghettos. Eine junge Frau erhielt einen Brief von ihrem Freund, der bei der Wehrmacht war. «Bleib, wo Du bist!», beschwor er sie. In der polnischen Stadt, in der er stationiert war, seien die Ghettos überfüllt; es gebe nichts zu essen, keine Arbeit, keine Luft zum Atmen. Leute würden krank und müssten sterben, weil sich niemand ihrer annehme. Und täglich brächten neue Transporte weitere Juden aus all den Ländern, die Deutschland erobert hatte.

Als die Gestapo von diesem Brief erfuhr, stürmte sie in unsere Unterkunft, schleifte die Schreiende fort, durchwühlte ihren Spind und riss die Matratze von ihrem Bett, um nach weiteren Briefen zu suchen. Aus dieser Reaktion schlossen wir, dass alles, was der Soldat geschrieben hatte, wahr sein musste. In Polen musste es schlimmer sein als in unserer Fabrik.

«Sag Z., er soll mir nicht schreiben», schrieb ich hysterisch an Pepi. «Wir dürfen uns nicht dabei erwischen lassen, dass wir mit Soldaten korrespondieren! Es ist verboten!»

1941 erlebte ich die bis dahin düsterste Weihnacht meines Lebens. Trotzdem waren wir alle regelrecht aufs Schenken versessen. Ich bat Pepi, für Mama einen Schirm zu kaufen – «den elegantesten und modernsten», schrieb ich – oder vielleicht ein Paar Ohrringe oder ein hübsches Puderdöschen. Ich wollte daran festhalten, dass sie immer noch meine schöne Mama war, mit Ohrringen und Puder und Bedarf nach einem eleganten Schirm. Phantasien waren das, aber die hatten wir alle.

Eine junge Frau, deren Vater nach Buchenwald geschickt worden war, bat ihren Freund zu Hause, Rasierzeug für ihn zu kaufen. Sie packte es hübsch ein und heftete ein Kärtchen daran, auf dem stand: «Für meinen lieben Vater zu Weihnachten, von Deiner Dich liebenden Tochter.» Sie legte das Päckchen in ihren Spind und malte sich aus, wie sie es ihm schenken würde, wenn er aus dem Konzentrationslager käme.

Eine der Unglücklichsten unter uns war 1933 aus Polen gekommen, um in Wien Medizin zu studieren. Kann man sich einen dümmeren Zeitpunkt vorstellen? Sie hatte schon lange keine Verbindung mehr zu ihren Angehörigen und bekam nie etwas geschickt, darum schenkte ich ihr eines von Mamas Broten. Es war hart wie Stein.

«Herrlich!», schluchzte sie. «Genau wie das Brot von meiner Mama. Eines Tages werde ich meine Mutter bitten, für dich auch ein Brot zu backen, Edith.»

Wie man sieht, glaubten wir an eine Zukunft. Wir alle glaubten immer noch daran.

Meine Freundin Mina plante ihre Geschenke, als wäre sie der Weihnachtsmann persönlich und Pepi Rosenfeld der ganze Rentierstall des Nordpols.

«Schau mal, Edith, ich habe acht Reichsmark gespart. Wenn wir also dieses Geld an deinen Pepi schicken, müsste er doch ein Päckchen Kräutertee für meine Mutter kaufen können und einen schönen neuen Füllfederhalter für meinen Vater und eine Schachtel Süßigkeiten für meine Geschwister. Sie lieben Süßigkeiten doch so! Dass sie noch Zähne haben, kommt nur daher, dass die Nazis ihnen keine Süßigkeiten gönnen, du siehst also, auf ihre Weise tun die Nazis der Familie Katz einen großen Gefallen.»

Sie brachte mich tatsächlich zum Lachen.

«Frau Niederall schickt uns bestimmt etwas Wunderbares zu Chanukka. Mein Papa hat jedem von uns Kindern zu Chanukka eine Schachtel voll wertloser Münzen geschenkt – wir dachten, es wären große Schätze, und haben *dreidel*-Spiele (Würfelspiele) gemacht und gewettet und *latkes* (Kartoffelpuffer) gegessen. Oh, das hat Spaß gemacht, Edith, es ist so schön, dass wir Juden sind. Eines Tages, wenn du mit Pepi verheiratet bist und ich Patin eurer Kinder bin, bringe ich ihnen *dreidel*-Spiele bei, und wir singen all die schönen jiddischen Lieder, die mein Vater kennt.»

«Auf ein solches Glück wage ich nicht zu hoffen, Mina.»

«Sei nicht dumm. Hoffnung ist Gottes Geschenk an die Welt. Sieh doch mal, wie viel Glück ich bisher hatte, nur weil ich nie die Hoffnung aufgegeben habe. Frau Niederall hat das Speditionsbüro Achter gekauft. Sie hat Frau Grünwald und mich behalten, als sie uns hätte hinauswerfen können. Sie hat mir beigebracht, mich schön zu kleiden und dezent zu parfümieren, sie hat mir gezeigt, wie man Geschäftsbriefe schreibt oder Kunden begrüßt. Ich sage Tante zu ihr, so gern habe ich sie. Wenn du einmal zu ihr kommst, musst du Frau Doktor zu ihr sagen.»

Sie griff unter ihr Bett und strahlte mich an. «Sieh mal», sagte sie, «ich habe hier ein Chanukka-Geschenk für dich. Es soll dir Hoffnung geben.» Sie brachte ein Stück Holz zum Vorschein, in das sie ein französisches Sprichwort eingebrannt hatte, mit dem unser Freund Franz uns auf der Plantage oft aufgemuntert hatte:

La vie est belle, et elle commence demain.
(Das Leben ist schön, und es beginnt morgen.)

Im Spätherbst 1941 lebten in der Stadt noch ein paar jüdische Familien, darunter Frau Crohn und ihre Tochter Käthe, eine liebe und gescheite junge Frau ungefähr in meinem Alter. Wenn wir Mädchen aus dem Arbeitslager samstags oder sonntags Ausgang hatten, luden die Crohns uns zum «Kaffee» ein. Ich kann gar nicht sagen, wie viel diese Besuche mir bedeutet haben. Sie gaben mir ein Gefühl von Heimat, von zivilisiertem Leben, von jüdischem Zusammenhalt in einer Welt voller Hass.

Eines Sonntags kamen wir wieder einmal von den Crohns zurück. Ich erinnere mich, dass ein Mädchen namens Ditha dabei war, ein anderes namens Irma und noch eines mit dem Namen Clair. Wir gingen auf einer Straße, die eigentlich für Juden verboten war. Ein paar einheimische junge Burschen versuchten von weitem mit uns zu schäkern. «Guckt mal, da laufen die Glückssterne!», riefen sie. Offenbar begriffen sie nicht, für welche Demütigung und Verfolgung diese verhassten Dinger standen. Dennoch nahmen wir ihre Gutmütigkeit als ein gutes Omen.

Als die Feiertage nahten, sparten und schnorrten Mina und ich an allen Enden, um den Crohns etwas mitnehmen zu können, und bekamen durch Tauschhandel und Rückzahlungsversprechen schließlich ein kleines Fläschchen Cognac zusammen. Frau Crohn schenkte ihn sofort in kleine Gläschen, die sie vor plündernden Nachbarn, denen sonst alles zum Opfer gefallen war, irgendwie hatte in Sicherheit bringen können. Wir tranken auf das Wohl der Amerikaner, die nach dem japanischen Überfall auf Pearl Harbor soeben in den Krieg eingetreten waren.

Als alle Juden in dieser norddeutschen Gegend den Befehl erhielten, sich für die «Umsiedlung» nach Polen fertig zu machen, ging ich zu Käthe, um ihr beim Packen zu helfen. Ich erinnere mich noch, dass sie keine Messer oder Scheren mitnehmen durfte. Sie schenkte mir eines ihrer Bücher – *Der Erstgeborene* von Herbert Fritsche – und schrieb hinein: «Zur Erinnerung an viele sonnige Stunden.»

Sie wurde mit über tausend anderen von Magdeburg aus nach Warschau ins Ghetto gebracht. Ich schrieb ihr dorthin. Es kam mir sehr sonderbar vor, dass meine gute Freundin nicht antwortete.

Ende November kam im eisigen Morgengrauen einer der stellvertretenden Betriebsleiter in unsere Unterkunft marschiert. Die Lagerleiterin, die sichtlich Angst hatte, ließ uns antreten.

«Sie werden heute nicht arbeiten», sagte der Mann. «Bleiben Sie hier drinnen. Lassen Sie die Läden zu. Löschen Sie die Lichter. Der Inhaber der Fabrik, ein herausragender Wirtschaftsführer und Ehrenbürger der Stadt, ist gestorben, und auf dem Hof findet eine Trauerfeier statt. Versuchen Sie unter gar keinen Umständen, dabei zuzusehen. Wer sich auf dem Hof blicken lässt, wird verhaftet.»

Er ging. Wir drängten uns an den Fenstern und spähten hinaus. Zwei französische Gefangene fegten den Hof vor unserer Unterkunft. Sie schmückten das Gebäude mit Tannenreisern und schwarzem Krepp.

«Warum wollen die uns da draußen nicht haben?», fragte

Mina. «Wir könnten doch den Franzosen helfen. So besonders gut machen die das ja nicht.»

«Wir sind zu gering, um uns bei dieser feierlichen Handlung unter die Herrenrasse zu mischen», antwortete Lilli, scharfzüngig wie immer. «Und außerdem können sie, wenn sie uns nicht sehen, vorgeben, sie hätten nie gewusst, dass es uns gab.»

Damals hielt ich Lilli nur für eine Zynikerin, aber natürlich entpuppte sie sich als Prophetin. Inzwischen weiß ich, dass alles getan wurde, damit die Deutschen uns nie zu Gesicht bekamen; oder dass sie es, falls doch, nie würden zugeben müssen; oder dass sie, falls sie es doch einmal würden zugeben müssen, sagen konnten, wir hätten gut ausgesehen, denn so brauchten sie nie ein schlechtes Gewissen oder gar Mitleid mit uns zu haben. Ich erinnere mich, gelesen zu haben, was Hermann Göring zu dem Thema zu Hitler sagte: Solche Momente des Mitgefühls könnten zu einem großen Problem werden. Jeder Deutsche habe wahrscheinlich einen Lieblingsjuden, den er gern von allem ausgenommen wüsste – einen alten Hausarzt, ein hübsches Mädchen, einen Schulfreund. Wie solle Deutschland je «judenrein» werden, wenn alle diese Ausnahmen wirklich gemacht würden? Die Devise lautete also, niemanden zu anständigem Benehmen zu verleiten und uns derweil in immer tiefer werdender Dunkelheit zu halten.

Unter solchen Umständen bemerkte man die kleinste Freundlichkeit. So hat der Meister nie ein Wort mit mir gesprochen, aber mir war klar, dass er mir mit vielen kleinen Gefälligkeiten half, und dafür werde ich ihm immer dankbar sein. Sogar der aalglatte stellvertretende Betriebsleiter hatte ein Herz für eine von uns Frauen. Sie hieß Elisa und war schön, eine würdevolle Erscheinung und gebildet – eine Dame. Bevor sie nach Wien zurückgeschickt wurde, rief er sie in sein Büro und sagte zu ihr: «Wenn Sie einmal irgendetwas brauchen, sagen Sie es mir. Ich helfe Ihnen.»

Ich stand an meiner Maschine. Die Kartons glitten hinein

und heraus, meine Finger bluteten, und ich versuchte Mina die Theorien nahe zu bringen, die unserer Arbeit eine Bedeutung verleihen mochten. Taylorismus in Amerika; Keynes in Großbritannien; Marx, Lenin, Trotzki. An manchen Tagen fiel mir von all dem überhaupt nichts mehr ein. «Entweder, man kommt schon dumm hierher», schrieb ich an Pepi, «oder die Arbeit macht einen dumm.»

Ich erzählte Mina von den Büchern, die ich las: eine Biographie über Marie Antoinette – zu stolz und schön, ein Buch mir zur Warnung; eine Biographie der Isadora Duncan, so wild und frei, eine Inspiration. Ich erzählte Mina *Chaim Lederers Rückkehr* von Schalom Asch, *Das Gänsemännchen* von Jakob Wassermann und die *Christuslegenden* von Selma Lagerlöf.

«Stell dir unsere Vorarbeiterin als Veronika vor», flüsterte ich. «Veronika hat Jesus die Stirn getrocknet, als er sein Kreuz nach Golgatha schleppte, und sein Gesicht hat sich für immer in ihrem Schweißtuch abgedrückt. Unsere Gesichter werden in den Herzen derer abgedrückt bleiben, die gut zu uns sind, wie ein Segensspruch.»

Da die Amerikaner in den Krieg eingetreten waren – und wir verstanden das als ein Zeichen dafür, dass wir bald frei sein würden –, beschlossen wir, im Dezember 1941 Chanukka zu feiern, das Fest der Freiheit. Eine der Neuen, eine Koloratursopranistin, sang für uns. Sie kannte Arien und Lieder, sogar ein paar jiddische, die nur wenige, aber immerhin doch einige Mädchen verstanden, zum Beispiel Mina. Der Klang der alten Sprache, allein schon ihr *Klang*, erfüllte unsere Herzen mit Glück.

Wir trieben ein paar Kerzen auf und machten daraus eine Art Menora. Dann aber mussten wir zu unserem Schrecken feststellen, dass keine von uns die Gebete kannte – nicht ein einziges. Kann man sich das vorstellen? So entfremdet zu sein, so unwissend hinsichtlich der eigenen Kultur, der eigenen Liturgie! Das war das Vermächtnis unseres assimilierten Lebens in Wien. Wir wandten uns an Mina. Sie schlug die Hände vors Gesicht. «Mir fällt keines ein», stöhnte sie. «Die Gebete hat Papa immer gesprochen. Papa ...»

Wir starrten in die flackernden Flämmchen und wussten sie nicht zum Leben zu erwecken. Lilli schlug vor, wir sollten uns einfach bei den Händen fassen, die Augen schließen und gemeinsam sprechen: «Lieber Gott, hilf uns.» Und das taten wir.

Lieber Gott, hilf uns. Lieber Gott, hilf uns. Lieber Gott, hilf uns.

Nach Chanukka bekamen wir eine neue Lagerleiterin, und das Arbeitsquantum wurde auf 44000 Kartons pro Tag erhöht.

Ein Mädchen aus dem Lager gab voller Freude bekannt, dass sie nach Hause fahren werde, um zu heiraten. Also machte ich Pepi erneut einen Antrag.

«Natürlich möchte ich Dich heiraten», schrieb er zurück, «aber gerade jetzt geht es nicht.»

Warum geht es bei ihr und nicht bei mir? Wenn wir einander schon nicht retten können, könnten wir uns doch wenigstens aneinander wärmen! Ich träume von dem Tag, da wir zusammen leben können. Was meinst du, wo? In einer kleinen Villa, einem Schlösschen? In einer Wohnung mitten in der Stadt oder in einem Einfamilienhäuschen wie meine Großeltern in Stockerau? Ich werde kochen und waschen und die Kinder baden und zur Arbeit ins Gericht gehen.

«Hör doch, Edith, das ist Unsinn. Wir können nicht heiraten. Du wirst doch begreifen, wie viel dagegen steht.» Meinte er Hitler? Die Geschichte? Seine liebende Mutter? «Ich werde Dich immer lieben. Jetzt musst Du mich vergessen.»

Eine Bekannte namens Berta hatte einen Freund, der etwa fünfzig Kilometer entfernt in einem anderen Arbeitslager war. Er bekam die Erlaubnis, sie zu besuchen, aber als Jude durfte er nicht mehr mit der Eisenbahn fahren. Da kam er bei klirrender Kälte und Schnee zu Fuß. Bertas Freude bei ihrem Wiedersehen brach mir das Herz, denn ich wusste, dass Pepi so etwas für mich nie tun würde.

Eines Sonntags ging ich mit Trude und Mina spazieren. Der Schnee blendete. Weiß und rein lag Deutschland da in seinem weihnachtlichen Kleid. Man sah nicht, was sich darunter verbarg. Meine Bedeutungslosigkeit übermannte mich, ich kam mir vor wie ein schwarzes Pünktchen in diesem weiten Land. «Ich kann nicht mehr», sagte ich zu meinen Freundinnen und machte verzweifelt kehrt.

Nun wollte mir, wenn ich in der Fabrik an meiner Maschine stand, keine der Geschichten mehr einfallen: Isadora Duncan, Marie Antoinette, Marx, Keynes, Asch, Wassermann, Lagerlöf – alles fort. Ich konnte nur noch an die Wirklichkeit denken, an meine wahre Lage. Ich war eine Sklavin, und Pepi wollte mich nicht haben. Peng, peng, peng.

Ich hielt in der Arbeit inne. Die Messer brachen. Meine Beine gaben nach. Ich sank zu Boden. Die anderen Mädchen wagten nicht einmal, zu mir herzusehen. Der Meister hob mich auf und führte mich zu einem Stuhl. Und dann kam unsere Vorarbeiterin, legte die Arme um mich und sprach so liebevoll und besorgt mit mir, dass mein Elend die Gewalt über mich verlor und ich wieder an die Arbeit gehen konnte.

Das ist doch schließlich alles, was man braucht – ein bisschen Freundlichkeit. Einen Menschen, der nett zu einem ist und Verständnis hat, der wie ein Engel an den Weg geschickt wurde, um einen durch den Albtraum zu geleiten. Veronika.

Als wir nachts auf unsere Strohmatratzen sanken, kam Mina nach einigem Nachdenken zu dem Schluss, dass Pepi einfach einen Anfall von Panik gehabt haben musste. «Du solltest seinen Brief überhaupt nicht beachten», sagte sie. «Schreib ihm weiter, wie sehr du dich danach sehnst, ihn zu küssen, ihn zu schmecken und all die anderen romantischen Sachen, von denen du immer sprichst, und es wird sich alles zum Besten wenden.»

Also schrieb ich an Pepi, er solle aus meinen Briefen Hoffnung schöpfen, und nächstes Jahr hätten wir sicher Frieden. «Verbring die Feiertage schön», schrieb ich. «Stell Dir vor, wie ich Dich küssen würde, wenn ich mit Dir unter dem Weihnachtsbaum stünde.»

Ich berichtete allen zu Hause, dass die Arbeit mir keine Schwierigkeiten mehr bereite. Das war nicht ganz gelogen. Man kann sich an alles gewöhnen, an «Sara» als zweiten Vornamen, den gelben Stern am Mantel, die endlosen Arbeitsstunden, das wenige Essen, und das augenblickliche Einschlafen.

Wir fabrizierten Millionen von Schachteln für rote Grütze und Millionen weitere für Ersatzkaffee und Kunsthonig, Makkaroni, Spaghetti und Kautabak. Jedes Mal, wenn ein Deutscher so eine Schachtel öffnete, berührte er uns.

Es war Ende Januar 1942. Bald sollten die Nazis in Wannsee die Ermordung aller in Europa verbliebenen Juden beschließen, aber von solchen Plänen wussten wir nichts. Wir wussten nur, dass wir nun überhaupt nicht mehr in die Stadt gehen durften, dass unsere Rationen erneut gekürzt worden waren und dass wieder keine Post kam.

Das Mädchen, dessen Vater nach Buchenwald gebracht worden war, erhielt einen Brief von einem Freund. «Dies ist das Lied, das wir morgens auf dem Weg zur Arbeit singen», schrieb er. Unsere Sopranistin brachte uns das Buchenwald-Lied bei, und wir summten es, sooft wir die Kraft hatten.

O Buchenwald, ich kann dich nicht vergessen,
weil du mein Schicksal bist.
Wer dich verließ, der kann es erst ermessen,
wie wundervoll die Freiheit ist.
O Buchenwald, wir jammern nicht und klagen,
was immer unser Schicksal sei.
Wir wollen «ja» zum Leben sagen,
denn einmal kommt der Tag, und wir sind frei.

Das Lied machte mir Mut. Ich ging zu unserer neuen Lagerleiterin. Sie war mittleren Alters, und da sie selbst Mutter war, hofften wir, dass sie sich ein wenig rücksichtsvoller zeigen würde als ihre Vorgängerin.

«Bitte, gnädige Frau, auch wenn keine Post mehr kommt – könnten Sie uns nicht doch die Pakete aushändigen, die unsere Verwandten uns schon geschickt haben? Wir wissen, dass unsere Mütter sich Dinge vom Mund absparen, um uns hier etwas zukommen zu lassen. Und wir wissen, dass die Sachen jetzt umkommen, alt werden, verfaulen.»

Sie sah mich mit kaltem Blick an und wies mich ab. Von da an bekamen wir keine Lebensmittelpakete mehr.

Aber Gott sei Dank gibt es noch Nahrung anderer Art. Pepi musste die Papierkörbe einer Schule geplündert haben, denn er schickte uns ein paar zerfledderte Seiten aus Schillers *Don Carlos.* Lilli war außer sich vor Begeisterung.

Jeden Abend saßen wir zusammen und lasen dieses Stück aus dem achtzehnten Jahrhundert mit verteilten Rollen, wie Schauspielschüler. Einmal kam ein Mädchen aus einem anderen Zimmer und beschwerte sich, dass wir zu viel Lärm machten. Doch dann blieb sie und wurde unser Publikum.

Ich spielte König Philipp, den Tyrannen, der lieber seinen eigenen Sohn, Don Carlos, ermorden ließ, als dass er seine Politik liberalisierte und seinen Untertanen Freiheit gewährte. Glaube niemand, dass unter uns auch nur eine gewesen wäre, die sich nicht mit dem Sohn identifizierte, die nicht seine Worte vernahm und an Evian-les-Bains dachte!

> Ich habe niemand – niemand (rief Mina als Don Carlos)
> – auf dieser großen, weiten Erde niemand . . .
> So weit . . . ist keine Stelle – keine – keine, wo ich
> meiner Tränen mich entlasten darf.

Wir alle begriffen, dass König Philipp der Vorläufer Hitlers war.

Hier blüht des Bürgers Glück in nie bewölktem
Frieden! (behauptete ich in der Rolle des sich
rechtfertigenden, erzürnten Monarchen)

Die Ruhe eines Kirchhofs! (höhnte Lilli, die den
fortschrittlichen Marquis Posa spielte)
Schon flohen Tausende aus Ihren Ländern froh und arm.
Der Bürger, den Sie verloren für den Glauben,
war Ihr edelster.

Wir dachten an Thomas Mann, Freud, Einstein. Ich dachte an Onkel Richard und Tante Roszi, Mimi und Milo und unsere kleine Hansi. Waren sie nicht alle Österreich-Deutschlands edelste Bürger, ins Ausland geflohen froh und arm?

Man mag es nicht recht glauben, aber im Rückblick finde ich, dass Schiller uns in diesem alten Stück eine Botschaft sandte, eine Warnung vor der Endlösung.

Sprach der König zum Großinquisitor:

Kannst du mir einen neuen Glauben gründen,
der eines Kindes blutgen Mord verteidigt? . . .
Du willst durch ganz Europa diese Meinung pflanzen?

Und die Antwort lautete ja.

Wir waren Deutschlands Kinder. Ein neuer Glaube, der unseren blutigen Mord verlangte, war in ganz Europa verkündet worden, und zwar in Zusammenarbeit mit der Kirche. Hatten wir Wiener nicht miterlebt, wie Kardinal Innitzer, das Oberhaupt der österreichischen Katholiken, Hitler nach dem Anschluss den Nazi-Gruß entbot?

Es war mir seinerzeit nicht klar, aber durch die Kunst hätten wir die Wirklichkeit vielleicht verstehen können.

Am 18. Januar 1942 bekam ich zum ersten Mal seit fast einem Jahr wieder meine Periode.

Im Februar erkrankte ich an Scharlach. Ebenso erging es noch einer anderen, der dicken Anneliese, die einmal das Leben einer Privilegierten geführt hatte.

Zwei Wochen lag ich schwitzend und fiebernd in der Krankenstation. Die Angst machte mich wahnsinnig. Ich durfte nicht krank sein! Wenn ich krank war und der Fabrik nichts mehr nützte, wurde meine Mutter womöglich nach Polen geschickt. Ich erklärte mich für gesund, als ich es noch gar nicht war. Ich versuchte aufzustehen. Die Krankenschwester sperrte uns ein. Sie brachte uns das Essen und verschwand wieder. Wenn wir wieder gesund wurden, gut so. Wenn nicht, dann eben nicht.

Im Grunde war dieser Scharlach das Beste, was mir passieren konnte, denn ich war erschöpft und entsetzlich schwach. Ich brauchte Essen und ausgiebige Ruhe, und genau das bekam ich: sechs Wochen Essen und Ruhe. Ich bin überzeugt davon, dass mir der Scharlach das Leben gerettet hat.

Als ich wieder arbeiten konnte, war es schon Mitte März. Ich fand die Unterkunft leerer vor. Mama hatte mir gut gelaunte Briefe geschrieben; sie und ein Mann namens Max Hausner hatten sich ineinander verliebt, und ich hatte mich darüber gefreut und gehofft, dass sie heiraten würden. Aber jetzt wurden ihre Briefe fahrig, zusammenhanglos, so als hätte sie ihr Denken nicht mehr im Griff.

Pepi teilte mir mit, dass seine Tante Susie, die Frau des Bruders seines Vaters, deportiert worden war und dass Wolfgangs Eltern, Herr und Frau Römer, ebenfalls nach Osten geschickt werden sollten.

Wir erhielten immer neue zermürbende Nachrichten. Berta, deren Freund so weit zu Fuß gekommen war, um sie zu sehen, war ohne ihren Stern ausgegangen und prompt verhaftet und in ein Konzentrationslager gesteckt worden.

Wir hörten von Frauen, die zum Heiraten nach Hause gefahren und mit ihren Männern deportiert worden waren. Eine Frau, die ein Liebesverhältnis mit einem französischen

Gefangenen hatte, kam ins KZ, der Franzose wurde hingerichtet.

Unser alter Freund Zich fiel an der Westfront.

Dann bekam Mina ein Päckchen zurück, das sie nach Hause geschickt hatte. Man sagte ihr, ihre Eltern und Geschwister würden deportiert und sie müsse mit.

Wir strickten ihr aus Wollresten einen Pullover in bunten Farben. Ich machte den einen Ärmel, Trude den anderen.

An dem Tag, als Mina abreiste, ging für mich in der Fabrik das letzte Licht aus. Ich schrieb an meine Mutter, sie solle sich ihrer annehmen; ich flehte Pepi an, er solle sich umhören, ob man nicht irgendetwas tun könne, damit sie in Wien bleiben dürfe. Aber was gab es da schon zu tun? Ein paar Tage bevor Mina mit ihrer Familie fortgebracht wurde, schrieb sie mir, dass sie meine Mutter und auch Annelieses Vater besucht habe und dass beide ihr etwas für die Reise mitgegeben hätten.

«Bleib unbedingt mit Tante in Verbindung», schrieb sie. Gemeint war Frau Maria Niederall, ihre ehemalige Chefin. «Sei nicht traurig, liebes Mädchen; es besteht immer noch die Möglichkeit, dass alles gut ausgeht, gib also die Hoffnung nicht auf. Nimm die Fabrik nicht zu ernst. Natürlich werde ich Dir schreiben, wenn ich kann, aber mach Dir keine Sorgen, wenn Du nichts von mir hörst. Vergiss nicht, dass ich immer in Liebe an Dich denke. Deine Mina.»

Ich konnte nicht wissen, dass Hitler den Befehl gegeben hatte, alle jüdischen Arbeitskräfte ins KZ zu stecken und durch Zwangsarbeiter aus den eroberten Ländern zu ersetzen. Aber ich fühlte das Dunkel nahen. Ich wusste nicht, was vorging, und lebte in Angst vor dem, was mich erwartete.

Ich verbrannte Pepis sämtliche Briefe, bis auf einen. Er war vom 26. Mai 1942, und ich glaube, ich habe ihn deshalb behalten, weil er mich mit seinem grenzenlosen Mitgefühl aufrechterhielt: «Mein liebstes Mausi! Sei tapfer und glaube weiter so fest an die Zukunft wie bisher. Mein armes Kind, könnte ich doch nur Deinen Hunger stillen! Sei tausendmal geküsst und umarmt von Deinem Pepi.»

Mama schickte mir Telegramme. «ICH MUSS BALD FORT. KOMM SCHNELL. KOMM SOFORT.»

Ich ging zur Polizei. «Meine Mutter soll fort! Ich muss mit!»

Ich bekam keine Antwort.

Ich flehte den Werkmeister an, mich nach Hause zu schicken. Ich ging zur Lagerleiterin. «Meine Mutter kann nicht ohne mich wegfahren», sagte ich unter Tränen. «Sie ist alt; ich bin ihr einziges Kind – bitte.»

In Wien bettelte Mama bei der Gestapo, man möge sie dort lassen, bis ich zurück sei.

«Wie alt ist Ihre Tochter?»

«Achtundzwanzig.»

«Dann ist sie alt genug, um Ihnen allein nachzureisen.»

«Bitte.»

«Nein.»

«Bitte sehr!»

«Nein.»

Wieder ging ich zur Polizei. Aber man verweigerte mir die Papiere, die ich zum Reisen benötigte, und ohne Sondergenehmigung durften Juden nicht mehr reisen. Ich fühlte zwischen Mama und mir die Tür zugehen, und ich war die Ausgesperrte.

Sie hinterlegte bei Pepi Briefe an mich. «Bitte sagen Sie Edith, ich habe das Äußerste gewagt. Hoffentlich kränkt sie sich nicht zu stark. Sie kommt mit dem nächsten Zug nach. Gott wird ihr und mir beistehen, dass wir zusammen kommen.»

Und dann schrieb sie: «Die hiesige jüdische Gemeinde rät

mir, Edith zu lassen, wo sie ist. Vielleicht soll es so sein. Sie soll bleiben, auch wenn ich darunter sehr leide.»

Ihr letzter Brief: «Es ist halb ein Uhr nachts», schrieb sie an Pepi. «Wir warten auf den Scharführer. Meine Stimmung können Sie sich vorstellen. Hausner packt mir noch, denn momentan bin ich zu nichts fähig. Bitte, bitte stehen Sie der Edith bei, beim Packen. Bitte passen Sie auf mein Letztes, was mir geblieben ist, gut auf. Es ist noch ein Koffer voll zu holen, der Herr Weiß bleibt, da er schon fünfundsiebzig Jahre alt ist. Es sind noch Sachen, die Edith mitnehmen muss. Bleiben Sie gesund, auf Wiedersehen in Glück und Freude.

Lieber Pepi, mir ist so traurig ums Herz. Ich will leben. Bitte vergessen Sie uns nicht.

Nochmals Küsse. Klothilde Hahn.»

Meine Mutter wurde am 9. Juni 1942 deportiert.

Bis zum 21. Juni weigerte sich die örtliche Gestapo, mich nach Wien fahren zu lassen.

∽ 7 ∼

Verwandlung in Wien

Sechs von uns fuhren nach Wien. In unseren Reisepapieren stand, dass wir uns an einem bestimmten Tag an einem bestimmten Ort zur «Umsiedlung» nach Osten zu melden hätten. Doch alle Gerüchte, die wir vernahmen, ließen es uns ratsam erscheinen, dieser Aufforderung nicht Folge zu leisten.

«Aber wie?», fragte ein Mädchen namens Hermi Schwartz, als wir für die Reise packten. «Die sehen den gelben Stern und schnappen sich uns gleich.»

»Ich werde meinen nicht tragen», flüsterte ich ihr zu. «Wenn ich den Stern trage, bekomme ich meine Kusine Jultschi nie mehr zu sehen und erfahre nicht, wie es meiner Mama vor der Abreise ergangen ist. Dann könnte ich nicht eine Minute mit meiner Freundin Christl zusammen sein, oder mit Pepi.» Ich malte mir die Freude der beiden aus, ein paar Tage der Liebe.

«Aber ohne den Stern kommen wir erst gar nicht in den Zug», meinte Hermi.

«Stimmt», antwortete ich. «Aber aussteigen können wir ohne ihn.»

Wir versammelten uns im Dunkel des frühen Morgens, die letzten jüdischen Sklavinnen der Papierfabrik. Wir umarmten einander, verabschiedeten uns flüsternd voneinander und vereinbarten, in Zweiergruppen zu reisen, um nicht aufzufallen, jedes Paar in einem anderen Abteil. Hermi und ich blieben zusammen. Es war ein angenehmer Zug, voller Familien, die in Urlaub fuhren. Für ein Volk, das sich im Krieg befand, erschienen mir die Deutschen unglaublich sorglos. Ich hatte in meiner Isolation nicht mitbekommen, dass sie ja Sieg um Sieg errungen hatten und zu diesem Zeitpunkt, im Juni 1942, fest damit rechneten, ganz Europa zu erobern.

Nach etwa einer Stunde Fahrt ging ich zur Toilette. Auf dem Gang zwängte ich mich, «Entschuldigung» murmelnd, an plaudernden Polizisten vorbei. Ich trug meinen Mantel über dem Arm und meine Handtasche über der Stelle, wo der Stern angenäht war. Einmal auf der Toilette, riss ich den nur lose angenähten Stern ab und steckte ihn in meine Handtasche. Auf dem Rückweg begegnete ich Hermi, die auf dem Weg zur Toilette war, um das Gleiche zu tun.

Sie mögen fragen, ob wir nicht an unsere Freundin Berta gedacht haben, die dafür ins KZ gekommen war. Ich kann nur antworten, dass wir an nichts anderes gedacht haben als an Berta, dass jeder Uniformierte, der an unserem Abteil vorbeiging, uns Angst und Schrecken einjagte. Wir versuchten uns ganz ruhig zu geben und tauschten mit den Mitreisenden Nettigkeiten aus. Eine Frau erzählte uns, sie sei auf dem Weg nach Wien, um ihre Tochter zu besuchen. Ich wünschte ihr ein frohes Wiedersehen. Dabei wandte ich das Gesicht ab, damit sie nicht sah, wie ich beim Gedanken an Mama mit den Tränen kämpfte.

Auf dem Bahnhof versickerten meine Freundinnen in der österreichischen Bevölkerung wie Wassertropfen im Sand. Erinnert sich jemand an sie? Hat jemand sie am Ende wieder gesehen?

Ich stand vollkommen reglos. Mir war, als machten selbst die Löcher im Mantelstoff, wo der Stern angenäht gewesen war, mich noch deutlicher als Jüdin kenntlich. Jeden Moment rechnete ich damit, von der Gestapo erkannt und verhaftet zu werden.

Pepi erschien wie aus dem Nichts, nahm mich in die Arme und küsste mich. Für einen Sekundenbruchteil konnte ich vor Liebe wieder alles um mich herum vergessen und glauben, er werde mich retten. Und dann sah ich seine Mutter – ihre nachgezogenen Augenbrauen, die Hängebacken, das Doppelkinn. Sie kam auf mich zugeschossen, packte mich am Arm, riss mich mit sich fort und zischte mir ins Ohr: «Ah, Gott sei Dank, dass Sie den Stern nicht tragen, Edith. Wir hätten Sie nicht einmal begrüßen können, wenn Sie den Stern getragen hätten. Sie müssen sofort zu Ihrer Kusine gehen, ein Schläfchen halten, etwas essen und sich morgen früh so schnell wie möglich in die Prinz-Eugen-Straße begeben, denn dort werden Sie erwartet. Ihre Mutter erwartet Sie auch – bestimmt, sie ist in Polen, im Wartheland. Sie möchte sicher, dass Sie zu ihr kommen.»

«Sie hat Ihnen geschrieben? Meine Mama?»

«Hm, nein, seit sie fort ist, nicht mehr, aber ich bin ganz sicher, dass sie dort ist. Sie müssen sofort zu ihr. Schlagen Sie sich den Gedanken, *nicht* in die Schule zu gehen, gleich aus dem Kopf, man würde Sie suchen und finden, und dann würde Ihre Mutter bestraft und genauso alle anderen, die Sie kennen. Sie möchten doch die Menschen, die Sie lieben, nicht in Lebensgefahr bringen, nicht wahr, Edith? Sehen Sie sich nur mal an – wie mager Sie sind! Ihre Kusine soll Ihnen etwas Herzhaftes zu essen geben.»

Endlich riss Pepi sie von meinem Arm los. Er war blass vor Zorn. Von seinem wütenden Blick eingeschüchtert, blieb sie hinter uns zurück. Er nahm meine Reisetasche, und wir gingen nebeneinander Hand in Hand. Unsere Schultern berührten sich. Pepi Rosenfeld hatte immer genau die richtige Größe für mich gehabt. Anna stakste eilig hinter uns her, hin und her gerissen zwischen ihrem Wunsch zu hören, was wir miteinander sprachen, und ihrer Angst, in Begleitung einer Jüdin auf der Straße gesehen zu werden.

Wir gingen zu dem Haus, in dem Jultschi wohnte. Sie saß auf der Treppe mit ihrem Söhnchen Otto, einem hinreißenden kleinen Jungen mit großen, sanften dunklen Augen und großen Ohren wie sein Vater. Mit einem Freudenschrei wollte ich hin und ihn an mich drücken, mich in Jultschis Arme werfen.

«Oh, treten Sie doch ein, Fräulein Ondrej», sagte Jultschi höflich und gab mir die Hand. «Wie schön, Sie wieder zu sehen.» Eine ihrer Nachbarinnen kam soeben die Treppe herunter. «Das ist eine Kusine meines Mannes aus dem Sudetenland», stellte Jultschi mich vor.

Die Nachbarin lächelte freundlich.

«Willkommen in Wien. Heil Hitler!»

Ich hatte dieses «Heil Hitler» schon öfter gehört, aber erst jetzt wurde mir klar, dass es zum gängigen Gruß zwischen ganz normalen Leuten geworden war.

«Morgen Nachmittag um fünf im Belvedere», flüsterte Pepi. «Ich liebe dich. Ich werde dich immer lieben.»

Seine Mutter zog ihn fort.

Ich setzte mich in Jultschis Küche. Sie machte uns Tee und redete dabei wie immer – der reinste Wasserfall. Ich schlief am Tisch ein.

Der kleine Otto kam mit stinkenden Windeln und klebrigen Fingern angewatschelt. Ich wusch ihn im Spülbecken und spielte mit ihm Nase-Klauen-und-wieder-Ankleben, und er quietschte vor Vergnügen. Er war für mich das schönste Kind der Welt, der reinste Engel. Jultschi saß an ihrer Nähmaschine und nähte. Das Rattern der Maschine mache es uns möglich zu reden, sagte sie. Man könne nicht vorsichtig genug sein. Die Leute belauschten und denunzierten einander. Nachbarn seien plötzlich verschwunden.

«Jede Woche bringen die Nazis mir kleine Bretter, die ich

zu Kistchen zusammenleimen muss. Ich glaube, da kommen Orden oder Revolver rein. Ich habe ein Quantum. Ich lebe von Ottos Rente, die nicht so schlecht ist. Aber ich bin natürlich Jüdin, also wird auch mein kleiner Otti als Jude betrachtet. Nach den Nürnberger Gesetzen müsste er den Judenstern tragen, aber da er noch keine fünf ist, lassen sie ihn in Ruhe. Pepi hat mir bei einem Antrag geholfen, den Jungen als Mischling anerkennen zu lassen – das ist die offizielle Bezeichnung für Leute wie ihn. Dann teilen sie ihm vielleicht mehr Lebensmittel zu und lassen ihn die Schule besuchen, und mich lassen sie weiter hier leben, außerhalb des Ghettos. Ein paar von uns lassen sie einfach hier, damit die Nachbarn uns sehen und sich wegen der Deportationen keine Gedanken machen. Was denkst du, wie lange du hier bleiben wirst? Zwei Tage? Drei?»

«Eigentlich wollte ich bleiben, bis der Krieg zu Ende ist», sagte ich und kitzelte Otti an den Zehen.

Jultschi stieß einen leisen Schrei aus. Ich lachte.

«Mach keine Witze, Edith. Es gibt eine Zeit zum Scherzen, aber die ist nicht jetzt.»

«Erzähl mir von Mama. Und Herrn Hausner.»

«Er ist ein lieber Mensch. Seine erste Frau ist gestorben. Sie haben ihn zunächst in ein Arbeitslager gesteckt, dort aber wieder herausgelassen, damit er nach Polen konnte. Damals im Februar haben wir doch gehört, sie würden zwölftausend Juden aus deutschen Fabriken abziehen, weil sie so viele Gefangene aus den besetzten Ländern haben, mit denen sie die Juden ersetzen wollen. Oh, Edith, dieser ‹Blitzkrieg› macht mich krank vor Angst; anscheinend hat außer Deutschland kein Land Europas eine Armee. Wie geht das weiter, wenn sie erst England besiegen?»

«Sie werden England nicht besiegen.»

«Woher weißt du das?»

«Seit unsere kleine Hansi bei der jüdischen Brigade ist, ist die britische Armee unbesiegbar.»

Endlich lachte sie. Sie ließ die Nähmaschine rattern.

«Und jetzt merk dir, Edith: Du darfst nie von Juden sprechen. Keiner spricht von ihnen. Du darfst kein Wort sagen. Die Leute wollen das nicht hören.»

Hinter dem Gebäude, in dem die jüdischen Lebensmittelkarten ausgegeben wurden, erwartete mich Liesel mit einem zuversichtlichen Lächeln wie immer. Sie gab mir Marken für Brot, Fleisch, Kaffee und Bratfett.

«Wenn du mir deine Rationen gibst, wovon lebst dann du?»

«Es gibt hier Lebensmittel. Ich nehme mir genug. Gib die Marken deiner Kusine und Pepi. Sie sollen für dich einkaufen. Komm jeden Tag her. Ich werde immer etwas für dich haben. Aber komm nie zwei Tage hintereinander zur selben Zeit. Und verändere dein Aussehen. Jedes Mal.»

Ich wagte nicht, durch mein altes Wohnviertel zu gehen – dort hätte mich jemand erkennen können. Also ging ich über den Kohlmarkt, vorbei an Papas früherem Restaurant und dem Geschäft, wo ich zum ersten Mal Radio gehört hatte – Radio, das nun dazu benutzt wurde, die Welt zu vernichten. Ich suchte Nostalgie. Aber gegenüber Wien konnte ich im Augenblick nur Wut empfinden. In dieser Stadt, meiner eigenen Stadt, war ich zum gejagten Flüchtling geworden. Wenn mich jemand sah, der mich kannte, konnte es sein, dass ich denunziert wurde. Wenn ich aber nicht zu denen ging, die mich kannten, musste ich verhungern.

Pepi und ich trafen uns am nächsten Tag im Park. Er brachte mir die Sachen, die Mama für mich dagelassen hatte: einen Koffer mit sechs Sommerkleidern und ein kleines ledernes Schmucketui, in dem sich die goldene Uhrkette meines Vaters befand. Und er gab mir eine Pfandmarke, die meine Mutter bekommen hatte, als sie ihren alten Pelzmantel versetzte.

«Müssen wir uns hier treffen?», fragte ich. «Ich dachte, ich könnte zu dir kommen.»

«Nein, das geht nicht», antwortete er. «Mama macht mir immer das Mittagessen, und danach brauche ich meinen Mittagsschlaf, sonst tauge ich zu gar nichts. Wir treffen uns immer am Spätnachmittag und essen dann hier gemeinsam Abendbrot.»

Er streckte die Arme nach mir aus, aber ich wich zurück.

«Hast du denn gar keine Gefühle!», rief ich. «Konntest du dir denn nicht denken, dass ich angenommen habe, ich würde bei dir wohnen? Was glaubst du, warum ich auf die Gestapo pfeife und zum Flüchtling geworden bin? Damit wir im Park zusammen Abendbrot essen können?»

Er wollte etwas sagen. Ich schlug ihm auf den Mund.

«Vierzehn Monate war ich so einsam, so verzweifelt, und das Einzige, was mich am Leben gehalten hat, war der Gedanke an dich! Warum hast du nicht dafür gesorgt, dass wir miteinander allein sein können? Liebst du eine andere?»

«Nein», flüsterte er heiser. «Nein.»

Aufgereizt durch mein Begehren, zog er mich an sich. Wohlanständige arische Wiener funkelten uns empört an, weil wir uns in der Öffentlichkeit küssten.

«Ich werde etwas finden», sagte er.

Ich besuchte Frau Maria Niederall bei der Spedition Achter. Das Speditionsbüro befand sich im zweiten Bezirk in der Malvengasse. Eine Büroangestellte namens Käthe erkannte meinen Namen. «Es ist Edith, Frau Doktor!», rief sie. «Minas Freundin!»

Aus dem hinteren Teil des Büros kam eine hoch gewachsene, dunkeläugige Frau nach vorn. Sie musterte mich von oben bis unten, dann grinste sie mich breit an. «Kommen Sie herein», sagte sie. «Käthe, bringen Sie uns Kaffee und ein paar belegte Brote.»

Frau Doktor war keine Schönheit, aber sie hatte Stil. Sie kleidete sich sportlich-elegant wie die Dietrich, hatte lange Fingernägel, lange Beine und kastanienbraunes Haar, das sich in sanften Wellen um ihr Gesicht schmiegte. Sie trug echt goldene Ohrringe und am Busen eine Ehrennadel mit Hakenkreuz, die zeigte, dass sie schon früh in den Dreißigern in die Nazipartei eingetreten war. Sie hatte einen Rechtsanwalt geheiratet – mit Doktortitel, wie ich ihn nicht hatte erwerben dürfen. Sie war also die Frau eines Doktors – mithin Frau Doktor. Sie sah mir beim Essen zu und merkte, wie ausgehungert ich war, wie meine zerschundenen Hände vor Aufregung zitterten. «Mir scheint, Sie brauchen Erholung», lautete ihre Schlussfolgerung.

«Ich hatte vor, ein paar Tage bei meinem Freund zu verbringen, aber seine Mutter lässt mich nicht ins Haus.»

«Und er gehorcht ihr?»

«In allem.»

«Ist er ein Mann?»

«Er ist Jurist, ein Gelehrter.»

«Aha, das erklärt seine Fügsamkeit. Haben Sie mit ihm geschlafen?»

«Ja.»

«Dann gehört er zu Ihnen, nicht zu seiner Mutter. Käthe, bringen Sie uns ein paar von diesen klebrigen Keksen.»

Ich aß jeden Krümel, dann befeuchtete ich meinen kleinen Finger und tupfte damit noch den letzten Zuckerguss von dem geblümten Porzellanteller auf.

«Unsere Käthe hat einen Onkel in Hainburg, der hat einen großen Bauernhof – reichlich zu essen und viel frische Luft. Ich sorge dafür, dass Sie ein paar Wochen sein Gast sein können, damit Sie wieder zu Kräften kommen.»

«Aber Frau Doktor, wie soll ich da denn hinkommen? Im Zug gibt es so viele Razzien – da wird man mich entdecken.»

«Sie reisen in der Nacht. Sie werden einen Parteiausweis mit Ihrem Foto bei sich haben, nur für den Fall, dass jemand kontrolliert. Aber ich bin sicher, es wird niemand kontrollieren. Trinken Sie noch einen Kaffee.»

«Ich hatte gehofft, Sie hätten von Mina gehört.»

«Nichts», antwortete Frau Doktor. Plötzlich glitzerten Tränen in ihren Augen. Sie schüttelte sie fort. «Ich hätte ihr nämlich helfen können. Sie hätte in Österreich bleiben können.»

«Sie wollte bei ihrer Familie sein», erklärte ich. «Wenn ich mit meiner Mama hätte zusammen sein können, wäre ich auch mitgefahren.»

Sie ergriff meine Hände. «Diese Hände müssen wieder weich werden», sagte sie. Damit rieb sie mir eine süß duftende Salbe auf die rissigen, schwieligen Handflächen. Ihre kräftigen Finger an meinem Handgelenk, der Duft der Salbe – es war so tröstlich, so kultiviert. «Nehmen Sie die Salbe mit. Cremen Sie sich zweimal am Tag die Hände damit ein. Sie werden sich bald wieder als Frau fühlen.»

Am nächsten Abend stieg ich zu Jultschis übergroßer Erleichterung in den Zug nach Hainburg, das in einer schönen Gegend unweit der tschechischen Grenze liegt – eine Landschaft, die berühmt war für ihre einmalige Vogelwelt, ihre nebligen Wälder und reichen Bauernhöfe. In der Handtasche hatte ich alle möglichen Papiere, die Frau Doktor mir mitgegeben hatte. Aber ich traute ihnen nicht. Im Geiste übte ich den Spruch, den ich aufsagen würde, wenn die Gestapo mich entdeckte.

Ich habe mir das Geld für die Fahrkarte seit der Spargelplantage von meinem Lohn zusammengespart. Den Parteiausweis habe ich einer Wildfremden im Zug gestohlen. Dann habe ich mein Bild hineingeklebt. Ich habe keine Angehörigen und Freunde mehr in Wien. Sie sind alle fort. Niemand hat mir geholfen. Niemand hat mir geholfen. Niemand.

Inmitten dieser Angstträume kam ich in ein Märchenland wie von den Brüdern Grimm. Unter einem freundlichen Sommermond erwartete mich Käthes stimmgewaltiger Onkel mit Pferd und Wagen. Er war so dick und behaart und gutmütig wie sein Pferd. Man hatte dem Onkel erzählt, ich leide an einer Darmkrankheit und brauche frische Luft und gutes Essen, um wieder zu Kräften zu kommen. Während wir durch das schöne Städtchen trabten, zählte er mir all die herrlichen Sachen auf, die seine Frau mir auftischen werde: Schweineschnitzel, am Spieß gegrillte Hähnchen, Knödel und Sauerbraten, eingelegte Gurken und Kartoffelsalat.

«Klingt ja köstlich», murmelte ich, während mir ganz schlecht wurde.

Ich schlief in einem großen Bett unter einem Berg von Decken. Auf dem Nachttischchen war eine Art Altar aufgebaut: frische Blumen und lauter kleine Hakenkreuz-Fähnchen um ein gerahmtes Hitler-Bild herum. Der Führer sah mir beim Schlafen zu.

Als ich am Frühstückstisch saß, die Eier, das Brot, den Speck sah und den Haferbrei roch, wurde mir übel. Ich lief aus dem Haus und rang nach Luft. Später fuhr der derbe Bauer mich und seine anderen Gäste durch die blühende Landschaft spazieren. Die anderen – ein Mann, seine Frau und ihre beiden helläugigen Enkel – kamen aus Linz. Ihr Urlaub auf dem Bauernhof wurde von Hitlers «Kraft durch Freude» gefördert, einer Naziorganisation, die den Deutschen zu Erholungs- und Bildungsreisen verhalf. Unser Gastgeber trug ein üppiges Picknick auf.

Ich aß ein paar Happen, atmete tief durch und dachte: Du musst zu Kräften kommen, etwas für deinen Körper tun. Nutz diese Chance.

Der Bauer hatte angefangen, die Größe des Führers zu preisen. Welch ein Mann! Welch ein Kinderfreund! Welch ein Förderer der Künste! Welch große Zukunft uns alle dank seiner begnadeten Führung erwartete! *Lebensraum* – die grünen Felder Russlands, die «menschenleeren» Ebenen Polens. Ob wir in der Wochenschau Hitlers triumphalen Einmarsch in Paris gesehen hätten? Welch glorreiche Zeiten für Österreich, endlich vereint mit den Brüdern in Deutschland, endlich an dem führenden Platz in der Welt, den ihm das dämonische Judentum mit Falschheit und Arglist gestohlen habe.

Er hob seinen Bierkrug. «Auf die Gesundheit unseres Führers! Heil Hitler!» Und sie stimmten alle ein, inmitten der rauschenden Wälder, der plätschernden Bäche, der zwitschernden Vögel, gesättigt von einem köstlichen Mahl, zufrieden wie Katzen an der Sonne. «Heil Hitler!»

Ich rannte in die Büsche und musste würgen. Hinter mir hörte ich den Bauern flüstern: «Armes Mädchen. Eine Freundin meiner Nichte Käthe. Krank wie ein Hund. Irgendwas mit dem Magen.»

Nach nicht einmal einer Woche war ich wieder in Wien. Die Bauersfrau hatte mir Brot, Schinken, Käse und Stollen eingepackt. Ich legte das Paket auf Jultschis Tisch. Wir sahen zu, wie der kleine Otti mit seinen winzigen neuen Zähnchen an dem Stollen nagte. Wenigstens das war eine Freude.

Christl traf ich in einem Café. Sie war hübscher und kräftiger denn je, hatte aber etwas Angespanntes um den Mund. Nach wie vor hielt sie Bertschi versteckt, wo immer sie konnte. Von den jungen Burschen, die ihr und ihrer Schwester früher den Hof gemacht hatten, waren etliche im Krieg gefallen.

«Erinnerst du dich an Anton Rieder, der Diplomat werden wollte?»

«Nein! Sag's nicht. Nein.»

«Er ist in Frankreich gefallen.»

Ich weinte um Anton. Vielleicht hätten wir einander retten können.

Christl hatte Angst, dass ihr Vater an die Ostfront müsse. «Der Rundfunk macht die Russen lächerlich», sagte sie. «Jeden Tag predigt man uns da, wie minderwertig sie angeblich sind, wie der Bolschewismus das Volk in den Hunger getrieben und dumm gemacht haben soll. Aber meine Mutter war Russin. Sie hat die Schmerzen ihrer Krankheit getragen wie Athene. Und ich glaube, die Russen werden uns mehr zu schaffen machen, als der Führer ahnt.» Sie umarmte mich. «Was hast du vor?»

«Ich weiß nicht. Ich werde wohl nach Polen müssen.»

«Halt dich an diese Frau Niederall», sagte Christl. «Sie hat gute Beziehungen. Als Lohn dafür, dass sie die Partei so früh unterstützt hat, haben sie ihr diese Spedition gegeben, die einmal der netten Familie Achter gehört hat – wenigstens waren die schlau genug, rechtzeitig abzuhauen. Anders als meine ach so kluge Freundin.»

Sie gab mir einen verspielten Knuff. Ich lachte nicht. Wie Jultschi gesagt hatte – es gab eine Zeit zum Scherzen, und die war nicht jetzt.

Frau Niederall saß an ihrem auf Hochglanz polierten Esstisch und schenkte aus einer feinen Porzellankanne echten Kaffee ein.

«Sie haben neulich so zugelangt, dass ich überzeugt war, es würde Ihnen auf dem Hof von Käthes Onkel schmecken. Nun höre ich aber, dass Sie kaum einen Bissen bei sich behalten konnten.»

«Es tut mir sehr Leid. Ich möchte nicht als undankbar gelten.»

«Nach meinem Eindruck sind Sie krank. Unter normalen Umständen würde ich Sie auf der Stelle ins Krankenhaus schicken. Sagen Sie, hatten Sie nicht einen Onkel namens Ignatz Hoffmann, der Arzt in Floritzdorf war?»

«Ja. Er hat sich umgebracht.»

«Ich kannte ihn», sagte sie. «Als kleines Mädchen habe ich in diesem Bezirk gelebt, und einmal wurde ich sehr krank, und Ihr Onkel hat mir das Leben gerettet. Nachdem er gestorben war, brauchte seine Witwe Hilfe, um ihre Sachen aus Österreich herauszuschaffen.»

«Ach, dann waren Sie das . . .»

Ich beugte mich zu ihr hinüber, wollte so gern verstehen, was sie für ein Mensch war, warum sie sich den Nazis angeschlossen hatte.

«Als junges Mädchen habe ich bei Dr. Niederall eine Stelle

angetreten. Ich war nicht so gut in Stenografie, aber umso besser in anderen Dingen. Er hat mir eine hübsche Wohnung besorgt und mich dort ausgehalten. Mehr wollen die meisten Männer ja nicht, Edith – eine Frau, die in einer hübschen Wohnung auf sie wartet, mit einem guten Essen und einem warmen Bett. Jahrelang war ich sein offenes Geheimnis. Aber von seiner Frau, die er hasste und die ihn hasste, konnte er sich nicht scheiden lassen, weil die katholischen Gesetze in unserem gottesfürchtigen Land die Scheidung verboten. Die Nationalsozialisten haben gesagt, sie wollten die Scheidungsgesetze ändern. Deswegen habe ich sie unterstützt. Und sie haben Wort gehalten. Ich bin endlich Frau Doktor. Zu spät, um Kinder zu bekommen, wie ich leider sagen muss, aber nicht zu spät, um den Respekt zu genießen, den die Legitimität mich sich bringt.»

Ist es nicht erstaunlich, dass eine so großartige Frau sich mit Unholden gemein machte, nur um einen Ehering zu bekommen?

Christl gab mir zu essen. Ich schlief in einem Hinterzimmer ihres Ladens. Nachts kam der Wachmann mit seiner Taschenlampe. Ich versteckte mich hinter einem Stapel Kartons, wagte nicht zu atmen und dachte: Wenn man mich findet, kommt meine Freundin, die mich versteckt hat, ins KZ. Ich muss etwas anderes finden, wo ich bleiben kann.

Ich begegnete Onkel Felix Römer auf der Straße. Er ging an mir vorbei. Auch ich ging noch ein Stück weiter, dann machte ich kehrt und folgte ihm in eine Nebenstraße. Die Gestapo war in seine Wohnung gekommen und hatte seine Papiere sehen wollen, aber er hatte gesagt, er habe seine Papiere nicht, weil er nach Südafrika auswandern wolle und sie dorthin geschickt habe. Und sie hatten ihm geglaubt. Es waren eben nicht alle Nazis so schlau wie Eichmann.

Ich blieb nur eine Nacht bei Onkel Felix. Länger zu bleiben wäre zu gefährlich gewesen. Wenn die Nachbarn mitbekommen hätten, dass dieser alte Mann ein junges Mädchen bei sich beherbergte, hätten sie wohl genauer hingesehen. Ich lag da, lauschte seinem rasselnden Altmänneratem und dachte: Wenn wir erwischt werden, kommt er ins KZ. Das würde er nicht überleben. Ich muss etwas anderes finden, wo ich bleiben kann.

Meine Mutter hatte mir geschrieben, dass meine Kusine Selma – sie war die Tochter Onkel Isidors, des ältesten Bruders meines Vaters – einem Transport zugeteilt worden war. Als ihr Freund davon hörte, war er aus dem Arbeitslager in Steyr geflohen und nach Wien zurückgekehrt, um mit ihr nach Polen zu gehen.

Die Geschichte begeisterte mich. «Komm mit mir nach Polen», sagte ich zu Pepi. «Dann sind wir wenigstens zusammen.»

Er sagte nicht ja, benutzte die Idee aber dazu, seiner Mutter zu drohen. «Edith braucht eine Bleibe», erklärte er ihr mit Nachdruck. «Wenn du uns nicht hilfst, gehe ich mit ihr in den Osten.»

Erschrocken gab sie ihm den Schlüssel zu einer anderen Wohnung im selben Haus, deren Bewohner in Urlaub waren. Dort schlief ich mehrere Nächte. Aber ich konnte mich weder waschen noch die Toilette benutzen noch Licht machen – die anderen Hausbewohner hätten sonst gedacht, dass in die Wohnung jemand eingebrochen sei, und die Polizei gerufen. Ich glaube, ich habe mich dort nicht ein einziges Mal auch nur ausgezogen. Morgens kam Anna Hofer, winkte mich wortlos zur Tür, vergewisserte sich, dass niemand in der Nähe war, und stieß mich mit den Worten: «Gehen Sie, schnell!», nach draußen.

Ich war mit den Nerven am Ende.

Ich lief herum wie eine Landstreicherin und war vor lauter Sorgen wie in Trance. Wo würde ich in der kommenden Nacht schlafen? Wo war Mama? Wenn ich aufgäbe und nach Polen ginge, würde ich sie finden? Wo würde ich in der kommenden Nacht schlafen? In meiner Zerstreutheit lief ich einem jungen Mann vors Fahrrad. Er machte einen wilden Schlenker, um mich nicht umzufahren.

«Passen Sie doch auf, wo Sie gehen!»

«Entschuldigung.»

Ich weiß noch, dass er ein drahtiger kleiner Kerl in kurzen Hosen war. «Na ja, nichts passiert», lenkte er ein. «Aber dass ich Ihnen das Leben gerettet habe, gibt mir doch sicher das Recht, Sie ein Stückchen zu begleiten.» Ich hatte eine Heidenangst vor ihm, aber das wusste er ja nicht. Er plauderte munter drauflos. «Die verdammten Nazis haben mit den Kontrollen und Straßensperren, die sie überall errichten, ganz Wien versaut. Wenn Sie mich fragen, mit von Schuschnigg, wo er jetzt auch sein mag, ging es uns besser, aber wenn Sie jemandem erzählen, dass ich das gesagt habe, streite ich alles ab. Kommen Sie, trinken wir irgendwo ein Schlückchen; was halten Sie davon?»

«Danke, ich muss weiter, aber vielen Dank.»

«Na, kommen Sie schon, nur ein halbes Stündchen.»

«Lieber nicht ...»

Er sah gekränkt, vielleicht sogar ein bisschen böse aus. Das ängstigte mich zu Tode. Also setzte ich mich ein Weilchen mit ihm zusammen, und er redete und redete. Endlich ließ er mich meiner Wege gehen.

«Hier haben Sie ein Andenken an mich», sagte er und gab mir ein kleines Amulett mit dem heiligen Antonius darauf. Mir stiegen Tränen in die Augen. «O je, jetzt hören Sie schon auf damit, das ist doch kein Heiratsantrag, nur ein Glücksbringer ...»

Ich habe das Amulett mein Leben lang behalten.

Um mich einmal richtig waschen zu können, ging ich am «Frauentag» ins Amalienbad, im zehnten Bezirk in einer Nebenstraße zur Favoritenstraße. Das war ein Arbeiterviertel, wo mich wahrscheinlich keiner kannte. Das weit vom Stadtzentrum gelegene öffentliche Bad war für die vielen Wiener da, die zu Hause zwar Toiletten, aber keine Badewanne hatten. Kein Schild besagte, dass Juden nicht hinein dürften. Niemand stellte Fragen oder wollte Papiere sehen.

Ich wusch mich in dem flachen Becken, seifte mir die Haare ein und spülte sie unter der Sprühdüse aus, dann setzte ich mich noch für eine Weile in den dichten Nebel des Dampfbads, wo ich mich sicher genug fühlte, um ein wenig einzudösen.

Plötzlich fühlte ich eine Hand auf meiner Schulter. Mit einem Schrei sprang ich auf.

«Pst! Ich bin's. Erkennst du mich?» Es war eine große, breitschultrige Frau mit einer beschlagenen zierlichen Brille und einem breiten Lächeln.

Lilli Kramer, unsere Kulturchefin in der Papierfabrik! Ich war so glücklich, sie wieder zu sehen, dass ich sie gar nicht mehr aus den Armen lassen wollte. Lilli berichtete, ihr Vater habe es nach Neuseeland geschafft und sie selbst halte sich bei ihrer früheren Gouvernante versteckt, die in der Nähe wohne.

«Wie hältst du diesen Druck aus?», fragte ich.

Ich erwartete eine ihrer üblichen zynischen Bemerkungen und bekam stattdessen Schiller zu hören. «‹Der Mensch ist mehr, als Sie von ihm gehalten›», zitierte sie den Marquis Posa, den sie im *Don Carlos* gespielt hatte. «‹Des langen Schlummers Bande wird er brechen, und wiederfordern sein geheiligt Recht.› Das ist es, woran ich glaube, Edith. Ich glaube daran, dass die Welt sich gegen den Tyrannen Hitler erheben und ihn in die Hölle schicken wird.»

Ich habe bis heute keine Ahnung, ob meine Freundin Lilli den Krieg überlebt hat. Aber ich muss gestehen, dass ich in diesem Moment nicht den kleinsten Anlass sah, ihren Optimismus zu teilen.

«Besorg mir ein Zimmer», sagte ich an jenem Abend im Park zu Pepi.

«Es gibt keins», begehrte er auf.

«Der junge Mann mit den besten Beziehungen in ganz Wien, der inoffizielle Anwalt aller, die es mit Ämtern zu tun haben, kann für seine alte Freundin keine Bleibe finden?»

«Warum bist du nicht in Hainburg geblieben? Die waren bereit, dich dazubehalten, aber du ...»

«Weil ich mir dieses Nazi-Geschwafel nicht mehr anhören konnte! Während meine Mama womöglich in einem polnischen Ghetto verhungert! Während meine Freundinnen in alle Welt verstreut sind – vielleicht tot, Gott bewahre! Mina und Trude und Berta und Luci und Anneliese und Frau Crohn und Käthe und ...»

«Still, mein Liebling, mein Mausi, still, nicht weinen.»

«Sag deiner Mutter, sie soll zu ihrem Mann ziehen, zu Herrn Hofer in Ybbs, und lass mich bei dir wohnen!»

«Sie hat Angst, dass man mich findet, wenn sie umzieht!», sagte er. «Du weißt ja nicht, wie es hier zugegangen ist. Sie lassen mich nicht arbeiten, weil ich Jude bin, wenn ich aber aus dem Haus gehe, wissen sie nicht, warum ich nicht arbeite, und halten mich für einen Wehrmachtsdeserteur. Ich habe versucht, als Schornsteinfeger zu arbeiten, weil ich mich da in den Schornsteinen verkriechen konnte und mein Gesicht von Ruß geschwärzt war, aber dann hat mich doch jemand erkannt, und ich musste wieder verschwinden. Ich habe versucht, die Buchbinderei zu erlernen, aber für solche künstlerischen Sachen habe ich kein Talent. Ich wage es nicht, mich auf der Straße zu zeigen, weil jemand, der mich von früher kennt, sich wundern könnte, wieso ich noch hier bin, und mich melden würde. Alle haben Angst, Edith. Du begreifst nicht, was es bedeuten kann, mit einer wie dir, die von der Gestapo gesucht wird, zu tun zu haben.»

Er war bleich und kahlköpfig und wirkte im Mondlicht geradezu zerbrechlich – wie ein Kind, nicht wie ein Mann. Er tat mir Leid. Ich war so müde und hoffnungslos. Seinetwegen war ich nach Wien zurückgekommen, im Herzen überzeugt davon, dass er mich wieder würde haben wollen, wenn er mich nur sähe, egal was er in seinen Briefen geschrieben hatte, und dass wir uns in dieser Stadt versteckt halten würden, bis der Krieg vorbei sei. Aber das war eine eitle, dumme Hoffnung. Der Brennpunkt meines Lebens war meine Liebesbeziehung zu Pepi Rosenfeld gewesen, und die hatten die Nazis zerstört. Sie hatten dafür gesorgt, dass er Angst vor mir hatte.

Ich lief den ganzen Juli auf den Straßen umher. Ich setzte mich ins Kino, nur um im Dunkeln zu sein und Ruhe zu haben. Eines Tages sah ich in einer Wochenschau, wie Juden in ein Lager getrieben wurden. «Diese Menschen sind Mörder», sagte der Sprecher. «Mörder, die endlich ihre verdiente Strafe bekommen.» Ich stürzte aus dem Kino. Die Straßen glühten. Ich lief und lief, immer an den Straßenbahnschienen entlang. Eine Frau sprach mich im Ton freudiger Überraschung an: «Fräulein Hahn!»

«Nein!», sagte ich. «Nein!»

Ich sah mich nicht einmal nach ihr um. Ich sprang in eine Straßenbahn, setzte mich und fuhr, fuhr irgendwohin.

Ich klopfte an Jultschis Tür. Sie ließ mich ein, aber sie weinte. «Ich habe ein Kind hier, Edith», sagte sie. «Ich habe Papiere für mein Kind beantragt. Sie werden kommen und kontrollieren, wer bei uns alles wohnt. Bitte. Du musst eine andere Bleibe finden.»

Ich zog wieder in Christls Laden. Ein paar Nächte blieb ich bei Herrn Weiß, dem betagten Freund meiner Mutter. Ich suchte Jultschis Vater auf, den einstigen Lebemann und Geschäftemacher. Jetzt zahlte er jemandem ein Vermögen dafür, dass er sich in einem winzigen Zimmer verstecken durfte. Er konnte mir nicht helfen.

Ich klopfte an die Tür meiner ehemaligen Freundin Elfi Westermayer. Ihre Mutter öffnete. Sie hatte mich oft gesehen, als Elfi und ich noch im Sozialistischen Mittelschülerbund waren.

«Guten Tag, Frau We . . .»

«Raus.»

«Ich dachte, ich könnte kurz mit Elfi sprechen.»

«Raus.»

«Nur ganz kurz . . .»

«Wenn Sie jemals wieder versuchen, an Elfi heranzukommen, rufe ich die Polizei.»

Sie schlug die Tür zu. Ich rannte fort.

Hinter der jüdischen Lebensmittelkartenstelle, wo Liesel Brust ihre lebensrettenden Marken abgab, traf ich Hermi Schwartz, mit der zusammen ich nach Hause gefahren war.

«Ich kann so nicht mehr leben», schluchzte sie. «Keiner will mich haben. Alle fürchten sich. Und ich habe Angst, ihnen zu schaden. Ich gehe in die Schule. Vielleicht finde ich in Polen ein besseres Leben.»

Ich stieg in die Straßenbahn und setzte mich ans Fenster. Verzweiflung packte mich. Ich begann zu weinen. Ich konnte gar nicht mehr aufhören. All die freundlichen Österreicher wollten mich trösten. »Armes Mädchen. Sie muss ihren Freund im Krieg verloren haben», sagten sie und waren sehr besorgt um mich.

Es war jetzt fast sechs Wochen her, dass ich in Wien in den Untergrund gegangen war. Ich hatte allen sich bietenden guten Willen genutzt, und obwohl sich gewiss noch mehr geboten hätte, hatte ich kein gutes Gefühl dabei, ausgerechnet diejenigen in Gefahr zu bringen, die gut zu mir waren. Ich hatte keine Arbeit gefunden, die mich hätte ernähren können, kein Zimmer zum Wohnen. Wie Hermi war ich am Ende meiner Kräfte. Ich beschloss, noch ein letztes Mal zu Frau Doktor Niederall zu gehen, eine letzte Tasse Kaffee zu trinken, ihr für ihre Hilfe zu danken und mich dann für einen Transport in den Osten zu melden.

«Ich bin gekommen, um mich zu verabschieden», sagte ich.

Frau Niederall antwortete nicht. Sie griff zum Telefon.

«Hansl», sagte sie, «ich habe hier ein junges Mädchen, das alle Papiere verloren hat. Kannst du ihr helfen?»

Die Antwort musste ja gewesen sein, denn sie sagte mir, ich solle sofort in den vierten Bezirk gehen, Fleischmanngasse Nr. 9. «Gehen Sie hin», instruierte sie mich, «und sagen Sie ihm die Wahrheit.» Ich begab mich unverzüglich hin, ohne mich noch länger mit ihr zu unterhalten.

Auf dem Türschild stand: JOHANN PLATTNER, SIPPENFORSCHER – BÜRO FÜR RASSENFRAGEN.

Damals versuchten viele Leute an ein «Sippenbuch» zu kommen, einen Abstammungsnachweis der Eltern und Großeltern, aus dem hervorging, dass man seit drei Generationen Arier war. Dafür brauchten sie die Hilfe eines «Sippenforschers», eines Fachmannes in Rassenfragen. Dahin hatte Frau Doktor mich geschickt.

Ich dachte: Mein Gott, ich bin verraten worden. Aber ich hatte auch Minas Stimme im Ohr: «Geh zu Tante. Du kannst ihr vertrauen.»

Herrn Plattners Sohn führte mich ins Büro. Als ich den Mann sah, zog sich mir das Herz in der Brust zusammen. Er trug eine braune SA-Uniform mit Hakenkreuzbinde am Arm.

«Sie haben Glück, dass Sie mich zu Hause antreffen», sagte er. «Morgen fahre ich nach Nordafrika zurück. So. Und nun erklären Sie mir Ihre Situation genau.»

Es gab kein Zurück. Ich erklärte ihm alles. Genau.

«Haben Sie gute Freunde, die Arier sind?»

«Ja.»

«Suchen Sie eine junge Frau, die Ihnen ähnlich sieht, die eine ähnliche Haut-, Augen- und Haarfarbe hat und ungefähr in Ihrem Alter ist. Diese Frau soll zur Lebensmittelkartenstelle gehen und melden, dass sie die Absicht hat, in Urlaub zu fahren. Man wird ihr eine Bescheinigung geben, die sie berechtigt, während ihres Urlaubs Lebensmittel zu beziehen, wo immer sie sich aufhält. Danach soll sie ein paar Tage warten und dann zur Polizei gehen und melden, dass ihr im Urlaub beim Segeln auf der Alten Donau ihre Handtasche ins Wasser gefallen und versunken ist, mit allen Papieren, auch der bewussten Bescheinigung. Halten Sie sich genau an diese Erklärung. Sagen Sie nicht etwa, es habe einen Brand gegeben, oder der Hund habe die Papiere zernagt, sonst wollen sie die Schnipsel sehen. Nur der Fluss kann das Geheimnis wahren. Die Polizei wird ihr dann ein Duplikat ausstellen. Können Sie sich das ganz genau merken, Fräulein?»

«Ja.»

«Ihre Freundin soll Ihnen dann die Originalbescheinigung sowie ihre Geburtsurkunde und ihren Taufschein geben. Sie nehmen ihren Namen an, stecken ihre Papiere ein, verlassen Wien unverzüglich und ziehen an einen anderen Ort im Reich. Unter keinen Umständen – und jetzt hören Sie mir gut zu – *unter gar* keinen Umständen dürfen Sie eine Bekleidungskarte beantragen. Dafür gibt es nämlich eine zentrale Reichskartei, und wenn Sie eine beantragen, wird sofort festgestellt, dass jemand anders mit denselben Personalien schon eine hat. Kaufen Sie sich eine Streckenkarte für die Eisenbahn. Darauf wird Ihr Bild sein, und sie wird allgemein als Ausweis akzeptiert. Benutzen Sie diese Karte und die Personalien Ihrer Freundin, dann dürften Sie sicher sein.»

«Ja», stöhnte ich. «Vielen Dank.»

«Noch eins», fügte er hinzu. «Wir sind im Reich knapp an Arbeitskräften, wie Sie sich aufgrund Ihrer Vergangenheit wohl denken können. Schon bald werden alle Frauen im Land aufgefordert werden, sich zur Arbeit zu melden. Das könnte Sie in Schwierigkeiten bringen, denn Ihre Freundin wird sich ebenso melden müssen wie Sie. Darum sollten Sie sich zur Arbeit beim Roten Kreuz melden, das ist die einzige Organisation, die nicht von der zentralen Arbeitskartei erfasst wird.»

Er wandte sich ab. Das Gespräch war zu Ende. Ich hatte in meinem Leben noch keinem Menschen so genau zugehört. Jedes Wort war meinem Gedächtnis eingebrannt.

Er verlangte kein Geld. Er wünschte mir Glück und verabschiedete mich. Ich habe ihn nie wieder gesehen.

Er hat mir das Leben gerettet.

Pepi organisierte ein Treffen mit Christl. Er sprach für mich und erklärte ihr Plattners Plan. Christl zögerte nicht eine Sekunde.

«Natürlich kannst du meine Papiere haben», sagte sie. «Gleich morgen beantrage ich die Urlaubsbescheinigung.»

Damit war das schon erledigt.

Ist Ihnen klar, was es bedeutet hätte, wenn Christl Denner dabei erwischt worden wäre, dass sie mir auf diese Weise half? Sie wäre ins KZ gekommen und möglicherweise umgebracht worden. Bedenken Sie das. Und dann bedenken Sie, wie schnell sie zusagte, dass sie keinen Augenblick Zweifel oder Angst zeigte.

Frau Niederall lud mich zu einem Abendessen ein, bei dem noch ein paar Leute aus der Nazibürokratie zugegen waren – überwiegend solche, die mit dem Austeilen von Lebensmittelkarten zu tun hatten. Sie lenkte absichtsvoll das Gespräch auf die Rationierungen, damit ich beim Zuhören das System mit all seinen Fallstricken und Schleichwegen kennen lernte.

Christl setzte sich auf die Terrasse, um ein wenig braun zu werden und so auszusehen, als komme sie frisch vom Segeln. Auf ihrer Nase tanzten ein paar Sommersprossen. Am 30. Juli 1942 meldete sie bei der Polizei, dass sie in Urlaub gewesen sei und auf der Donau ihre Papiere verloren habe. Sie stellten ihr augenblicklich Duplikate aus. Und natürlich lud der Beamte sie zum Kaffee ein, und natürlich ging sie mit, und natürlich wollte er sie wieder sehen, aber sie erzählte ihm die alte Geschichte von dem tapferen Matrosen auf hoher See, vielleicht auch eine andere von einem tapferen Arzt im Afrika-Korps, etwas in dieser Art jedenfalls.

Sie gab mir ihre Originalpapiere – ihren Taufschein und die Berechtigungskarte für Lebensmittelkarten im Urlaub. Dann fuhren sie und Elsa nach Onsabrück, um ihren Vater zu besuchen. An mir war es nun, Wien unverzüglich zu verlassen, aber ich wusste nicht, wohin ich mich wenden konnte. Ich kannte mich in Deutschland nicht aus – ich war doch nur in Kleinstädten gewesen. Vor lauter Angst fiel mir einfach nichts ein.

Ich ging ins Kino, um nachzudenken.

In der Wochenschau zeigten sie, wie Goebbels die «Große Deutsche Kunstausstellung 1942» in München eröffnete. Sie fand in einem hässlichen neuen Flachbau statt, dem Haus der Deutschen Kunst, das Hitler schön fand. Zu lauter Marschmusik flimmerten die Kunstwerke über die Leinwand, darunter ein schreckliches Bild von der Russlandfront, auf dem deutsche Soldaten über die großen Steppen hinweg in die Flammen und das Chaos des Krieges robbten. Es wurde eine Hitler-Büste von Pagels gezeigt – eine Skulptur so recht nach dem Geschmack der Nazis: alles Menschliche im Gesicht durch eine Fratze wilder, grausamer Entschlossenheit ersetzt. Wir sahen Ernst Krauses Gruppenporträt von Angehörigen der Leibstandarte SS Adolf Hitler, Trägern des Ritterkreuzes und des Eisernen Kreuzes: die verachtenswertesten Männer Europas so schön wie Filmstars, glorifiziert als unbezwingbare Helden im gerechten Kampf. Wir sahen *Der Richter,* eine von Arno Brekers grässlichen Relief-Skulpturen. Sie zeigte einen grimmen germanischen Rächer, der gerade sein Schwert zog.

Aber … aber da waren eben auch zwei weiße Marmorstatuen: *Mutter mit Kind* von Josef Thorak, die Darstellung einer Mutter mit ihrem Kind an der Brust, und *Die Woge* von Fritz Klimsch: eine liegende Frau, auf einen Arm gestützt, ein Knie angezogen, die Hand auf dem Knie.

Ich sah diese Statue, und etwas passierte in mir. Wie soll ich es Ihnen erklären? Es war fast wie eine Offenbarung. *Die Woge* spülte über mich hinweg. Ich hörte die Skulptur zu mir sprechen: «*Komm, Edith, komm zu mir.*» Ich hörte die *Woge* mit der Stimme meiner Mutter nach mir rufen, und in dieser

Stimme hörte ich Liebe, Geborgenheit, Güte, Segen. Es war natürlich Einbildung, aber ich erlebte sie in der Zeit meiner größten Angst und Not, als ich nahe daran war, mich aufzugeben. Diese weiße Marmorfigur sprach zu mir von Frieden und Freiheit und künftigem Leben. Ich hatte das Gefühl, sie werde jeden Augenblick von der Kinoleinwand herabsteigen, der Marmor werde sich in warme, weiche Haut verwandeln, und sie werde mich in die Arme nehmen und mir sagen, nun könne mir nichts mehr passieren.

«Ich habe mich entschieden, nach München zu gehen», sagte ich zu Frau Doktor.

Und noch nie in meinem Leben war ich mir einer Entscheidung so sicher gewesen.

Ich kaufte mir die *Münchner Nachrichten.* In der Rubrik «Zimmer zu vermieten», bot eine Frau in Deisenhofen, einem Vorort von München, ein Zimmer gegen Näh- und Flickarbeiten. Ich dachte: Das ist für mich genau das Richtige; ein Zeichen dafür, dass München die richtige Wahl ist.

Frau Doktor verkaufte den Persianermantel meiner Mutter und gab mir das Geld. Ich ließ den Schmuck bei ihr, nicht als Bezahlung – auf so einen Gedanken wäre weder sie noch ich gekommen –, sondern zur Aufbewahrung. Ich umarmte sie und wünschte ihr aus vollem Herzen Glück und Segen.

Darauf ging ich zu meiner Kusine Jultschi und holte den Koffer mit den sechs Kleidern, die Mama für mich genäht hatte, den Schuhen, der Unterwäsche und den kleinen Nachtgewändern. Ich küsste meine Kusine – sie tat mir so Leid wie ich ihr – und unseren allerliebsten kleinen Jungen.

Ich ging zu Pepis Wohnung. Anna Hofer war da, sichtlich froh, mich reisefertig zu sehen. Sie erzählte mir von einer Nichte, die an diesem Vormittag eine KDF-Urlaubsreise ins Reich angetreten habe, und was sie ihr alles an Kuchen und Wurst eingepackt habe. Ich saß still da und wartete auf Pepi, und mir bot sie nicht einmal ein Butterbrot für die Reise an.

Endlich kam er. Er hatte mir ein Geschenk mitgebracht, einen Band mit Goethe-Gedichten, den er eigenhändig – und nicht sehr geschickt – in stumpfblaues Papier eingebunden hatte. In dem Einband waren meine richtigen Papiere versteckt, aus denen hervorging, dass ich Edith Hahn hieß und Jüdin war, wohnhaft in Wien. Auch meine letzten Examenszeugnisse von der Universität waren dabei.

«Du wirst sie eines Tages brauchen», flüsterte er mir zu. «Um zu beweisen, was für eine hervorragende Jura-Studentin du in deinem früheren Leben warst.»

Schließlich begleitete er mich zum Bahnhof und setzte mich in den Nachtzug nach München. Er küsste mich nicht zum Abschied. Die Zeit der Küsse war vorbei.

Es gab keine Razzia im Zug. Das war Glück: Keine Razzia im Zug nach München, wo ich zum ersten Mal Papiere bei mir hatte, die mich als Christina Maria Margarethe Denner auswiesen, zwanzig Jahre alt, arisch, Christin.

Auf dieser langen, schrecklichen Fahrt schluckte ich endlich die bittere Pille, dass mein Geliebter mich abgewiesen hatte. Ich ermordete den Menschen, als der ich zur Welt gekommen war, und verwandelte mich vom Schmetterling zurück in eine Raupe. In dieser Nacht lernte ich, den Schatten aufzusuchen und Stille zu bevorzugen.

Am Morgen stand ich auf dem Bahnhof und schaute mir die Deutschen ringsum an. Gut sahen sie aus – gesund, rosig und wohlgenährt. Überall sah ich Hakenkreuz-Armbinden und Hitler-Bilder. So viele hübsche, lachende Frauen liefen hier herum, so viele selbstbewusste Soldaten mit Orden an der Uniform. Es gab Blumen und Spirituosen aller Art zu kaufen und köstliche Dinge zum Essen. Es war das reinste Urlaubsparadies, dieses München, voll Frohsinn und glücklicher Menschen.

Ich dachte: *Jetzt geht es mir wie Dante. Ich gehe durch die Hölle, aber ich brenne nicht.*

∽ 8 ∼

Der weisse Ritter von München

In Wirklichkeit war ich nicht in der Hölle angekommen, sondern in einem Winkel des Himmels, nämlich in Deisenhofen, einem Dörfchen bei München, und dort bei den freundlichen Eheleuten Gerl. Als Frau Gerl die Tür öffnete und mich sah, fuhr sie entsetzt zurück. Ich verstand, was sie so erschreckt haben musste. Sie sah eine kleine, magere, völlig erschöpfte junge Frau vor sich, mit gehetztem Blick und zaghaftem Stimmchen, die zu aufgeregt war, um ihren Namen richtig zu sagen.

«Marga ... rethe ... D ... D ... Denner. Aber alle nennen mich ... äh ... Grete.»

«Wissen Sie, was ich glaube?», sagte sie. «Ich glaube, Sie gehören auf der Stelle ins Bett, und danach bringe ich Ihnen Kaffee und Kuchen. Also, tun Sie schon, was ich sage.»

Jedes Mal, wenn ich in meiner Wohnung in Netanya zu Bett gehe, ist es ein bisschen wie bei Frau Gerl an diesem ersten Morgen nach der Eisenbahnfahrt nach München. Endlich in Sicherheit – sicher genug, um die Augen zu schließen und zu schlafen.

Frau Gerl, von Beruf Krankenschwester, war eine humorvolle, phantasiebegabte Frau. Ihr Mann arbeitete, soviel ich weiß, bei Gericht. Sie hatte ihn auf die gleiche Weise kennen gelernt wie mich – durch ein Zeitungsinserat. Die beiden hatten ein Söhnchen, etwa vier Jahre alt. Als Protestanten lebten sie in dem katholischen Dorf ziemlich isoliert, was mir gerade recht war.

Statt Miete zu zahlen, nähte ich dreimal die Woche für Frau Gerl. Ich machte Röcke aus den alten Sachen ihres Mannes, arbeitete seine Hemden für sie um, nähte kleine Anzüge für ihr Söhnchen und flickte Bettzeug. Ich erzählte ihr, meine Mutter sei gestorben, und mein Vater habe eine junge Frau geheiratet, die nur ein paar Jahre älter sei als ich. Diese neue Frau könne mich nicht leiden und habe mir das Leben in Wien zur Qual gemacht, weshalb ich geflüchtet sei und mich um Beschäftigung beim Roten Kreuz beworben habe. Sie glaubte mir. Sie nannte mich ihr «Dennerlein». Ihre einzige Auflage hieß: Kein Herrenbesuch. Daran hielt ich mich gern.

«Vor dem Krieg», erzählte sie mir, «habe ich bei einem jüdischen Rechtsanwalt gearbeitet, das heißt, ich habe seine Mutter gepflegt. Aber dann hieß es von oben, ich dürfe für diese Leute nicht mehr arbeiten. Die alte Dame hat geweint, als ich ging. Dann wurde der Anwalt verhaftet. Und danach wurde auch ich verhaftet.»

Wir saßen in ihrer sonnigen Küche. Ich nähte. Sie stampfte Kartoffeln.

«Sie warfen mir vor, ich hätte ein Verhältnis mit meinem Arbeitgeber gehabt. ‹Wo hat er sein Gold?›, fragten sie. ‹Woher soll ich das wissen?›, fragte ich zurück. ‹Sehe ich aus wie eine Goldgräberin?› ‹Sie waren Dienstmädchen! Sie müssen etwas gesehen haben!› ‹Ich war Krankenschwester›, sagte ich. ‹Ich habe nur Bettpfannen zu sehen bekommen.›»

Sie lachte. Inzwischen waren die Kartoffeln fertig püriert.

«Sie brachten meinen Arbeitgeber zu mir ins Gefängnis», fuhr Frau Gerl fort. «Der arme Mann, wie sie ihn zugerichtet hatten! Und wissen Sie, was er tat, Grete? Er fiel vor mir auf die Knie und bat mich um Verzeihung, weil meine Beziehung zu seiner Familie mich an diesen schrecklichen Ort gebracht hatte.»

«Was ist aus ihm geworden?», wagte ich zu fragen.

«Er ist fort», sagte sie. «Verschwunden. Die ganze Familie.»

Während dieser ersten Wochen in Deisenhofen bekam ich, wenn ich bei Frau Gerl in der Küche saß, Geschichten zu hören, die ich nicht glauben konnte.

«Die SS-Männer sind ja oft recht anziehend – rassisch vollkommen, wenn Sie verstehen –, aber alle haben Angst vor ihnen, also will niemand sie zum Freund haben, und darum sind sie sehr einsam.»

Ich seufzte mitfühlend – die armen SS-Männer!

«Da hat die Regierung sich also ihrer erbarmt und Mädchen aus dem BDM überredet, mit ihnen zu schlafen und rassisch vollkommene Kinder zur Welt zu bringen, die dann in staatlichen Heimen aufgezogen werden, wie junge Bäumchen.»

Ich musste laut lachen.

«Aber das kann doch nicht wahr sein, das ist bestimmt nur Propaganda ...»

«Es nennt sich *Lebensborn*», sagte sie, während sie energisch ihren Teig knetete. «Wenn Sie mal nach München kommen, können Sie die Geschäftsstelle sehen.»

In München herrschte im August 1942 gute Stimmung; alle waren bester Laune, denn die Deutschen gewannen ja den Krieg. Scharen von Urlaubern strömten zu den Nationalheiligtümern, in den Bierkeller zum Beispiel, wo Hitler im November 1923 gegen die bayerische Regierung geputscht hatte, und zum Haus der Deutschen Kunst, der Heimstatt meiner «magischen Statue».

Wenn ich durch die belebten Straßen ging, machte ich mich so klein wie möglich, aber ich war auch über die Maßen neugierig. Es gab Ausstellungen, Opern, Konzerte. Ich sah SS-

Männer aus dem Baltikum. Sie sprachen kein Wort Deutsch, trugen aber diese Uniform. Was sollte aus den Juden in Wilna werden, der Stadt, die mein Vater das Jerusalem Europas genannt hatte, wenn solche Menschen dort an die Macht kamen? Ich sah russische Kriegsgefangene schwere Bauarbeit verrichten, bewacht von einem bewaffneten Deutschen und alle mit einem roten Kreis auf der Kleidung.

Ich sah einen älteren Juden mit gelbem Stern an der Jacke die Straßen reinigen. Mir krampfte sich das Herz zusammen. Wenn ich ihm doch nur die Hand geben, mit ihm sprechen könnte, dachte ich, ging an ihm vorbei und wagte nicht einmal, den Kopf nach ihm zu drehen. Und dann fand ich mich vor der Geschäftsstelle des Lebensborn e.V. wieder, genau wie Frau Gerl gesagt hatte.

Dass ich die Gabe besaß, nicht aufzufallen, hatte ich ja schon am Tag nach Dollfuß' Ermordung in Wien entdeckt. Nun ging ich zudem noch in der Verkleidung einer gewissen Grete. Grete war still, schüchtern, sehr jung und unerfahren und hatte keinen Ehrgeiz, keine Meinung, keine Pläne. Sie legte es nicht darauf an, Bekanntschaften zu schließen, war aber jederzeit höflich und hilfsbereit.

Dieses Mädchen erregte manchmal die Aufmerksamkeit junger deutscher Soldaten, die in München auf Urlaub waren. Sie fühlten sich einsam, hatten niemanden, mit dem sie reden konnten, also fingen sie eine Unterhaltung mit mir an und luden mich ins Café ein.

Ich dachte daran, wie Christl es mit der Gestapo gehalten hatte, und nahm die Einladungen an. Um ehrlich zu sein, es ging mir vor allem darum, von jemandem ein Essen spendiert zu bekommen. Ich lebte von dem Geld, das Frau Doktor für Mamas Pelzmantel erlöst hatte, und das wurde zusehends weniger. Jedes belegte Brot, jedes Stück Kuchen kam mir gelegen.

Normalerweise wollten diese jungen Männer nur über sich reden. Sie fanden mich nett, weil ich so gut zuhören konnte. Natürlich erzählte ich ihnen gar nichts über mich. Das erwies sich als erstaunlich leicht. In jenen Tagen wollten die Leute nicht allzu viel wissen. Sie hingen ihren eigenen Gedanken nach, hatten ihre eigenen Geheimnisse, ihre eigenen Probleme. Es war schließlich Krieg. Wenn so ein junger Soldat mich wieder sehen wollte, willigte ich ein, verabredete mich mit ihm und ging dann nicht hin. Nie suchte einer nach mir, denn sie hatten ja keine Ahnung, wo sie suchen sollten.

Etwa um diese Zeit bestellte mich das Rote Kreuz zu einem Vorstellungsgespräch. Es wurde in einem großen, teuren Haus geführt, das einer Frau der gehobenen Gesellschaft gehörte. Sie trug ein Kleid aus kastanienbraunem Samt. Von ihrer Terrasse blickte man auf die Isar. Sie hatte ein Hitler-Bild im Wohnzimmer stehen und ein Hakenkreuz aus Brillanten an einem Goldkettchen um den Hals hängen. Sie erkundigte sich nach meiner Herkunft.

Ich rasselte alles herunter, was ich mir aus den von Pepi besorgten Papieren über Christls Großeltern hatte einprägen können. Mein Großvater väterlicherseits sei da und da geboren, da und da zur Schule gegangen und habe da und da gearbeitet. Mein Großvater mütterlicherseits sei an der und der Krankheit gestorben und habe der und der Kirche angehört. Über meine – das heißt Christls – Großeltern mütterlicherseits wusste ich wenig. Für den Großvater waren arische Abstammungsnachweise gefunden worden, für die Großmutter bisher noch nicht. Doch da meine – Christls – Mutter tot und ihr Vater Offizier der deutschen Armee gewesen war, ließ die Rotkreuz-Frau es dabei bewenden.

«Sie wissen erstaunlich gut über Ihre Vorfahren Bescheid, Fräulein Denner. Ich bin sehr beeindruckt. Die meisten unserer Bewerberinnen sind nicht so gut informiert.»

Mir krampfte sich der Magen zusammen. «Idiotin!», dachte ich. «Du hast zu viel gewusst. Du wirst dich durch zu viel Wissen verraten. Sieh dich demnächst besser vor!»

Sie sagte, ich würde in ein paar Wochen meine Dienstverpflichtung bekommen.

Mit der Zeit trug ich mein Tarnkleid immer selbstsicherer. Ich bewegte mich wie ein Stäubchen auf einer Seifenblase – unsichtbar, doch jeden Augenblick von Zerstörung bedroht.

Ich ging in die Oper, *La Bohème.* Ich glaube, Trude Eipperle sang die Mimi. Ein Soldat fragte mich, ob er mich als seine Braut ausgeben dürfe – in Begleitung eines Soldaten brauchte ich mich nicht in die Schlange zu stellen. Natürlich sagte ich ja. Wir bekamen unsere Eintrittskarten sofort. Dann führte er mich in ein überfülltes Restaurant. Ich nehme an, dass er einen ziemlich hohen Rang hatte, denn als eine Kellnerin mit zwei vollen Tellern vorbeikam, die für andere Leute bestimmt waren, nahm er sie ihr einfach aus der Hand und stellte sie auf unseren Tisch, und niemand protestierte.

Frau Gerl beschloss, mir ein Kleid zu kaufen. Sie hatte noch ein paar Punkte auf ihrer Bekleidungskarte übrig – Textilien waren ja rationiert –, und da ich sagte, ich hätte die meinen schon alle verbraucht (in Wirklichkeit wagte ich nicht, mir etwas zum Anziehen zu kaufen, weil Johann Plattner mich so eindringlich davor gewarnt hatte), schenkte sie mir, was sie übrig hatte. Sie führte mich in einen Laden, in dem traditionelle Dirndl verkauft wurden; die waren damals sehr beliebt, da sie an die von den Nazis so gefeierte nordische Tradition anknüpften. Ich erinnere mich noch genau an das Kleid. Es war rot und bestand aus Rock, weißer Bluse und dazu passender Jacke. Frau Gerl stand hinter mir. Ich sah im Spiegel, wie sie sich über den guten Sitz freute, den Schnitt, den Stil! Plötzlich musste ich an meine Mutter denken, die auch immer so gelächelt hatte. Ich erinnerte mich an das Maßband um ihren Hals, ihr silberhelles Lachen, ihre glänzenden Augen.

«Grete? Fehlt Ihnen was, Grete?»

Ich schüttelte den Kopf und nahm mich zusammen.

Die Ladenbesitzerin hatte sich anscheinend von Frau Gerls Begeisterung anstecken lassen, denn sie verkaufte uns das Kleid für weniger Punkte, als sie dafür hätte nehmen müssen.

Ich trug dieses Kleid, als die Gerls mich in einen Biergarten führten, wo der Weiß Ferdl auftrat. Dort drängten sich Deutsche, die im Rausch der Blitzsiege einen schönen Abend mit ihren Lieben verbringen wollten. Sie fühlten sich so reich, freuten sich an ihren neuen Wohnungen, den Geschäften, die sie so billig erworben hatten – von wem, danach fragten sie nicht lange.

«Die Nationalsozialisten sind so herzensgute, großmütige Menschen!», verkündete der Komiker. «Jetzt hab ich gehört, dass sie gar nicht mehr baden wollen und ihre Badewannen den Gänsen überlassen, damit sie schön sauber und fett sind, wenn sie als Weihnachtsbraten auf den Tisch kommen!»

Der Weiß Ferdl verschwand bald in der Versenkung.

28. August 1942, ein schwülheißer Freitag. Ich erinnere mich an das Datum, weil es Goethes Geburtstag war. Ich saß im Maximilianeum vor einer goldenen, blühenden Landschaft, wahrscheinlich von Schmid-Fichteberg oder Herrmann Urban, die bei den Nazis so beliebt waren, weil Deutschland auf ihren Bildern wie ein Elysium erschien. Ich versuchte, ihr Land mit ihren Augen zu sehen – in diesem heldisch leuchtenden Gelb und Orange – und jede Erinnerung an die erschöpften Frauen auszulöschen, die hinter einem ausgemergelten Franzosen her durch den Matsch gekrochen waren.

Ein Mann setzte sich neben mich auf die Bank. Er war groß und hatte schütteres, seidig blondes Haar, strahlend blaue Augen und einen dünnen, harten Mund – ein Arier durch und durch. Im Revers seines Zivilanzugs steckte eine Hakenkreuznadel, das Nazi-Parteiabzeichen. Seine Hände waren kräftig und sauber, Handwerkerhände. Er sah auf mich herab und lächelte.

«Diese Landschaft da vor uns ist ein typisches Beispiel für den bayerischen Heimatstil», sagte er. «Aber das wissen Sie ja sicher.»

«Nein, das wusste ich nicht.»

«Sehen Sie, mit diesem Stil will der Maler dem Vaterland

huldigen. Die Bauern sind immer gesund und kräftig, die Felder blühen, das Vieh ist immer fett, das Wetter immer schön.» Er blickte auf meine Hände und sah keinen Ehering. «Genau wie Sie, Fräulein.»

Ich antwortete nicht und rückte von ihm ab, um anzuzeigen, dass ich mich nicht für ihn interessierte. Er ließ sich nicht im Mindesten abschrecken.

«Ich arbeite in Brandenburg an der Havel», sagte er. «Dort haben wir Bauern aller Art, aber keiner von ihnen ist so schön und stark wie die auf diesem Bild. Meinen Sie nicht, dass da mit irgendwem vielleicht die Phantasie ein bisschen durchgegangen ist?»

Daraufhin muss ich ihm wohl ein kurzes Lächeln gegönnt haben.

«Sehen Sie, unser Führer liebt doch die Kunst. Er kauft jedes Jahr zwei- bis dreihundert Bilder. Wenn Sie es schaffen, eine Ihrer Arbeiten in eine Ausstellung im Haus der Kunst zu bekommen, ist Ihr künstlerischer Ruf gemacht. Es hilft auch, wenn Sie einen Onkel im Aufsichtsrat von Krupp haben oder Ihre Mutter mit Frau Goebbels Tee trinkt.»

«Sind Sie Maler?»

«Ja.»

«Wirklich? Von Beruf?»

«Von Beruf leite ich die Lackiererei der Flugzeugfabrik Arado. Nach Ausbildung und Neigung bin ich Maler. Gehen wir ein bisschen zusammen durchs Museum?»

«Meinetwegen.» Er war so viel größer als ich, dass ich kaum mit ihm Schritt halten konnte. Und er redete und redete. Geschichten über Maler. Sepp Hilz, dem der Führer aus eigener Tasche ein Atelier finanziert habe. Gerhardinger, der auf bloßen Befehl des Führers Professor geworden sei. Vom gewöhnlichen Maler über Nacht zum Universitätsprofessor! «Von all diesen Dingen wusste ich gar nichts», sagte ich. Er muss gemerkt haben, dass ich beeindruckt war, jedenfalls redete er weiter.

Leopold Hahn, mein Vater

Klothilde Hahn, meine Mutter

In Badgastein. *Von links nach rechts:* Meine Kusine Jultschi, ein Hotelgast, ich, noch ein Hotelgast, meine Schwester Mimi, meine kleine Schwester Hansi

Pepi bei einem Besuch in Stockerau 1939

Dieses Foto, aufgenommen beim selben Besuch, ist das Einzige in meinem Besitz, auf dem Pepi und ich zusammen zu sehen sind. Er war mich besuchen gekommen, als ich meinen Großvater pflegte, der einen Schlaganfall erlitten hatte

Dieses Bild wurde aufgenommen,
als ich 19 Jahre alt war

Pepi 1937, mit 24 Jahren

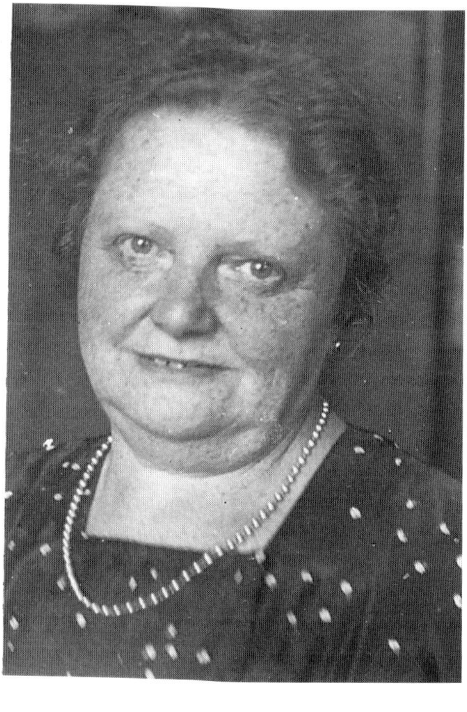

Pepi Rosenfelds Mutter

Meine liebe Grell! I. II. 47

Dir und unserer kleinen Angelika meine besten Grüße und Wünsche! Möge das Schiksal Euch vor Not und Entbehrung bewahren und Dir, meine Liebste Grell, ein starkes Herz und eine glückliche Hand geben um, ohne Schaden zu nehmen, die Zeit der Trennung zu ertragen. So wie der feste Glaube an Dich mich die schwersten Stunden der Gefangenschaft hat ertragen lassen, so wünsche ich Dir in der Gewißheit des uns noch bevorstehenden großen und schönen Glückes, Halt und Zuversicht in dieser schweren Zeit.

Seid November 45 habe ich 2 x unter unseren alten Adresse geschrieben und in der folgenden Zeit Dich durch Julacki, Christel, dem Brandenburger Einwohnermeldeamt und der Vermißtenzentrale Berlin und Mutter zu erreichen versucht. Endlich ist die Verbindung über meine Mutter geglückt. Du kannst Dir kaum meine oft verzweifelten Sorgen um Euch vorstellen, wenn ich bei der Postverteilung über 1 Jahr immer wieder leer ausging. Welches Glück Euch nun doch lebend zu wissen! Hat sich doch nun jeglicher Kampf um die Erhaltung des eigenen Lebens somit als lohnend erwiesen.

Ich benutze nun diesen etwas gefährlichen und ungewöhnlichen Weg um mit Dir einmal zu plaudern und Dir ein Bild meines bisherigen Gefangenenlebens zu geben. – Am 12. März 45 bin ich in Küstrin, unter nicht grade zarten Umständen, gefangen genommen worden. Zwei Tage vorher war ich am rechten Arm durch Splitter, verwundet worden, doch war nur der [illegible] durchschlagen. Nach schwersten Tagen des Gefangenentransportes kam ich in ein Gefangenenlazarett in Posen, indem ich unter maßlosem Hunger, meine Genesung und somit mein weiteres Schiksal erwartete. Mitte Mai betrachtete man mich als geheilt und transportfähig und ich wurde nun in dieses Lager, dessen Lage und Verhältnisse der Überbringer dieses Briefes Dir schildern kann, gebracht. – Kurz nach meinem Eintreffen wurde ich ins Lazarett gewiesen. Durch schroffesten Klimawechsel und infolge der Hungerszeit in Posen, hatte ich Wasser in den Beinen bekommen. – Meine weitere Tätigkeit kann Dir nun der Überbringer dieses Schreibens schildern. Noch besser Herr Kurt Eule, Mügeln bei Jüterbog, mit dem Du Dich in Verbindung setzen magst. – Jedenfalls hat mich seit dieser Zeit ein gütiges Schiksal und Dein Gebet, vor Hunger und Kälte bewahrt, was leider nur sehr, sehr wenige Gefangene von sich behaupten können.

Meine, unter den hiesigen primitiven Verhältnissen bis zur Virtuosität gesteigerten handwerklichen Fähigkeiten haben mich diesen wirklichen Sieg über alle mißlichen Verhältnisse erringen lassen. Von der Zimmerdekoration über jeglicher Tischler- u. Schlosserarbeit, Lampenbau und dergleichen kunstgewerblichen Arbeiten, bis zur Porträtmalerei wird, zur Eroberung des täglich vollen Magens, von mir alles bedenkenlos und zumeist auch glücklich ausgeführt. Immer wenn mir die Zuversicht auf eine glückliche Nachricht von Euch, sinken wollte, hielt ich mir mein immerhin erträgliches Gefangenenleben vor Augen, um von dem fast göttlichen Willen meines Lebens überzeugt zu werden. Denn welchen Sinn hätte unser beider Schicksal gehabt, würde nicht doch am Ende ein wirklich reines und ungetrübtes Glück uns bevorstehen. So glaube ich auch heute, fester denn je, an unser glückliches Wiedersehen und daran, daß die Zeit Dich für alles was Du unter dem verfluchten Hitlerregime erdulden und entbehren mußtest, entschädigen wird.

Wenn Du heute schon wieder als Amtsrichterin eingesetzt bist, habe ich wenigstens die Gewißheit, daß Du keine pekuniären Sorgen hast. Deine Tätigkeit wird Dich in gewisser Hinsicht befriedigen und Dich vor den kleinsten Sorgen bewahren.

Irgendwelche Übersicht über die Aussichten [illegible], haben wir von hier aus gar nicht. Wir hoffen nur von einem Jahr zum andern. Bisher sind nur Schwerkranke, Arbeitsunfähige, Ausländer und Juden nach Hause gefahren. Einem hartnäckigen Gerücht zufolge soll die Heimat die Möglichkeit des Antrages auf eine vorzeitige Entlassung aus der Gefangenschaft haben? Antworte mir in nächster Post auf diese Frage (wegen der Zensur!) „Onkel Otto kommt (ich!) demnächst bald, noch in diesem Jahr,“ oder so ähnlich. Mitteilungen betreffs meiner Person unter „Onkel Otto“ laufen lassen (das bin ich!!) – Bestände eine Möglichkeit dieser Art, müßte unter Hinweiß der Umstände unserer Verehelichung doch etwas zu machen sein. (Besprich das evtl. mit Pepi.) Bisher habe ich diese Umstände, die doch klar meine antifaschistische Einstellung und [redacted]) Handlungsweise lange vor dem Zusammenbruch des Hitlersystems beweisen, wegen der Unmöglichkeit der hiesigen Beweisführung nicht an zuständiger Stelle gemeldet. (Was im Notfall gewiß eine Besserung meiner Lage innerhalb des Gefangenenlebens zur Folge haben würde.

Doch bitte ich Dich, diese Erwägungen, so wie ich es tue, nur aus der Perspektive meiner Gefangenschaft zu betrachten und nicht zu vergessen, das die Triebfeder dieser Gedanken meine übergroße Sehnsucht zu Dir ist. (Über die Möglichkeit einer „stillen“ Mitteilung an mich, wird Dir der Kamerad meine Vorschläge mitteilen. Doch hier nur so weit, wie Du diese Dinge für gut findest!)

Da Du nun als Richterin eingesetzt bist, ist also Dein [illegible] Hochschulstudium anerkannt. – Ich gratuliere!!! – Gedenkst Du nun noch zu promovieren? Abgesehen von der Nützlichkeit so eines Titels, wäre ich doch dann auf meine kleine Frau „Doktor“ ungeheuer stolz!

Über Angelikas Entwicklung mußt Du mir laufend Nachricht geben. – Daß Du in Brdbg. geblieben bist (und nicht in Wien Deinen beruflichen Werdegang weitergeknüpfst hast), daß Du durch die entsprechenden Amnestiegesetze unsere Ehe für gültig hast erklären lassen, und Du Dich überhaupt in allem so unzweideutig zu mir bekannt hast, danke ich Dir von ganzem Herzen. Diese Handlung [illegible] mir in besonders [illegible] Weise Deine Liebe zu mir und wird Dir von mir nie vergessen werden.

Jetzt aber bitte ich Dich vor allem mir recht, recht oft zu schreiben. Solltest Du von Brdbg. aus Schwierigkeiten haben, dann von den [illegible] 3 Zonen Berlins. Manche Kameraden bekommen wöchentlich Post. Von Dir ist bisher nur Deine erste Karte vom 31.10. eingetroffen. Gewiß geht auch sehr viel unterwegs verloren. Auch sind Briefe längeren Inhalts mit Foto erlaubt! – Mutter hat mit der Annahme, ich sei mit Robert zusammen, eine eklatante Situation geschaffen! Durch Zufall erhielt ich Gertruds Post an Robert hier ausgehändigt und es ist ein Jammer die Enttäuschung dieser Frau sich vorzustellen wenn sie erfährt, daß mir Roberts Aufenthalt gänzlich unbekannt ist. – Doch mußt Du ihr das mitteilen, denn ich kann die ohnehin seltenen Kriegsgefangenen-Postkarten, die wir jeweils zugeteilt bekommen, nicht dazu verwenden. Diese gehen ausschließlich zu Dir. – Der Irrtum war dadurch bedingt, daß wir stets den Vatersvornamen mit angeben müssen!

Weißt Du nun etwas über den Verbleib Deiner Mutter? Ich kann mich einfach nicht mit dem Gedanken abfinden, daß sie eines der ungezählten hitlerischen Kz-Opfer sein soll. – Hast Du Verbindung mit Deinen Geschwistern? – Welche Tätigkeit hat Pepi auf dem Wiener Rathaus? Und sein Herz ist immer noch auf Abwegen? Ich grüße ihn und Dr's ganz besonders.

Bitte, liebste Grell, sei etwas besorgt um das Wohlergehen Bärbels. Die Akten des Vormundschaftsgerichtes in Brdbg. müssen doch schon einiges ergeben. Andernfalls muß es Dir doch ein Kleines sein, über diese Stelle alles Nötige erkunden zu lassen, sodaß Du eine persönliche Berührung mit E. (die ich Dir auch auf keinen Fall zumute) vermeidest.

Wie ist nun Dein gesellschaftliches Leben? Bekannte, wie Schlegels usw., müssen doch aus allen Wolken gefallen sein als über Nacht aus der kleinen Krankenschwester eine Amtsrichterin wurde? Und Dein häusliches Leben? Wo ist Angelika während Deiner Dienststunden? Und in welchem Recht arbeitest Du? Hast Du eine Hilfe für Deinen Haushalt? Wie konntest Du Dir die neue Wohnung einrichten? Ich hoffe, daß für mich auch noch etwas zu tun übrig bleibt. Wie bedaure ich den Verlust all der schönen Dinge die wir doch hatten! Ich hoffe nur zu Gott, daß Deine Erlebnisse in den Tagen des Zusammenbruchs nicht allzu schrecklicher Natur waren. Wann und wobei ist nun alles abgebrannt? Jetzt mache ich mir Vorwürfe Roberts Möbel nach Brdbg. geholt zu haben. Hast Du deshalb Schwierigkeiten mit Gertrud? Könnte ich Dir doch bei allem helfen, aber ich weiß ja nicht einmal was ich bei meiner Heimkehr anfangen werde! Werde ich ganz auf Deine liebe Hilfe angewiesen sein?

Wie geht es Tante Paula? Mutter hat sich natürlich nicht einmal nach dem Verbleib ihres Sohnes erkundigt. Typisch! Und Du hast, wenigstens zum Zwecke der Nachforschung gar keine Verbindung mit Elbfd. gesucht? Grell, Grell – ist die Heimat wirklich so sorglos und macht sie sich gar keine Vorstellung von der Schwere der ruß. Gefangenschaft? Sind wir den allzu Sorglosen, durch die wirtschaftlichen Verhältnisse der Heimat, hier schon besser aufgehoben? Wir können den bitteren Gedanken, daß wir nach unserer Rückkehr zu den allzuvielen gehören und bestenfalls von den nächsten Angehörigen nur erwartet werden, nicht loswerden. Der Heimat haben wohl doch noch viel zu wenig ins Gras gebissen? Denn auch von hier aus verstehen wir, daß von 70 Millionen im Restdeutschland noch 30 Mill. zuviel sind! – Ach Gott – welch verzweifelten Gedanken drängen sich uns oft auf! Sind wir Halbtoten denn denn überhaupt noch wichtig und im Grunde nicht nur der Heimat eine Belastung? – Dieses und manches mehr ist Inhalt der allzu vielen und oft verzweifelten Stunden der endlosen Gefangenschaft.

Die erwartende Liebe, der auf uns wartenden Angehörigen ist der Kraftquell aus der jeder Kriegsgefangene den oft so verzweifelten Mut zum weiteren Kampf um sein bischen nacktes Dasein nimmt. Und wie mancher Heimkehrer ist schon enttäuscht worden! Wie viele sorgende und ängstigende Vorstellungen mögen dann im allerinnersten der Hiergebliebenen. Welch unbeschreibliche Qual dann von den Angehörigen nichts zu wissen, nicht zu wissen das wirklich gütige und liebende Hände darauf warten die Leiden der Gefangenschaft vergessen zu machen.

Doch will ich hier nicht Trübsal blasen. Auch Du wirst, trotz Deiner großen Selbständigkeit Sorgen und Kampf genug haben und ich weiß, daß Du mit Sehnsucht meine Heimkehr erwartest damit [illegible] unserem Leben wieder Sinn und Glück geben.

Wie gerne möchte ich Euch beide einmal in meine Arme schließen, Dir in die lieben Augen sehen und die Größe und Stärke unserer „Lütten“ bewundern. Sprichst Du denn mit ihr von mir? Was sagt sie denn und welche Vorstellungen hat sie von mir?

Glaube mir – mein Herz ist immer bei Euch.

Ich bete für Euch –

Viele, viele liebe Küsse Dir und unserem kleinen Engel

Immer Dein Werner.

P.S. Teile mir mit nächster Post mit, ob Du diesen Brief erhalten hast. (Doch mit der nötigen Vorsicht) W.

Diesen Brief schickte Werner mir aus einem Gefangenenlager in Sibirien. Er war im Futter eines Brillenetuis versteckt und wurde durch einen Mann überbracht, der mir das Etui wortlos durch die Tür reichte und sogleich verschwand

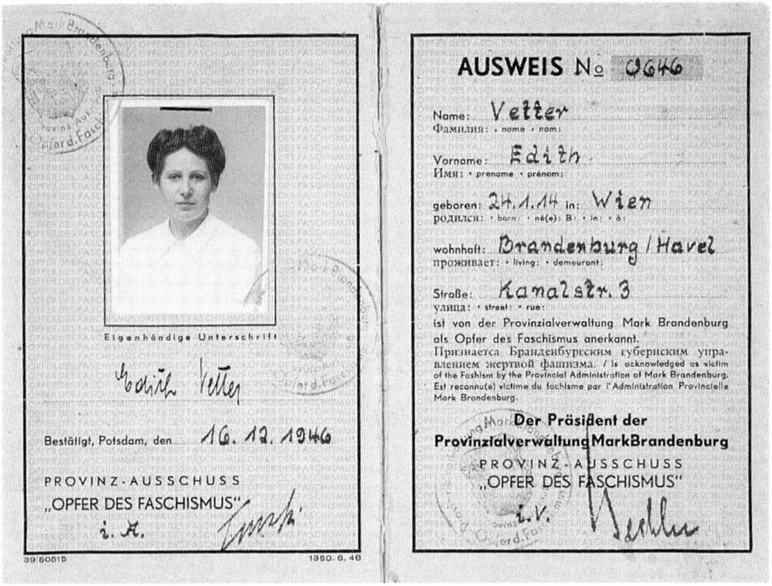

Eigenhändige Unterschrift

Edith Vetter

Bestätigt, Potsdam, den 16. 12. 1946

PROVINZ-AUSSCHUSS
„OPFER DES FASCHISMUS"
i. A.

39/50515 1350. 6. 46

AUSWEIS № 0646

Name: Vetter
Фамилия: • name • nom:

Vorname: Edith
Имя: • prename • prénom:

geboren: 24.1.14 in: Wien
родился: • born: • né(e): B: • in: • à:

wohnhaft: Brandenburg / Havel
проживает: • living: • demeurant:

Straße: Kanalstr. 3
улица: • street: • rue:

ist von der Provinzialverwaltung Mark Brandenburg als Opfer des Faschismus anerkannt.
Признается Бранденбургским губернским управлением жертвой фашизма. / Is acknowledged as victim of the Fashism by the Provincial Administration of Mark Brandenburg. Est reconnu(e) victime du fachisme par l'Administration Provincielle Mark Brandenburg.

Der Präsident der Provinzialverwaltung MarkBrandenburg
PROVINZ-AUSSCHUSS
„OPFER DES FASCHISMUS"
i. V.

Während meiner Zeit als Richterin in Brandenburg war ich amtlich als «Opfer des Faschismus» anerkannt

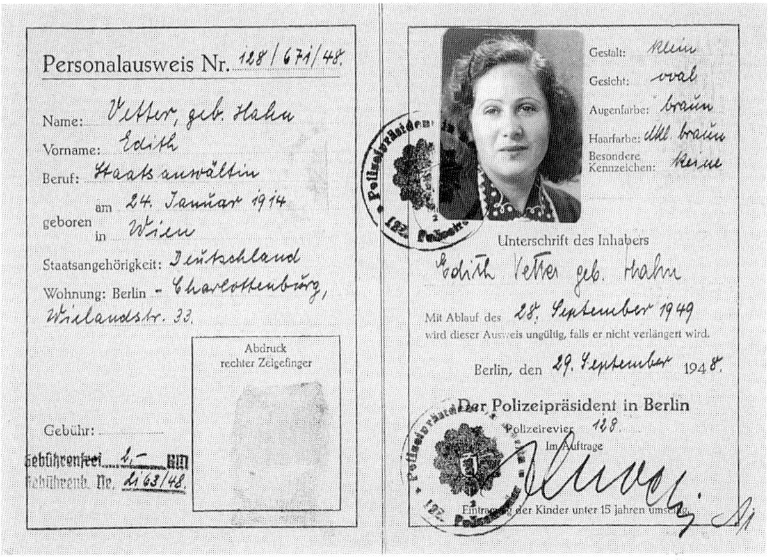

Personalausweis Nr. 128/671/48.

Name: Vetter, geb. Hahn
Vorname: Edith
Beruf: Staatsanwältin
geboren am 24. Januar 1914 in Wien
Staatsangehörigkeit: Deutschland
Wohnung: Berlin - Charlottenburg, Wielandstr. 33.

Abdruck rechter Zeigefinger

Gebühr:
Gebührenfrei 2,– RM
Gebührenb. Nr. 2163/48.

Gestalt: klein
Gesicht: oval
Augenfarbe: braun
Haarfarbe: dkl. braun
Besondere Kennzeichen: keine

Unterschrift des Inhabers
Edith Vetter geb. Hahn

Mit Ablauf des 28. September 1949 wird dieser Ausweis ungültig, falls er nicht verlängert wird.

Berlin, den 29. September 1948.

Der Polizeipräsident in Berlin
Polizeirevier 128.
Im Auftrage

Eintragung der Kinder unter 15 Jahren umseitig.

Diesen Personalausweis legte ich mir 1948 zu. Ich hatte dafür die falsche Adresse angegeben, die ich für meinen Flug nach England benötigte. Obwohl ich monatelang die Miete bezahlte, wohnte ich dort nur in den letzten Wochen vor meiner Abreise

Dieses Bild von Christl Denner Beran und mir wurde 1985 in der israelischen Botschaft in Wien aufgenommen, wo Christl für ihren Heldenmut einen Orden und die Erlaubnis bekam, im Garten der Gerechten Nichtjuden bei der Holocaust-Gedenkstätte Jad Vaschem ein Bäumchen zu pflanzen

Meine Tochter Angela Schlüter und ich, 1998

«Ich persönlich liebe die Klassiker. Der Führer bevorzugt bayerisch-österreichische Maler des neunzehnten Jahrhunderts wie Spitzweg. Und Grützner. Ich selbst bin ein großer Verehrer von Angelika Kauffmann.»

«Äh ... wer ist das?»

«Ein Genie des achtzehnten Jahrhunderts, und schön war sie auch, jedenfalls nach ihrem Selbstbildnis zu urteilen. Klopstock hat ihr Interesse an deutscher Geschichte geweckt, und sie hat Siegesszenen aus den Schlachten Hermanns des Cheruskers gemalt.» In seinem Gesicht war Leben. Seine Augen funkelten. «Da gibt es ein Bild von ihr, auf dem kehrt Hermann in den Teutoburger Wald zurück ... Seine schöne Frau, die zu Hause auf ihn gewartet hat, während er gegen die Römer kämpfte, kommt ihm entgegen, und die Dorfmädchen tanzen. Dieses Bild liebe ich.»

Er streckte mir die Hand hin. «Mein Name ist Werner Vetter.»

«Ich heiße Grete Denner.»

«Würden Sie mit mir zu Mittag essen?»

«Wenn Sie mir dabei weiter so interessante Sachen über Maler erzählen.»

Das tat er. Dieser Werner Vetter stammte aus Wuppertal. Er verstand sehr viel von Kunst, viel mehr als ich, und das beeindruckte mich. Er machte gerade zwei Wochen Urlaub in München. Davon waren noch sieben Tage übrig.

Er bat mich um Lebensmittelkarten für mein Essen (der einzige Mann, der das je getan hatte), dann bestellte er belegte Brote. Werner aß seins mit Messer und Gabel wie ein Schnitzel. Er sah meinen erstaunten Blick.

«Meine Tante Paula hat mir beigebracht, nie mit den Fingern zu essen», erklärte er. «Damals war ich vielleicht zwölf, aber manche Dinge bleiben eben hängen.»

Er sah so nett und ein bisschen exzentrisch aus, dieser große Mann, wie er da so vornehm sein Brot verzehrte, dass ich richtig angetan war. Andererseits war er Parteimitglied.

Andererseits hatte er ein so freundliches Lächeln. Andererseits konnte er ein SS-Mann in Zivil sein. Andererseits verstand er so viel von Kunst . . .

«Max Liebermann war auch ein recht guter Maler», meinte er, während er sein Essen mit einem Bier hinunterspülte. «Schade, dass er Jude war.»

Ich willigte in ein Wiedersehen am nächsten Tag ein. Es war das erste Mal, dass ich mich zweimal mit einem Deutschen traf. Schließlich verbrachten wir den gesamten Rest seines Urlaubs miteinander.

Wenn ich daran denke, welches Risiko ich da einging – er konnte doch Gott weiß wer sein! –, muss ich mich jetzt noch wundern. Aber ich mochte ihn. Er war so unbekümmert und unterhaltsam. Da er gern redete, brauchte ich selbst nicht so viel von mir zu geben. Und er erschien mir so typisch für die Deutschen, die mich umgaben: dem Führer treu ergeben, voller Vertrauen auf den totalen Sieg, voller Verachtung für die Russen und stets auf dem Laufenden, was den neuesten Tratsch über Goebbels und seine Mätressen anging. In dieser Woche mit Werner lernte ich alles, was ich brauchte, um so tun zu können, als sei ich eine von ihnen. Es war Gretes Schulungswoche.

Und dann kommt natürlich hinzu, dass ich mich bei ihm wieder als Frau fühlen durfte – so, wie er mir die Türen aufhielt und mir jeden Abend in den Zug half. Mir war, als wäre ich in eines dieser Heimatstilbilder geraten und würde allmählich so goldgelb und orangefarben wie diese idealisierten Kornfelder. Es war ein seltsames, unwirkliches Gefühl. Einen Monat zuvor noch dem Verhungern nah, gejagt und unerwünscht, eine Last. Nun eine Rheintochter auf Urlaub, und der Wikingerkönig macht ihr Komplimente und versucht, sie zu überreden, nicht vor der abendlichen Verdunkelung den letzten Zug nach Deisenhofen zu nehmen, sondern lieber die Nacht bei ihm zu verbringen.

Er führte mich nach Nymphenburg, der Sommerresidenz der Wittelsbacher, des alten bayerischen Herrschergeschlechts. Wir gingen durch die ausgedehnten Parkanlagen, die barocken Pavillons. Wir bestaunten die Porzellanfigürchen in den Schaukästen – Gecken aus dem siebzehnten Jahrhundert, mit wallenden Perücken und goldenen Schuhschnallen, elegante Tänzer in den Kostümen der *Commedia dell'arte.*

Werner machte sich über alles lustig. Für Aristokraten hatte er nur die Verachtung des Arbeiters übrig. Er nahm komische Höflingsposen ein, was die Leute zum Lachen brachte. Er hob mich auf ein Podest und ließ mich einen Cherub spielen und das Wappen der Wittelsbacher umarmen. Ich wagte nicht, an Mama zu denken, die sich, wie ich annehmen musste, irgendwo in einem Ghetto als Dienstmädchen oder Weißnäherin abarbeitete. Ich versuchte mich ganz darauf zu konzentrieren, Grete zu sein, eine arische Touristin, und mich zu diesem «Urlaub» vollkommen berechtigt zu fühlen. Aber wenn ich einen Polizisten sah, geriet ich in Panik und versteckte mich schnell hinter meinem großen Begleiter.

Wir gingen in den Englischen Garten mit seinen endlosen Rasenflächen. Er legte sich in der Spätsommersonne ins Gras, den Kopf auf meinen Knien.

Werner erzählte, dass er drei Brüder habe. Einer arbeite in einem Büro. Robert und Gert kämpften an der Front. Gert habe ein süßes Töchterchen namens Bärbl. Sie sei seine Lieblingsnichte, sagte er.

Wir kauften eine Stoffpuppe für Bärbl, eine mit ockergelben Zöpfen und gestickten Lippen. Wir gingen ein Bier trinken. Werner stürzte das seine hinunter, ich trank in sittsamen kleinen Schlückchen. Er fand es ungemein lustig, wie ich mein Bier trank. Ich nahm mir fest vor, wie eine Einheimische trinken zu lernen, so richtig mit Genuss.

Als er noch ein Junge gewesen sei, erzählte er, habe sein Vater die Familie verlassen und seine Mutter habe zu trinken angefangen. Die Jungen seien schlecht versorgt worden und regelrecht verwildert. In der Wohnung habe es immer fürchterlich ausgesehen.

«Tante Paula, Mutters Schwester, kam immer und kümmerte sich um uns. Eines Tages fand sie meine Mutter bewusstlos vor, und als sie unters Bett schaute und alle die stinkenden leeren Flaschen sah, hat sie uns einfach gepackt – mich und meinen kleinen Bruder Gert – und mit zu sich nach Berlin genommen. Ihr Mann war Jude, Simon-Colani hieß er, Professor für Sanskrit, ein sehr kluger Mensch – so ein richtiger Denker, verstehen Sie? Er fand wohl, das ich ein gewisses Talent hätte, denn er hat mich auf die Kunstschule geschickt, damit ich etwas Ordentliches lernte.»

Er hat einen Juden in der Familie, dachte ich. Wir sind für ihn nicht alle Ungeheuer.

«Aber begabt zu sein und eine Ausbildung zu haben bedeutete in der Wirtschaftskrise noch nicht, dass man auch Arbeit fand», fuhr Werner fort. «Ich war so abgebrannt, dass ich einen Sommer lang im Wald übernachten musste. Wir waren viele. Lauter junge Burschen, die keine Chance hatten, sich ihren Lebensunterhalt zu verdienen.» Seine Stimme war tief und rau. «Die Nationalsozialisten haben uns in eine Arbeitsorganisation gesteckt und uns Unterkunft und eine Uniform zum Anziehen gegeben. Da bekam ich endlich wieder so etwas wie Selbstachtung, verstehen Sie? Ich wollte zurück zu Tante Paula und ihr und meinem Onkel zeigen, wie gut ich mich gemacht hatte. Und da ist er gestorben.»

Mir entfuhr ein kleiner Schrei. Dieses Ende der Geschichte hatte ich nicht erwartet.

«Also bin ich zu seiner Beerdigung gefahren.»

Ich malte mir eine Beerdigung wie die von meinem Vater aus: die hebräischen Gebete, die Gesänge der Männer – und da platzt auf einmal dieser große blonde Neffe in Nazi-Uniform herein. Die bloße Vorstellung verschlug mir den Atem.

«Haben Sie diese Arbeitsstelle, die Sie vor der Einberufung schützt, weil Sie in der Partei sind?», fragte ich.

«O nein, nein – das kommt daher, dass ich auf einem Auge blind bin. Ich hatte mal einen Motorradunfall – Schädelbruch, dabei wurde mein Sehnerv durchtrennt. Wenn Sie einmal genau hinschauen, können Sie es sehen.» Er beugte sich über den Tisch, um mir sein blindes Auge zu zeigen. Ich beugte mich über den Tisch, um es zu sehen. Er kam näher. Ich sah genauer hin. Er küsste mich.

Es schockierte mich, wie sehr ich das genoss. Ich überraschte mich selbst damit und muss wohl errötet sein. Werner lachte über meine Verlegenheit. «Mein Gott, bist du ein süßes Mädel», sagte er.

Werner und ich gingen die Frauenkirche besichtigen, die Peterskirche, das Neue Schloss Schleißheim. Wir fuhren nach Garmisch-Partenkirchen, stiegen einen ganzen Tag in den Bergen herum und wateten durch Bäche. Wo das Gelände schwierig wurde, ließ ich mich bereitwillig von ihm hochheben und hinübertragen. Da wir allein waren, kein Soldat oder Polizist weit und breit, fühlte ich mich etwas entspannter, was nicht ungefährlich war, denn ich hätte mich vergessen und wieder ich selbst werden können. Also überlegte ich mir jedes Wort, jeden Blick. Werner gefiel das offenbar. Mein selbstbeschränktes Ich war ihm sehr recht. Und eine andere Version kannte er nicht.

Jeden Nachmittag fanden wir uns mit vielen anderen Leuten in einem bestimmten Café ein, um im Radio den Wehrmachtsbericht zu hören und uns über die Schlacht auf dem Laufenden zu halten, die bei Stalingrad tobte. 1941 hatte Hitler Russland überfallen, und seitdem hatte die Wehrmacht eine russische Stadt nach der anderen erobert. Aber nun hatten die Russen mit heftigen Gegenangriffen begonnen. Und der Winter nahte. Zum ersten Mal bemerkte ich bei den vielen Deutschen im Café einen Schimmer von Besorgnis. Später fand ich zu Hause bei Frau Gerl einen Brief von Frau Doktor vor, in dem sie schrieb, sie – die sonst so gegen die Kirche war – gehe täglich in die Messe und spreche Bußgebete, damit die Wehrmacht bei Stalingrad gerettet würde.

Werner war unbesorgt. «General Paulus ist ein militärisches Genie», sagte er. «Er wird die Stadt bald einnehmen, und die Soldaten werden drinnen schlafen und es für den Winter schön warm haben.»

Ich stieg auf den Sockel eines netten Denkmals, um mich größer zu machen, und Werner ging unten neben mir her, den Arm um meine Schultern. Als wir an die Skulptur einer nackten Frau kamen, zog Werner mich dahinter und küsste mich mit Leidenschaft. Seine Umarmung verschlang mich – er war so groß und stark, dass ich das Gefühl hatte, völlig in ihm zu verschwinden. In meiner Situation war das unleugbar ein tröstliches Gefühl. Ich konnte mich in seinem Schatten verstecken. Immer noch ersparte seine Redseligkeit es mir, selbst viel zu sagen. Ich fühlte mich beschützt, als wäre meine Tarnung durch Werner erst vollständig.

Als wir zum Abendzug nach München eilten, merkte er, dass er seinen Fotoapparat in dem Café vergessen hatte. Der Apparat war sehr kostbar, denn so etwas konnte man zu jener Zeit nicht kaufen. Wenn wir aber zurückgegangen wären, um ihn zu holen, hätte ich meinen Anschlusszug nach Deisenhofen verpasst, und wir hätten die Nacht miteinander verbringen müssen. Dazu war ich gewiss noch nicht bereit.

«Du bleibst hier und suchst die Kamera», sagte ich. «Ich fahre allein zurück.»

«Nein. Du gehörst zu mir. Ich bringe dich nach Hause.»

«Aber es ist wichtiger, dass . . .»

Ich sah einen Anflug von Zorn in seinem Gesicht, der mich erschreckte.

«Widersprich mir nicht, Grete. Du darfst mir nie widersprechen oder mir sagen, was ich zu tun habe.»

Ritter und Tyrann zugleich – damit ist Werner im Wesentlichen beschrieben.

Nachdem er wieder in Brandenburg war, schrieb er mir mehrere Male und schickte mir ein kleines Modell von einer Skulptur mit dem Titel: *Die Unschuldige von der Seine.* Ich dachte daran, ihm zu seinem Geburtstag im September vielleicht ein Paar Handschuhe zu kaufen.

«Nein, nein, nein», protestierte Frau Gerl. «Sie müssen ihm einen Kuchen schicken.»

«Ich kann doch gar keinen Kuchen backen!»

Sie lächelte. «Aber ich.»

So kam es, dass Werner Vetter in Brandenburg von Grete Denner aus Deisenhofen zum Geburtstag einen Kuchen geschenkt bekam, eine Geste, die er nicht vergessen würde.

Meine Rotkreuz-Ausbildung begann im Oktober. Der Kurs dauerte drei Wochen und fand in einem schönen Ferienheim im Wald von Locham bei Gräfelfing statt, wo sonst Mitglieder der Bäckerinnung Urlaub machten. Es war ein altmodisches Fachwerkhaus mit den verspielten Insignien der Innung an der Decke des Speisesaals. Der Herbstwald war wie der Himmel. Vieles in Deutschland war so: schöne Lage, wunderliches Verhalten.

Ich suchte keinen Anschluss an die anderen Frauen, sondern hielt mich abseits und tat nur das Notwendige. Ich sagte guten Morgen und guten Abend. Vormittags brachten Krankenschwestern uns die wichtigsten Grundlagen der Anatomie bei und zeigten uns, wie man Verbände anlegt. Aber nachmittags kamen Vertreterinnen der NS-Frauenschaft, um uns in unserer eigentlichen Aufgabe zu unterweisen: die Moral der Verwundeten zu stärken und die Mär von der deutschen Unbesiegbarkeit zu verbreiten.

«Sie müssen dafür sorgen, dass jeder einzelne Soldat in Ihrer Obhut weiß, dass trotz des feigen britischen Bombenangriffs vom letzten Mai der Kölner Dom noch steht», sagte die uniformierte Ausbilderin. «Und sagen Sie jedem, dass es im Rheinland keine Bombardierungen gegeben hat. Verstanden?»

«Jawohl», antworteten wir im Chor.

In Wirklichkeit wurde das Rheinland durch alliierte Luftangriffe dem Erdboden gleichgemacht.

«Sie sind hiermit aufgefordert, sich an der Germanisierung des Warthelandes im besetzten Polen zu beteiligen, indem Sie sich dort ansiedeln und große Familien gründen. Die Bedingungen sind hervorragend. Sie bekommen Land und billige Arbeitskräfte in großer Zahl. Die Polen haben inzwischen verstanden, dass sie Untermenschen sind, deren Bestimmung es ist, für die Deutschen zu arbeiten.»

Ich glaube nicht, dass viele von den Rotkreuzhelferinnen das alles ernst nahmen, aber es zeigte sich, dass doch viele tausend Deutsche ins Wartheland zogen und sich dort als Kolonisten fühlten. Als sie nach dem verlorenen Krieg zurückkamen, abgerissen und mittellos, waren nur wenige ihrer Landsleute bereit, ihnen zu helfen.

Sie werden sich fragen, wie ich dieses dauernde «Morgen-die-Welt»-Gefasel, das mich schon aus Hainburg vertrieben hatte, überhaupt aushielt. Die Antwort lautet schlicht, dass ich nichts mehr hatte, wohin ich hätte davonlaufen können. Inmitten einer Bevölkerung, die vollständig vom Größenwahn besessen war, zog ich mich kurzerhand in mich selbst zurück und versuchte es so zu machen wie der von mir stets bewunderte Erich Kästner, der auf die Naziherrschaft mit «innerer Emigration» reagierte, wie er es nannte.

Die Seele zog sich zurück in verständige Stille. Der Körper verblieb inmitten der Tollheit.

«Seien Sie sich bewusst», sagte unsere Ausbilderin, «dass die Rotkreuzschwestern dem Herzen des Führers besonders nahe stehen. Er liebt Sie. Und Sie müssen diese Liebe rückhaltlos erwidern.»

Sie ließ uns einen besonderen Treueeid auf den Führer schwören. Wir hoben die Arme und sagten: «Heil Hitler!» In der Festung meiner Seele betete ich: «Lass die Bestie Hitler zugrunde gehen. Lass die Amerikaner und die Royal Air

Force die Nazis in Schutt und Asche bomben. Lass die Wehrmacht in Stalingrad erfrieren. Lass mich hier nicht in Vergessenheit geraten. Lass jemanden sich daran erinnern, wer ich wirklich bin.»

Der Winter kam und ich wartete auf meine Zuweisung an ein Krankenhaus. Als es kälter wurde, gedachte ich noch eine letzte Reise nach Wien zu machen. Ich wollte mich so gern noch einmal mit jemandem unterhalten; ich musste das Schweigen brechen, das über mir zusammenschlug, noch einmal mit Menschen reden, zu denen ich offen sein konnte.

Ich sagte Frau Gerl, ich müsse nach Wien, um mir ein paar Wintersachen zu holen – sie stellte diese Erklärung nie in Frage –, und setzte mich wieder in den Zug. Diesmal fühlte ich mich sicherer, da ich einen Rot-Kreuz-Ausweis mit Foto bei mir hatte.

Der Empfang in Wien brach mir das Herz. Mein plötzliches Erscheinen schien Pepi in Verlegenheit zu bringen; er wusste offenbar nicht mehr, was er mit mir anfangen sollte. Mit Jultschi war es in der Zwischenzeit abwärts gegangen. Sie hatte sehr wenig Arbeit. Die Lebensmittelrationen der Juden waren noch einmal gekürzt worden. Der kleine Otti war nicht als Mischling anerkannt worden und bekam somit, wie alle anderen jüdischen Kinder, keine Milch mehr. Er würde auch nicht in die Schule gehen dürfen. Ich versuchte Jultschi vom Roten Kreuz zu erzählen, von Frau Gerl, von München, aber sie wollte nichts davon wissen.

«Fahr zurück», sagte sie. «Ich kann dich hier nicht mehr brauchen.»

Ich hatte damit gerechnet, drei Tage bei ihr wohnen zu können. Schon nach zweien kehrte ich niedergeschlagen nach Deisenhofen zurück. Und dort lag in Frau Gerls Diele ein Telegramm von Werner, dass er am nächsten Morgen in München ankommen werde und mich einfach sehen müsse. Es ist unfassbar, welche Wende das Schicksal da nahm. Wäre ich die vollen drei Tage in Wien geblieben, so wäre ich nicht rechtzeitig zurückgekehrt, um dieses Telegramm zu erhalten. Aber zufällig erhielt ich es – zufällig.

Am nächsten Morgen fuhr ich früh nach München, um Werner zu treffen. Auf dem Bahnhof nahm ich meinen Hut ab, weil ich dachte, er würde mich in den Wintersachen sonst nicht erkennen. Aber er entdeckte mich sofort. Mit einem lauten Begrüßungsschrei riss er mich in seine Arme und überschüttete mich mit Küssen, dann führte er mich zum Frühstück ins Haus der Deutschen Kunst.

«Gestern auf dem Weg zur Arbeit habe ich beschlossen, dass ich dich sehen muss», sagte er, während er meine Hand knetete.

«Wie?»

«Ganz richtig. Es muss sein. Du musst meine Frau werden.»

«Was?»

«Also habe ich mir freigenommen. Meinem Chef bei Arado habe ich erzählt, das Haus meiner Mutter im Rheinland sei bombardiert worden und ich müsse hin und mich um sie kümmern.»

«Werner! Dafür kannst du ins Gefängnis kommen! Eine falsche Entschuldigung! Unerlaubte Abwesenheit!»

«Aber sie haben mir geglaubt. Sieh dir mein Gesicht an.» Er grinste. «Diesem Gesicht *muss* man glauben. Also, wann heiratest du mich?»

«Wir leben mitten im Krieg! In Kriegszeiten sollte man nicht heiraten.»

«Ich bin wahnsinnig in dich verliebt! Du gehst mir nicht eine Minute aus dem Kopf.»

«Werner, hör auf damit . . .»

«Ich möchte deinen Vater kennen lernen. Ich fahre zu ihm nach Wien. Du wirst sehen, er findet mich ganz großartig.»

Meine Gedanken rasten. Ich hatte geglaubt, ich würde einen Tag mit einem charmanten Mann verbringen und meine wunde Seele pflegen. Aber so etwas hätte ich mir nicht träumen lassen! Was sollte ich nun machen? Werner war drauf und dran, in einen Zug nach Wien zu steigen und bei meinem Vater um meine Hand anzuhalten. Wo sollte ich einen Vater hernehmen?

«Also bitte, nun mal langsam. Das ist unvernünftig. Wir kennen uns doch erst ein paar Tage.»

«Für mich ist das lange genug. Ich bin ein Mann der Tat.»

«Aber warum hast du mir nicht geschrieben? Warum hast du deine Firma angelogen und dich damit in Gefahr gebracht?»

Er ließ sich auf seinem Stuhl nach hinten sinken, seufzte und senkte den Kopf. «Weil ich ein schlechtes Gewissen hatte. Ich habe dich nämlich angelogen, als ich sagte, dass ich Junggeselle wäre. Ich bin verheiratet und lebe in Scheidung, das ist die Wahrheit, und meine kleine Nichte Bärbl – also, sie ist in Wirklichkeit meine Tochter. Darum dachte ich, weil ich am Anfang nicht ehrlich war, müsste ich jetzt unbedingt unter vier Augen mit dir sprechen und dir die Wahrheit sagen. Ich liebe dich, Grete. Du bist mein Traum. Komm mit mir nach Brandenburg, und sowie die Scheidung durch ist, können wir heiraten.»

Mein Kaffee platschte auf den Tisch, weil meine zitternden Finger die Tasse nicht mehr halten konnten. Ich war halb tot vor Schrecken. Er wollte, dass ich seinen Bruder Robert kennen lernte, seine Schwägerin Gertrude und die berühmte Tante Paula. Er wollte mich seinen Freunden vorstellen. Es nahm kein Ende.

Wir gingen durchs Museum. Unentwegt redete er auf mich ein, während wir an den monumentalen Nazi-Gemälden und Friesen vorbeigingen: Werken von Helmut Schaarschmidt, Hermann Eisenmenger und Conrad Hommel, Porträts von Hitler und Göring, Himmel voller Flammen und Adler, Soldaten mit grimmigen Gesichtern und Stahlhelmen, Arno Brekers steinernen Gott-Menschen in ihren klassisch griechischen Posen, die mächtigen Schwerter schwingend. Werner hatte keinen Blick dafür. Er hielt meine Hand und redete mir die Ohren voll, erzählte mir, was für eine schöne Wohnung er habe, was für eine gute Stelle, und wie glücklich er mich machen werde. «Denk nur an die Badewanne, an das Sofa! Denk an den Volkswagen, den ich uns kaufen werde!»

Stunden um Stunden ging das so.

«Die Welt ist zu sehr in Aufruhr», wandte ich ein. «Was soll werden, wenn du an die Front geschickt wirst und fällst?»

Werner lachte aus vollem Hals. «Die schicken mich nie an die Front! Ich bin doch halb blind!»

«Und wenn das Rotkreuz-Krankenhaus bombardiert wird und ich umkomme?»

«Und wenn sie dich in ein anderes Krankenhaus stecken, und irgendein Soldat sieht dich und verliebt sich in dich, wie ich mich in dich verliebt habe, und ich bin dich los? Das wäre unerträglich! Ich könnte gar nicht mehr weiterleben!»

«Werner, bitte, hör doch auf ...»

«Erzähl mir etwas über deinen Vater.»

Er war ein gläubiger Jude, und wenn er wüsste, dass ich mit einem wie dir auch nur durch ein Museum gehe, würde er mich umbringen und anschließend selbst noch einmal einen Herzanfall erleiden und sterben.

«Erzähl mir etwas über deine Mutter.»

Sie ist in Polen, wo dein widerlicher Führer sie hingeschickt hat.

«Erzähl mir etwas über deine Schwestern.»

Sie sind in Palästina und kämpfen mit den Briten gegen eure Wehrmacht. Möge Gott ihnen helfen.

«Deine Onkel, Tanten, Kusinen und Vettern, deine früheren Freunde.»

Fort. Vielleicht tot. So tief versteckt vor eurer Nazi-Pest, dass sie ebenso gut tot sein könnten.

«Ich liebe dich. Ich muss dich haben.»

Nein, nein. Lass mich in Ruhe. Geh fort. Ich habe zu viele Leute zu schützen. Christl. Frau Doktor. Pepi. Dich.

«Nein!», rief ich. «Ich kann mich nicht mit dir einlassen!»

Rassenschande – ein Verbrechen.

«Warum nicht? Mein Gott, Grete, bist du schon einem anderen versprochen? Hast du mir das Herz gestohlen und mir nichts davon gesagt? Wie kann das sein?»

Er sah verletzt aus, untröstlich bei dem Gedanken, dass ich ihn womöglich nicht haben wollte. Ich erkannte seinen Schmerz, weil ich ihn selbst empfand. In meiner Erregung schlang ich die Arme um ihn und flüsterte ihm ins Ohr: «Ich kann dich nicht heiraten, weil ich Jüdin bin! Ich habe falsche Papiere!» Die Gestapo in Wien hat mein Foto!»

Werner blieb wie angewurzelt stehen. Er hielt mich auf Armeslänge von sich ab. Ich war ihm ausgeliefert. Sein Gesicht wurde hart. Seine Augen verengten sich. Er kniff die Lippen zusammen.

«Was! Du kleine Lügnerin!», sagte er. «Da hast du mich aber gründlich hinters Licht geführt.»

Er sah genauso grimmig und entschlossen aus wie die SS-Männer auf Krauses Gemälde.

Idiotin, dachte ich. *Jetzt hast du dein eigenes Todesurteil unterschrieben.* Ich wartete, ob das Schwert von Brekers Gott-Mensch heruntersauste. Im Geiste sah ich schon mein Blut auf dem Marmorboden, hörte das entsetzliche Hämmern an Christls Tür.

«Dann sind wir ja quitt», sagte Werner. «Ich habe dir vorgelogen, dass ich geschieden bin, und du hast mir vorgelogen, du wärst Arierin. Also, lassen wir's gut sein und heiraten.» Er schloss mich in die Arme und küsste mich.

Ich glaube, da bin ich ein bisschen hysterisch geworden. «Du bist doch irre! Wir können nicht zusammenleben. Die kommen uns auf die Schliche.»

«Wie denn? Hast du vor, außer mir noch jemandem zu sagen, wer du wirklich bist?»

«Hör auf zu scherzen, Werner. Die Sache ist ernst. Vielleicht verstehst du das nicht, aber sie könnten dich schon dafür ins Gefängnis stecken, dass du hier mit mir zusammen bist. Mich und meine Freunde bringen sie um, und dich stecken sie in eines ihrer schrecklichen Lager. Wieso hast du keine Angst? Du musst doch Angst haben!»

Er lachte. Ich sah ihn schon an einem Strick baumeln wie diesen Franzosen, der etwas mit einer Jüdin aus dem Arbeitslager angefangen hatte, und er lachte und schleifte mich in einen Saal voller goldener Landschaften.

Bis zum heutigen Tag verstehe ich nicht, woher Werner seinen Mut nahm, während seine Landsleute alle so feige waren.

«Außerdem bin ich in Wirklichkeit schon achtundzwanzig, nicht einundzwanzig», sagte ich.

«Gut. Da bin ich aber richtig erleichtert, denn mit einundzwanzig wärst du vielleicht zu jung zum Heiraten.»

Er blieb in einer Nische neben einer Hitler-Büste stehen.

«Ist alles, was du kochst, so gut wie der Kuchen, den du mir zum Geburtstag gebacken hast?»

Ich schwöre: Was mich da bewog, ja zu sagen, kann nur der Geist meiner Mama gewesen sein, der mir immer wie ein Engel erschien, wenn ich Rat in häuslichen Fragen brauchte.

Es war natürlich eine unverschämte Lüge. Wenn man Werner Vetter richtig verstehen will, muss man dies bedenken: Ich konnte ihm mitten in Deutschland, während die Nazis auf der Höhe ihrer Macht waren, ohne weiteres sagen, dass ich Jüdin war, aber was meine Kochkünste anging, musste ich ihn belügen.

«Fahr zurück nach Brandenburg», sagte ich leise. «Vergiss das alles. Ich werde dich nicht auf dein Versprechen festlegen.»

Er fuhr zurück nach Brandenburg, aber er überlegte es sich nicht anders. Er hatte sich entschieden, und wenn Werner sich einmal entschieden hatte, konnte ihn nichts mehr umstimmen.

Sie fragen, ob ich nicht an die Möglichkeit gedacht habe, dass er mich denunzieren könnte, dass die Gestapo an Frau Gerls Tür klopfen würde? Nein, daran habe ich nicht gedacht. Ich habe Werner vertraut. Ich kann beim besten Willen nicht sagen, warum. Vielleicht nur, weil mir im Grunde gar nichts anderes übrig blieb.

Er telegrafierte mir, er habe alles für mein Kommen vorbereitet und ich könne bei der Frau eines Freundes wohnen. Ihr Name sei Hilde Schlegel. Sie habe ein Zimmer übrig und werde mich gern bei sich aufnehmen, bis seine Scheidung durch sei.

Ich fürchtete mich davor, noch mehr von diesen glühenden Telegrammen zu bekommen, weil dadurch die SS auf mich aufmerksam werden konnte. Ich fürchtete mich davor, vom Roten Kreuz am Ende ins besetzte Polen geschickt zu werden, wo ich einen Reisepass brauchen würde, den ich mir unmöglich beschaffen konnte. Ich fürchtete, die Gestapo könne anfangen, sich dafür zu interessieren, wer ich war, wenn ich bei Frau Gerl wohnen blieb. Schließlich stand sie schon im Verdacht, eine Regimegegnerin zu sein. Ich dachte, wenn ich zu Werner zöge, wäre ich besser versteckt: eine kleine Hausfrau an der Seite eines Parteigenossen, der in einer Fabrik arbeitete, wo Flugzeuge gebaut wurden, die Bomben auf London warfen. Ein Mann, dessen Zuverlässigkeit bereits geprüft war. Einer, dem man vertraute, gegen den man nie etwas unternehmen würde. Mit diesem Mann verheiratet zu sein stellte natürlich eine weit bessere Tarnung dar, als für mich allein zu leben.

Als ich an Pepi schrieb, ich hätte mich mit Werner verlobt, bekam er einen Wutanfall. Wie ich so etwas tun könne? Wie ich auch nur daran denken könne, einen Nichtjuden zu heiraten? «Überleg doch mal, was Dein Vater dazu sagen würde!», protestierte er. «Denk daran, wie sehr ich Dich liebe!»

Nun, wie sehr Pepi mich liebte, hatte ich leider erfahren müssen. Hatte er dafür gesorgt, dass ich auch nur eine Nacht in Wien sicher schlafen konnte? Hatte seine Mutter – mit all ihren Beziehungen – mir auch nur einmal eine Tasse Tee angeboten, während ich mich versteckt hielt? Wissen Sie, dass Pepi, als er hörte, was Frau Doktor über ihn gesagt hatte – dass er zu mir gehöre, weil ich mit ihm geschlafen hatte –, sich weigerte, auch nur mit ihr zu sprechen? Diese wunderbare Frau, die mir so geholfen hatte, die auch ihm hätte helfen können – er hat ihr nicht einmal gedankt für das, was sie für mich getan hatte; er ist nicht einmal zu ihr hingegangen, um sie kennen zu lernen. Er hätte vor dem Krieg mit mir fliehen können. Wir hätten längst in England sein können; wir hätten in Israel sein und einen jüdischen Staat aufbauen können; wir hätten aus diesem Albtraum heraus sein können. Aber nein! Pepi konnte wegen seiner Mutter nicht fort! So sehr liebte er mich!

Und hier war nun dieser weiße Ritter von München, der furchtlos und verliebt zu mir kam und mir nicht nur Sicherheit bot, sondern auch Liebe. Natürlich nahm ich an. Ich nahm an und dankte Gott für mein Glück.

Frau Gerl und ihr Mann gingen in den Wald und stahlen für mich ein Weihnachtsbäumchen. Es war damals verboten, Bäume aus dem Wald zu holen, aber sie wollten mich mit einem Geschenk verabschieden. Am 13. Dezember 1942 kam ich mit dem Bäumchen, das an meinen Koffer geschnallt war, bei Werner Vetter in Brandenburg an.

∽ 9 ∼

Ein ruhiges Leben in der Immelmannstrasse

Ich begann meine Lüge der ganz normalen deutschen Hausfrau zu leben. Es war die beste Lüge, die eine Frau in Nazideutschland leben konnte, denn das Regime propagierte weibliche Häuslichkeit und gab sich gegenüber Hausfrauen ausgesprochen großzügig.

Ich legte ein stilles Wesen an den Tag und hörte vor allem zu. Ich war freundlich zu jedem und suchte niemandes Nähe. Mit aller Kraft versuchte ich mir einzureden, dass ich wirklich Grete Denner sei. Ich setzte alles daran zu vergessen, was mir lieb war – all meine Lebenserfahrung, meine Ausbildung –, und bemühte mich, einfach ein sanfter, nüchterner, höflicher Mensch zu sein, der nie etwas sagte oder tat, was Aufsehen erregt hätte. Das Ergebnis war, dass ich äußerlich als ein stilles Wasser erschien, innerlich aber eine stürmische See war – nervös, aufgewühlt, angespannt, schlaflos und ständig in Sorge, weil ich ja pausenlos so tun musste, als sorgte ich mich um gar nichts.

Werner wohnte in einer Werksiedlung im Osten der Stadt, in einer von über dreitausend Wohnungen, die das Flugzeugwerk Arado für seine Mitarbeiter gebaut hatte. Das Haus war umgeben von lauter gleich aussehenden, nüchternen Wohnbauten. Unsere Wohnung lag an der Immelmannstraße, die heute Gartzstraße heißt. Die Miete wurde Werner gleich vom Gehalt abgezogen.

Arado baute Kriegsflugzeuge, darunter den ersten Düsenbomber der Welt. Während des Krieges war es der größte Rüstungsbetrieb im Land Brandenburg, zu dem ja nicht nur die Stadt Brandenburg gehörte, sondern auch Potsdam und Berlin. Die Direktoren des Unternehmens waren reich und berühmt. Einer von ihnen wurde Wehrwirtschaftsführer, und Albert Speer machte ihn zum Professor.

1940 hatte Arado 8000 Beschäftigte; 1944 waren es 9500, fast 35 Prozent davon Ausländer. Man mag sich fragen, warum die Nazis so viele Ausländer in einem so sicherheitsempfindlichen Betrieb arbeiten ließen. Der Grund dafür war nach meiner festen Überzeugung, dass arische Frauen nach Hitlers Willen als Gebärmaschinen geschützt waren; ihre Hauptaufgabe bestand darin, zu Hause zu bleiben und Kinder zu bekommen.

Wir hörten, dass in Amerika und Großbritannien die Frauen dazu angehalten wurden, in der Rüstungsindustrie zu arbeiten. Man sorgte für Kinderbetreuung und zahlte hohe Löhne an eine hoch motivierte, patriotische Belegschaft. Aber der Führer wollte davon nichts wissen. Deutsche Frauen erhielten Sonderzuteilungen, sogar Orden, wenn sie fleißig Kinder gebaren. Folglich waren Fabriken wie Arado vorwiegend auf zu junge Burschen und zu alte Männer angewiesen, auf Mädchen, die wussten, dass sie besser dran wären, wenn sie schwanger würden, und eben auf Männer aus den eroberten Ländern – Menschen, die es nicht unbedingt darauf anlegten, für die Luftwaffe Produktionsrekorde zu brechen.

Die ausländischen Arbeitskräfte von Arado lebten in acht Arbeitslagern. Die Holländer, vor allem die Flugzeugbauer, lebten ganz ordentlich. Ebenso die Franzosen, deren Geschicklichkeit und Sorgfalt die Deutschen schätzen gelernt hatten. Gut ging es auch den Italienern, die ja unsere Verbündeten sein sollten. Schöne Verbündete! Die Deutschen hielten die Italiener im Allgemeinen für feige und flegelhaft, die Italiener hielten die Deutschen für aufgeblasen und unkultiviert. Zudem war den Italienern das deutsche Essen verhasst. Eine Nachbarin erzählte mir voller Empörung, sie habe gesehen, wie ein italienischer Arbeiter in einem Restaurant mit einem angewiderten «Pfui!» seine Wurst ausgespuckt habe («Einfach auf den Boden!», rief sie.) und aus dem Lokal gestürzt sei, wobei er noch gerufen habe, nur *Barbaren* könnten solchen Abfall fressen.

Alle «Ostarbeiter» – Polen, Serben, Russen und andere – lebten unter ständiger Bewachung in Elend und Angst.

Zum Glück arbeiteten unter Werner in der Lackiererei von Arado hauptsächlich Franzosen und Holländer. Er hatte dafür zu sorgen, dass immer genug Farbe da war und die Embleme richtig an den Flugzeugen angebracht wurden, und dafür bekam er ein gutes Gehalt. Unsere Wohnung war bei weitem die schönste in unserem Block.

Die Arbeiterwohnblocks hatten jeweils vier Etagen, und auf jeder befanden sich drei Wohnungen. Unsere Wohnung lag im Erdgeschoss zur Straße hin. Auf der großen freien Fläche gegenüber, die einmal eine Parkanlage werden sollte, befand sich vorerst nichts als eine Reihe Mülltonnen. Wir hatten ein Schlafzimmer, ein großes Wohnzimmer mit Kochnische, noch ein kleineres Zimmer und ein Bad – mit Badewanne! Aus einem mit Gas beheizten großen Kessel ließ man das heiße Wasser in die Wanne laufen. Solchen Luxus hatten unter allen Mietern nur wir.

Unser Herd war schon für Kriegsverhältnisse gebaut. Eigentlich wurde er elektrisch betrieben, aber wenn der Strom ausfiel, konnte man ihn auch mit Briketts heizen.

Werner legte großen Wert darauf, die Nachbarn nicht zum Klatschen zu verführen. Er nahm mich erst zu sich in die Wohnung, nachdem im Januar 1943 seine Scheidung geregelt war. Bis dahin wohnte ich bei Hilde Schlegel, der Frau seines

Freundes. Hilde, eine warmherzige Frau mit tanzenden Löckchen, wohnte ein paar Häuser weiter. Ihr Mann Heinz, ebenfalls Maler, war an die Ostfront geschickt worden. Sie wünschte sich so sehr ein Kind und hatte sich gerade erst einer Operation unterzogen, damit sie empfangen konnte. Da die Nazis Soldatenfrauen gegenüber sehr großzügig waren, hatte sie reichlich zum Leben und brauchte nicht arbeiten zu gehen.

«Als Heinz gerade bei der Wehrmacht war», erzählte Hilde, «haben sie mir Geld gegeben, damit ich ihn besuchen konnte. Er war verwundet worden, aber nur leicht, und lag in einem Lazarett in Metz. Ach, war das eine herrliche Zeit, Grete – regelrechte Flitterwochen, mein erster Urlaub überhaupt! Es war hier nämlich nicht immer so. Ich muss dir sagen, wir hatten es sehr schwer, als ich noch ein Kind war. Zwölf Jahre lang hatte Papa keine feste Arbeit. Die meiste Zeit haben wir von der Fürsorge gelebt. Und als dann unser lieber Führer an die Macht kam, wurde alles viel besser. Fast alle jungen Leute, die wir kannten, sind in die Hitler-Jugend eingetreten. Mit fünfzehn war ich einmal auf einem Empfang der Nationalsozialistischen Partei, da gab es Brötchen mit Butter. Dort habe ich zum ersten Mal Butter gegessen.» Ist das der Grund?, fragte ich mich. Haben sie deswegen weggeschaut, sich blind gestellt? Wegen Butter? «Ich bin der Meinung, dass wir alles, was wir haben, unserem lieben Führer verdanken, möge er ewig leben.»

Sie stieß ihre Teetasse gegen die meine.

Hilde wurde meine engste «Freundin» in Brandenburg, wenn man das von einer Frau sagen kann, die nicht einmal weiß, wer man wirklich ist. Sie begleitete mich die Wilhelmstraße hinunter in Richtung Stadt, um mir zu zeigen, wo ich einkaufen konnte. Und sie erzählte mir ausführlich von Elisabeth, Werners erster Frau.

«Riesig ist sie. Größer als Werner! Und wunderschön. Aber zänkisch! O je, dieses Gebrüll, diese Streitereien! Frag Frau Ziegler aus der Wohnung gegenüber. Sie hatten furchtbare Kräche. Er hat sie geschlagen. Und sie hat zurückgeschlagen. Kein Wunder, dass er schließlich hingegangen ist und sich ein liebes Mädchen wie dich gesucht hat.»

Elisabeth hatte die meisten Möbel mitgenommen, aber wir kamen mit dem Rest gut zurecht. Werner brachte seine Utensilien, seine Farben und Pinsel, in das «kleine Zimmer» und machte es zu seiner Werkstatt. Für den Fall, dass jemand schnüffeln kam, stellten wir ein Einzelbett hinein. An die Innenwand montierte er einen Werktisch; dann hängte er alles Werkzeug, ordentlich sortiert nach Größe und Funktion, an kleine Häkchen darüber. Um mir das Gefühl zu geben, dass ich willkommen war, beschloss er, das farblose Wohnzimmer mit einem rundumgehenden Wandgemälde zu verzieren.

Jeden Abend, wenn er von der Arbeit kam, zog er sich um, aß, was ich zubereitet hatte, und machte sich an das Wandgemälde. Er arbeitete mit einer so genannten Schleiflacktechnik. Soweit ich mich erinnere, erforderte sie mehrere Schritte des Schmirgelns, Grundierens und Lackierens. Es war eine recht staubige, mit viel Schmutz verbundene Angelegenheit und ging sehr langsam voran. Die Farben stahl er im Lager von Arado, leuchtende Farben – sie prangten normalerweise auf den Tragflächen der Flugzeuge, die England bombardierten. Abend für Abend arbeitete Werner an dem Gemälde, spachtelte, schmirgelte, zeichnete Umrisse, grundierte, lackierte, ließ trocknen, schmirgelte wieder, übermalte. Ich saß in einem Sessel bei der Tür und sah ihm zu, wobei ich mich an Wien und die Handwerker erinnert fühlte, die ich dort wie Akrobaten in den Gerüsten hatte herumturnen und die Fassaden der Geschäfte und Hotels bemalen sehen. Ich war so beeindruckt, so voller Bewunderung für ihn, dass ich keine andere Abendunterhaltung brauchte, als ihm bei der Arbeit zuzusehen. Sein Gesicht war mit Farbe bekleckst und glänzte von Schweiß und sichtlicher Freude an seinem Projekt. In den goldblonden Härchen auf seinen starken Unterarmen fingen sich Gips und Staub.

Bald wurde ein Fries aus Früchten und Blumen erkennbar, der um die Küchenecke lief, ein Geflecht von verschlungenen Zweigen, sich kräuselnden Blättern, Äpfeln, Karotten, Radieschen, Zwiebeln und Kirschen – ein Gebinde aus allen guten Gaben jenes Friedens, in dem wir beide leben würden wie in einem magischen Zirkel.

Als er fertig war, setzte Werner sich mitten im Zimmer in die Hocke, drehte sich auf seinen farbbeklecksten Schuhen einmal langsam um die eigene Achse und suchte mit kritischem Blick aus seinen strahlenden blauen Augen nach Stellen, an die er vielleicht noch letzte Hand anlegen musste.

«Wie findest du's?», fragte er.

«Schön finde ich es», sagte ich. «Und ich finde, dass du ein großer Künstler bist.»

Ich ließ mich neben ihm auf dem Boden nieder und umarmte ihn. Dass dabei auch meine Sachen ein paar Farbkleckse abbekamen, machte mir nichts aus.

Im Januar, als die Scheidung durch war, zog ich dann richtig in diese Wohnung, und in dem Moment, als Werner die Tür hinter uns schloss, wurde ich zu einer privilegierten deutschen Bürgersfrau. Ich hatte ein Zuhause, ein sicheres Versteck, einen Beschützer. Ich erinnerte mich an den Segen des Rabbi, der in Badgastein an meinem Bett gesessen, meine Hand getätschelt und auf Hebräisch für mich gebetet hatte. Ich fühlte mich im Glück.

Wir erfreuten uns einer ruhigen, friedvollen Beziehung, Werner und ich. Aber man muss sich vor Augen halten, dass ich keine «normale» Lebensgefährtin war wie Elisabeth oder Frau Doktor, keine Frau, die Forderungen stellte und eigene Meinungen hatte. Mir lag nur daran, dass alles so war, wie Werner es gern hatte. Nie rief ich ihm bewusst in Erinnerung, dass ich Jüdin war. Er sollte das vergessen, in seinen Hinterkopf drängen, wie ich Edith Hahn verdrängt hatte und Staub ansetzen ließ; etwas, woran man kaum mehr denkt. Ich wandte all meine Energie und Findigkeit auf, um das zu lernen, was zu können ich ihm vorgelogen hatte – zu kochen. Frau Doktor schickte mir ein Paket Hülsenfrüchte und ein Kochbuch. «Kochen mit Liebe« hieß es, und Sie können sicher sein, dass ich das tat.

Morgens um fünf stand ich auf, machte Frühstück und packte Werner sein Mittagessen ein, dann fuhr er mit dem Fahrrad zur Arbeit. Ich selbst aß morgens eine Kartoffel, damit das Brot für seine Mittagsstullen reichte. Bevor ich zu ihm kam, hatte er nie genug gegessen, das sah ich ganz klar; er war einfach nicht imstande, sich richtig zu ernähren. Anfangs hatte er abends noch immer furchtbares Kopfweh, Hungerkopfweh; damit hatte ich ja selbst schon Bekanntschaft gemacht, also wusste ich, wie er litt, und gab mir alle Mühe, ihn gut zu ernähren. Für den Fall, dass ich im Städtischen Krankenhaus, dem das Rote Kreuz mich zugeteilt hatte, abends noch aufgehalten wurde, brachte ich ihm bei, Kartoffelpuffer zu machen. Werner Vetter nahm nach meinem Einzug zwei Kilo zu.

Tante Paula Simon-Colani, eine kleine, energische Person, die ich sofort ins Herz schloss, kam oft aus Berlin zu Besuch, um sich von den ständigen Bombardierungen zu erholen. Sie erzählte mir, dass in Werners Familie ein erblicher Putzfimmel grassiere.

«Staub wischen musst du, Liebes», sagte sie. «Staub wischen, als ginge es um dein Leben.»

Ein guter Rat, wie sich zeigte. Eines Abends kam Werner vor mir nach Hause, und nur um dem Familienfimmel Ehre zu machen, fuhr er mit dem Finger über die obere Türkante, um zu sehen, ob dort Staub lag. Er war groß genug, um da einfach hinaufzureichen. Wenn ich hingegen dort Staub wischen wollte, musste ich mich auf einen Stuhl stellen. Aber das hatte ich Gott sei Dank getan, weil Tante Paula mich gewarnt hatte. Da lag also kein Staub.

«Ich finde es ausgesprochen erfreulich, wie du den Haushalt führst», sagte er an diesem Abend zu mir. «Sogar oben auf den Türen ist Staub gewischt. Gut, sehr gut.»

«Ich war ja vorbereitet – Tante Paula hat mich gewarnt und gesagt, dass du kontrollieren würdest.» Lachend setzte ich mich auf seinen Schoß, schob den Finger unter sein Hemd und kitzelte ihn am Bauch. Ich bilde mir ein, dass er ein bisschen verlegen war. Jedenfalls hat er sich in mein Reinemachen nie mehr eingemischt.

Werner hatte ein Problem mit Autorität. Wenn man bedenkt, dass er in der damals autoritärsten Gesellschaft der Welt lebte, war das ein durchaus schwer wiegendes Problem.

Ich glaube, er hat dieses Problem mit Lügen gelöst. Er war ein begnadeter Lügner. Meine Lügen waren klein und glaubhaft. Die seinen waren groß und phantastisch. Als er morgens einmal keine Lust hatte, zur Arbeit zu gehen, erzählte er, das Haus seines Bruders in Berlin sei von den Engländern bombardiert worden, die Kinder säßen obdachlos auf der Straße, und er müsse da einfach hin und helfen. Und bei Arado glaubte man ihm.

Er belog seine Vorgesetzten bei Arado nur zu gern. Das gab ihm ein Gefühl von Freiheit – er konnte sich seinen Vorgesetzten überlegen dünken, weil er etwas wusste, das sie nicht wussten, und weil er einen Tag freimachte, während sie arbeiten mussten.

Jahre später befreundete ich mich mit einer seiner anderen Frauen. Sie sagte, Werner habe ihr erzählt, dass mein Vater Selbstmord begangen hätte, indem er sich mit einer Schreibmaschine um den Hals aus einem Fenster stürzte. Warum musste er so eine Geschichte erfinden? Vielleicht nur, um sie zu unterhalten, vielleicht um sich selbst zu unterhalten, um ein bisschen Nervenkitzel ins Leben zu bringen. Manchmal denke ich, das war es auch, was mich für ihn so interessant machte: der Nervenkitzel der Lüge. Nicht jeder Deutsche hatte im Winter 1942/43 eine gehorsame, fügsame, willige, liebende, kochende, putzende, flickende jüdische Geliebte im Haus.

Werner und ich sprachen nie über Juden, auch nicht über meine Mutter und wie es ihr wohl im Osten erging. Darüber zu reden hätte für mich nur gefährlich werden können, denn entweder hätte er sich dann als Deutscher womöglich schuldig gefühlt, oder er hätte vielleicht Angst bekommen, weil er eine Flüchtige beherbergte und sich dadurch in Gefahr brachte.

Er wusste, dass ich studiert hatte, aber das rieb ich ihm ganz gewiss nicht unter die Nase. Leute, die Grund hatten, sich ihm überlegen zu fühlen, konnte er nicht leiden. Deshalb nahm ich immer nur zu praktischen Dingen Stellung. Zum Beispiel riet ich ihm während seines Scheidungsprozesses, in der Frage des Sorgerechts für Bärbl ein sechswöchiges Besuchsrecht zu beantragen.

«Wenn du sie immer nur kurz siehst, hast du überhaupt keinen Einfluss auf sie», sagte ich. «Wenn sie aber für sechs Wochen am Stück kommt, dann sind das für sie richtige Ferien beim Vater, und sie wird dich kennen und lieben lernen.»

Werner stellte diesen Antrag vor Gericht. Als die Scheidung im Januar 1943 ausgesprochen wurde und er das sechswöchige Besuchsrecht bekam, tanzte er mit mir durch die Wohnung und sang (ganz leise) dazu: «O wie schön, wenn man seine eigene Advokatin im Haus hat!»

Jeden Monat leistete er Ratenzahlungen für das Auto, von dem der kleine Mann träumen sollte – den Volkswagen. Ich traute dieser Sache nicht. In meinen Augen war das wieder nur ein Trick, mit dem der Staat den kleinen Leuten Geld aus der Tasche zog.

«Du bekommst dieses Auto nie», sagte ich beim Hemdenbügeln.

«Ich zahle doch schon seit Monaten dafür ein.»

«Und ich sage dir, mein Lieber, du kriegst es nie.»

Er sah mich eine Weile nachdenklich an. Ein Instinkt muss ihm gesagt haben, dass ich wohl Recht hatte, denn er stellte die Ratenzahlungen bald ein und gehörte damit zu den wenigen Deutschen, die nicht auf diese einzigartige Weise bestohlen wurden.

Werner war sexuell sehr aktiv. Er bestand darauf, dass wir immer gemeinsam zu Bett gingen. Nie blieb er noch auf, wenn ich schon schlafen ging. Nie blieb ich auf, wenn er schon schlafen ging. Eine andere Frau hätte vielleicht – wenn sie vor Stress und Anspannung in der Nacht zuvor nicht hatte schlafen können, wenn sie den ganzen Tag in einem Krankenhaus gearbeitet, die Wohnung geputzt und Abendessen gekocht hatte – gesagt: «Nein, heute nicht, ich bin müde.» Ich sagte das nicht. Ich wusste, dass ich mit einem Tiger lebte, und wollte, dass mein Tiger zufrieden und glücklich war – mit vollem Bauch, gebügelten Hemden und frei von Streitereien.

Ist so etwas überhaupt möglich? Kann eine Frau einen Mann im Bett zufrieden stellen, die sich für eine andere ausgibt, als sie ist; die von all dem, was sie einmal liebte, nichts mehr hat; die in ständiger Angst vor Entdeckung und Tod lebt? Die ehrliche Antwort lautet ja. Von allem, was man im Leben tun kann, ist Sex das Einzige, worüber man alles, was einem nicht mehr möglich ist, vergisst.

Und – das sollte man auch nicht vergessen – Werner war mir lieb geworden und wurde mir täglich lieber.

Elisabeth, seine erste Frau, saß mir wie ein Gespenst im Nacken. Sie wohnte gar nicht mehr in Brandenburg, sondern war mit Bärbl nach Bitterfeld in Mitteldeutschland gezogen – aber manchmal hatte ich das Gefühl, dass sie mit uns am Tisch saß und auf unserem Kissen schlief.

«Sie war hier, als Sie zur Arbeit waren», erzählte mir Frau Ziegler. «Sie hat sich nach Ihnen erkundigt. Wer ist diese Wienerin, was hat sie für eine Vorgeschichte? Ich habe ihr gesagt: ‹Grete ist eine sehr nette Person, Sie sollten sich freuen, dass Bärbl so eine nette Stiefmutter bekommt.›»

Ich sah an dem boshaften Glitzern in ihren Augen, welchen Spaß es Elisabeths früherer Nachbarin gemacht hatte, ihr Unbehagen wegen meiner Person noch zu schüren. Wenn sie geahnt hätte, wie sehr sie mein Unbehagen wegen Elisabeth schürte!

Bei einer anderen Nachbarin erkundigte sich Elisabeth, ob wohl die Chance bestehe, dass Werner sie immer noch liebte und wiederhaben wollte. Was hätte ich dagegen tun können? Ich wollte bei Werner bleiben, aber der Gedanke an Heirat schreckte mich – diese Fragen nach der Herkunft, der Papierkrieg. Andererseits, wenn ich Werner nicht heiratete, musste ich befürchten, dass seine Exfrau ihn mir wieder wegnahm.

Und wenn Elisabeth mir schon als Gespenst im Nacken saß, dann hätten Sie erst Werner erleben sollen. Da saßen wir eines Abends in der Küche, ein Bild des häuslichen Friedens. Ich stopfte die Löcher in Werners Socken, er las in einem Roman, den er sich in der Werksbibliothek von Arado ausgeliehen hatte. Plötzlich fiel das Buch zu Boden. Er richtete sich kerzengerade auf. Und dann sprach er.

«An unseren Geldsorgen bist nur du schuld», sagte er wütend. «Du kannst einfach nicht haushalten. Du kaufst dir Kleider, trägst sie einmal und wirfst sie weg. Und alles nur, weil du faul bist, zu faul zum Wäschewaschen, zum Bügeln, und überhaupt zu faul, dich so zu verhalten, wie es sich für eine Frau gehört.»

Ich wusste nicht, was ich denken sollte. Sagte er das zu mir? Ich war die einzige Anwesende im Zimmer, aber die Person, mit der er da sprach, war alles andere als ich.

«Werner, was ist los?», fragte ich mit verzagtem Stimmchen. Er hörte mich gar nicht. Er begann in der Küche auf und ab zu gehen, rieb sich die Brust, als stünde er kurz vor einem Herzanfall, und fuhr sich mit den Fingern durchs Haar.

«Ich arbeite wie ein Pferd. Ich lüge und erfinde Ausreden bei Arado, damit du bekommst, was du willst. Ich kaufe dir Geschenke, ich kaufe Geschenke für Bärbl, und trotzdem bist du nie zufrieden, trotzdem sagst du dauernd, dass diese Freundin von dir dieses hat und jene Freundin jenes! Du willst immer noch mehr und noch mehr!»

Ich begriff, dass er mit Elisabeth redete, dass sein Geist ihn irgendwie zurückgeführt hatte in ein Gespräch, das er einmal mit ihr geführt hatte, wahrscheinlich sogar in diesem Raum.

«Werner, bitte, du bist von Elisabeth geschieden. Du bist ein wunderbarer Ernährer. Sieh mich doch an. Ich bin Grete. Wir sind miteinander zufrieden und glücklich. Ich stopfe gerade deine Socken. Bitte hör auf, so herumzuschreien.»

Er hieb mit der Faust auf den Küchentisch. Die Messer und Gabeln flogen hoch. Das Geschirr klapperte.

«Ich lasse mir das nicht mehr bieten!», brüllte er. «Ich bin der Herr im Haus und erwarte Gehorsam. Von jetzt an wird hier bis zum Endsieg nichts Neues mehr angeschafft! Du wirst dich mit den Kleidern begnügen müssen, die du hast. Und was wir für Bärbl anschaffen müssen, das kaufe ich selbst!»

Keuchend und erschöpft ließ er sich auf seinen Stuhl plumpsen. Ich wartete, bis er wieder zu sich selbst fand. Es dauerte einige Zeit. Ich dachte: Edith, du lebst mit einem Irren zusammen. Aber andererseits: Wer außer einem Irren würde mit dir zusammenleben wollen?

Werners liebster Besitz war sein Radio – ein schönes Gerät. Er hatte unter den Senderwählknopf ein Stück braunes Papier geklemmt, und solange dieses Stück Papier an seinem Platz war, konnte man nichts anderes hören als den Reichssender.

Das Radio war unsere wichtigste Unterhaltungsquelle, unser Schrecken und unser Trost. Den Wehrmachtsbericht konnten alle hören. Werner und ich hatten ihn schon in München zusammen gehört. Der Reichssender brachte auch das beliebte Wunschkonzert mit romantischen Liedern von Zarah Leander, an Sonntagabenden kurze Konzerte der Berliner Philharmoniker, und Goebbels verlas darin allwöchentlich seinen Leitartikel aus *Das Reich*, dem «Nachrichtenmagazin» der Nazis (wenn man sich so etwas vorstellen kann). Wer es wagte, ausländische Nachrichten zu hören, und dabei erwischt wurde, konnte ins KZ kommen – und Tausenden erging es so.

In den ersten Februartagen 1943 meldete der Rundfunk die Niederlage der deutschen Wehrmacht bei Stalingrad. Selbst diese schreckliche Nachricht wurde auf Befehl des schlauen Dr. Goebbels auf eine theatralische, fast erhabene Weise präsentiert.

Wir hörten dumpfe Trommelwirbel. «Der Kampf um Stalingrad ist zu Ende», sagte der Sprecher. «Ihrem Fahneneid bis zum letzten Atemzug getreu, ist die Sechste Armee unter der vorbildlichen Führung des Generalfeldmarschalls Paulus der Übermacht des Feindes und der Ungunst der Verhältnisse erlegen.» Es folgte der zweite Satz aus Beethovens Fünfter.

Hitler rief vier nationale Trauertage aus, an denen alle Vergnügungsstätten geschlossen bleiben mussten.

Die Rundfunknachrichten waren so vollständig kontrolliert und manipuliert, dass selbst dieses Desaster noch zu dem Versuch genutzt wurde, den Kampfwillen der Deutschen zu erneuern und zu stärken. Am 18. Februar übertrug der Rundfunk Goebbels' Sportpalast-Rede, in der er den «totalen Krieg» propagierte und die Deutschen aufrief, noch größere Opfer zu bringen, noch inbrünstiger an den Endsieg zu glauben, sich mit Leib und Seele dem Führer zu verschreiben und nach dem Motto zu handeln: «Nun, Volk steh auf und Sturm brich los!» Und dann brüllten die Tausende, die im Sportpalast versammelt waren, wie verrückt: «Führer befiehl, wir folgen dir!» Bei solcher Hysterie, solch totaler Kontrolle der Medien war es durchaus möglich, dass die Leute gar kein Gefühl dafür hatten, wie schwer die Niederlage bei Stalingrad gewesen war, und sie nicht mit den Meldungen über Rommels Niederlage bei El Alamein und die Alliiertenlandungen in Nordafrika in Verbindung brachten; dass sie nicht verstanden, dass sich das Kriegsglück gegen Deutschland gewendet hatte und dies der Anfang vom Ende war, sondern immer noch glaubten, Hitler werde bald England und dann die ganze Welt erobern.

Um in Unwissenheit dahinzuleben, brauchte man also lediglich die offiziellen Nachrichten zu hören.

Es war Abend. Werner musste länger arbeiten, und ich war allein. Ich saß vor dem Rundfunkempfänger und blickte auf das braune Stück Papier, das den Senderwählknopf in der politisch korrekten Stellung hielt.

«Könnte ich nicht verrutschen?», fragte mich das Papier.

«Du kannst nicht verrutschen», antwortete ich.

«Ich könnte einfach runterfallen.»

«Nicht von allein. Nicht ohne Hilfe.»

«Du könntest ein bisschen nachhelfen ...»

«Nein! Unmöglich! Wer das tut, kommt nach Dachau oder Buchenwald oder Oranienburg oder Gott weiß wohin. Eine Rotkreuzhelferin, die dir hilft, deinen Platz hinter diesem Knopf zu verlassen, kann in Ravensbrück enden.»

«Bitte sehr, wenn du solche Angst hast», sagte das braune Papier, «dann lass mich, wo ich bin, und lebe weiter im Dunkeln.»

Ich kehrte dem Radio den Rücken und dachte, dass ich schon genauso verrückt war wie mein Mann – mit Gespenstern zu diskutieren! Ich begab mich auf alle viere und begann den Küchenboden zu schrubben. Aber das Papierchen gab keine Ruhe.

«Hallo, du da! Hausfrau! Du weißt, was am anderen Ende der Skala ist? Da ist die BBC.»

«Sei still!»

«Und Radio Moskau.»

«Ruhe!»

«Und die Stimme Amerikas.»

«Halt den Mund!»

«Alle natürlich in deutscher Sprache.»

Der Mann über uns begann, wie fast jeden Abend nach der Arbeit, an einem Bücherregal zu hämmern, das er gerade baute. Seine Frau – wenn ich mich richtig erinnere, hieß sie Karla – sang zu ihrer Bügelarbeit.

«Hast du mal an dieses Goethe-Gedicht gedacht?», fragte das Papier.

Feiger Gedanken bängliches Schwanken,
Weibisches Zagen, ängstliches Klagen
Wendet kein Elend, macht dich nicht frei.
Allen Gewalten zum Trutz sich erhalten,
Nimmer sich beugen, kräftig sich zeigen,
Rufet die Arme der Götter herbei.

So bei meinem eigenen Motto gepackt, riss ich endlich das braune Papier vom Radio und warf es fort. Im Schutz des Lärms in der Wohnung über mir schaltete ich zum ersten Mal BBC ein.

Werner kam müde und hungrig von der Arbeit. Ich setzte ihm sein Abendessen vor. Dann nahm ich ihn fest in die Arme. Und kurz bevor wir schlafen gingen, sagte ich zu ihm: «Horch mal ...» Ganz, ganz leise, gedämpft noch durch Decken und Kissen, schaltete ich BBC ein. Wir erfuhren, dass von den 285 000 deutschen Soldaten bei Stalingrad nur 49 000 aus dem Kessel herausgebracht worden waren. Über 140 000 waren hingemetzelt, 91 000 gefangen genommen worden. Die Gefangenen waren hungernd und frierend, zum Teil mit schweren Erfrierungen, bei bitterer Kälte in Gefangenschaft geführt worden. Wir wussten es damals noch nicht, aber von diesen Männern sollten nur etwa 6000 jemals nach Deutschland zurückkehren.

Werner liefen Tränen übers Gesicht.

Von da an hörte ich drei- bis viermal täglich Auslandssender; Werner auch. Radio Moskau glaubten wir nicht (die Sendungen begannen immer mit den Worten: «Tod den deutschen Okkupanten!»). Die BBC-Nachrichten hielten wir manchmal für übertrieben. Die Stimme Amerikas kam nicht sehr deutlich durch. Den Schweizer Sender Beromünster hielten wir für den objektivsten.

Wir teilten unsere Entdeckung mit Tante Paula, als sie wieder einmal zu Besuch kam. Hinterher schrieb sie uns und bedankte sich dafür, dass wir ihr «die schönen Bilder gezeigt» hätten.

Als ich eines Tages zu Frau Ziegler hinüberging, um ihr Mehl zu bringen, hörte ich aus Karlas Wohnung einen bekannten Laut. Es war nur ein Ton, aber ich erkannte ihn als Teil der Erkennungsmelodie von BBC. Sofort begriff ich, dass unsere lauten Nachbarn uns und alle anderen mit ihrem Hämmern und Singen hinters Licht geführt hatten. Sie hatten die verbotenen Sender gehört, genau wie wir.

Nach außen hin erschien Werner als strammer Parteigänger, der in seinem Glauben an Hitler nicht zu erschüttern war. Ich weiß das deshalb, weil ich Leute traf, die bei Arado arbeiteten und mit mir sprachen, als erwarteten sie, dass ich die Ansichten teilte, die sie bei Werner vermuteten.

«Ich bin ganz Werners Meinung, Fräulein Denner», sagte einer unserer Nachbarn. «Churchill ist ein Trunkenbold und ein Snob aus der englischen Oberschicht, er hat keinerlei Rückhalt im Volk. Die Leute lieben ihn nicht so, wie wir unseren Führer lieben. Sie werden ihm früher oder später davonlaufen, und dann ist England unser.»

«Wie Werner immer sagt, der Führer weiß alles am besten», sagte ein anderer – so viel also über einen Mann, der mit einer untergetauchten Jüdin zusammenlebte und allabendlich Auslandsnachrichten hörte.

Die Arbeit im Städtischen Krankenhaus löste ein Problem für mich: Ich musste nicht mehr jeden Monat hingehen und meine Bescheinigung für den Bezug von Lebensmittelkarten abstempeln lassen.

Normale Reichsbürger wie Werner bekamen ihre Lebensmittelkarten nämlich zugestellt, ich dagegen nicht. Ich musste persönlich beim Lebensmittelkartenamt erscheinen – ein schwerer Gang jedes Mal, denn ich hatte keine gültige Karteikarte und auch sonst kein Papier, aus dem hervorging, wer ich war und wo ich wohnte. Die Karteikarte, die einen Menschen berechtigte, all die anderen Karten zu erhalten, die man zum Bezug von Lebensmitteln oder Kleidern brauchte, lag in Wien und gehörte Christl Denner.

Wenn man seine Adresse wechselte, wanderte die Karte in eine Übergangskartei. Wenn man an der neuen Adresse angekommen war, kam die Karte nach. Meine letzte Anmeldung war im Arbeitslager erfolgt. Als ich nach Wien zurückgekehrt war, hätte ich mich dort melden müssen, aber das hatte ich natürlich nicht getan. So hatte ich furchtbare Angst davor, irgendeine Transaktion vorzunehmen, die es notwendig machte, dass die Deutschen nach meiner Karteikarte suchten und am Ende sagten: «Nanu, Fräulein Denner, wo ist denn Ihre Karte? Und wer ist dieses andere Fräulein Christina Maria Margarethe Denner in Wien?»

So etwas musste ich um jeden Preis vermeiden – es wäre für Christl wie für mich die Katastrophe schlechthin gewesen. Ich zehrte also weiter von den Lebensmittelkarten, die ich bekam, wenn ich Christls Urlaubsbescheinigung vorlegte. Diese Bescheinigung hatte sechs Monate Gültigkeit, war schon fast voll gestempelt, und meine größte Angst war, dass man mir sagte, ich könne sie nicht länger benutzen, sondern müsse mich jetzt da, wo ich den Urlaub verbrächte, endgültig anmelden. Schon Tage bevor ich zum Lebensmittelkartenamt musste, konnte ich nachts nicht schlafen vor Sorge, und wieder und wieder sagte ich mir mein Lügenmärchen vor. Wenn ich dann dort war und auf den Stempel wartete, zitterte ich und betete: «Bitte noch einmal, lieber Gott. Bitte lass sie die überfüllte Bescheinigung noch einmal übersehen.» Werner habe ich nie etwas von dieser Angst gesagt, denn sonst hätte auch er womöglich Angst bekommen.

Man stelle sich also meine Erleichterung vor, als ich beim Roten Kreuz in die Gemeinschaftsverpflegung aufgenommen wurde. Ich brauchte den schrecklichen Gang zum Lebensmittelkartenamt nicht mehr zu machen, weil ich keinen Stempel mehr brauchte.

Meine Schicht dauerte zwölf Stunden, und ich bekam monatlich 30 Reichsmark. Das war eher ein Taschengeld als ein Gehalt, aber verglichen mit den Hungerlöhnen im Arbeitslager war es natürlich eine Riesensumme. Die Krankenpflegerinnen nahmen das Mittagessen immer gemeinsam an einem langen Tisch ein. Die Oberschwester saß an der Stirnseite, die anderen in der Reihenfolge ihrer Stellung an den Seiten. Mein Platz war ganz am unteren Ende. Anfangs sprach die Oberschwester vor dem Essen noch ein Gebet, aber ab Frühjahr 1943 waren Gebete geächtet.

Zu meiner Tracht gehörte eine Anstecknadel mit dem Roten Kreuz, in dessen Mitte sich ein Hakenkreuz befand. Ich sollte sie immer über dem Herzen tragen, aber das brachte ich nicht über mich und tat es einfach nicht. Immer wieder wurde ich dafür von einer der höheren Schwestern gerüffelt.

Dann setzte ich ein dummes Gesicht auf und blickte ganz zerknirscht drein, brummelte etwas von vergessen und hoffte, sie würden nach einer Weile denken, ich sei eben dumm und hätte mein Abzeichen verloren. Überhaupt war das meine Reaktion auf vieles «Arische»: mich dumm zu stellen und zu hoffen, dass man mich in Ruhe ließ.

Während ich zum Beispiel in der Abteilung für die ausländischen Patienten arbeitete, versuchte ich mit den Franzosen immer französisch zu sprechen.

Eine meiner Kolleginnen meinte lachend: «Sag ihnen doch mal, dass alle Franzosen Schweine sind.»

«O, es tut mir Leid», erklärte ich, «aber ich weiß nicht, was ‹Schwein› auf Französisch heißt.»

Und dann war da noch die Sache mit der Parteimitgliedschaft.

«Fräulein Denner, es ist Ihnen schon mehr als einmal gesagt worden, dass wir von den Helferinnen den Beitritt zur NS-Frauenschaft erwarten.»

«Jawohl, Frau Oberschwester.»

«Morgen Nachmittag gehen Sie hin und melden sich an.»

«Jawohl, Frau Oberschwester.»

«Das wäre alles.»

Ich salutierte. Wir sollten vor unseren Vorgesetzten immer salutieren, beim Kommen wie beim Gehen, als wäre das Rote Kreuz die Wehrmacht.

«Äh, wo ist das noch mal?»

Meine Vorgesetzte gab einen gequälten Seufzer von sich und nannte mir zum wiederholten Mal die Adresse. Und wieder «vergaß» ich hinzugehen.

Eines Tages, als ich auf der Station am Fenster stand und in den Park hinaussah, sprangen plötzlich zwei grauhaarige, zerlumpte Männer aus dem Gebüsch und rannten zur Hintertür. Sie verschwanden kurz, und als sie wieder auftauchten, versuchten sie Brote und Käsestücke unter ihren Hemden zu verbergen. Die Schwester aus Hamburg, die einmal für einen sterbenden russischen Patienten eine Zwiebel besorgt hatte, kam herein, um Verbände zu wechseln. Ich sagte nichts. Sie sagte nichts. Ich wusste, dass sie diesen Männern zu essen gab. Sie wusste, dass ich es wusste. Keine von uns beiden verlor ein Wort darüber. Als im Juli 1943 bei den Luftangriffen auf Hamburg das Haus ihrer Eltern bombardiert wurde, musste sie fort. Ich bedauerte ihren Weggang, und das mit Recht, denn an ihre Stelle kam eine andere Schwester, die mich sogleich als dumme junge Pute denunzierte, die zu den Ausländern viel zu freundlich sei, und meine Versetzung in eine andere Abteilung verlangte.

So kam ich schließlich auf die Entbindungsstation – wunderbar für mich, so weit wie möglich weg vom Krieg und seinen Verlusten.

Damals war es üblich, dass eine Frau nach der Entbindung neun Tage im Krankenhaus blieb. Die Neugeborenen lagen in einem gesonderten Zimmer und wurden den Müttern zum Stillen gebracht. Die meisten der Wöchnerinnen waren Bauersfrauen mit großen Familien. Die größeren Kinder kamen zu Besuch und brachten dem Geschwisterchen Puppen und Holzpferdchen mit, als könnte es schon laufen und wäre ihr Spielkamerad. Es war schon ein wunderlicher Anblick, wenn diese einfachen, robusten Menschen ihre Kleinen in die feinen seidenen Babysachen hüllten, die ihnen die Eroberer von Paris nach Hause geschickt hatten.

Wir hatten keinen Brutkasten, und wenn ein Kind zu früh auf die Welt kam, mussten wir es mit einer Pipette füttern. Ich trug die Kinder herum, wechselte ihre Windeln und half ihnen an die Mutterbrust. Wenn die Mutter keine Milch hatte, bereitete ich Fläschchen zu. Öfter als einmal baten mich Eltern, mit in die Kirche zu kommen und Taufpatin zu werden. Ich sagte immer zu, erfand dann aber im letzten Moment eine Ausrede. Wäre ich in die Kirche gegangen, hätten alle mit einem Blick gesehen, dass ich noch nie im Leben einem christlichen Gottesdienst beigewohnt hatte.

Ich liebte diese Arbeit. Ich hatte das Gefühl, dass meine Mutter mit mir durch die Entbindungsstation ging und meine Hand ruhig hielt. Ich sprach leise zu den Kindern, mit *Mamas* leiser Stimme. In einer Zeit, da jeder Schritt im Treppenhaus, jedes Klopfen an der Tür für Angst und Schrecken sorgte, verhalf das meiner Seele zu ein wenig Frieden.

Es gab natürlich auch Krisenmomente. Eine Frau erlitt nach der Entbindung eine Thrombose und musste ein Bein amputiert bekommen. Eine andere Frau kam grün und blau geschlagen im Krankenhaus an. Ihr Säugling blieb keine zehn Minuten am Leben. Sie hatte schon drei kleine Kinder, alle kaum zwei Jahre auseinander. Sie warteten draußen, wo ihr Vater sie einfach abgeladen hatte. Als es ihr wieder besser ging, sprach sie mit mir über seine Brutalität, seine Tobsuchtsanfälle. Am Ende wollte sie nicht mit ihm nach Hause. In ihren blutunterlaufenen Augen stand der reine Terror. Aber wir hatten keine Möglichkeit, sie dazubehalten.

Am meisten beeindruckte mich, dass Frauen, die gegen die

Geburtsschmerzen anästhesiert wurden, in der Narkose zu schwatzen anfingen und dabei allerlei preisgaben, das sie in arge Schwierigkeiten bringen konnte.

So gab eine Frau praktisch zu, dass ihr Kind nicht von ihrem Mann war, sondern von einem polnischen Zwangsarbeiter. «Jan!», rief sie immer wieder, «Jan, mein Liebster!»

Ich hielt ihr den Mund zu und flüsterte ihr ins Ohr: «Still doch!»

Eine Bauersfrau, die soeben Zwillinge zur Welt gebracht hatte, gestand, dass sie und ihr Mann Käse gehortet und Schweine schwarz geschlachtet hatten. Eine andere platzte damit heraus, dass sie die Stimme ihres ältesten Sohnes in Radio Moskau gehört hatte; dort wurden seit neuestem persönliche Botschaften von gefangenen deutschen Soldaten ausgestrahlt. Das war bei weitem das schwerste politische Verbrechen, zu dem sich jemand bekennen konnte. Ich konnte mir vorstellen, wie sehr sie sich freute, dass ihr Sohn das Gemetzel in Russland überlebt hatte. Welches Glück für sie, dass ich die Einzige war, die ihr Geständnis hörte.

Im Mai 1943 fiel einem der Ärzte im Krankenhaus auf, wie mager und erschöpft ich war, weshalb er mich zu einer Untersuchung bestellte. Er konstatierte Unterernährung und riet zu ein paar Tagen Bettruhe und kräftigem Essen.

Werner und ich nutzten den unverhofften Urlaub zu einer Reise nach Wien; ich hatte ihm von Frau Doktor, Jultschi, Christl und Pepi erzählt, und er wollte sie unbedingt alle kennen lernen. Als ich ihn vorstellte, tat ich dies mit einer Mischung aus Stolz – *seht her, ich habe einen Freund gefunden, einen Beschützer; er sagt, er liebt mich* – und Verzagtheit – *aber er ist recht exzentrisch; er hat gefährliche Launen; andererseits könnte er vielleicht in irgendeiner Weise behilflich sein.*

Werner wohnte im Hotel Wandl am Petersplatz. Ich selbst wagte es nicht, mich in einem Hotel anzumelden, und wohnte deshalb bei meiner Kusine. Ich führte Werner in den Wienerwald, um ihm den herrlichen Panoramablick über die Donaulandschaft zu zeigen. Ich stieg mit ihm in den Bergen über der Stadt herum.

Hier war ich als Mädchen oft, sagte ich nicht. *Auf diesen Pfaden habe ich* La Bandiera Rossa *gesungen, damals, als man noch in Freiheit sozialistische Lieder singen konnte.*

Plötzlich brach über uns ein Gewitter los, mit Blitz und Donner. Ich hatte Angst, Werner aber hatte Spaß an Gewittern. Wir fanden eine Schutzhütte, und er hielt mich in den Armen und beruhigte mich, während draußen der Sturm heulte. Als wir am nächsten Tag nach Wien zurückkehrten, war Christl auf dem Sprung, die Stadt zu verlassen, Jultschi befand sich in heller Aufregung und Frau Doktor lief in ihrem Büro auf und ab wie eine Löwin, die Stirn voller Sorgenfalten. Sie hatten alle geglaubt, wir wären geschnappt worden. Sie dachten, wir befänden uns in den Händen der Gestapo.

Bevor wir wegfuhren, zeigte Christl uns einen großen Ballen Seide, den sie gekauft hatte. Sie kam nur noch schwer an Waren für ihren Laden heran und hatte vor, die Seide in Quadrate zu schneiden und Souvenirtücher daraus zu machen. Aber was sollte sie darauf drucken?

Werner lächelte. Er hatte eine Idee. «Ich drucke auf jedes Tuch ein Wiener Motiv», sagte er. «Hier den Stephansdom, dort die Oper. Das hier in Blau, das da in Gold.»

«Und woher willst du die Farben nehmen?», fragte Christl.

«Das überlass nur mir», antwortete er.

Ich konnte mir denken, dass aus dem Lager bei Arado bald wieder ein paar Farbtöpfe verschwinden würden.

Nur ungern verließ ich meine Freunde wieder, aber ich wusste, dass ich eine bestimmte Grenze überschritten hatte. In ihren wie in meinen Augen war ich Werners Frau. Sie machten sich ein Bild von seiner Stärke und sagten sich: «Edith ist bei diesem Mann in Sicherheit» – genau wie ich mir sagte: «Hansi ist bei den Briten in Sicherheit.» Ich war für sie nicht mehr das verzweifelte Opfer, ausgehungert und obdachlos. Dank meines Beschützers – seines Einfallsreichtums, seiner handwerklichen Geschicklichkeit und seines Zugangs zu Materialien – war ich jetzt sogar in der Lage, ihnen zu helfen.

Ich hatte eine neue Ebene des Wohlergehens erklommen. Aber nicht einen Augenblick durfte ich in meiner Wachsamkeit nachlassen. Der Preis, den ich für meinen Aufstieg zahlte, bestand darin, mich so tief in meine Verkleidung zurückzuziehen, dass ich Gefahr lief, mich selbst aus dem Blick zu verlieren. Je mehr ich mich von Wien löste, desto mehr verlor ich meine Beziehung zu allem, was ich einstmals als «real» betrachtet hatte. Ich fürchtete, demnächst in den Spiegel zu schauen und darin eine Frau zu sehen, die ich selbst nicht erkannte. «Wer weiß denn noch, wer ich bin?», fragte ich mich. «Wer kennt mich noch?»

Auf der Entbindungsstation bewegte ich mich zwischen all den winzigen Kinderchen, badete und fütterte sie, hätschelte sie, beruhigte sie, wenn sie schrien. Und ich sah die Freude der Mütter, wenn wir sie ihnen zum Stillen brachten.

Ich dachte: «Jetzt bin ich schon fast dreißig. Nicht mehr so jung. Das hässliche Gefühl, wenn man keine Periode mehr hat und die Hoffnung aufgeben muss, jemals ein Kind zu bekommen, kenne ich aus erster Hand. Jetzt bin ich wieder fruchtbar, aber vielleicht nicht für lange. Vielleicht werden sie mich schnappen und erneut aushungern. Wer weiß? Wer weiß, wie lange dieser Krieg noch dauert und was die Zukunft bringt? Vielleicht ist das jetzt meine einzige Chance. Ich habe einen starken, virilen Liebhaber, der bereit und in der Lage ist, die tollsten Lügen aufzutischen, der keine Angst hat. Vielleicht kann er mir ein Kind machen. Wenn ich ein Kind habe, bin ich nicht mehr allein. Dann habe ich ein Wesen, das mein ist.»

Ich sprach Werner darauf an. Er wollte kein Kind, nicht mit

mir. Er hatte so viel von der Rassenpropaganda der Nazis aufgesogen, dass er glaubte, bei einem gemeinsamen Kind von uns werde sich irgendwie das jüdische Blut durchsetzen. Das wollte er nicht. Ich musste mir etwas einfallen lassen, wie ich sein Widerstreben überwinden konnte.

Abends wartete ich darauf, dass Werner nach Hause kam. Ich stand am Herd und lauschte nach seinen Schritten im Treppenhaus. Ich wusste, dass er oft durchs Schlüsselloch spähte, nur aus Freude daran, mich am Herd stehen und für ihn kochen zu sehen. Frau Doktors Worte fielen mir wieder ein: «Sie wollen alle nur eine Frau, die in einer hübschen Wohnung auf sie wartet, mit einem guten Essen und einem warmen Bett.» Ich fühlte regelrecht, wie er mich beobachtete. Meine Kopfhaut kribbelte. Er kam zur Tür herein. Ich tat, als wäre ich so ins Kochen vertieft, dass ich sein Kommen gar nicht bemerkte, und er packte mich von hinten, hob mich hoch und trug mich, den Kochlöffel noch in der Hand, vom Herd fort.

Nach dem Essen schlug ich ihm eine Partie Schach vor. Ich spielte schlecht, und er gewann immer. Und wie es beim Schach so ist, wusste er auch immer schon im Voraus, dass er gewinnen würde, sah, wenn ich einen falschen Zug machte – ich dagegen tat so, als sähe ich es nicht. Es machte mir Spaß zu sehen, wie sich sein Körper entspannte und sein Gesicht sich aufhellte, sobald er sah, dass er gewinnen würde. Ich fand es einfach hinreißend, wie durchsichtig seine Freude war. Schach verfehlte nie seine Wirkung – es war das vollkommene Vorspiel.

Ich grübelte über jeden Zug. Ich hielt meinen Turm zwischen Daumen und Zeigefinger. Meine Dame war völlig ungeschützt. Ich rollte bedächtig meinen König zwischen beiden Handflächen und stellte ihn genau aufs falsche Feld – eine leichte Beute für Werner.

Ich sah ihn an und zuckte hilflos lächelnd die Achseln. «Hm. Sieht so aus, als hättest du mal wieder auf ganzer Linie gesiegt», sagte ich. «Herzlichen Glückwunsch.» Dazu beugte ich mich über den Tisch und küsste ihn.

Werner umfing mich, hob mich hoch und trug mich ins Bett. Hastig griff er in die Schublade mit den Kondomen.

«Nein», flüsterte ich. «Heute nicht.»

«Ich will nicht, dass du schwanger wirst», sagte er.

«Es soll mir egal sein, ob ich schwanger werde», flüsterte ich. «Ich will schwanger werden.»

«Nein», sagte er.

«Bitte.»

«Nein.»

«Liebster ...»

«Hör auf, Grete ...»

«Still ...»

Es war das erste Mal, dass ich es gewagt hatte, Werner Vetter zu widersprechen. Aber es zahlte sich aus. Im September 1943 wusste ich, dass ich ein Kind bekommen würde.

10

Ein achtbarer arischer Haushalt

Ich wollte zwar ein Kind haben, aber nicht unbedingt auch heiraten. Die bloße Vorstellung, dass wieder so ein Nazi-Bürokrat meine falschen Papiere unter die Lupe nehmen sollte, damit ich heiraten konnte, machte mich krank vor Angst. Und was hatte der Ruch der Unehelichkeit in meiner Situation schon zu bedeuten? Bis der neunte Monat vorbei war, dachte ich, würden die Nazis den Krieg verloren haben; dann würde ich mein uneheliches Kind nehmen und vielleicht seinen Vater heiraten, und wenn wir das nicht wollten, dann vielleicht einen anderen.

Aber Werner war ein echter Volksgenosse. Er hatte einen Ruf zu wahren und wollte um keinen Preis Vater eines unehelichen Kindes sein. «Außerdem hat Tante Paula gesagt, wenn ich nicht lieb zu dir bin, redet sie nie mehr ein Wort mit mir», scherzte er. «Also muss ich dich zu einer ehrbaren Frau machen.»

Es war nicht gegen ihn anzukommen. Wir mussten heiraten.

Ich ging die Hauptstraße von Brandenburg hinunter, nickte Bekannten zu und bekam von dem strahlenden Wetter nichts mit. In einem tristen Büro sah ich mich einem Mann gegenüber, der mir vorkam wie der Türwächter der Hölle – ein humorloser, graugesichtiger Standesbeamter. Er saß wie eine Spinne zwischen seinen Urkunden, Listen, Karteikästen und potenziell tödlichen Akten und wartete darauf – ich möchte behaupten: hoffte –, dass irgendein Staatsfeind wie ich sich in sein Netz verirrte. Neben ihm stand eine steinerne Hitler-Büste. Hinter ihm hing eine Hakenkreuzfahne.

«Die Eltern Ihres Vaters sind Arier, wie ich sehe. Und vom Vater Ihrer Mutter liegen, wie ich sehe, eine Geburtsurkunde und ein Taufschein vor. Also ...» (Er blätterte in den Papieren.) «... und was ist mit Ihrer Großmutter mütterlicherseits?»

«Meine Mutter stammte aus Weißrussland», erklärte ich bereitwillig. «Mein Vater hat sie nach dem Ersten Weltkrieg von dort mitgebracht. Er war bei den Kaiserlichen Pionieren.»

«Ja – ja, das sehe ich alles. Aber ...» (Er blätterte wieder.) «... was ist denn nun mit der Mutter Ihrer Mutter? Wo ist ihr Abstammungsnachweis?»

«Es war uns wegen der Kämpfe und der gestörten Postverbindungen noch nicht möglich, beglaubigte Abschriften beizubringen.»

«Das heißt also, dass wir nicht wissen, wer sie wirklich war.»

«Sie war meine Großmutter.»

«Sie könnte aber Jüdin gewesen sein. Und das hieße, dass Sie selbst Jüdin wären.»

Ich schnappte in gespieltem Entsetzen nach Luft und sah ihn aus zusammengekniffenen Augen an, als glaubte ich, er sei verrückt geworden. Er schnippte mit dem Fingernagel gegen seine Zähne und sah mich durch seine dicke Brille, die ganz verstaubt war, ruhig an. Seine Augen waren winzig. Mein Herz wummerte wie eine Kesselpauke. Ich hielt die Luft an.

«Hm.» (Er sah mich an.) «Hm ... also, man sieht Ihnen ja

mit einem Blick an, dass Sie nichts anderes sein können als eine reinblütige Arierin», sagte er.

Unvermittelt knallte er mit lautem Ächzen seinen Stempel auf das Formular. «Deutschblütig», stand endlich in meinen Papieren. Er erteilte mir die Heiratserlaubnis, und ich konnte wieder atmen.

Es war derselbe Mann, der Werner und mich am 16. Oktober 1943 traute, im selben Zimmer, mit derselben Hitler-Büste, derselben Fahne. Man stelle sich das romantische Ereignis vor – unter dem Vorsitz dieses Standesbeamten! Ich glaube, die ganze Zeremonie dauerte drei Minuten.

Hilde Schlegel, die selbst im sechsten Monat schwanger war, und ihr Mann Heinz, der Heimaturlaub bekommen hatte, waren die Trauzeugen. Ich trug ein Kleid, das meine Mutter einmal für mich genäht hatte, damit sozusagen ihr Geist zugegen war und in dieser potenziell tödlichen Scharade seine schützende Hand über mich halten konnte. Aber ich war mit den Nerven am Ende. Meine größte Angst war, dass ich vergessen könnte, mit allen meinen Namen zu unterschreiben – Christina Maria Margarethe Denner – und dass die Feder einfach von selbst schrieb: «Edith Hahn. Ich bin Edith Hahn, ihr Schweine, ich hasse euch alle miteinander und bete darum, dass eine amerikanische Bombe genau auf dieses Standesamt fällt und eure Statue und die Fahnen und alle eure gemeinen faschistischen Akten in Staub und Asche legt.»

Eigentlich hätten wir *Mein Kampf* bekommen sollen – Hitlers Geschenk an alle frisch Vermählten –, aber zufällig waren in dieser Woche in Brandenburg die Vorräte ausgegangen.

Wir hatten aus Anlass der Hochzeit Anspruch auf Zusatzrationen: Pro Hochzeitsgast 150 Gramm Fleisch, 50 Gramm echte Butter, 40 Gramm Öl, 200 Gramm Brot, 50 Gramm Haferflocken, 100 Gramm Zucker, 25 Gramm Ersatzkaffee und ein Ei. Ich hatte mich nicht getraut, diese Schätze abzuholen. «Ich bin doch schwanger», hatte ich mich bei Hilde beklagt. «Wenn es nach Werner geht, soll ich die Wohnung so sauber halten, dass man vom Fußboden essen kann. Woher soll ich die Zeit nehmen, auch noch zum Lebensmittelkartenamt zu gehen und mir die Extramarken zu holen?» Dankenswerterweise hatte sich Hilde erboten, sie für mich abzuholen.

Heinz Schlegel schlug vor, wir sollten zum Feiern in ein Restaurant gehen und die Extramarken dort verbrauchen. Es wurde besonders nett, weil mein berühmter Patient, der so weit genesen war, dass er nach Berlin hatte zurückkehren können, seine Söhne beauftragt hatte, mir zur Hochzeit ein paar Flaschen Moselwein zu schicken – für Reichsbürger während des Krieges eine seltene Kostbarkeit.

Sie werden fragen, wie ich es aushielt, dauernd unter Leuten zu sein, die das Hitler-Regime unterstützten. Ich sage es Ihnen: Da ich keine Wahl hatte, wagte ich gar nicht mehr, darüber nachzudenken. Zur damaligen Zeit in Deutschland zu leben und sich als Arierin auszugeben bedeutete automatisch, sich mit Nazis gemein zu machen. Für mich waren sie alle Nazis, ob sie in der Partei waren oder nicht. Unterscheidungen zu treffen – zu sagen, Hilde sei eine «gute», der Standesbeamte ein «böser» Nazi – wäre dumm und gefährlich gewesen, denn die Guten konnten einen ebenso leicht und willkürlich ans Messer liefern, wie die Bösen einen retten konnten.

Mein frisch gebackener Ehemann war der komplizierteste von allen. Ein Opportunist den einen Moment, im nächsten ein überzeugter Anhänger. Als ich am Abend nach unserer Hochzeit Geschirr abwusch, kam Werner von hinten und legte die Hände auf meinen kleinen Bauch. «Das wird ein Junge», sagte er mit absoluter Zuversicht. «Wir werden ihn Klaus nennen.» Er schloss mich in die Arme. Er hatte oft gesagt, dass nach seiner Überzeugung die jüdische Rasse die stärkere sei und das jüdische Blut sich immer durchsetzen werde. So hatte er es von den Nazis gelernt, und er glaubte immer noch daran. Sich selbst bezeichnete er immer nur als «das auslösende Moment» meiner Schwangerschaft. Aber das schien ihn so lange nicht zu stören, wie er bekam, was er sich am innigsten wünschte – einen Sohn.

Warum mein Mann nicht das deutsche Blut für stärker hielt und glaubte, das Kind werde dank der Beteiligung seines Vaters bestimmt arisch sein, werde ich nie begreifen. Aber wenn eine Idee von vornherein idiotisch ist, kann ihre praktische Anwendung nie Hand und Fuß haben.

Der Arzt untersuchte mich und schüttelte den Kopf. Er hatte etwas festgestellt, das ich selbst schon völlig vergessen hatte. Ich hatte als Kind einmal Diphtherie gehabt, und davon war ein Herzgeräusch zurückgeblieben. Der Wiener Arzt hatte mir damals gesagt, ich müsse mich bei Schwangerschaften vorsehen. Aber die Wirren der nachfolgenden Jahre hatten solche Überlegungen bedeutungslos gemacht.

«Sie sind ein großes Risiko eingegangen, Frau Vetter», sagte der deutsche Arzt. «Sie haben ein schwaches Herz. Das Geräusch ist sehr stark. Sie hätten gar nicht schwanger werden dürfen. Aber da Sie es nun einmal sind, verschreibe ich Ihnen Digitalis und empfehle Ihnen, die Arbeit aufzugeben und zu Hause zu bleiben, bis das Kind da ist.»

Eine erfreuliche Mitteilung? Nicht unbedingt, denn nun hatte ich wieder das Problem mit den Lebensmittelkarten. Im Krankenhaus war ich als Angehörige des Roten Kreuzes in der Gemeinschaftsverpflegung gewesen. Nun, da ich ein halbes Jahr zu Hause bleiben musste, stellte sich die Essensfrage aufs Neue. Ich brauchte Lebensmittelkarten, aber dazu hätte es eine Karteikarte für mich geben müssen, wie sie das Reichswirtschaftsamt für jeden Bürger ausstellte. Wie sollte ich an solch eine Karte herankommen, ohne die Aufmerksamkeit der Gestapo auf mich zu ziehen?

«Bitte, lieber Gott», betete ich, «hilf mir da durch. Ich werde bald ein Kind zu beschützen haben. Hilf uns, diese Prüfung zu bestehen.»

Zum ersten Mal entschied ich mich gegen meine selbst auferlegte Unscheinbarkeit und machte mich für den Gang aufs Amt so schön wie möglich. Diesmal geriet ich an eine Frau – korpulent, adrett und parfümiert. Sie hatte eine Zimmerpflanze auf ihrem tadellos aufgeräumten Schreibtisch stehen. Ich gab ihr die Bescheinigung vom Roten Kreuz, dass ich beurlaubt sei und nicht mehr an der Gemeinschaftsverpflegung im Krankenhaus teilnehme, weshalb ich jetzt eigene Lebensmittelkarten benötige.

Sie machte sich auf die Suche nach meiner Karteikarte. Natürlich fand sie keine. Viermal suchte sie nach. Ich starrte auf ihre Finger, während sie in den kleinen Kärtchen blätterte, auf denen sämtliche Bürger des Reichs ordentlich registriert waren.

Sie sah mich an.

«Ihre Karte ist nicht da.»

Ich lächelte. «Irgendwo muss sie ja sein.»

Sie suchte nach einer Andeutung von Tadel in meiner Miene oder meiner Stimme, aber ich passte auf, dass da nichts dergleichen zu entdecken war. Sie sollte kein schlechtes Gewissen bekommen. Sie sollte sich ganz sicher fühlen.

Plötzlich grinste sie mich an und schlug sich mit der Hand an die Stirn, um zu zeigen, dass sie soeben einen tollen Einfall gehabt hatte. Mit neuem Elan suchte sie nun in mehreren Kästen die Karten der Leute durch, die von anderswo zugezogen und deren Karten noch nicht in die Hauptkartei einsortiert worden waren. Da musste meine Karte doch zu finden sein. Sie suchte. Sie suchte noch einmal. Und noch einmal.

«Sie ist nicht da.»

Ein dünner Schweißfilm glänzte an ihren Schläfen und auf ihrer Oberlippe. Sie war in Heidenängsten. Ich konzentrierte mich mit aller Macht darauf, sie nicht merken zu lassen, dass auch ich Todesängste ausstand.

«Vielleicht finden Sie ja die Karte meines Mannes», sagte ich.

Sie fand Werners Karte auf Anhieb. Ich sah es hinter ihrer Stirn arbeiten. Wie konnte eine Rotkreuzhelferin, eine Angestellte des Städtischen Krankenhauses, die schwangere Frau eines Werkstattleiters bei Arado, der außerdem langjähriges Mitglied der Nationalsozialistischen Partei war, keine Karteikarte haben? Unmöglich!

«Da muss irgendein Fehler passiert sein . . .», murmelte sie.

Ich sagte nichts.

«Ich weiß, was da zu tun ist.»

Ich wartete.

«Da Ihre Karte offensichtlich irgendwie verlegt worden ist, stelle ich Ihnen einfach eine neue aus.» Gesagt, getan. Die Karte wurde einsortiert: Christina Maria Margarethe Vetter.

Ich bemühte mich nach Kräften, meine Freude nicht zu zeigen, aber ich sage Ihnen, ich hätte diese freundliche, dicke, verunsicherte Frau umarmen und küssen und auf ihrem aufgeräumten Schreibtisch Freudentänze aufführen mögen. Endlich hatte ich eine eigene Karteikarte und konnte ganz normal und ohne Umstände Lebensmittelkarten beziehen. Einer meiner wundesten Punkte, der jederzeit zu meiner Entdeckung durch die Gestapo hätte führen können, war damit endlich beseitigt.

Nun war die Bekleidung noch ein Problem. Herr Plattner, der Sippenforscher aus Wien, hatte mir eingeschärft, dass ich nie eine Bekleidungskarte beantragen dürfe. Wenn also meine Schuhe repariert werden mussten, machte Werner das. Wenn ich ein Kleid brauchte, nähte ich mir aus den Lumpen anderer Leute eines zusammen. Da ich ein Kind im Leib trug, schickte Frau Doktor mir einen Kleiderstoff, aus dem ich mir einen Kittel nähte, der lose über meine anderen Sachen fiel, wenn sie zu eng wurden. Schließlich gab ich es auf und trug einfach Werners alte Hemden. Aber das Kind – was sollte ich dem Kind anziehen? Ich hatte doch keinen Soldaten in Paris, der mich mit seidener Kinderkleidung versorgte. Christl schickte mir ein Bettjäckchen, das ich auftrennen sollte, um aus der Wolle einen kleinen Pullover zu stricken.

Und dann bekam Werner aus heiterem Himmel einen Brief von Tante Paula.

«Was bist Du für ein Bruder?», schrieb sie. «Dein armer Bruder Robert ist an der Front, seine Frau und die drei Kinder hat man nach Ostpreußen evakuiert, und die Wohnung ist durch die vielen Bombardierungen so in Mitleidenschaft gezogen, dass die Türen nicht mehr auf und zu gehen und die Fenster sich nicht schließen lassen. Jeder Dieb, Stadtstreicher oder Deserteur kann einfach hineingehen und es sich darin gemütlich machen. Pack sofort Dein Werkzeug und Deine geschickten Hände ein und fahr hin, um das in Ordnung zu bringen!»

Natürlich konnte mein großer, starker Mann sich diesem Befehl seiner zierlichen Tante nicht widersetzen. Er tischte bei Arado irgendein Lügenmärchen auf und eilte nach Berlin.

Die Wohnung seines Bruders war nahezu leer. Gertrude hatte fast alles mitgenommen. Nur wenige Sachen waren noch da, darunter aber ein zusammenlegbares Kinderbett und *vierzig* Babyjäckchen und Windeln! Werner schrieb an Robert, ob wir die Sachen benutzen dürften, und da Roberts Kinder längst herausgewachsen waren, erlaubte er es uns gern. Werner nagelte die Fenster mit Brettern zu, reparierte die Türen und verschloss die Wohnung. Trotz der vielen Bomben, die auf Berlin fielen, blieb diese Wohnung bis zum Ende verschont.

In kaum mehr als einem Jahr war ich von der niedrigsten Kreatur im Dritten Reich – einer gesuchten jüdischen Sklavin, die sich vor dem Transport nach Polen gedrückt hatte – zu einer der angesehensten Volksgenossinnen geworden, einer gebärenden arischen Hausfrau. Die Leute behandelten mich zuvorkommend und respektvoll. Wenn sie gewusst hätten, wer ich war! Wenn sie gewusst hätten, wessen neues Leben ich in mir trug!

Es war so irre, dass ich kurz vor dem Überschnappen war.

Ich blickte hinauf zu den amerikanischen Bombern, die auf dem Weg zum nahen Berlin täglich über uns hinwegflogen. Ich sah sie am Himmel wie auf einer riesigen Filmleinwand, über die ein phantastisches Drama flimmerte – Formationen von Flugzeugen, die wie große Gänse vor den Wolken dahinzogen, während um sie herum schwarze Rauchwölkchen von den Flak-Granaten explodierten. Ich sandte meinen Rettern Siegeswünsche himmelwärts. Als ich einmal ein amerikanisches Flugzeug abstürzen sah, stürzte mein Herz mit ihm zur Erde. Ich betete darum, einen Fallschirm aufgehen zu sehen; der Gedanke, dass der Flieger sterben könnte, bereitete mir körperliche Schmerzen.

Das Erscheinen der Alliierten am Himmel, die greifbare Aussicht auf eine deutsche Niederlage, das Herbstwetter, mein neues Gefühl der Sicherheit, das alles zusammen ließ in meinem Kopf gefährliche Gedanken keimen, Gedanken, die ich lange verdrängt hatte: an die jüdischen Feiertage, meinen Vater, meine Schwestern, meine Mama, meine Familie in Wien. Wo waren sie alle? War da überhaupt noch jemand? Sehnten sie sich so nach mir wie ich mich nach ihnen?

Wenn ich allein im Haus war und kochte und sauber machte, hörte ich BBC, und eines Tages merkte ich verblüfft, dass ich statt der üblichen Nachrichten eine Botschaft vernahm, die genau auf mich zugeschnitten war. Es waren Auszüge aus einer Predigt, die der britische Oberrabbiner Hertz zum Anlass der nahenden Feiertage Rosch Haschana und Jom Kippur hielt. Er sprach deutsch.

«All unser Mitempfinden wendet sich unseren übrig gebliebenen Brüdern in Nazi-Landen zu, die im Schattental des Todes wandeln», sagte der Rabbi.

Er meint mich, dachte ich, mich und mein Kind. Aber warum spricht er von «übrig Gebliebenen»? Sind nur wir noch übrig? Kann es denn sein, dass alle anderen tot sind?

«Menschen in aller Welt, die da gut und redlich sind,

gedenken ihrer im Gebet und ersehnen die Stunde, da des Verderbers Reich der Lähmung anheim fällt und alle seine unmenschlichen Vorhaben vereitelt werden.»

Sie denken an uns, dachte ich. Wir alle, die wir gejagt und verfolgt werden und uns im Dunkeln versteckt halten, sind ins Gebet unserer Brüder und Schwestern eingeschlossen. Wir sind nicht vergessen.

«Und ich weiß, dass meine jüdischen Zuhörer in Erwartung des Versöhnungstages inbrünstig mit mir einstimmen werden in die alten Gebete. Gedenke unseres Lebens, o König, der du am Leben Gefallen hast, und schreibe uns ein ins Buch des Lebens, um deiner selbst willen, o lebendiger Gott!»

Werner kam nach Hause und fragte mich, warum ich geweint hätte. Ich glaube, ich habe ihm geantwortet, das habe mit den Stimmungsschwankungen der Schwangerschaft zu tun – alles nur, um ihn nicht mit meinen wahren Gedanken am Vorabend von Rosch Haschana 1943 zu belasten.

Als ich ungefähr im sechsten Monat schwanger war, im Winter 1943/44, überkam mich eine große Traurigkeit. Das beunruhigte Werner, denn er sah mich gern glücklich.

«Ich habe nur solches Heimweh», schluchzte ich.

Ohne eine Sekunde nachzudenken, sagte er: «Pack die Koffer.»

Er radelte zu Arado, und ich stelle mir vor, dass er dort erzählte, das Haus seiner Mutter sei zerbombt und sie selbst evakuiert worden, und nun sei dort eine Bande von Deserteuren eingedrungen und habe alles gestohlen und die Fenster und Türen zerschlagen, weshalb er hinfahren und Anzeige bei der Polizei erstatten müsse – irgend so etwas. Jedenfalls glaubten sie ihm – und wir fuhren nach Wien.

Es war alles wie immer, und doch war alles anders. Die Österreicher hatten angefangen zu leiden. Ihr kleiner Diktator aus Braunau am Inn hatte sich nicht als das militärische Genie erwiesen, für das ihn 1941 noch alle gehalten hatten. Sie verloren ihre Söhne und mussten Luftangriffe über sich ergehen lassen. Es hatte ihnen gefallen, wehrlose Zivilbevölkerungen niederzumachen, aber mit diesen feindlichen Armeen – den Schukows und Eisenhowers und Montgomerys – hatten sie nichts im Sinn gehabt, als sie für den Anschluss stimmten.

Einmal ging ich während dieses zweiten Besuchs in Wien, den Werner und ich machten, langsam die Ringstraße entlang und versuchte Erinnerungen an meine Jungmädchenzeit wachzurufen. Die Polizei hatte das ganze Viertel abgesperrt, weil Hitler kommen und im Hotel Imperial wohnen sollte, und es war eine riesige Kundgebung vorgesehen.

Ein Polizist kam auf mich zu. Mir krampfte sich der Magen zusammen. Mein Hals wurde trocken. Ich dachte: Frau Westermayer hat mich gesehen und ihre Drohung, die Polizei zu rufen, wahr gemacht.

«Vielleicht möchten Sie lieber auf die andere Seite gehen, gnädige Frau», sagte er. «Hier erwarten wir nämlich in Kürze einen großen Massenauflauf, und eine Dame in Ihrem Zustand sollte sich so einem Gedränge nicht aussetzen.»

Ich ging ein Stück weiter und wartete auf die Massen, doch die kamen nicht. Vermutlich hatten die Wiener Nazis große Angst, dem Führer könnten die leeren Straßen missfallen und er werde es an ihnen auslassen. Jedenfalls karrten sie schnell noch Busladungen von Schulkindern heran, denen man eingetrichtert hatte, «Wir wollen unsern Führer sehn!» zu brüllen – damit der Verrückte sich «genötigt» sah, sich gleich einer königlichen Hoheit auf dem Balkon zu zeigen.

Am Tag darauf trafen Werner und ich uns in einem Café mit Pepi. Meine «beiden Männer» hatten nicht direkt Freundschaft miteinander geschlossen, eher so etwas wie ein Bündnis. Alle aus meiner Wiener Clique hatten Werner sehr dafür bewundert, dass er Christl mit den bedruckten Souvenirtüchern hatte beliefern können, die von ihrer Kundschaft so eifrig gekauft wurden. Jetzt war es an Pepi, um Hilfe zu bitten.

Er sah schlimm aus – älter und abgerissener. «Es wird viel desertiert», sagte er leise. «Je schlechter es an der Front steht, desto feindseliger verhält sich das Regime gegen die eigenen Leute. Also werden Soldaten ausgeschickt, sogar die SS, um Deserteure aufzuspüren. Wer als junger Mann nicht in Uniform ist, kann jederzeit festgenommen werden.»

Ich hatte ihn noch nie so düster erlebt, so verstört.

«Was soll ich machen, wenn sie mich anhalten und wissen wollen, wieso ich nicht an der Front bin? Soll ich ihnen meinen blauen Ausschließungsschein zeigen und mich damit als illegal lebenden Juden verraten?»

«Du brauchst eine Bescheinigung», sagte Werner nachdenklich.

«Stimmt.»

«Eine amtliche ...»

«Die ich mit mir herumtragen kann ...»

«Auf der steht, dass du wegen kriegswichtiger Arbeit unabkömmlich bist.»

«Ja, genau.»

Da saßen wir und schwiegen, weil wir alle drei nachdachten. Schließlich sagte Werner: «Besorg dir einen Briefbogen mit dem Kopf der Versicherungsgesellschaft deines Stiefvaters und eine Unterschriftsprobe von seinem obersten Chef.»

«Es gehört auch ein Stempel drauf», sagte Pepi nervös. «Von einem Ministerium oder ...»

«Das ist kein Problem», meinte Werner.

Pepi lachte bitter. «Kein Problem? Alles ist ein Problem, mein Lieber!»

«Du kannst Werner vertrauen», versicherte ich ihm. «Er hat goldene Hände.»

Als wir wieder zu Hause waren, machte sich Werner an die Arbeit. Er kaufte sich ein paar fertige Bürostempel für Datum, Rechnungsnummer, «Mit Dank erhalten» und dergleichen, schnitt ein paar Buchstaben oder Ziffern aus dem einen Stempel heraus, andere aus einem zweiten, schnitzte mit seinen feinen Messerchen das Firmenzeichen und setzte mit einer Pinzette die Buchstaben und Zahlen ein, bis ein neuer Stempel entstanden war, der genau die Angaben enthielt, die Pepi benötigte. Dann tippte er bei Arado auf einem Briefbogen von Herrn Hofers Versicherungsgesellschaft eine Bescheinigung des Inhalts, dass Dr. Josef Rosenfeld unabkömmlich sei, weil er bei der Donau-Versicherungsgesellschaft eine kriegswichtige Tätigkeit für das Reich ausübe. Darunter fälschte er die Unterschrift von Herrn Hofers Chef und drückte den unglaublich echt und amtlich wirkenden Stempel auf das Papier. Schließlich lehnte er sich zurück, kniff die Augen zusammen und beäugte das Schriftstück mit kritischem Blick.

«Ganz gut, nicht?», meinte er.

«Hervorragend.»

In meinen Augen war die Fälschung perfekt, ein magisches Schriftstück, das Pepi für die Dauer des Krieges schützen würde. Ich weiß nicht, ob er je davon Gebrauch machen musste, aber er *hatte* es wenigstens. Es gab ihm die Sicherheit, geschützt zu sein, und das war für U-Boote wie uns, die sich mitten im Feindesland bewegten, schon die halbe Schlacht. Wer diese Zuversicht hatte, in dessen Gesicht zeigten sich nicht die Spannungen und Ängste des täglichen Lebens, die ihn verraten konnten.

«In den Dreißigern hätte ich mit so etwas viel Geld verdienen können. Mit allem, was die Leute so an Papieren und Dokumenten brauchten . . .»

«Bestimmt.»

«Mein verflixtes Pech. Zum Kassieren komme ich immer zu spät.»

«Dafür bist du mein Genie», sagte ich und küsste ihn.

Er war wirklich etwas Besonderes, dieser Werner Vetter. Ein wahrlich begabter Mann. Ich weiß nicht, ob irgendjemand seine Talente je wieder so gewürdigt hat, wie ich es tat.

Es war April. Werner musste jetzt viel herumreisen, um Material für Arado aufzutreiben, denn der Krieg hatte die normalen Versorgungswege zerstört. Er war müde. Wir spielten ein bisschen Schach, hörten ein bisschen Nachrichten und gingen dann zu Bett. Er schlief augenblicklich ein.

Ich spürte die ersten Wehen. Aber ich wollte ihn nicht gleich wecken. Also ging ich im Bad auf und ab, legte mich wieder ins Bett, ging wieder ins Bad. Gegen elf Uhr weckte ich ihn dann doch.

«Werner, ich glaube, das Kind kommt.»

«Ja, gut. Pass auf, ich lese dir mal vor, wie das abläuft.» Er nahm ein Buch aus dem Regal. «‹Zuerst kommen die Wehen in großen Abständen und sind sehr leicht. Während das Kind dann in die richtige Lage gedrückt wird ...›»

«Gut, gut, das klingt ja wunderbar, aber jetzt lass uns ins Krankenhaus gehen.»

Wir gingen durch die stillen Straßen von Brandenburg. Ich hing an seinem Arm. Wir brauchten fast eine Stunde, weil ich so langsam war. Im Krankenhaus brachten die Schwestern mich in einen großen Saal, in dem schon andere Frauen in den Wehen lagen.

An jeder Wand hing eine Uhr, und sie alle tickten laut. Sie hatten es mit Uhren, die Deutschen. Ich hörte die anderen Frauen stöhnen. Der Arzt kam herein, um kurz nach mir zu sehen. Er sagte zur Schwester: «Warten Sie noch ein bisschen, dann geben wir ihr etwas zur Beruhigung.»

Ich war so mit meinen Schmerzen beschäftigt, dass ich nicht sofort etwas sagte. Dann aber fielen mir nach und nach wieder die Frauen ein, die ich aus dem Operationssaal hatte kommen sehen, oder die zur Entbindung eine leichte Narkose bekommen und dann Dinge von sich gegeben hatten, die sie oder ihre Lieben schwer hätten belasten können. Plötzlich wurde mir klar, in was für einer Zwickmühle ich steckte – ich durfte mir nichts gegen die Schmerzen geben lassen, sonst fing womöglich auch ich an zu phantasieren. Am Ende nannte ich vielleicht Namen. «Christl.» «Frau Doktor.» Gott bewahre, ich konnte sogar «Jüdin» sagen. Wie eine Propagandistin hämmerte ich mir ein:

«Alle Menschen, die du liebst, müssen sterben, nur weil du ein Schwächling warst und glaubtest, die Schmerzen der Geburt nicht aushalten zu können. Seit Tausenden von Jahren überstehen Frauen diese Tortur ohne Narkose. Du musst sein wie sie. Du musst sein wie deine Großmütter und Urgroßmütter und dein Kind so bekommen, wie die Natur es will.»

Als die Schwester mit der Spritze kam, krächzte ich: «Nein, danke. Ich bin jung und stark, ich brauche nichts gegen die Schmerzen.»

Sie widersprach nicht. Sie packte einfach ihre Spritze wieder ein und ging. Solange ich nicht schrie und kein Theater machte, sollte es ihr recht sein.

Und danach wollte ich zum ersten und einzigen Mal in diesem schrecklichen Krieg wirklich sterben.

Am Ostersonntagmorgen, dem 9. April 1944, kam mein Kind zur Welt. Der Arzt kam in den entscheidenden letzten Minuten dazu und holte sie ans Licht. Als ich sah, dass es ein wunderhübsches Mädchen war mit einem süßen Gesichtchen, zwei gesunden Augen und allen Fingern und Zehen am rechten Platz, war ich außer mir vor Freude.

«Mein Mann hat sich einen Sohn gewünscht», sagte ich zu dem Arzt. «Er wird vielleicht sehr enttäuscht sein.»

«Was tun wir denn bloß dagegen, Frau Vetter? Sollen wir das Kind noch einmal hineindrücken und hoffen, dass es als Junge wieder herauskommt? Sagen Sie Ihrem Mann, dass es in Zeiten wie den unseren ein noch größeres Wunder ist als sonst, ein gesundes Kind zu haben. Sagen Sie ihm, er soll sich freuen und Gott danken.» Er wollte schon gehen, doch dann drehte er sich noch einmal um und sagte: «Und wohlgemerkt, das Geschlecht des Kindes bestimmt der Mann. Er kann Ihnen also wegen dieses hübschen Mädchens keinen Vorwurf machen. Er ist selbst schuld.»

Sie legten mir die Kleine in die Arme. Ich war aufgerissen und blutete und hatte Schmerzen, doch ich atmete seligen Frieden.

Ganz plötzlich heulten die Sirenen los – ein amerikanischer Luftangriff. Die Bomber waren über uns, und diesmal sah es so aus, als wollten sie nicht nur Berlin und Potsdam bombardieren, sondern auch Brandenburg.

Wer noch laufen konnte, rannte in den Bunker. Jemand schob die Trage, auf der ich lag, in einen dunklen, stickigen Raum. Welch ein Glück, dass ich gerade meine Kleine bei mir hatte und dass sie mir ein Fläschchen Wasser für sie gegeben hatten, an dem ich sie das Saugen üben lassen konnte. Wir alle lauschten in der Finsternis mit den geübten Ohren derer, die nicht zum ersten Mal bombardiert wurden und schon im Voraus hörten, wo die Bomben niedergehen würden.

Ich dachte: Dummes Ding! Was hast du getan? Du hast ein todgeweihtes Kind zur Welt gebracht. Wenn du nicht von den amerikanischen Bomben begraben wirst, werden die Nazis dich entdecken! Deine ganze Familie, alle, die du einmal gekannt hast, könnten verschwunden sein. Und wenn du stirbst, wer wird dann *schiva* sitzen?

Ich war so einsam in diesem Moment, so verängstigt. Und das Einzige, woran ich denken konnte, war meine Mutter.

Werner wollte ins Krankenhaus kommen, aber das war wegen des Fliegeralarms unmöglich. Es dauerte eine Weile, bis Entwarnung gegeben wurde. Am Ende bombardierten die Amerikaner Brandenburg doch nicht, sondern flogen wie immer weiter nach Berlin.

Als ich ihn durch den Bunker kommen sah und meinen Namen rufen hörte, schmolz mein Herz vor Zärtlichkeit. Er sah so lieb aus. Er war unrasiert und sein Gesicht von Schlaflosigkeit gezeichnet. Sein Haar, das er sonst immer sorgfältig kämmte, war ganz wirr.

«Grete!», rief er leise. «Grete, wo bist du?»

Ich glaubte ihm mit lauter, kräftiger Stimme zu antworten,

aber wahrscheinlich kam doch nur ein Flüstern heraus, denn er ging ein paar Mal an mir vorbei, bevor er mich schließlich sah.

Lächelnd beugte er sich über mich, seine blauen Augen blitzten vor Freude. Er nahm das Kind auf den Arm, schlug die Decke zurück, sah, dass es ein Mädchen war – und wurde zu Stein.

«Es war deine Idee! Die ganze Schwangerschaft war deine Idee! Und was habe ich jetzt? Noch eine Tochter! Noch eine Tochter!»

Werner war außer sich vor Wut. Mir kam es vor, als wären seine Augen ganz weiß geworden. Die Flamme der Liebe, die ich vor wenigen Sekunden noch für ihn empfunden hatte, verlosch. Einen Nazi zum Mann: Was hatte ich erwartet? Handelte es sich denn nicht um ein System, in dem die Frauen als minderwertig galten und nur ihre Gebärfähigkeit in Ehren stand? Hatte dieses Land nicht aus einer verdrehten, primitiven Männlichkeit eine Religion gemacht? Er ging vor meiner Trage auf und ab, fauchend und qualmend vor Wut. Wie ich ihn in diesem Augenblick hasste! Ich wollte ihn nie wieder sehen. Und ich dachte bei mir: Es ist mein Kind, mein Kind, mein Kind. Dieses Kind gehört nur mir.

Am nächsten Tag erhielt ich einen Brief von Werner, in dem er sich für sein schlechtes Benehmen im Bunker entschuldigte.

Es ist ja so, dass wir alle empfindlich reagieren, wenn wir Schmerzen haben. Dann vergeht der Schmerz und mit ihm die Empfindlichkeit, und wir können vergeben und vergessen. Aber ich glaube, dass jedes Mal, wenn man jemandem, den man gern hat, wehtut, ein kleiner Riss in der Beziehung entsteht, eine winzige Schwachstelle – und da lauert sie, gefährlich, und wartet auf die nächste Gelegenheit, vollends aufzureißen und alles zu zerstören. Dennoch war ich nicht in der Position, einen Groll gegen Werner zu hegen. Er war der Vater meiner Tochter, mein Beschützer, *ihr* Beschützer. Als er also wieder ins Krankenhaus kam und meine Hand an seine Lippen hob, wurde mein Herz weich.

«Du wirst sehen, sie wird dir Freude machen», sagte ich. Er lächelte dünn und versuchte das Neugeborene liebevoll anzusehen; er gab sich wirklich Mühe. Er zeichnete eine wunderhübsche Geburtsanzeige und schickte sie vielen Freunden. Aber sie war wie das Obst-Blumen-Gemälde in unserer Küche – nur eine Verzierung, die etwas Ernsteres übertünchte. Es blieb dabei, dass Werner zutiefst enttäuscht war und es bis an sein Lebensende bleiben würde. Er hatte sich eben einen Sohn gewünscht.

Die Tage gingen dahin, und er kam immer mehr herunter. Er magerte ab. Ich glaube, er war tatsächlich nicht imstande, sich selbstständig zu ernähren. Er war so sehr daran gewöhnt, eine Frau zu haben, die für ihn sorgte, dass er allein nicht fertig wurde. Vielleicht dachte er, ich würde Mitleid mit ihm bekommen, wenn er in möglichst verwahrlostem Zustand im Krankenhaus aufkreuzte, mit schmutzigem Hemd, das Gesicht ganz eingefallen vor Hunger; ich würde zu bluten aufhören, mich schnell von der Entbindung erholen und nach Hause kommen. Wenn er das glaubte – nun, dann hatte er vollkommen Recht. Jedes Mal, wenn ich ihn ansah, drehte sich mir das Herz um, und so blieb ich nicht die vorgesehenen neun Tage im Krankenhaus, sondern ging schon nach einer Woche wieder nach Hause, weil mein Mann ohne mich so hilflos war.

Ich nannte meine Tochter Maria, nach Frau Doktor Niederall, meiner Retterin in Wien. Ihr zweiter Name sollte Angelika sein, nach Angelika Kauffmann, der großen Malerin aus dem achtzehnten Jahrhundert – befreundet mit Goethe, Herder, Joshua Reynolds, Thomas Gainsborough, und von Werner bewundert. Ihre mythischen Bilder, Szenen aus den Germanenkriegen gegen die Römer, hingen jetzt in der Reichskanzlei, denn sie war auch Hitlers Lieblingsmalerin. (Später, als wir nach England zogen, legte unsere Tochter den Namen Angelika ab und nannte sich Angela. Ich werde sie in der weiteren Erzählung nur noch so nennen, weil ihr das viel lieber ist.)

Sie mögen fragen, warum ich mein Kind nicht nach meiner Mutter nannte. Der Grund war, dass es eine jüdische Tradition ist, Kinder nur nach Verstorbenen zu benennen, und im April 1944 glaubte ich meine Mutter noch am Leben.

Ich spürte ihre Gegenwart bei allem, was ich mit meinem Kindchen machte, fühlte sie über der Wiege schweben, roch ihr Parfüm in der Luft. Ich fühlte sie so deutlich, so körperlich, dass ich vollkommen sicher war, sie müsse am Leben und wohlauf sein.

Die kleine Bärbl, Werners vierjähriges Töchterchen, kam kurz nach Angelas Geburt früh an einem Dienstagmorgen bei uns an. Kaum hatte sie mit ihrer gelbhaarigen Puppe im Arm die Wohnung betreten, hob sie ihr Ärmchen und rief: «Heil Hitler!»

Elisabeth, ihre Mutter, lächelte beifällig.

Ich glaube, ich bin selten in meinem Leben jemandem begegnet, der mir solche Angst machte wie Elisabeth Vetter. Sie war sehr schön, sehr groß, sehr stark und – für mich – eiskalt. Ich nehme an, dass sie sich so sanft und glatt anfühlen konnte wie meine magische Statue. Aber sie schien mir durch und durch aus Marmor zu sein. Werner war an diesem Morgen länger zu Hause geblieben, um sie und Bärbl zu begrüßen. Die Wechselspannung von Abstoßung und Anziehung zwischen ihm und seiner Exfrau sorgte für eine schwüle, drückende Atmosphäre. Ich sah deutlich, dass es ihn noch immer zu ihr hinzog. Hastig gab er seinem Töchterchen einen Begrüßungskuss und ging zur Arbeit.

Nun war ich also mit Elisabeth allein. Ich gab mich so unbedarft wie nur möglich, redete fast nur im Flüsterton, trippelte hin und her und bot ihr Kaffee und Kuchen an, einen Stuhl, einen Rundgang durch die Wohnung. Bärbl stand schüchtern in einer Ecke. Sie war groß und blond, und natürlich fremdelte sie mir gegenüber.

Elisabeth betrachtete Angela in dem Wäschekorb, der ihr Bettchen war. «Die beiden sehen jedenfalls nicht sehr nach Geschwistern aus», meinte sie.

Sie schaute sich das Wandgemälde in der Küche an. «Na, da hat Werner sich aber für euch eine Mühe gemacht, die er sich für uns nicht gemacht hat – stimmt's, Bärbl?»

Sie musterte die aufgereihten Werkzeuge und Farben. «Er hält sich ja für einen Künstler. Schade, dass er kein Talent hat.»

Ich erinnere mich nicht, ob sie Bärbl zum Abschied küsste. Ich wartete, bis sie draußen im Treppenhaus war, stellte mich ans Fenster und wartete dort, bis sie unten auf die Straße trat. Ich wartete und wartete, bis sie um die Ecke gebogen war. Erst als sie ganz und gar außer Sicht war, konnte ich wieder freier atmen.

«Wo ist denn euer Führerbild?», fragte Bärbl. «Bei uns hängt in jedem Zimmer ein Führerbild.»

«Wir lassen unseres gerade reparieren», sagte ich. «Es ist heruntergefallen und kaputtgegangen, und jetzt müssen wir es wieder zusammenkleben lassen. Das wird eine Weile dauern, aber dann bekommen wir es zurück. Möchtest du einen Keks?»

«Ja», sagte sie.

Ich machte ihr süße *Knödl*, jeweils mit einer Erdbeere darin. Noch später als Erwachsene, als sie in einem fernen Land lebte und die Frau eines Schotten und Mutter britischer Söhne war, erinnerte sie sich vor allem daran – die Wiener *Knödl* mit den Erdbeeren darin.

Wir machten täglich einen Spaziergang: mein Töchterchen im Kinderwagen, die große Vierjährige und ich. Bärbl imitierte mit ihrer Puppe alles, was ich mit Angela tat. Ich badete mein Kind, sie badete ihre Puppe. Ich pumpte Milch aus meiner Brust in eine Flasche. Sie spielte Milchabpumpen und gab ihrer Puppe das Fläschchen. Wenn wir auf der Straße jemandem begegneten und ich «Guten Morgen» sagte, rief Bärbl: «Heil Hitler!»

«Heil Hitler!» zum Gärtner, zur Straßenfegerin, zu dem Mann, der die Lebensmittelkarten brachte. Die Leute müssen mich für eine tolle Nazimutter gehalten haben.

Aber ehrlich gesagt, ich hatte Bärbl sehr gern. Sie war ein süßes kleines Ding, und nach einer Weile hörte sie mit der Heil-Hitlerei auf. Ich war nie streng mit ihr. Ich ging nicht arbeiten. Ich hatte ausschließlich Zeit für die Kinder.

Bärbls sechswöchige Ferien bei uns verliefen so gut, dass Elisabeth sich irgendwie bedroht gefühlt haben muss. Ganz im Geist der Zeit denunzierte sie Werner und mich bei den Behörden und nannte irgendeinen Grund, warum wir «untauglich» seien, ihre Tochter bei uns zu haben. Das Vormundschaftsgericht schickte zwei Fürsorgerinnen, die unsere Wohnung besichtigen sollten.

Wie immer, wenn ich es mit Behörden zu tun bekam, war ich vor Angst außer mir. Ich lebte jetzt schon einige Zeit mit Werner zusammen, und wir gingen sehr selbstverständlich miteinander um. Hatte ich irgendetwas «Jüdisches» an mir, das ihm schon gar nicht mehr auffiel, ihnen vielleicht aber doch? Befand sich irgendetwas in der Wohnung, das verraten konnte: «Diese Frau ist auf eine Universität gegangen, hat Jura studiert, versteht sich stilvoll zu kleiden?»

Ich fragte Karla aus der Wohnung über uns, ob sie uns ein Führerbild leihen könne, da das unsere in Reparatur sei. Sie fand in einer Schublade noch eins und gab es mir.

Die Fürsorgerinnen kamen unangemeldet – die üblichen selbstherrlichen Nazi-Frauen mit Notizblöcken und Hüten. Ich bat sie herein. Mein süßer kleiner Engel schlief in seinem Wäschekorb. Ich dachte: Mein Gott, sie sieht in diesem Korb aus wie Moses, der zwischen den Binsen treibt! Sie befragten mich nach unserem Tagesablauf, unseren Essgewohnheiten; sie klappten den Backofen auf, um zu sehen, ob er innen vielleicht schmutzig war; sie suchten in allen Ecken nach Staub; sie notierten sich die Titel sämtlicher Bücher im Regal. Dann gingen sie.

Mehrere Wochen später erhielten wir ein Schreiben, in dem es hieß, die Inspektion sei positiv verlaufen, wir hätten uns als ein achtbarer arischer Haushalt erwiesen, und Elisabeths Antrag auf alleiniges Sorgerecht für Bärbl sei abgewiesen worden. «Es kann für das Kind nur von Vorteil sein, so viel Zeit wie möglich bei Herrn und Frau Vetter zu verbringen», schrieben sie in ihrem Bericht. Ich hätte den beiden Nazi-Frauen diesen Bericht später so gern einmal vor die Nase gehalten. Es wäre mir ein Genuss gewesen, in ihre Büros zu marschieren und zu sagen: «Sehen Sie mal, das haben Sie an eine Jüdin geschrieben, Sie unsäglichen Heuchlerinnen!»

Aber solche Genugtuung gewährt das Schicksal selten.

∽ 11 ∾

Der Fall von Brandenburg

Ich lebte in Hoffnung. An meine Schwestern dachte ich selten, und wenn, dann um mich mit dem Gedanken zu trösten, dass sie wohlbehalten in Palästina waren. Ich dachte weder an Mina noch an eine meiner anderen Freundinnen aus dem Arbeitslager. Und ich bemühte mich verzweifelt, nicht an Mama zu denken. Hätte ich nämlich an sie alle gedacht, wäre ich verrückt geworden. Ich hätte meine Verkleidung nicht eine Minute länger ertragen. Also bemühte ich mich nach Kräften, mich abzuschirmen gegen Rabbi Hertz' bedrückende Worte, die mich als «übrig geblieben» bezeichneten, und mir stattdessen einzureden, ich führte ein «normales» Leben.

«Normal.» So sagte ich in späteren Jahren zu allen. Ich führte das Leben einer Hausfrau und Mutter. Wir führten ein «normales» Leben. Mein Gott.

Der Milchmann brachte unsere Milchration. *Der Völkische Beobachter* – die Nazizeitung – wurde täglich von einem Jungen auf dem Fahrrad zugestellt. Ich versuchte in Läden einzukaufen, deren Besitzer ich nicht mit «Heil Hitler!» begrüßen musste. Wir lebten von unseren Zuteilungen. Frau Doktor Niederall schickte uns das eine oder andere extra: unverderbliche Waren wie Reis, Nudeln, Linsen und Erbsen. Frau Gerl schickte mir manchmal Brotmarken. Ich schickte von meinen Milchmarken so viele, wie ich erübrigen konnte, an Jultschi für ihren kleinen Otti, und alle meine Kaffeemarken hob ich für Tante Paula auf, die ihr Tässchen Kaffee über alles liebte. Wir hatten Kohl und Kartoffeln; wir hatten Brot, Zucker, Salz und hin und wieder ein Stückchen Fleisch – das genügte mir, um meine Familie zu ernähren.

Die Bauern draußen im Umland verdienten sich durch Tauschhandel goldene Nasen; die Städter brachten ihnen ihre kostbarsten Möbel als Bezahlung für ein paar Karotten, vielleicht eine Speckseite oder ein Stück frischen Käse. Man witzelte, die Bauern besäßen jetzt so viele Perserteppiche, dass sie schon ihre Kuhställe damit auslegten. Ich hörte von einer Tauschbörse für Gebrauchtkleidung, fürchtete aber, man könne dort meine nicht vorhandene Bekleidungskarte sehen wollen, und ging nie hin. Dafür nähte ich unentwegt.

Mit Karla, der Sängerin von oben, stand ich auf freundschaftlichem Fuß. Sie und ihr schon älterer Mann wollten seit langem ein Kind adoptieren, bekamen aus irgendeinem Grund aber nie eins, obwohl es doch in diesem Land so viele Waisen gab. Eines Tages kamen sie mit einem Neugeborenen nach Hause. Sie mussten es praktisch aus den Armen der Mutter erhalten haben, und ich konnte mir denken, aus welcher Art von Verbindung es stammte. Aber was spielte das für eine Rolle? Die Kleine konnte froh sein, so nette Eltern zu bekommen. Ich gab Karla die Babysachen, aus denen Angela herausgewachsen war. Karla wiederum hob alles für Frau Ziegler auf, meine Nachbarin von gegenüber, die schon ein Kind hatte und jetzt, seit dem letzten Fronturlaub ihres Mannes, wieder schwanger war.

Die Einzige, die mich je auf ein Schwätzchen besuchte, war Hilde Schlegel. Dann saßen wir in der Küche, und sie erzählte mir, wie sie sich auf Heinz' bevorstehenden Urlaub freue. Wir sprachen übers Wetter, die Rationen, die Schwierigkeiten beim Wäschewaschen und wie schön es für mich war, dass ein

Freund aus Wien mir ein wenig Waschpulver geschickt hatte. (Eigentlich gehörte das Waschpulver Anna Hofer; Pepi hatte es ihr unter der Küchenspüle weggeklaut.) Oft erzählte mir Hilde lang und breit von ihrer Schwiegermutter. Das brachte mich auf eine Idee. Ich lud Werners Mutter ein, zu uns zu kommen und ihre jüngste Enkelin kennen zu lernen.

Frau Vetter die Ältere blieb eine Woche bei uns. Sie hatte ein plattes, leeres, faltiges Gesicht und trug das Haar in einem grauen Knoten im Nacken. Sie richtete kaum einmal das Wort an mich. Sie trug eine gestärkte weiße Schürze. Sie war so adrett und sauber, dass sie Angela nicht einmal anrührte, solche Angst hatte sie, sich an einer schmutzigen Windel oder mit einem Tröpfchen Speichel zu besudeln. Eines Tages kam ich mit Angela nach Hause, und sie war fort. Sie hatte nichts mitgebracht, sie nahm nichts mit.

Ich herzte mein süßes Kindchen und flüsterte: «Sorg dich nicht, mein Kleines. Es macht nichts, dass Oma dir nicht auf Wiedersehen gesagt hat. Bald wird der Krieg vorbei sein; wir müssen nur warten, bis wir von der siegreichen Sowjetarmee befreit werden. Und wenn die polnischen Ghettos geöffnet werden, kommt deine andere Oma heraus, und dann wirst du sehen: Sie wird dir Lieder vorsingen und dich auf dem Arm tragen und deine Augen küssen.»

Wie Pepi gesagt hatte, wurden die Nazis immer bösartiger, je mehr sich das Kriegsglück gegen sie wendete. Die Propagandamaschine versuchte mit Geschwafel von einer «Geheimwaffe» Hoffnung zu schüren. Aber aus dieser Waffe schien nie etwas zu werden. Die Gestapo traute der Bevölkerung nicht zu, dass sie dem Führer in schwierigen Zeiten die Treue hielt. Sie machte Jagd auf Deserteure, die bei Entdeckung sofort erschossen wurden. Sie durchsuchte die Unterkünfte der ausländischen Zwangsarbeiter nach Hinweisen auf Sabotage. Sie schmähte die einsamen Frauen, die sich, oft schon Witwen, mit den ausländischen Zwangsarbeitern einließen. 1944 ging es in fast einem Viertel aller Gerichtsverfahren um unerlaubte Beziehungen zwischen deutschen Frauen und Ausländern, und täglich wurden drei oder vier Arbeiter wegen Ehebruchs oder kleiner Diebstähle hingerichtet.

Immer wieder gab es aus heiterem Himmel Razzien – paff, einfach so, ohne Grund –, die den kleinen Leuten Angst machten und mich den ganzen Tag unter Hochspannung hielten. Einmal, daran erinnere ich mich, war ich mit Angela in einer Apotheke, als zwei SS-Männer hereinkamen und die Papiere der Besitzerin sehen wollten. Sie gab sie ihnen wortlos. Die SS-Männer prüften die Stempel, die amtlichen Unterschriften. Ich drückte mich in eine Ecke und legte mir, wie immer, meine Strategie zurecht. Wenn sie meine Papiere verlangen, gebe ich sie ihnen. Wenn sie meinen, es sei etwas nicht in Ordnung damit, spiele ich das kleine Dummchen. Wenn sie mich einsperren, sage ich: *Ich habe die Papiere gestohlen, ganz allein und ohne Hilfe – mein Mann hat keine Ahnung ...*

Die SS-Männer schienen zufrieden. Sie gaben der Apothekerin ihre Papiere zurück und gingen. Einer von ihnen blieb stehen, sah lächelnd in den Kinderwagen und schnalzte Angela freundlich zu.

Werner musste jetzt sieben Tage die Woche arbeiten, zwölf Stunden täglich. Seine holländischen Untergebenen lehnten Sonntagsarbeit aus religiösen Gründen ab. So seltsam es scheinen mag, dass Ausländer eine kürzere Arbeitswoche haben sollten als Deutsche, Werner nahm sie gegenüber der Werkleitung in Schutz, und am Ende bekamen sie ihren Willen. Immerhin waren alle wehrtüchtigen Deutschen im Krieg, und der Mangel an Fachkräften machte sich so sehr bemerkbar, dass diese Zwangsarbeiter einfach zu wertvoll waren, als dass man sie vor den Kopf stoßen wollte. Werner setzte sich persönlich dafür ein, dass sie anständig behandelt wurden. Ein dankbarer Franzose schickte uns ein wunderschön geschnitztes, mit Einlegearbeiten verziertes Kästchen. Mir war klar, dass der Mann sich seelisch damit am Leben erhalten hatte, dass er sich ganz auf dieses schöne Stück Arbeit konzentrierte. Ich kannte so etwas ja selbst.

Die Versorgungslinien wurden bombardiert. Die Produktion stockte. Werner musste zu Daimler-Benz, Siemens, Argus, Telefunken, Osram, AEG und anderen Firmen reisen, um Material für Arado zu beschaffen. In der Fabrik wurden die Arbeiter mit unablässiger Propaganda zu immer größeren Anstrengungen aufgerufen. An den Wänden hingen große Fotos von Arado-Mitarbeitern, die an der Front gefallen waren. Sie führten den Leuten auf drastische Weise vor Augen, dass es besser war, zu Hause noch so lange und schwere Arbeit zu verrichten, als in Russland zu sterben. Immer häufiger gab es Sabotage. Später haben wir gehört, dass französische Arbeiter bei Arado sich mit deutschen Kommunisten zusammengetan und heimlich einen Rundfunksender gebaut hatten, mit dem sie den Alliierten Botschaften übermittelten.

Neben den langen Arbeitszeiten musste Werner noch viele Stunden in den zivilen Luftschutz stecken, denn wir lebten mittlerweile unter anhaltenden Bombenangriffen.

Wenn Werner zu Hause war und die Luftschutzsirenen ertönten, legten wir Angela in den Wäschekorb, packten jeder einen Henkel und trugen sie hinunter in den Bunker – wie Mina und ich in Osterburg die Kartoffeln getragen hatten. Wenn ich aber allein war, versuchte ich so wenig wie möglich mit Angela nach unten zu gehen. Es gab dort weder Luft noch Licht, dafür aber all die zusammengepferchten Mütter mit ihren Kindern – mir erschien das als ein sicheres Rezept zum Krankwerden, denn ein einziges infiziertes Kind konnte die ganze Gruppe anstecken. Ein kleiner Junge in unserem Haus (ich glaube, er hieß Peter) zog sich auf diese Weise einen Keuchhusten zu und starb in den Armen seiner Mutter.

Meine größte Angst war, dass es uns *drinnen* erwischen könnte, dass wir entweder in der Wohnung zerfetzt oder im Bunker verschüttet wurden. Im Falle eines Bombenangriffs wollte ich lieber ins Freie rennen. Das hört sich heute natürlich furchtbar dumm an, aber in Kriegszeiten entwickeln Menschen allerlei abergläubische Vorstellungen und malen sich aus, wie sie sterben möchten und wie nicht. Wenn also die Bomber über uns dröhnten, blieb ich in der Wohnung. Ich stellte den Korb mit Angela auf den Boden, baute aus Möbelstücken und Kissen kleine «Mauern» um sie und setzte mich mit dem Rücken vors Fenster, damit umherfliegende Glassplitter mich und nicht sie trafen. Für den Fall, dass ich schnell mit ihr fliehen musste, hielt ich eine Decke bereit.

Im Sommer kamen die Bomber zwischen acht Uhr abends und Mitternacht. Die Amerikaner flogen in Formation und so niedrig, dass man ihre Insignien erkennen konnte. Ich organisierte meine Hausarbeit so, dass ich rechtzeitig vor den Bombardierungen, die immer um acht begannen, das Abendessen und das Frühstück für den nächsten Morgen fertig und die Wäsche erledigt hatte, damit nach sieben nichts mehr draußen hing.

Hin und wieder überrumpelten mich die Amerikaner. Einmal hatte ich Angela wie gewöhnlich ausgefahren, die Wilhelmstraße hinunter, weg vom Stadtzentrum. Ich hatte mich mit ihr unter einem Baum ins Gras gesetzt, um ihr das Fläschchen zu geben. (Man muss wissen, dass ich nach drei Monaten keine Milch mehr hatte, eine Folge des Hungers, den ich auf dem Bauernhof und im Arbeitslager gelitten hatte; Werner brachte mir eine Spezialmilch aus der Apotheke.) Mein Kindchen lag auf der Decke, lachte und gurrte und zappelte vor Vergnügen, wenn ich sein Bäuchlein küsste. Und derweil krachten am Horizont die Bomben auf die Stadt, zuckten schwarze und orangefarbene Todesblitze am Himmel, donnerten die Flak-Geschütze. Die Erde unter ihr zitterte und bebte – und Angela strampelte mit den Beinchen und lachte.

Sie hielt mich bei Verstand. Sie brachte mich im Angesicht des Todes zum Lächeln. Sie war mein Wunder. Solange ich sie hatte, hielt ich *jedes* Wunder für möglich und glaubte, dass die ganze Welt noch zu retten sei.

Bis dahin hatte ich im Spiegel immer noch ein Stückchen Edith sehen können. Jetzt trat das ein, was ich gefürchtet hatte, als ich zum U-Boot wurde. Ich erkannte mich nicht mehr. Ich wusste, dass ich eine deutsche Frau mit Kind war, aber wo war die Großmutter dieses süßen Kindes? Wo waren ihre Tanten? Warum versammelte sich keine große, liebevolle Familie um ihr Bettchen und brachte ihr Geschenke und begeisterte sich angesichts ihrer außerordentlichen Fertigkeiten? Ich sehnte mich schmerzlich nach meiner Mutter. Sie hätte gewusst, wer ich war. Sie hätte an meinem Kindchen Großmutter Hahns Finger oder Tante Mariannes Nase erkannt.

«Was ist los?», fragte Werner.

«Sehnsucht», sagte ich. «Ich habe solche Sehnsucht ...»

«Sag kein Wort mehr. Pack ein paar Sachen ein. Ich komme am Mittag nach Hause, und dann sind wir schon unterwegs nach Wien.»

Ich sagte nichts: *Was mir fehlt, ist nicht Wien; es ist meine Mutter, die vermisst ist irgendwo in diesem Reich, das dein Führer der Welt aus dem Herzen gerissen hat.*

Werner fuhr mit dem Fahrrad zu Arado und erzählte dort wieder einmal, das Haus seiner Mutter sei bombardiert worden, und er müsse hin und ihr helfen. Und wieder einmal glaubten sie ihm. (Bei solcher Kompetenz an der Spitze ist es kein Wunder, dass die französischen Zwangsarbeiter und die deutschen Kommunisten mit ihrem geheimen Rundfunksender solchen Erfolg hatten.)

Welch merkwürdige Reise das war! Während erschöpfte Wehrmachtssoldaten dicht gedrängt auf den Korridoren der Eisenbahnwagen standen, sprangen die Dienst habenden Schwestern um mein Kind herum, und ich reiste wie eine Königin mit meinem Mann in einem eigenen Abteil. Ein Kind zu haben war in Deutschland zur höchsten Form des Dienstes am Staat geworden, die gleich nach dem Heldentod rangierte. Ich glaube, den Nazis ging es bei den Kindern inzwischen nicht mehr um die vermeintliche Bestimmung ihrer Rasse, ein «neues Europa» zu bevölkern. Jetzt brauchten sie die Kinder wohl eher, um Deutschland selbst wieder zu bevölkern, nachdem das Land so viele Menschen im Krieg verloren hatte.

Wir klingelten bei Jultschi. Sie warf nur einen Blick auf mich, meinen Nazi-Ehemann und mein deutsches Kind und sagte: «Du bist verrückt!»

Vielleicht war ich ja wirklich schon ein bisschen verrückt geworden, alllein durch meine Unsichtbarkeit.

Nur Frau Doktor reagierte so, wie ich es ersehnt hatte. «Das Kind heißt Maria. Nach Ihnen», sagte ich. Da schmolz ihr energisches Gesicht dahin. Sie herzte Angela, spielte mit ihr, machte sie sauber und krabbelte mit ihr auf dem Fußboden herum – alles, was meine Mutter ganz bestimmt auch getan hätte.

Frau Doktor musste ein paar Tage verreisen, und ich blieb in ihrer Wohnung in der Partenstraße. Werner wohnte in einem Hotel.

Mit Pepi spazierte ich die Straßen meiner Jugend entlang. Das Kind schlief. Pepi war sehr blass. Die dunklen Ringe um seine Augen erzählten die Geschichte der ständigen Angst, mit der er lebte. Er hatte fast keine Haare mehr und sah nicht mehr zwanzig Jahre älter aus als ich, sondern vierzig.

Erinnere mich an das sorgenfreie Mädchen, das ich einmal war, hätte ich so gern gesagt. *Sag mir, dass Mama wohlauf ist, sag mir, dass mein Kind in Freiheit aufwachsen wird.*

Aber es war zu spät. Er war zu alt, zu geschlagen. Immer war ich die Schülerin gewesen und er der Lehrer. Ich war der hungernde Sträfling gewesen, er der Tröster. Jetzt war es an mir, ihn zu trösten, so weit es möglich war.

«Es wird alles gut», sagte ich zu ihm. «Du musst nur Geduld haben. Und stark sein. Denk an das sozialistische Paradies ...»

Pepis Antwort war sein übliches freudloses Lachen. An meinem Kind zeigte er wenig Interesse.

Werner bekam seinen Gestellungsbefehl am 1. September 1944. Er gehörte zum letzten Aufgebot. Man zog jetzt auch solche Deutsche ein, die Magengeschwüre, Asthma, schlechte Augen oder Ohren, kranke Füße und anderes hatten, was plötzlich nicht mehr schwer genug wog, um einen Mann vom Dienst an einer verlorenen Sache zu befreien. Demnächst würde dieser Staat sogar Jugendliche und Greise zur Verteidigung der deutschen Städte heranziehen. Werner gehörte zu diesen Kanonenfutterbrigaden.

Am 3. September meldete er sich bei seiner Dienststelle. Bestimmt hätte er lieber so getan, als hätte er die Einberufung gar nicht erhalten, und versucht, sich irgendwo zu verstecken, aber das wagte er nicht. Nicht einmal Werner hielt es für ratsam, sich da herauslügen zu wollen.

Das Land zerbrach. Sabotage. Desertion. Tausende ausgebombt. Und mit dem letzten Rest ihrer Macht wusste diese Diktatur nichts Besseres anzufangen, als am Ende auch noch meinen Mann zu opfern.

Werner hob unsere gesamten Ersparnisse – zehntausend Reichsmark – von der Bank ab, für den Fall, dass er in Feindeshände geriet und für sein Freikommen jemanden bestechen musste. Es wäre mir nicht im Traum eingefallen, dagegen Einspruch zu erheben. Ich lebte ganz gut von seinem Gehalt, das Arado auch nach seiner Einberufung weiterzahlte, und sparte jeden Pfennig, den ich erübrigen konnte.

Werner seufzte und ließ den Kopf hängen. Ich wusste, dass ich gleich ein Geständnis vernehmen würde.

«Hör mal, Grete», sagte er. «Wenn du in die Apotheke gehst, um die Sondermilch fürs Kind abzuholen, dann wundere dich nicht, wenn sie dich dort als tragische Heldin behandeln. Denn ehrlich gesagt, ich habe die Leute angeschwindelt. Ich habe ihnen erzählt, du hättest schon drei Kinder zu Grabe getragen und sie *müssten* dir diese Milch einfach geben, damit dein viertes Kind nicht auch in die Ewigkeit eingeht.»

Heute noch muss ich lächeln, wenn ich daran denke. Ich sage Ihnen, von allem, was mir an Werner gefiel, fand ich das am erfrischendsten: Er hatte im Deutschland der Nazis nicht den mindesten Respekt vor der Wahrheit.

Die anderen Männer blieben in der Kaserne. Mein Werner kam jeden Abend mit dem Fahrrad nach Hause und verbrachte ein paar Stunden bei mir, bis er wieder zurückmusste. Mit was für Lügen er das vor seinen Vorgesetzten rechtfertigte, weiß ich nicht, aber ich kann es mir ungefähr denken.

Er lief nicht gern in seiner Uniform herum und zog sich um, kaum dass er zu Hause war. Autoritätssymbole irritierten ihn – sofern die Autorität nicht die seine war.

Eines Abends, als er in die Kaserne zurückkehren wollte, musste er feststellen, dass ein Teil von seinem Fahrrad gestohlen worden war. Das war eine potenzielle Katastrophe. Wenn er sich nicht rechtzeitig zurückmeldete, würden sie ihn wegen unerlaubter Entfernung von der Truppe, wegen Fahnenflucht sogar, erschießen, bevor er die Sache auch nur erklären könnte. Was tat er also? Er fand ein anderes Fahrrad, das irgendwem gehörte, und montierte das Teil, das ihm gestohlen worden war, von diesem Fahrrad an seins. Das schien mir völlig in Ordnung.

Er befreundete sich in der Kaserne mit einem jungen Mann, der unbedingt seine Frau schwanger zurücklassen wollte, wenn er in die letzte Schlacht zog. Das junge Paar hatte nirgends einen Platz, wo es für sich allein war. Also lud Werner, ohne mich vorher zu fragen, die beiden ein, in unserem kleinen Zimmer zu übernachten.

Ich war schockiert, als er plötzlich mit dem Pärchen vor der Tür stand. Fremde mitzubringen! Das war gefährlich! Wenn sie nun hundertprozentige Nazis waren und bei uns herumschnüffelten?

Ich setzte mich mit meinem Baby nach draußen, damit unsere Gäste ungestört waren, und machte mir die ganze Zeit Sorgen. Würden sie merken, dass unser Radio nicht auf den

Reichssender eingestellt war? Würden sie sehen, dass wir kein Hitler-Bild an der Wand hängen hatten? Hörten wir nicht täglich davon, dass Nachbarn einander wegen kleinster Vergehen denunzierten, wenn sie sich davon irgendeinen Vorteil erhofften? Wie konnte Werner unsere Sicherheit derart aufs Spiel setzen, nachdem wir lange Zeit so vorsichtig, so ruhig, so umsichtig gewesen waren? Die Antwort war natürlich, dass er nie solche Angst vor Entdeckung gehabt hatte wie ich. Warum sollte er auch? Wäre ich ertappt worden, hätte er einfach abgestritten, von meiner wahren Identität gewusst zu haben, und ich hätte das bestätigt. Ihm wäre nichts passiert. Nur Angela und ich wären verschwunden.

Das nette junge Paar bedankte sich für die Gastfreundschaft, wünschte mir alles Gute und ging seiner Wege. Wahrscheinlich wären die beiden entsetzt gewesen, wenn sie gewusst hätten, dass ich Angst vor ihnen hatte. Manchmal frage ich mich, ob sie das Kind, das sie sich so wünschten, je bekommen haben.

Um die Weihnachtszeit wurde der größte Teil von Werners Einheit in den Westen verlegt, um der Invasion der Alliierten entgegenzutreten. Aber Werner – der eindeutig intelligenter war als die meisten, Erfahrung in Menschenführung hatte und auch mit nur einem Auge ein so guter Schütze war, dass er ein Preisschießen gewann – wurde zur weiteren Ausbildung nach Frankfurt an der Oder geschickt, bevor er an die Ostfront sollte.

Sie hatten beschlossen, ihn zum Offizier zu machen.

»Komm und verbring Neujahr mit mir«, sagte er. Ich hörte das Drängen in seinem Ton – noch ein letztes Wochenende, bevor er sich den Russen zu stellen hatte. Eilig traf ich alle Vorbereitungen. Hilde Schlegel sagte, sie werde mein Kind so lange nehmen.

Ich wartete in einer kleinen Pension auf Werner; eigentlich war es nur ein Privathaus, dessen Bewohner manchmal Zimmer an Soldaten und ihre Frauen vermieteten.

Der Vermieter und seine Leute verhielten sich ehrerbietig mir gegenüber – o ja, sie behandelten mich mit großem Respekt. Meine Tarnung hatte nun einen Grad der Absurdität erreicht, dass es phantastischer nicht mehr ging, denn etwas Besseres konnte eine deutsche Frau in dieser Zeit und an diesem Ort nicht mehr werden als die Frau eines Nazi-Offiziers.

Als ich Werner in seiner Offiziersuniform sah, wusste ich nicht, ob ich lachen oder in Ohnmacht fallen sollte. Diese verhassten Kragenspiegel! Das Lametta! Der Reichsadler! Die Insignien der angehenden Welteroberer! Er wollte mich an sich drücken. Aber ich fühlte mich abgestoßen und riss mich los. Ich hätte es nicht ertragen, diese Uniform an meiner Haut zu fühlen.

«O, zieh doch bitte dieses grässliche Ding aus!», rief ich.

Wir gingen das ganze Wochenende nicht aus. Wir blieben in unserem Zimmer und erzählten uns Witze. Das meine ich ernst. Wir erzählten uns alle komischen Geschichten, die uns einfielen. Eine davon ist mir im Gedächtnis geblieben: Ein deutscher Volksgenosse will Selbstmord begehen. Er versucht sich zu erhängen, aber der Strick ist von so schlechter Qualität, dass er reißt. Er versucht sich zu ertränken, aber der Holzanteil im Stoff seiner Hose ist so hoch, dass er wie ein Floß oben schwimmt. Schließlich verhungert er an den amtlich zugeteilten Rationen.

Der schwärzeste Witz war, dass Werner, als er mit seinen Kameraden nach Osten und der vorrückenden Sowjetarmee geradewegs ins Messer marschierte, Tausenden von Deutschen begegnete, die in die umgekehrte Richtung um ihr Leben rannten. Sie wussten, dass der Krieg vorbei und verloren war.

«Drück mir die Daumen», schrieb er.

Kurz nach Neujahr machten sich meine Nachbarin von oben und ihr Mann am frühen Morgen davon.

Ich sah sie nur deshalb das Haus verlassen, weil Angela

mich noch vor dem Morgengrauen geweckt hatte. Sie schlichen sich mit ihrem schlafenden Kind und allen ihren Habseligkeiten fort. Ich öffnete die Wohnungstür.

«Viel Glück», flüsterte ich.

«Dir auch, Grete», antwortete Karla. «Hoffentlich kommt dein Mann wohlbehalten nach Hause.»

Wir gaben einander die Hand, und sie gingen. In der darauf folgenden Nacht hörte ich jemanden in der vermeintlich leeren Wohnung. Schritte. Schlurfen. Das Scheppern eines Teekessels. Das Knarren eines Bettes. Ich fragte mich, wer das sein konnte. Dann befand ich, dass dies nicht meine Sache war.

Als ich am nächsten Morgen im Bad stand und Windeln wusch, hörte ich dieses schreckliche Hämmern an meiner Tür.

«Frau Vetter!», rief eine Männerstimme. «Polizei! Öffnen Sie!»

Das junge Paar, dachte ich. Sie haben mich angezeigt, weil kein Führerbild an der Wand hing. Oder Frau Ziegler von gegenüber, dachte ich. Sie hat mich angezeigt, weil sie mitbekommen hat, dass ich BBC höre. Der Standesbeamte, der mich von Anfang an beargwöhnt hatte; oder Elisabeth, die mich schon immer gern hätte verschwinden sehen. Es konnte jeder sein. Das Entscheidende war, dass wir unmittelbar vor dem Ende des Krieges standen und jemand mich im letzten Moment denunziert hatte. Ich war entdeckt.

Ich hatte einen Knoten im Magen. Meine Beine wurden heiß und fingen an zu zittern. Meine Kehle wurde trocken. Die Geschichte, die ich mir schon tausendmal eingeprägt hatte, jagte mir durch den Kopf.

Diese Papiere gehören Fräulein Christl Denner. Sie lebt in Wien.

Wer sind Sie? Wie kommen Sie an diese Papiere?

Ich habe sie gestohlen. Ich war an der Alten Donau spazieren, und Christl ruderte draußen auf dem Fluss, da sah ich, dass ihr die Handtasche ins Wasser fiel, aber sie und ihre Be-

gleiter ruderten weiter, und sobald sie außer Sicht waren, bin ich ins Wasser gesprungen und zu der Stelle geschwommen und immer wieder getaucht, bis ich die Tasche gefunden hatte, und dann habe ich die Papiere herausgenommen und falsche Papiere für mich daraus gemacht. Das war mein Verbrechen. Meines ganz allein. Niemand hat mir geholfen ...

Ich schloss die Augen und stellte mir das Gesicht meiner Mutter vor, trug es vor mir her wie ein Licht, dann öffnete ich die Tür. Ein Polizist stand davor. Er war nicht mehr der Jüngste und sah müde aus.

«Guten Morgen, Frau Vetter. Wir haben Grund zu der Annahme, dass sich in diesem Haus ein Deserteur in der leer stehenden Wohnung seiner Schwester und ihres Mannes versteckt hält, gleich über Ihnen. Waren Sie letzte Nacht hier? Haben Sie vielleicht etwas gehört?»

«Nein», sagte ich. «Gar nichts.»

«Vielleicht haben Sie ja tief geschlafen.»

«Nein, ich hätte das bestimmt gehört; ich muss ja wegen meiner Kleinen mehrmals in der Nacht aufstehen.»

«Aha. Also, wenn Sie doch noch Geräusche aus dieser Wohnung hören, dann wenden Sie sich bitte an uns.»

«Selbstverständlich, Herr Wachtmeister. Ganz bestimmt.»

Er machte eine höfliche Verbeugung und ging.

Die BBC-Sendungen passten am besten in mein Arbeitsschema. Eines Abends schaltete ich ein und hörte eine Ansprache von Thomas Mann, dem Nobelpreisträger und Autor solcher Meisterwerke wie *Der Zauberberg* und *Tod in Venedig*. Er wartete das Kriegsende in Kalifornien ab und wandte sich seit Jahren mit Reden wider die Nazis an das deutsche Volk. Ich hörte ihn zum ersten Mal im Radio.

«Deutsche Hörer!

Wäre nur dieser Krieg zu Ende! ... Wären die grauenhaften Menschen erst beseitigt, die Deutschland hierhin gebracht haben ...!»

Wären, dachte ich.

«Aber eins tut not für den Neubeginn ... Es ist die volle und rückhaltlose Kenntnisnahme entsetzlicher Verbrechen, von denen ihr tatsächlich heute noch das Wenigste wisst, teils weil man euch absperrte, euch gewaltsam in Dummheit und Dumpfheit bannte, teils weil ihr aus dem Instinkt der Selbstschonung das Wissen um dieses Grauen von eueren Gewissen fernhieltet.»

Ich dachte: Was sagt er da? Wovon redet er?

«Weißt du, der mich jetzt hört, von Maidanek bei Lublin in Polen, Hitlers Vernichtungslager? Es war kein Konzentrationslager, sondern eine riesenhafte Mordanlage. Da steht ein großes Gebäude aus Stein mit einem Fabrikschlot, das größte Krematorium der Welt ... Mehr als eine halbe Million europäischer Menschen, Männer, Frauen und Kinder, sind dort in Gaskammern mit Chlor vergiftet und dann verbrannt worden, vierzehnhundert täglich. Tag und Nacht war die Todesfabrik in Betrieb, ihre Kamine rauchten immer.»

Nein, dachte ich, das ist nicht möglich. Das kann doch nur Propaganda sein.

«Die Schweizer Flüchtlingshilfe weiß mehr. Ihre Vertrauensmänner sahen die Lager von Auschwitz und Birkenau. Sie sahen, was kein fühlender Mensch zu glauben bereit ist, der's nicht eben mit Augen gesehen: die Menschenknochen, Kalkfässer, Chlorgasröhren und die Verbrennungsanlage, dazu die Haufen von Kleidern und Schuhen, die man den Opfern ausgezogen, viele kleine Schuhe, Schuhe von Kindern ... Vom 15. April 1942 bis zum 15. April 1944 sind allein in diesen beiden deutschen Anstalten eine Million siebenhundertfünfzehntausend Juden ermordet worden.»

Nein. Das kann nicht sein. Nein.

Stell ab!, sagte ich mir. Bring ihn zum Schweigen!

Aber ich konnte mich nicht rühren. Und Mann schwieg nicht.

«... Die Überreste der Verbrannten wurden gemahlen und

pulverisiert, verpackt und nach Deutschland geschickt zur Fertilisierung des deutschen Bodens ...»

Mama.

«Ich habe nur ein paar Beispiele gegeben von dem, was euch zu erfahren bevorsteht. Die Geiselerschießungen, der Gefangenenmord, die ... Folterkammern der Gestapo, die Blutbäder unter der russischen Zivilbevölkerung ... das geplante, gewollte, herbeigeführte Kindersterben in Frankreich, Belgien, den Niederlanden, Griechenland und besonders in Polen.»

Ich fühlte in mir eine furchtbare Stille, als hätte man mich ausgehöhlt, sodass von mir nur noch eine Hülle übrig war.

Angela begann zu weinen. Ich ging sie nicht trösten. Ich sank auf den Boden.

Die Bluse wurde mir so eng um den Hals, dass ich den Kragen aufriss, nur um Luft zu bekommen. Aber ich konnte nicht atmen. Ich lag auf dem Boden und konnte nicht aufstehen.

Jetzt schrie Angela. Und dann schrie ich. Aber es kam kein Ton aus mir heraus. Sonst hätten die Deutschen mich doch gehört.

Ich lag auf dem Boden und konnte das Grauen, von dem ich da gehört hatte, nicht fassen. Wer kann sich eine lebende, atmende, lachende Mutter als Rauch und Asche vorstellen? Niemand kann das. Mein Verstand setzte aus. Ich sank wie ein Stein hinunter auf den Grund meiner Seele.

In diesem Augenblick wurde mir die wahre Bedeutung der Bezeichnung «U-Boot» klar. Ich fühlte mich lebendig begraben, in völliger Stille, unter einem Meer des Terrors. Und ich lebte mitten unter den Komplizen. Mochten sie noch so sehr aussehen wie Hausfrauen und Ladenbesitzer, ich wusste, dass ihr stillschweigendes Einverständnis mit Hitlers Krieg gegen die Juden geradewegs in den Albtraum geführt hatte, den Thomas Mann soeben geschildert hatte.

Ich weiß nicht, wie lange ich so lag. Ich weiß nicht, wann Angela, erschöpft vom Schreien, endlich einschlief.

Es kam der nächste Tag, der übernächste, die Wochen gingen dahin, und dann kehrte Mama in meiner Phantasie zurück. Sie setzte sich des Nachts an mein Bett und rief mir die längst vergessenen Gedichte in Erinnerung, die ich für meinen Großvater aufgesagt hatte. Es muss so gewesen sein, denn am nächsten Morgen wusste ich sie wieder und konnte sie für Angela aufsagen. Als die Kleine zu krabbeln anfing, bildete ich mir ein, dass Mama vor Glück in die Hände klatschte. «Siehst du, Edith, sie ist so ein kluges Kind. Bald wird sie in Stockerau über die Brücke rennen . . .»

Ein Wehrmachtsoffizier saß am Küchentisch. Er hielt seine Mütze in der Hand. Ich glaubte, er werde mir sagen, dass Werner gefallen sei. Heiße Tränen liefen mir am Hals hinunter.

«Nein», sagte der Offizier. «Weinen Sie nicht. Ihr Mann ist nicht tot. Er ist in russischer Kriegsgefangenschaft. Seine Einheit ist bei Küstrin angegriffen worden und hat sich zurückgezogen, bis es nicht mehr weiterging. Sie war umzingelt und hat sich ergeben. Alle sind gefangen genommen worden.»

«Wurde er verwundet?»

«Ich glaube nicht.»

«Vielen Dank, dass Sie gekommen sind und mir das gesagt haben!», rief ich.

«Er wird in ein sibirisches Gefangenenlager kommen. Sie werden ihn lange nicht wieder sehen.»

«Danke. Vielen Dank!»

Er setzte seine Mütze auf und ging, um die nächste Frau zu benachrichtigen.

Aus meiner Sicht war das der denkbar beste Ausgang. Werner war nicht nur in Sicherheit, er war auch unverletzt, und ich zweifelte nicht daran, dass er das russische Gefangenenlager mindestens so gut überstehen würde wie andere deutsche Soldaten auch. Ich dachte das gleiche, was ich schon bei bei meiner Schwester Hansi gedacht hatte: Er ist in den Händen eines Verbündeten und sicher aufgehoben. Seine Brüder Gert und Robert sollten weniger Glück haben. Sie würden in einem Feldlazarett an ihren Verwundungen sterben.

Heinz Schlegel, Hildes Mann, war in einer der letzten Schlachten an der Ostfront gefallen. Sie hatte ihr Töchterchen Evelyn zu ihrer Mutter gebracht und erwartete nun mit großen Ängsten die Einnahme der Stadt.

«Jeder sagt, die Russen sind Ungeheuer und werden uns alle vergewaltigen», sagte sie. «Ich habe gehört, dass sie alte Frauen vor die Mündungen ihrer Kanonen binden, und wenn sie die dann abschießen, werden die Ärmsten zerfetzt.»

Ich reagierte auf so etwas nicht mehr mit Ungläubigkeit, ich sagte nicht mehr: «Ach, das ist doch alles nur Propaganda.»

«Vielleicht solltest du es so machen wie Werner – alles Geld abheben, damit du etwas hast, womit du jemanden bestechen kannst, wenn es sein muss.»

«O je, das ist ein schrecklicher Gedanke, Grete. Ich lasse doch gerade alles Geld auf der Bank, damit sie nicht herankommen.»

Am Ostersamstag 1945 wurde Brandenburg bombardiert. Wir hatten keinen Strom und kein Gas mehr. Die SS brachte eine Brigade russischer Soldaten, die zur Wehrmacht übergelaufen waren – vielleicht waren es aber auch Kriegsgefangene –; sie sollten vor unseren Häusern Gräben ausheben und uns verteidigen. Aber die Männer hatten solche Angst vor der nahenden Roten Armee, dass sie binnen Minuten in unseren Wohnungen saßen und sich hinter den Leuten versteckten, die sie eigentlich schützen sollten. Daraufhin zog die SS sie wieder ab.

Wir hörten die Sirenen eine Stunde lang heulen und wussten, dass Brandenburg gefallen war. Also begaben wir uns alle in die Keller und blieben mit den Kindern, vielleicht zwanzig an der Zahl, dort unten. Ein kleines Mädchen weinte und schrie, weil es seine Puppe oben vergessen hatte und fürchtete, sie könnte ihm bei dem Bombenangriff verloren gehen. Die Mutter konnte dem Bitten und Betteln nicht widerstehen und lief noch einmal hinauf, um die Puppe zu holen. Kaum war sie wieder unten, traf eine Bombe das Dach und explodierte mit einem so lauten Knall, dass die Mutter vor Schreck die Puppe fallen ließ, und das war's dann. Das kleine Mädchen heulte, die Mutter heulte. Alle waren aufs Äußerste angespannt vor Angst.

Ich legte mich zum Schlafen auf meine Matratze, meine mustergültige Angela in den Armen, überzeugt, dass unsere Retter bald da sein würden. Einer der alten Männer vom Volkssturm kam herunter und erzählte, auf der Bahnlinie sei ein Proviantzug stehen geblieben. Viele eilten hin, um ihn zu plündern; sie gaben uns von den mitgebrachten Lebensmitteln ab.

Ein deutscher Soldat weckte uns. «Die Russen sind durchgebrochen», sagte er. «Die Stadt muss evakuiert werden.»

Ich tat, was alle taten: Ich packte mein Kind in den Kinderwagen und rannte los. Überall waren Soldaten, die uns sagten, wohin wir zu laufen hätten, und wir rannten und rannten; alle rannten. Die Stadt brannte. Hinter uns hörten wir die Brücken in die Luft fliegen, von der Wehrmacht gesprengt, um den Vormarsch der Russen zu behindern. Bevor es dunkel wurde, erreichte ich ein Dorf vor der Stadt. Ich fand eine Scheune und darin ein Eckchen, in dem ich mich verstecken konnte. Ich wickelte Angela in meinen Mantel, und wir schliefen beide ein. Als ich aufwachte, stand der Himmel in Flammen. Und das Gleiche galt für Angela: Sie war mit roten Flecken übersät und hatte hohes Fieber – Masern.

Ich hatte nichts, womit ich ihr etwas Gutes hätte tun können, kein Wasser, gar nichts. Weinend ging ich von Haus zu Haus und bettelte, man möge uns einlassen, da mein Kind so krank sei. Ein Nachbar aus Brandenburg sah meine Not und versuchte sich bei den Leuten für mich einzusetzen. Aber alle sagten nein. Alle hatten Angst. Im letzten Haus endlich, dem kleinsten im Dorf, ließen eine Frau und ihre Tochter uns ein.

Sie hatten die Masern beide schon gehabt und rieten mir, Angela im Schatten zu halten und ihr Wasser zu geben.

Die ganze Stadtbevölkerung schien auf ihrer Flucht durch dieses Dorf zu kommen. Den Zivilisten auf dem Fuß folgte die Wehrmacht, einst so unbesiegbar, jetzt vernichtend geschlagen und nur noch darauf bedacht, den Russen nicht in die Hände zu fallen. Einige Soldaten kamen in das kleine Haus, um sich für kurze Zeit auszuruhen und zu verstecken. Einer von ihnen hatte ein batteriebetriebenes Radio bei sich. Wir versammelten uns um das Gerät: die alte Frau und ihre Tochter, die abgezehrten Soldaten und ich mit meinem leidenden Kind. Großadmiral Dönitz sprach zu uns. Er sagte, Deutschland sei nicht mehr in der Lage, sich zu verteidigen, der Krieg sei verloren, und die Deutschen sollten den Anordnungen der Besatzungsmacht Folge leisten.

Stille. Niemand weinte. Nicht einmal ein Seufzer war zu hören.

«So», sagte ich nach einer Weile. «Ist jemand hungrig?»

Sie sahen mich mit offenen Mündern an.

«Geht raus zu den Bauern», sagte ich zu den Soldaten, «und bittet sie um Mehl und Eier, Milch, Marmelade und Brot. Bringt die Sachen her, lasst eure Waffen draußen, dann mache ich euch etwas Gutes zu essen.»

Und so geschah es. Während den ganzen Tag immer neue Männer in das kleine Haus strömten, machte ich Hunderte von köstlichen Wiener Palatschinken für die Wehrmacht, und die Frau und ihre Tochter trugen sie auf. Während ich am Herd stand, kam mir ein Lied aus grauer Vorzeit in den Kopf, und ich sang:

Eines Tages wird der Tempel neu erbaut.
Eines Tages werden die Juden nach Jerusalem
zurückkehren.
So ist es geschrieben in der Heiligen Schrift.
So ist es geschrieben, halleluja!

Einer der Soldaten flüsterte mir ins Ohr: «Sie sollten Ihre Freude nicht so offen zeigen. Hitler könnte Sie hören.»

«Hitler hat sich umgebracht, Herr Unteroffizier. Das steht fest. Hitler und Goebbels haben nicht abgewartet, bis sie mit uns gewöhnlichem Volk die Russen begrüßen konnten. Deswegen haben wir im Radio nur den Admiral gehört.»

«Man kann nie wissen», meinte er. «Seien Sie lieber vorsichtig.»

Noch in der totalen Niederlage, während der Himmel von Bombeneinschlägen nur so loderte und die Luft vom Kanonendonner zitterte, traute er sich kein offenes Wort zu sagen. Das war die Gewohnheit des Schweigens, sie durchdringt den ganzen Menschen und überträgt sich vom einen auf den anderen. Wenn die Deutschen sich vor einer ansteckenden Krankheit besonders hätten fürchten müssen, dann wäre es das Schweigen gewesen, nicht die Masern.

Bevor dieser Soldat weiterzog, gab er mir noch ein paar Täfelchen Traubenzucker. Sie sollten sich als ein wahrer Schatz erweisen.

Im Dorf hingen inzwischen zum Zeichen der Ergebung an allen Häusern weiße Fahnen – Betttücher, Handtücher, Lumpen. Meine beiden freundlichen Gastgeberinnen hatten keine besondere Lust, dazubleiben und die siegreiche Rote Armee in Empfang zu nehmen; sie machten sich davon. Ich für meinen Teil hatte keine besondere Lust, sie ganz allein in Empfang zu nehmen, weshalb ich beschloss, nach Brandenburg zurückzukehren. Ich nahm so viele Lebensmittel wie möglich mit, packte Angela in den Kinderwagen und begab mich auf derselben Straße in Richtung Osten, auf der die geschlagenen deutschen Soldaten nach Westen zogen.

Ich kam an eine Brücke, die über einen tiefen Graben geführt hatte. Sie war gesprengt worden, ihr mittlerer Teil fehlte. Über die Lücke war eine Toilettentür gelegt, eine mit ausgeschnittenem Herz in der Mitte, wie sie auf dem Lande oft zu sehen waren. Die kleine Tür war kaum breit genug für den Kinderwagen. Ich blickte durch das Herz nach unten und sah Geröll und Schutt und Tod. Im Geiste sah ich den Wagen abrutschen und mein Kind in die Tiefe stürzen.

«Das ist das Ende», dachte ich.

Ich schloss die Augen und rannte mit dem Wagen auf die andere Seite. Als ich die Augen wieder öffnete, saß Angela aufrecht im Wagen und sah mich an. Ihr Fieber war abgeklungen.

Die Straße zurück nach Brandenburg war mit toten Deutschen übersät. Bei manchen waren die Gesichter mit Zeitungspapier abgedeckt. Ich versuchte auf keinen zu treten, aber manchmal ließ es sich einfach nicht vermeiden. Riesige Schutthaufen blockierten die Straße. Ich musste den Kinderwagen hochheben und hinübertragen.

Die Russen kamen hoch zu Pferd in die Stadt geritten.

Ich begegnete meiner Nachbarin, Frau Ziegler. Sie war hochschwanger und schob ihr anderes Kind, einen kleinen Jungen, im Kinderwagen. Wir beschlossen, zusammenzubleiben und gemeinsam zu versuchen, wieder zu unserem Haus zu gelangen.

Wir kamen an der Bank vorbei. Die Russen hatten den Tresorraum aufgebrochen und sämtliche Reichsmark herausgeholt, die sie jetzt auf die Straße warfen. Die Geldscheine wirbelten wie Herbstlaub durch die von all den Bränden ringsum erhitzte Luft. Wenn Deutsche dem Geld nachrannten, brüllten die Russen vor Lachen.

Unser Haus in der Immelmannstraße brannte. Die russischen Soldaten waren hineingerannt und hatten Matratzen, Decken und Kissen auf das freie Grundstück gegenüber geworfen; darauf lümmelten sie sich jetzt lachend und rauchend, während vor ihren Augen das Haus niederbrannte. Die Vorderfront war teilweise weggebrochen, und man konnte in den Kellerraum sehen, wo mein Koffer aus Wien war, der, den Mama für mich bei Pepi gelassen hatte. Ich sah den Koffer in einem Nebel von Hitze und Rauch stehen.

«Ich muss diesen Koffer haben!», schrie ich, und schon rannte ich wie eine Irre in das brennende Haus. Die fürchterliche Hitze zwang mich zur Umkehr. Frau Ziegler beschwor mich, das zu lassen; was konnte es denn so Wichtiges geben, dass ich mein Leben dafür aufs Spiel setzte? Aber ich rannte noch einmal hinein in die Glut. Die Hitze versengte mir Augenbrauen und Haare. «Hilfe, helft mir doch, ich muss diesen Koffer haben! Hilfe!»

Ein russischer Soldat, der die Szene beobachtet hatte, warf sich eine der Decken über, rannte in den Keller und holte den Koffer heraus. Ich konnte ihm gar nicht genug danken. Wenn ich mich recht erinnere, habe ich ihm sogar die Hand geküsst. Dann schauten er und seine Kameraden neugierig zu, wie ich den Koffer öffnete – sie dachten wahrscheinlich, ich hätte etwas unbeschreiblich Wertvolles darin: Schmuck, Silber, Bilder. Als sie sahen, was meinen hysterischen Anfall ausgelöst hatte – ein verblichener blauer Band Goethe, dazu noch ziemlich schlecht eingebunden –, dachten sie wohl, ich hätte den Verstand verloren.

Da unser Haus zerstört war, mussten wir nun eine Bleibe für die Nacht finden. Auf der Straße trafen wir unsere Hausärztin, die alte Dame, die unsere Kinder betreute. Sie wies uns den Weg zu einem protestantischen Mädchenpensionat in der Nähe. Dort teilten die Schwestern uns ein winziges Zimmerchen zu, eine Art Umkleideraum hinter der Bühne des Festsaals. Darin befanden sich zwei Tragen, ein Besen und ein Waschbecken. Wir waren völlig erschöpft, genau wie unsere Kinder. Also legten wir uns auf die Tragen und schliefen sofort ein. Die Tür zu verschließen fiel uns nicht ein.

Im Lauf der Nacht wachte ich auf. Von überallher drang ein Heulen an mein Ohr, kein Sirenengeheul, eher ein anhaltendes, gedämpftes Schreien. Es schien vom Himmel und aus der Erde zu kommen. Vor dem Zimmerchen, in dem wir kauerten, liefen betrunkene russische Soldaten hin und her. Sie kamen nicht herein, denn wir hatten die Tür nicht abgeschlossen, und als sie sie aufdrückten, sahen sie nichts als Dunkelheit und hielten den Raum wohl für eine Besenkammer. Frau Ziegler und ich lagen die ganze Nacht wach und hielten uns an den Händen. Wir wagten kaum zu atmen und beteten, dass unsere Kinder still blieben.

Am Morgen begaben wir uns wieder auf die Straße und suchten, bis wir eine verlassene Wohnung fanden. Die Türen ließen sich nicht schließen, die Fenster auch nicht, aber solche Nebensächlichkeiten kümmerten niemanden. Außer ein paar alten Palatschinken hatten wir nichts mehr zu essen. Aber an der Straße befand sich ein Hydrant, an dem wir uns mit Wasser versorgen konnten. Ich löste den geschenkten Traubenzucker in Wasser auf und fütterte damit mein Kind.

Die systematischen Vergewaltigungen der Frauen in der Stadt hielten mehrere Tage an und hörten dann plötzlich auf. Die meisten Frauen hatten irgendwo Verwandte, mit denen sie sich in Verbindung setzen konnten. Frau Ziegler verabschiedete sich und ging zu ihrer Mutter. Ich aber war allein, und so blieb ich in der Wohnung in der Nähe des Hydranten.

Ich machte mich auf die Suche nach Leuten, die ich kannte. Eine Bekannte von mir wohnte in einem Haus, das nicht zerstört war. Sie saß auf einem Stuhl und starrte hinaus auf die verwüstete Stadt: die schwelenden Häusergerippe, die rauchend umhergehenden Russen. Sie hatte violette Blutergüsse um die Augen. Ihre Nase war von angetrocknetem Blut verkrustet, ihr Kleid zerrissen.

«Ich habe ihm die Armbanduhr meines Mannes angeboten», sagte sie, «aber er hatte schon den ganzen Arm voller Uhren.» Sie weinte nicht. Ich glaube, sie war ausgeweint. «Gott sei Dank war das Kind bei meiner Mutter.»

«Unsere alte Kinderärztin ist in der Gegend», sagte ich. «Vielleicht kann sie helfen . . .»

«Nein, nein, schon gut. Ich habe Wasser, ich habe zu essen.» Sie blickte um sich. Ihr war klar, dass ihr altes Leben zu

Ende war, und sie vermisste es bereits, vermisste ihren toten Führer, ihren toten Mann, das Regime, das ihr die Welteroberung versprochen hatte. «Das war die schönste Wohnung, die ich je hatte», sagte sie.

Schließlich kamen die alten Leute zurück, denen die Wohnung gehörte, in die ich gezogen war. Sie waren hocherfreut, dass nichts gestohlen worden war, und ließen mich weiter bei sich wohnen. Ich weiß nicht mehr, was mein Kind in dieser Zeit zu essen bekam; wie wir aßen, was wir aßen – ich weiß es wirklich nicht. Jeder Tag war ein Hungerabenteuer. Wir standen in langen Schlangen und warteten, dass jemand, der etwas zu sagen hatte, uns ein paar Lebensmittel zuteilte – ein paar Nudeln, ein paar Trockenerbsen, etwas Schwarzbrot. Zum Frühstück aßen wir eine dünne Mehlsuppe mit etwas Salz darin. Angela bekam die ihre mit etwas Zucker. Ich war so abgemagert und zeitweise so schwach, dass ich sie nicht einmal auf den Arm nehmen konnte.

Schon bald war in der Stadt kein Hund, keine Katze mehr am Leben.

Monatelang herrschte die reine Anarchie: keine Ordnung, keine Verkehrsmittel, kein Strom, kein Wasser in der Leitung. Alle stahlen, alle hungerten.

Gestohlen wurde jede Glühbirne aus jeder Fassung in jedem Treppenhaus in jedem Gebäude. Wurde irgendwo etwas zu essen angeboten, musste man sein eigenes Besteck, sein eigenes Geschirr mitbringen. Die Post kam per Pferdewagen. Pepi schickte mir zu Weihnachten 1945 eine Karte. Ich erhielt sie im Juli 1946.

Zigaretten wurden zur Währung. Die Amerikaner witzelten, für Zigaretten könnten sie jede Frau in Deutschland haben. Die Deutschen trugen ihr Porzellan, ihre Spitzen, ihre antiken Uhren zu bestimmten Stunden an bestimmte Plätze; und da es den Russen nicht erlaubt war, sich mit Deutschen gemein zu machen, verhökerten sie diese Sachen an die britischen und amerikanischen Soldaten im Tausch gegen das, was zum Leben nötig war.

Seit die Russen da waren, trugen alle Deutschen zum Zeichen ihrer Ergebung weiße Armbinden. Ich nicht, denn ich fühlte mich ja zu den Siegern gehörig. Die ausländischen Arbeiter fanden Mittel und Wege, ihre jeweiligen Nationalfarben am Ärmel zu tragen, damit die Russen wussten, wer sie waren, und ihnen für den weiten Weg nach Hause etwas zu essen mitgaben. Ich sah einen Österreicher mit Rot-Weiß-Rot am Ärmel und machte es wie er, worauf die Russen auch mir zu essen gaben.

Sie öffneten die Gefängnisse und ließen alle Häftlinge laufen: Mörder, Diebe und politische Gefangene ohne Unterschied. Einem solchen Mann fiel meine Armbinde auf, als er mich in einer Schlange um Lebensmittel anstehen sah, und er erzählte mir gut gelaunt, dass auch er aus Österreich stamme und wegen «Wehrkraftzersetzung» gesessen habe. Er wollte meine Adresse wissen. Ich nannte sie ihm. Er verschwand. Ich vergaß ihn. Eine gute Woche später hielt vor unserem Haus ein Lieferwagen und lud eine für unsere Begriffe ungeheure Menge Kartoffeln und Gemüse ab, sogar etwas Obst.

«Das war der Österreicher», erklärte ich meinen aufgeregten Mitbewohnern. «Ich kenne nicht einmal seinen Namen.»

«Ein von Gott gesandter Engel», sagten die alten Leute.

Es dauerte fast ein halbes Jahr, bis wir wieder Lebensmittelkarten bekamen, und von da an erhielten wir einen Viertelliter Magermilch pro Kind und Tag. Wir hatten die ganze Zeit von dem Geld gelebt, das ich noch von der Bank hatte retten können. Ich hatte es immer im Kinderwagen gehabt, unter dem Kind. Jetzt war nichts mehr da. Ich brauchte eine Arbeitsstelle. Um aber eine zu bekommen, brauchte ich einen richtigen Ausweis. Und das stellte mich vor ein großes Problem, weil ich mich noch immer nicht traute, jemandem zu sagen, dass ich Jüdin war.

Den ganzen Krieg hindurch hatte nie ein Mensch von den

Juden gesprochen. Mit keinem Wort. Lange Zeit war es so, als hätte niemand überhaupt gewusst, dass in diesem Land einmal Juden gelebt hatten. Jetzt aber redeten die Deutschen dauernd davon, dass die Juden wiederkommen und Rache nehmen würden. Jedes Mal, wenn eine Gruppe Fremder in die Stadt kam, wurden meine Nachbarn nervös. «Sind das die Juden?», fragten sie. Vermutlich fürchteten sie, von schwer bewaffneten, hasserfüllten Menschen überfallen zu werden, die «Auge um Auge» wollten. Welch ein Witz! Keiner konnte sich vorstellen, wie gründlich die jüdische Bevölkerung ausgerottet worden war, wie ausgehungert und krank, wie erschöpft und entkräftet die überlebenden Reste waren.

In einer solchen Atmosphäre wagte ich nicht zu offenbaren, dass ich Jüdin war. Ich fürchtete, die Leute, die mich aufgenommen hatten – und die ja möglicherweise in einem ehemals jüdischen Haus wohnten und die Kleider toter Juden trugen –, könnten denken, ich wollte ihnen etwas fortnehmen, und mich und Angela auf die Straße setzten.

Erst im Juli, zwei Monate nach dem russischen Sieg, schlitzte ich den Einband des Buchs auf, das Pepi für mich gebunden hatte, und holte meine echten Papiere hervor.

Ich ging zu Dr. Schütze, einem Rechtsanwalt. Er beantragte eine gerichtliche Verfügung, wonach mein Name von «Grete Vetter geborene Denner» in «Edith Vetter geborene Hahn» zu ändern sei.

Dann ging ich zum Rundfunk und veranlasste, dass der Name meiner Mutter in den täglichen Suchmeldungen genannt wurde: «Wer weiß etwas über den Verbleib der Frau Klothilde Hahn aus Wien, gelernte Schneiderin, nach Polen deportiert im Juni 1942? Hat jemand sie gesehen oder etwas von ihr gehört? Wer etwas weiß, melde sich bei ihrer Tochter ...»

Die Kommunisten, die aus den Lagern zurückkehrten, bestätigten, was Thomas Mann im Radio gesagt hatte. Einer von ihnen erzählte mir, er habe die Kleider der Juden durchsuchen müssen, nachdem sie ausgezogen und in die Gaskammern geschickt worden waren. Nach Schmuck und Geld habe er suchen sollen, das ins Futter eingenäht war. Ich dachte an den braunen Mantel meiner Mutter, ihre schönen Seidenblusen. Ich stellte mir vor, wie dieser Mann die Nähte aufschlitzte.

Nein, dachte ich. Nein. Das ist nicht möglich.

Ich konnte den Gedanken, dass meiner Mutter ein solch grauenhaftes Schicksal beschieden gewesen sein sollte, einfach nicht zulassen. Ich konnte es nicht. Das war nicht reine Einfalt. Alle Tage tauchten Totgeglaubte aus Staub und Schutt wieder auf und fielen ihren Lieben in die Arme. Also ließ ich Mama weiter im Rundfunk ausrufen. Ich rechnete mit ihrer Rückkehr.

Ich ging zum Standesamt und sah mich zu meinem Entsetzen demselben Beamten gegenüber, der uns getraut hatte.

«Ah, Frau Vetter! Ich erinnere mich an Sie.»

«Und ich mich an Sie.»

«Hier steht noch immer, dass uns der Abstammungsnachweis Ihrer Großmutter mütterlicherseits fehlt. Nachdem unsere russischen Freunde jetzt hier sind, könnten Sie ihn doch vielleicht besorgen.»

«Das glaube ich nicht. Meine Papiere waren falsch.»

«Wie bitte?»

«Hier, das sind meine richtigen Papiere. Und das hier ist eine gerichtliche Verfügung, nach der Sie mich als die Person zu registrieren haben, die ich wirklich bin.»

Schockiert betrachtete er meine jüdischen Papiere.

«Sie haben mich angelogen!», rief er.

«So kann man es nennen.»

«Sie haben Ihren Rassennachweis gefälscht!»

«Stimmt.»

«Das ist Urkundenfälschung, was Sie da gemacht haben!»

Ich beugte mich zu ihm hinüber. Ganz dicht. Er sollte meinen Atem spüren.

«Ich glaube nicht, dass Sie jetzt in Brandenburg einen Staatsanwalt finden werden, der mich deswegen anklagt», sagte ich.

Ich war wieder mein wahres Ich, zum ersten Mal seit Jahren. Sie werden fragen, was das für ein Gefühl war? Ich sage es Ihnen: Ich empfand gar nichts. Es war nämlich so, dass ich die alte Edith gar nicht gleich wieder fand. Sie war noch immer ein U-Boot, tief untergetaucht. Wie die übrigen Juden kam sie nicht von einem Augenblick auf den nächsten wieder an die Oberfläche. Das dauerte lange. Sehr lange.

Es dauerte ewig.

Mit meiner neuen Identität ging ich zum Bürgermeister der Stadt, einem Kommunisten, der viele Jahre im Konzentrationslager gewesen war.

«Aus welchem Lager kommen Sie?», fragte er.

Ich sagte: «Ich habe mich ohne Lager durchgeschlagen.»

Er blätterte in den Zeugnissen, die Pepi für mich in Sicherheit gebracht hatte, sah auf den ersten Blick, dass ich die Qualifikation zur Gerichtsreferendarin hatte, und schickte mich zum Gericht. Dort bekam ich sofort eine Anstellung, und ganz plötzlich – unvorstellbar! – hatte ich ein neues Leben!

12

Auftauchen

Die hohen Nazis hatten sich längst mit ihrer Beute davongemacht. Was wir in Brandenburg noch hatten, waren die vielen, vielen kleinen Nazis, die sich aus ihrer Vergangenheit herauszulügen versuchten. Aber das Amtsgericht mit all seinen Akten war nicht bombardiert worden, sodass die Russen hinreichend zutreffende Unterlagen darüber besaßen, wer ein Freund des Naziregimes gewesen war und wer nicht. Da sah man Eingaben von Leuten, die man kannte, unterschrieben mit «Heil Hitler!» Eingefleischte hatten dem oft noch ein «Gott strafe England!» folgen lassen. Es gelang also nur wenigen, sich herauszulügen. Da die Russen, anders als die Amerikaner und Briten, keinem Nazi wissentlich ein Amt gaben, herrschte Personalmangel, und Leute wie ich, die nachweislich keine Nazis gewesen waren und zudem eine juristische Ausbildung hatten, waren begehrt.

Am 1. September 1945 trat ich im zweiten Stock des Amtsgerichts meine Stelle an. Der Amtsgerichtsdirektor, Herr Ulrich, ließ mich alte Akten studieren, damit ich mich auf den neuesten Stand des Rechtssystems bringen konnte. Dieser hervorragende Jurist, der aus dem Dienst entfernt worden war, weil er nicht in die NSDAP hatte eintreten wollen, fragte die Leute gern: «Ach, sagen Sie mir doch bitte, waren *Sie* Parteimitglied?» Und dann lehnte er sich zurück und sah zu, wie sie sich wanden und schwitzten und logen.

Meine Tätigkeit war zunächst die einer Rechtspflegerin. Nach einiger Zeit wurde ich zur Vorsitzenden im Schöffengericht ernannt, das jeweils aus einem Amtsrichter und zwei Laien bestand. Die den Russen unterstehende Justizverwaltung wollte mich an einem Sondergericht einsetzen, das politische Fälle bearbeitete, doch ich lehnte ab und wurde schließlich Richterin am Familiengericht.

Mein größter Traum – einstmals angeregt durch den Fall Halsmann und geschürt durch meine Beziehung zu Pepi, aber vor langer Zeit aufgegeben – war Wirklichkeit geworden. Ich war Richterin.

Ich hatte ein eigenes Büro. Ich trug eine Robe. Bevor ich einen Gerichtssaal betrat, rief der Gerichtsdiener: «Das Gericht!» Die Leute erhoben sich und blieben stehen, bis ich saß.

Es war die schönste Zeit meines Lebens, die erste und einzige Zeit, in der mein Intellekt bei der Arbeit voll ausgelastet war – ein unbeschreiblicher Genuss –, sowie die erste und einzige Zeit, in der ich über ein ganz klein wenig Macht verfügte, um in dieser Welt Leiden zu lindern.

Kurz nach meiner Anstellung bei Gericht wurde ich krank. Ich bekam einen Hautausschlag, eine Folge von Mangelernährung. Meine Füße waren von schlecht sitzenden Schuhen auf Dauer verkrümmt. Ich war erschöpft. So kam ich ins Krankenhaus. Angela blieb so lange bei meiner Vermieterin.

Als ich genesen war, bewarb ich mich beim Wohnungsamt um eine neue Unterkunft. Es dauerte zwei Monate, aber schließlich bekam ich in der Kanalstraße, im besten Wohnviertel, eine sehr hübsche Wohnung mit Balkon zugewiesen. Sie hatte einem Nazirechtsanwalt gehört, der geflohen war. Ein Balkon war dabei.

Ein Mann, der von den Nazis eine Möbelfabrik übernommen hatte – die Nazis hatten sie zuvor den Juden gestohlen –, sorgte dafür, dass ich zu einem bezahlbaren Preis Möbel kaufen konnte. Ich erinnere mich an einen schönen Schreibtisch, reich geschmückt, mit Messingbeschlägen und Füßen wie Löwentatzen. Er sah aus, als stammte er aus einem Palais – eine echte SS-Antiquität (das heißt von der SS irgendwo gestohlen).

Um mein Glück vollkommen zu machen, wohnte im selben Haus der Direktor des Elektrizitätswerks, ein aus einem Lager zurückgekehrter Kommunist. Er sorgte dafür, dass wir an das Stromnetz der Russen angeschlossen wurden. So hatten wir Licht, und das hatten die wenigsten Deutschen in Brandenburg.

Sie werden fragen, wovon wir uns in jenen Tagen ernährten, was wir zu essen hatten. Nun, das ging so, wie es in einem englischen Lied heißt: Mit Hilfe guter Freunde kam man zurecht.

Ich trat der Organisation «Opfer des Faschismus» bei, der lauter Leute wie ich angehörten, die irgendwo überlebt hatten. Es waren nicht nur Kommunisten, sondern auch andere Juden, die als U-Boote mit gefälschten Papieren gelebt, sich auf dem Land versteckt gehalten hatten oder von den Todestransporten oder aus den Lagern geflohen waren. Es bedeutete mir unendlich viel, zu wissen, dass ich nicht die Einzige gewesen war. Wir sahen einander an, und ohne etwas sagen zu müssen, verstanden wir einer des anderen Geschichte. Was ich auf meinen Reisen nach Wien gesucht und immer weniger gefunden hatte – eine Atempause von Versteckspiel und Angst, *Menschen, die mich verstanden* –, fand ich jetzt unter den Opfern des Faschismus.

Meine neuen Freunde schenkten mir eine Flasche Wein. Ich tauschte sie bei einem Russen gegen eine Flasche Speiseöl, ein Geschäft, das beide Seiten erfreute.

Beim Anstehen um Brot hatte ich mich mit einer Frau in

meinem Alter befreundet; sie hieß Agnes. Als ich im Krankenhaus lag und bei magerer Kost zu genesen versuchte, brachte sie mir täglich etwas zusätzlich. Ihr Bruder war in der SS gewesen. Ihr Mann – kann sein, dass er Heinrich hieß – war Kommunist und hatte zehn Jahre im KZ Oranienburg gesessen. Gegen Kriegsende hatte er fliehen können und Unterschlupf bei Genossen gefunden, die Flugblätter an ausländische Zwangsarbeiter verteilten und sie darin zu Sabotageakten aufforderten. Jetzt saß er im Stadtrat von Brandenburg und hatte eine so hohe Stellung in der Kommunistischen Partei, dass er sogar ein Auto besaß.

Dann war da Klessen, der Fischer. Während des Krieges hatte er den Kommunisten sein Boot als schwimmendes Parteibüro zur Verfügung gestellt, wo sie antinazistische Flugblätter druckten. Klessen hatte seinen jüngeren Sohn bei Stalingrad verloren. Eines Tages hatte ein Nazi-Offizier, der das Boot gechartert hatte, in so herzlosem Ton über die Verluste an der Front gesprochen, dass Klessen in Wut geriet und ihn erschoss. Natürlich hatte er fliehen müssen. Er hatte sich in den Wäldern versteckt. Als der Krieg zu Ende war, kam er zurück.

Die Russen vertrauten ihm. Er und seine Frau wurden meine Freunde. Sie gaben mir Fisch, Gemüse und Kartoffeln – so viel von allem, dass ich noch Tante Paula und meiner Schwägerin Gertrude etwas nach Berlin schicken konnte. Einmal kam Klessen zu mir ins Büro und brachte mir einen Beutel voller Aale, die er in einer heimlichen Reuse gefangen hatte. Ich legte den Beutel in meine Schreibtischschublade. Als ich später mit irgendjemandem ein Gespräch führte, begann auf einmal der ganze Schreibtisch zu wackeln und zu beben, weil die Aale, obwohl sie tot waren, noch zappelten.

Seit ich meinen Dienst bei Gericht angetreten hatte, machte ich Eingaben an die russische Kommandantura, um Werner aus Sibirien herauszuholen.

«Mein Mann ist deutscher Offizier», sagte ich. «Aber er

wurde erst gegen Kriegsende eingezogen und hat so gut wie keinen aktiven Dienst geleistet. Er ist behindert – auf einem Auge blind. Er hat es nicht verdient, in einem Gefangenenlager zu sein. Er ist ein guter Mensch, der mich versteckt und mir geholfen hat. Bitte ... lassen Sie ihn frei.»

Nun war das so: Wenn man die Russen um irgendetwas bat, sagten sie weder ja noch nein. Sie sagten gar nichts, und was zum Schluss dabei herauskam, wusste man erst, wenn es geschah. Ich fragte also immer wieder nach, sie sagten nichts, und ich fragte weiter.

Als es wieder Post gab und hier und da sogar ein Telefon funktionierte, erhielt ich Nachrichten von meinen Freunden und Angehörigen. Meine kleine Schwester Hansi war mit der britischen Armee nach Wien gekommen und hatte an Jultschis Tür geklopft. Die Wiedersehensfreude strömte über bis in meine zerstörte deutsche Kleinstadt. Ich hörte, dass meine Kusine Elli sicher in London war; dass Mimi und Milo sicher in Palästina waren; dass mein Vetter Max Sternbach, der Künstler, überlebt hatte, indem er sich für einen französischen Kriegsgefangenen ausgab; dass Wolfgang und Ilse Römer von den Quäkern gerettet worden waren; dass Vera und Alex Robichek, meine Vettern, im italienischen Exil überlebt hatten; dass Onkel Richard und Tante Roszi sicher in Sacramento waren.

Konnte ich mir vorstellen, dass nahezu alle anderen ermordet worden waren? Meine Wiener Freunde, die Mädels aus dem Arbeitslager, Dutzende von Angehörigen, alle fort ... konnte ich mir das auch nur vorstellen?

Als Richterin hatte ich hauptsächlich mit Jugendlichen zu tun. Verwahrloste deutsche Kinder sah man in jenen Tagen überall; sie bettelten in Bahnhöfen und schliefen zwischen aufgehäuften Lumpen auf der Straße. Natürlich wurden sie kriminell. Sie verkauften kostbare Lebensmittel auf dem Schwarzmarkt. Sie verkauften ihre Schwestern und sich selbst. Sie stahlen, was nicht niet- und nagelfest war. Diese

Kinder wurden mir im Familiengericht vorgeführt. In Erinnerung an die Plantage, mein bestes Gefängnis, steckte ich keins dieser Kinder zu den hartgesottenen Kriminellen ins Gefängnis, sondern verurteilte sie zu Arbeit an frischer Luft – Schutt räumen, Straßen pflastern.

Die Russen suchten das Land nach den Kindern von Deutschen und Ausländern ab; sie nahmen sie ihren Müttern oder Adoptivmüttern fort und verfrachteten sie in die Sowjetunion. Das war die Vergeltung für die unbarmherzige Verschleppung Tausender russischer Kinder durch die Nazis, entweder zur Zwangsarbeit oder zu einem «arisierten» Leben in Deutschland.

Aber was im Sinne der Völker «Politik» ist, kann für den Einzelnen eine persönliche Tragödie bedeuten. So erging es Karla, meiner ehemaligen Hausgenossin von oben, die mich im Amtsgericht aufsuchte.

«Stimmt es, dass du Jüdin bist, Grete?», fragte sie.

«Ja. Und ich heiße nicht Grete, sondern Edith.»

«Dann kann ich dir ja meinen Kummer anvertrauen, und du wirst verstehen. Weißt du, mein Mann und ich hatten ja keine Kinder, und wir bekamen auch von den Adoptionsbehörden keins, obwohl die so viele Kinder hatten – nur weil wir nicht in der Partei waren.»

«Ach, dann seid ihr deshalb ...»

«Wir haben ein Kind gefunden. Sie ist die Tochter eines französischen Kriegsgefangenen und eines ostpreußischen Bauernmädchens. Wir haben der Familie alles gegeben, was wir zusammenkratzen konnten. Und du weißt, wie sehr ich meine kleine Elise liebe; sie ist mein Ein und Alles. Ihretwegen sind wir bei Nacht und Nebel abgehauen ...» (Sie schlug die Augen nieder.) «Auch um Platz für meinen Bruder zu machen ...»

«Ja, ich verstehe.»

«Ich habe gegen so viele Gesetze verstoßen, alle möglichen falschen Angaben unterschrieben und sie als mein leibliches

Kind ausgegeben. Aber jetzt holen die Russen alle diese Kinder fort, Grete ... ich meine Edith ... Und ich habe solche Angst; nicht vor dem Gefängnis – ich würde jederzeit ins Gefängnis gehen –, sondern Angst, das Kind zu verlieren. Grete ... ich meine Edith ... ich würde alles tun, um das Kind nicht zu verlieren. Kannst du mir helfen?«

«Ja», sagte ich.

Und ich half ihr. Endlich war es an mir, jemandem das Leben zu retten.

Eine bestimmte Frage des Sorgerechts kam immer wieder vor Gericht: Ein deutscher Soldat ist in Kriegsgefangenschaft. Er ist geschieden, und die Kinder leben bei seiner zweiten Frau. Die Mutter der Kinder sagt, der Vater sei als Nazi nicht geeignet, die Kinder zu Demokraten zu erziehen, und beantragt das alleinige Sorgerecht.

Ich dachte an meinen Werner im russischen Schnee. Ich dachte an Elisabeth, die versuchte, ihm unter der russischen Besetzung die kleine Bärbl fortzunehmen, und ich gab solchen Ersuchen nicht statt. Kein einziges Mal.

Ein sehr alter Richter, den man aus dem Ruhestand geholt hatte, erzählte mir, er habe während des Krieges den Fall eines Mannes zu verhandeln gehabt, der als Halbjude mit einer Arierin verheiratet war. Als die Nazis diesen Mann zum Straßenkehren zwangen, stieß er schreckliche Verwünschungen gegen Propagandaminister Goebbels aus. Die Polizei wollte ihn schon ins KZ stecken. Aber der alte Richter verurteilte ihn nur zu einer Geldstrafe wegen Beleidigung und ermahnte ihn, seiner Familie zuliebe in Zukunft doch bitte den Mund zu halten.

1946 kam die Tochter eben dieses Goebbels-Beschimpfers in mein Büro und bat mich, ihr bei der Auswanderung nach Palästina behilflich zu sein. Eine fast unmöglich zu erfüllende Bitte. Es lebten noch nahezu hunderttausend Juden in Europa, die den Kontinent, auf dem sechs Millionen Angehörige ihres Volkes verbrannt worden waren, unbedingt verlassen wollten.

Großbritannien ließ selbst *sie* nicht nach Palästina, geschweige denn eine deutsche Christin.

Die junge Frau ging zu allen Stellen, zu denen ich sie schickte – zum *American Joint Distribution Committee*, kurz «Joint» genannt, zum Palästina-Amt in Berlin, zum britischen Konsulat –, und schließlich gelangte sie tatsächlich nach Israel. Dort heiratete sie. Ihre Eltern folgten ihr und begannen in diesem Land ein neues Leben.

Viele begingen bei Kriegsende Selbstmord, nicht nur Hitler und Goebbels, auch meine Lehrerin in Wien und ihr Mann, der ein Nazi-Richter gewesen war, und meine Lateinlehrerin aus Südtirol. Als man nun eine Frau zu mir brachte, die sich umzubringen versucht hatte, nahm ich also an, dass sie sich als Nazi vor dem russischen Gulag fürchtete. Sie brabbelte irre vor sich hin, dass ich und sonst niemand sie verteidigen müsse.

Sowie sie in mein Büro trat, war mir alles klar.

Ich hatte die Frau im Städtischen Krankenhaus auf der Entbindungsstation kennen gelernt – es war die, die von ihrem Mann vergewaltigt und geschlagen worden war, die sich gefürchtet hatte, nach Hause zu gehen. Sie war am Ende. Sie hatte ihre drei Kinder in den Fluss geworfen und war ihnen nachgesprungen. Ein russischer Soldat hatte sie herausgezogen. Jetzt sollte sie wegen Mordes vor Gericht.

Der ihr zugeteilte Pflichtverteidiger verzichtete auf sein Mandat, und ich verteidigte sie. Es war das einzige Plädoyer, das ich als Verteidigerin in einem Strafverfahren gehalten habe.

«Es handelt sich hier um einen Fall von geistiger Umnachtung», sagte ich, «ausgelöst durch sadistische Grausamkeit, die jede Vorstellungskraft übersteigt. Wer würde nach einem solchen Martyrium nicht verrückt? Wer würde nicht seine Kinder lieber tot sehen, als sie weiter einem Leben der Folter und Qualen auszusetzen? Hätte meine Mutter gewusst, was mir im Leben bevorstand, sie hätte mich im Augenblick meiner Geburt getötet.»

Die Frau wurde freigesprochen.

Weil Angela eine Spielgefährtin haben sollte, wenn ich arbeitete, ging ich zum Waisenhaus und nahm ein kleines Mädchen namens Gretl in Pflege. Sie nannte mich «Tante» und wurde für Angela wie eine größere Schwester. Jeden Abend machte ich den Kindern das Essen, las ihnen eine Geschichte vor und steckte sie ins Bett.

«Wann kommt Mami zurück, Tante?»

«Das weiß ich nicht, Gretl.»

«Und Papa, wann kommt der zurück?», fragte Angela.

«Sie werden beide bald zurückkommen, Kinder.»

«Wie ist der Papa denn?»

Ich hatte es ihnen schon hundertmal erzählt, aber sie wollten es immer wieder hören. «Also, Papa ist groß. Und stark. Und sehr schön. Er kann wunderschöne Bilder malen. Und er kann mehr essen als wir alle drei zusammen!»

Sie kicherten. Ich gab ihnen einen Gutenachtkuss. Das waren rundum schöne Augenblicke, die in meinem Gedächtnis lebendig geblieben sind – wenn ich diese beiden Kinder in Frieden und Geborgenheit einschlafen, ihre Wimpern auf die Gesichtchen herabsinken sah.

Zum ersten Mal seit zehn Jahren fühlte ich mich wieder als richtiger Mensch. Ich hatte ein nettes Zuhause für mich und mein Kind. Ich hatte Freunde, die mich verstanden, bei denen ich die sein durfte, die ich war, mit denen ich offen reden konnte. Ich hatte einen wunderbaren Beruf, der mich ausfüllte und es mir ermöglichte, die Welt ein ganz klein wenig heiler zu machen. Meine Wirklichkeit – die wahre Edith Hahn – kehrte zurück. Ich lachte wieder, diskutierte wieder, träumte von der Zukunft.

In meinem Traum kehrte Mama zurück. Sie wird natürlich älter aussehen, sagte ich mir, und wahrscheinlich wird sie völlig erschöpft sein von ihrem langen Martyrium im polnischen Ghetto. Aber mit Ruhe und gutem Essen und durch die Liebe und Fürsorge, mit der Angela und ich sie überschütten werden, wird sie bald wieder meine kluge, energiegeladene Mama sein, und ich werde sie für immer bei mir behalten. Wir werden uns nie mehr trennen.

In meinem Traum kehrte Werner zurück. Er würde sich wohl fühlen in unserem neuen Heim. Er würde Arbeit als Maler finden, und wir wären wieder eine Familie; vielleicht bekämen wir sogar noch ein Kind. Ich schloss die Augen und malte mir aus, wie die Kleinen zum Mittagessen mit großen weißen Servietten unterm Kinn am Tisch sitzen würden.

Hilde Benjamin, Ministerin in der neuen Regierung, rief einmal im Monat die Richterinnen zu einem Treffen nach Berlin. Bei einer dieser Gelegenheiten nahm ich Kontakt zum «Joint» auf, einer Gruppe amerikanischer Juden, die den Überlebenden unseres Volkes in Europa zu helfen versuchten. Von da an schickte das Joint monatlich ein Päckchen: Zigaretten, für die ich beim Schuhmacher Schuhe für Angela bekam, Binden, Strümpfe.

Einmal sah ich in Berlin einen englischen Soldaten auf einen Telegrafenmast steigen, um eine Telefonleitung zwischen dem russischen und dem britischen Sektor zu legen.

«Ich habe eine Schwester in der britischen Armee», sagte ich zu ihm, «und meine Kusine in Wien hat mir ihre Feldpostnummer gegeben. Aber als Zivilistin darf ich ihr nicht schreiben. Könnten Sie ihr einen Brief von mir zukommen lassen?»

Er kam heruntergeklettert, ein höflicher junger Brite mit Sommersprossen und vorstehenden Zähnen. «Aber natürlich, *Madam*. Es wird mir ein Vergnügen sein.»

Ich setzte mich auf eine kaputte Treppe, schrieb den Brief und gab ihn ihm.

«Sollten Sie ihr einmal begegnen, können Sie ihr sagen, dass ich Richterin in Brandenburg bin. Dass es mir gut geht und dass ich sie liebe ... Sie ist doch meine kleine Schwester ... Sagen Sie ihr, dass ich mich jeden Tag nach ihr sehne ...»

Schon ein paar Wochen später kam mein britischer Soldat geradewegs zu mir in den Gerichtssaal und brachte mir einen Brief von Hansi. Von da an war er unser Bote. Sie schickte mir Gummiband für meine Unterwäsche, Nähnadeln, Lebertran gegen alle Krankheiten, die mein heiß geliebtes Kind ankommen könnten. Sie berichtete mir, dass sie mit der britischen Armee in Ägypten gewesen sei und gefangene deutsche Soldaten verhört habe.

«Sie sprechen gut Deutsch für eine Engländerin», habe einer von ihnen gesagt. «Wo haben Sie das gelernt?»

«Die Fragen stelle jetzt ich», habe sie geantwortet.

O süßer Sieg.

Im Herbst 1946 erzählte mir einer meiner Kollegen von einem Übergangslager im französischen Sektor, wo jüdische Überlebende sich versammelten. Nach wie vor ließ ich Mamas Namen im Rundfunk verlesen, und doch hatte ich noch immer nichts von ihr gehört; so hoffte ich, in diesem Lager vielleicht jemandem zu begegnen, der etwas über sie wusste. Außerdem stand Rosch Haschana vor der Tür, und ich sehnte mich danach, unter Juden zu sein. Also bat ich meine Vorgesetzten um ein paar Tage Urlaub, und die alten Kommunisten ließen mich fahren.

Reisen war um diese Zeit die Hölle. Die Züge fuhren, wann es der Vorsehung gefiel. In allen Waggons wurde in giftgrüner Schrift vor den Krankheiten gewarnt, die man sich zuziehen konnte, wenn man es wagte, öffentliche Verkehrsmittel zu benutzen.

In den Bahnhöfen boten Männer – zischelnd wie Schlangen – Strümpfe, Kaffee, Schokolade und Zigaretten zu Schwarzmarktpreisen an. Überall musste man über Schutthaufen steigen oder irgendwie um sie herumkommen. Aus vielen kaputten Fenstern ragten Ofenrohre, aus denen stinkender Qualm kam. Die meiste Zeit musste ich auf dieser beschwerlichen Reise Angela auf dem Arm tragen und den leeren Kinderwagen schieben.

Das Lager war eine Notunterkunft, eine ehemalige Schule, glaube ich. Es waren große Räume voller Betten in Reih und Glied. Auf der einen Seite wohnten die sehr alten Leute und die kleinen Kinder. Aber vielleicht waren die alten Leute ja gar nicht so alt, wie sie aussahen, denn sie wirkten alle wie aus dem Grab geschaufelt – bleich, ausgemergelt, zahnlos, mit zitternden Gliedern und stierem Blick. Ich ging mit Angela auf dem Arm zwischen ihnen umher. Sie streckten die Hände nach ihr aus, nur um noch einmal ein gesundes kleines Kind zu fühlen. Meine Mutter war nicht da.

Ich ließ Angela bei einer der Betreuerinnen und ging hinüber zur anderen Seite des Lagers, wo die jüngeren Leute untergebracht waren. Grauhaarige Männer mit steinernem Blick näherten sich mir von hinten und streichelten meine Arme.

«Komm in mein Bett, Süße, eine Frau wie dich habe ich seit Anbeginn der Zeiten nicht mehr gesehen.»

«Verschwinden Sie. Ich suche meine Mutter!»

«Bist du Jüdin? Wo kommst du her?»

«Ja, ich bin Jüdin. Aus Wien. Ich suche nach Klothilde Hahn.»

Sie umringten mich. Ich bekam große Angst. Weit und breit war niemand, der mir helfen konnte.

«Lasst mich in Ruhe!», schrie ich. «Ich bin eine verheiratete Frau. Mein Mann ist als Kriegsgefangener in Sibirien. Ich habe mein Kind bei mir. Ich bin nur gekommen, um zu Rosch Haschana unter Juden zu sein. Wie könnt ihr Juden sein? Das ist doch nicht möglich! Ich erkenne euch nicht!»

Einer von ihnen packte mich an den Haaren und riss meinen Kopf nach hinten. Er war groß und hager und hatte einen glatt rasieren Schädel, und seine schwarzen Augen saßen tief in wässrigen, rötlichen Höhlen.

«Du bist also mit einem deutschen Soldaten verheiratet, du

Luder, ja? Deshalb siehst du so gut aus, so gesund und rosig und sauber.» Er wandte sich an seine Kumpane. «Wie findet ihr das, Kameraden? Sie schläft mit den Gojim. Und jetzt ist sie sich zu fein, um mit uns zu schlafen.»

Er spuckte mich an. Er hatte nur noch vereinzelte Zähne im Mund, und die sahen aus wie Fangzähne.

Um von dort wegzukommen, musste ich, wie mir schien, einen Spießrutenlauf zwischen tausend grapschenden Händen hinter mich bringen. Wie konnten diese brutalisierten, lüsternen Männer Juden sein? Es war ein Ding der Unmöglichkeit! Wo waren die ruhigen, wohlerzogenen Jeschiwa-Gelehrten aus Polen, an die ich mich aus Badgastein erinnerte? Wo waren die gebildeten, intellektuellen jungen Männer, die mit mir auf die Universität gegangen waren? Was hatten die Unholde aus meinem Volk gemacht?

Zum ersten Mal hatte ich dieses schreckliche, irrationale Schuldgefühl, das alle Überlebenden befällt. Zum ersten Mal kam mir der Gedanke, dass mein Leben als U-Boot auf der Waagschale des Leidens nicht allzu schwer wog; dass die schlimmen Erlebnisse, die diese Männer so verändert hatten, es ihnen vielleicht unmöglich machten, mich je als eine der Ihren zu betrachten.

Ich hörte gar nicht mehr auf zu zittern. Ich hörte nicht mehr auf zu weinen.

Schließlich ging ich zurück auf die andere Seite des Lagers, zu den alten Leuten, um mich bei den Kindern nützlich zu machen, den Waisen dieses Unwetters. Ich nahm sie auf den Arm; ich ließ sie mit Angela spielen; ich lehrte sie kleine Spiele, die sie zum Lächeln brachten. Unter den Kindern fand ich etwas Frieden.

Aber für die Heimreise fehlte mir die Kraft. Mich mit Angela ein zweites Mal über die Trümmerhaufen zum Bahnhof zu schleppen erschien mir als eine unlösbare Aufgabe. Ich ließ sie bei einer Betreuerin im Lager und versprach, sie mit dem Auto abzuholen.

Am Bahnhof sagte einer der Schwarzhändler zu mir: «Es gibt einen Zug, der durch Brandenburg fährt, aber es ist ein russischer Zug. Eine Frau wie Sie sollte da vielleicht nicht mitfahren.»

Ich fand, dass mir keine Wahl blieb.

Der Zug fuhr ein. Er war leer. «Das ist mein Zug», sagte der Dienst habende Offizier. Er hatte glattes blondes Haar und asiatische Gesichtszüge. «Wenn Sie mit mir fahren wollen, müssen Sie einsteigen.»

Ich stieg ein. Ich war zu aufgeregt, um mich hinzusetzen; deshalb blieb ich am Fenster stehen und sah hinaus. Der Russe stellte sich neben mich und legte mir den Arm um die Taille.

«Ich bin keine Deutsche», sagte ich. «Ich bin Jüdin.»

Er zog seinen Arm fort.

«Es ist ein jüdischer Offizier im Zug. Er ist der Chef aller Züge. Kommen Sie mit. Ich bringe Sie zu ihm.»

Der jüdische Offizier hatte dunkle Haare und Augen wie mein Vater. Er sprach mich auf Jiddisch an.

«Ich kann kein Jiddisch», sagte ich.

«Dann sind Sie keine Jüdin.»

«Ich komme aus Wien. Wir haben das dort nie gelernt.»

«Alle Wiener Juden sind tot. Fort. Ermordet. Sie sind eine Lügnerin.»

«Sch'ma Israel», sagte ich. *«Adonai Elohenu, Adonai Echot.»*

Ich hatte diese Worte seit der Beerdigung meines Vaters nicht mehr gesprochen – zehn Jahre, eine Zeit, in der eine Welt untergehen konnte. Ich biss mir auf die Lippen und kämpfte mit den Tränen. Ich musste mich auf seinen Tisch stützen, um nicht umzukippen.

Endlich sagte er: «Dieser Zug kommt einmal wöchentlich leer in dieses verfluchte Land, um russische Kriegsgefangene abzuholen und nach Hause zu bringen. Hier ist der Fahrplan. Sie können jederzeit mitfahren, wenn es Ihnen passt; ich garantiere für Ihre Sicherheit.»

Er hielt meine Hand, bis ich mich wieder gefasst hatte. Aber manchmal glaube ich, dass ich seit der Reise zu diesem Übergangslager im französischen Sektor meine Fassung nie mehr ganz zurückgewonnen habe.

Was Sie an mir sehen, ist eine Maske der Ruhe und Abgeklärtheit. Innerlich aber werde ich immer, immer weinen.

Am nächsten Tag fuhr der Mann meiner Freundin Agnes, der Kommunist, mich mit seinem Wagen zum Übergangslager, und ich holte Angela ab. Die Betreuerinnen waren überrascht; sie hatten wohl geglaubt, mich nie mehr wieder zu sehen. Aber ich hatte doch nicht mitten im Krieg dieses Kind zur Welt gebracht, um es auszusetzen.

Eines Abends, es war gegen Ende 1946, saß ich in meiner Wohnung und arbeitete eine Akte durch, als ein Mann an meine Tür klopfte. Er drückte mir ein Brillenetui in die Hand und verschwand wieder. Ich schloss die Tür ab, nahm die Brille aus dem Etui und riss das Futter auf. Darunter fand ich nach langem Suchen einen in winzigsten Buchstaben geschriebenen Brief von Werner.

Er war wohlauf. Ich hatte ihm seit über einem Jahr immer wieder geschrieben, aber erst meinen Brief vom 31. Oktober hatte er erhalten. Dagegen erhielt er laufend Briefe, die meine Schwägerin Gertrude an seinen Bruder Robert schrieb, der verwundet in einem Lazarett lag.

Zuerst sah ich Werners Brief einfach nur an und gab mich meiner übergroßen Erleichterung hin. Dann las ich ...

«Dir und unserer kleinen Angelika meine besten Grüße und Wünsche. Möge das Schicksal Euch vor Not und Entbehrung bewahren und meiner liebsten Gretl ein starkes Herz ... geben, um ... die Zeit der Trennung zu ertragen ...»

Er war am 10. März 1945 durch Splitter am rechten Arm verwundet und am 12. März gefangen genommen worden. Nach einer höllischen Fahrt in einem Militärtransport war er in ein Gefangenenlazarett in Polen gekommen, wo er bei schmalster Kost genesen sollte. Im Mai war er dann in ein Gefangenenlager in Sibirien gekommen, wo er unter den primitivsten Bedingungen, die man sich vorstellen kann, bei Kälte und Elend ausharrte.

Aber Werner war ein talentierter Mann. Mit seiner handwerklichen Geschicklichkeit verstand er sich nützlich zu machen und konnte drinnen arbeiten. Er reparierte Möbel, Schlösser, Lampen, dekorierte die tristen russischen Büros und malte Porträts von den Russen, die sie nach Hause schicken konnten. Wie jener französische Kriegsgefangene, der für uns das schöne Kästchen geschnitzt hatte, wusste Werner, dass man das Herz eines Vorgesetzten am besten mit einem reizenden Geschenk für seine Frau erweichen konnte.

Aus seinem Brief sprachen die Ängste, die aus der Isolation erwachsen. Wie gut ich sie kannte? Ob ich versuchte, ihn herauszuholen? Ob ich irgendwelche Fäden ziehen könne? Gedachte in Deutschland noch irgendwer der Kriegsgefangenen? Wären sie der Heimat nicht nur eine Belastung?

Er flehte mich an, die Russen über die Umstände unserer Heirat aufzuklären, «die doch klar meine antifaschistische Einstellung ... lange vor dem Zusammenbruch des Hitler-Systems bewiesen».

Er bat mich, auf Bärbl Acht zu geben.

Ob ich, da ich nun Richterin sei, dennoch einen Mann brauchen würde, der für mich sorgte? Würde er überhaupt etwas zu tun haben, wenn er nach Hause käme?

«Welch unbeschreibliche Qual», schrieb er, «nicht zu wissen, dass ... liebende Hände darauf warten, die Leiden der Gefangenschaft vergessen zu machen.»

Ich verstand sehr gut, wie ihm zumute war. Ich erinnerte mich daran, wie ich an Pepi geschrieben hatte: *Bist du noch da? Denkst du an mich? Liebst du mich noch?*

Ich stellte mir die heulenden arktischen Winde vor, die weißen Wüsten, den ewig hellen Himmel und dann die Monate der Dunkelheit.

«Bitte», sagte ich zu Amtsgerichtsdirektor Ulrich, «bitte machen Sie Ihren Einfluss geltend. Holen Sie Werner nach Hause.»

Ich stellte mir die Gefangenenverpflegung vor, das harte Brot. Ich sah Werner frierend unter seiner Decke liegen, vollständig angezogen wie damals ich auf der Plantage, die geschickten Hände in zerlumpten Handschuhen.

«Bitte», sagte ich zu Rechtsanwalt Schütze, «Sie kennen doch einige von den Russen. Sagen Sie ihnen, was für ein guter Mann er war, wie freundlich gegenüber den Holländern und Franzosen bei Arado, wie sie ihn geliebt und ihm Geschenke geschickt haben.»

Ich stellte mir den Schnee vor. Tief. Bis an die Knie. Ich stellte mir vor, wie er Seite an Seite mit SS-Männern arbeiten musste, Schlächtern aus den Todeslagern. «Holen Sie ihn heraus», bettelte ich die russischen Kommandanten an. «Er ist nicht wie die anderen. Er verdient es, zu Frau und Kind zurückkehren zu dürfen. Bitte.»

Die Russen sahen mich mit ausdruckslosen Gesichtern an; sie lehnten nichts ab, sie versprachen nichts. Ich hörte nicht auf zu bitten. An alle Behörden in Berlin, die mir nur einfielen, schickte ich Eingaben. «Bitte!», flehte ich.

Doch während ich um Werners Freilassung bettelte, fürchtete ich zugleich seine Heimkehr. Oft genug hatte ich mir Werners Ansichten über «die Macht des jüdischen Blutes» anhören müssen. Wenn er nun deswegen unser schönes, munteres dreijähriges Töchterchen einfach nicht annahm? Ich glaubte etwas tun zu müssen, um die Nachwirkungen der Nazipropaganda zu neutralisieren und sicherzustellen, dass meine Angela einen liebevollen Vater bekam. Also bat ich einen lutherischen Geistlichen zu mir nach Hause und ließ Angela christlich taufen.

Warum ich dazu nicht in die Kirche ging? Ich will es Ihnen

sagen. Einerseits fühlte ich mich genötigt, das zu tun, andererseits war es mir ganz schrecklich, dass ich es tat, und ich wollte einfach nicht, dass es auch noch jemand sah.

Es war ein Abend im Sommer 1947, etwa halb sieben. Auf den Straßen war es still. Die Schiffe auf dem Kanal kratzten leise an der Kaimauer. Die Bäume, die wieder zu wachsen begannen, verströmten einen Duft, den man nur in Friedenszeiten genießen kann. Ich war zufällig allein in der Wohnung. Gretl war bei ihrem kleinen Bruder im Waisenhaus, Angela war an Diphtherie erkrankt und brauchte Penizillin, das nur im Westen zu haben war, weshalb ich sie in ein Westberliner Kinderkrankenhaus gebracht hatte.

Ich hörte ein leises Klopfen an der Tür. Ich hatte die Sicherheitskette vorgelegt und öffnete die Tür nur einen Spaltbreit. «Wer ist da?» Es war düster im Treppenhaus, man konnte kaum etwas sehen. «Wer ist da?» Ein großer, ausgemergelter Mann. Graue Stoppeln im Gesicht. Zu erschöpft, um auch nur zu lächeln.

«Ich bin's», sagte er.

Ich nahm ihn in die Arme. Dann wusch ich ihn mit warmem Wasser und brachte ihn zu Bett.

Wir haben den Albtraum durchgestanden, dachte ich. Jetzt wird endlich alles gut.

Das dachte ich wirklich.

Die nächsten Tage waren wir glücklich. Doch als Werner wieder zu Kräften kam, wieder zu sich selbst fand und unsere Lage begriff, begann er seinem Ärger Luft zu machen.

Nichts war ihm recht. Doch, ja, die Wohnung gefiel ihm; er fand, sie sähe aus wie im Film. Wenn er aber aufwachte, und ich war schon zur Arbeit gegangen, und die Haushaltshilfe kam, um ihm Frühstück zu machen, fand er das gar nicht gut. Er wollte, dass ich im Haus blieb wie früher; dass ich kochte, ihn bediente, auf ihn wartete.

«Aber ich muss doch arbeiten», sagte ich. «Ich bin Richterin. Ich habe Fälle zu bearbeiten ...»

Dann kam Angela aus dem Krankenhaus. Ich hatte sie ausstaffiert wie ein Püppchen, mit einem hübschen Kleid und Schleifchen im dunklen Haar. Sie blieb zögernd an der Tür stehen und sah Werner an, seine großen, hellen, runden Augen. «Geh zu deinem Papa», sagte ich und hockte mich neben sie. «Geh hin und gib deinem Papa einen dicken Kuss.»

Sie schmiegte sich an Werner, bemühte sich, ihn zu bewundern und von ihm bewundert zu werden. Er tätschelte sie abwesend. Zu meiner riesigen Enttäuschung schien es ihm gar nichts zu bedeuten, dass sie getauft war.

Es passte Werner nicht, dass ich ein Büro mit Vorzimmer und Sekretärin hatte, dass er nicht einfach zu mir hereinkommen konnte, sondern sich anmelden musste. Er hasste es, wenn jemand bei mir drinnen war und er draußen warten musste. Er hatte geglaubt, als Held empfangen zu werden, und wurde enttäuscht. Niemand sah in ihm einen Helden. Überhaupt hatte das Land zu viele andere zurückkehrende «Helden» zu verkraften. Natürlich verstand ich seine Enttäuschung. Wie sollte ich sie nicht verstehen? Man stelle sich vor, wie hart es für ihn war, als Geschlagener in ein Land zurückzukehren, das keine Wirtschaft mehr hatte, ihm nichts bieten konnte, obendrein unter einem neuen System von Leuten geführt wurde, die, als er fortging, verachtet und eingekerkert gewesen waren.

Das Arbeitsamt wollte ihn beim Schutträumen und im Kanalbau beschäftigen. Er dachte, ich könne ihm durch meine Beziehungen eine leitende Tätigkeit wie bei Arado verschaffen. Aber es gab keine solchen Stellen für Nichtkommunisten. Leute wie Tante Paula redeten ihm zu, er solle dankbar sein, dass er eine berufstätige Frau habe, die ihm ein Dach über dem Kopf bieten und ihn ordentlich ernähren könne. Er verstand nicht (wie auch ich es noch nicht ganz verstand), dass seine Freilassung zu einer Zeit, zu der andere noch zwei, vier oder acht Jahre auf ihre Freilassung warten mussten, mich der Kommandantura auf eine Weise verpflichtete, von der wir vorerst noch keinerlei Vorstellung hatten.

Er erwartete von mir, dass ich den Haushalt und das Kind versorgte wie früher, aber ich hatte dafür keine Zeit. Ich konnte seine Wäsche nicht waschen – das machte ihn wütend. Die fröhlichen kleinen Mädchen, die lachend und kreischend in der Wohnung herumrannten, gingen ihm unablässig auf die Nerven. Er wollte, dass ich Gretl für immer ins Waisenhaus zurückschickte.

«Sie ist nicht von mir!», brüllte er. «Es reicht wohl noch nicht, dass ich mich schon um zwei Töchter zu kümmern habe! Jetzt musst du mir noch eine dritte aufbürden, und die ist nicht einmal von mir!»

Ich bat ihn, zu Herrn Klessen zu gehen, dem großzügigen Fischer, um uns etwas Fisch zum Mittagessen zu holen. Er weigerte sich. «Das ist deine Arbeit!», fauchte er mich an. «Es ist nicht meine Aufgabe in diesem Haus, die Einkäufe zu besorgen. Meine Aufgabe ist es, mich abends an den gedeckten Tisch zu setzen.»

«Aber ich habe doch keine Zeit. Es gibt bei Gericht so viel ...»

«Zum Teufel mit deinem Gericht!»

«Bitte, Werner ...»

«Ich laufe nicht zu einem roten Fischer und bettle unser Abendessen zusammen. Das ist Frauensache!»

Er steckte voller Energie und hatte nichts zu tun. Er war rastlos und zornig, aber es gab niemanden, an dem er seinen Zorn hätte auslassen können. Seine alten Freunde bei Arado konnten ihm nicht helfen. Die Fabrik selbst war nur noch eine Ruine. Sie war wiederholt bombardiert worden, und hinterher hatten die Russen alles, was noch an Maschinen vorhanden war, demontiert. Jahre später fuhr Angela einmal nach Brandenburg und erkundigte sich, wo denn die Flugzeugfabrik gestanden habe, und die Leute konnten sich nicht erinnern, dass es dort je so etwas gegeben hatte.

Eines Abends kam ich spät und müde nach Hause, den Kopf noch voll von den traurigen Geschichten deutscher Frauen und ihrer Kinder. Werner hatte in einer seiner Socken ein Loch gefunden und sich den ganzen Tag in seine Wut hineingesteigert; nun explodierte sein aufgestauter Zorn über mir wie eine amerikanische Bombe.

«Hast du das Stopfen und Flicken verlernt?»

«Nein ... ich kann es noch ... es ist nur so ...»

«Es ist nur so, dass du jetzt eine große Richterin unter der russischen Besatzungsmacht bist und keine Zeit mehr für deinen Mann hast.»

«Hör auf! Begreifst du nicht, dass du nur deshalb so früh nach Hause durftest, weil ich gebeten und gebettelt und für die Russen gearbeitet habe? Komm mir doch nicht mit Löchern in den Socken! Du bist zu Hause! Du bist in Sicherheit! Sieh mal das Positive!»

«Das Positive? Eine überstudierte Frau, die überhaupt nichts mit der gemein hat, die ich früher kannte?»

«Ich bin noch immer dieselbe Frau ... Mein Gott, bitte, Werner, versuch doch zu begreifen ...»

«Das bist du nicht! Meine Grete war gehorsam! Sie hat gekocht! Geputzt! Gebügelt! Geflickt! Sie hat mich behandelt wie einen König! Die will ich wiederhaben!»

Alles, was ich so lange unterdrückt hatte – alle meine wahren Instinkte, meine wirkliche Persönlichkeit, all mein Leid, meine unergründliche Wut –, brodelte mit Macht an die Oberfläche.

«Und die kannst du nicht haben!», schrie ich ihn an. «Grete ist tot! Sie war eine Erfindung der Nazis – eine Lüge, genau wie diese ganze Propaganda im Radio! Und nachdem die Nazis weg sind, ist sie auch weg! Ich bin Edith! Ich bin Edith! Ich bin die, die ich bin! Du kannst keine demütige, verängstigte, gehorsame kleine Sklavin mehr haben. Du hast jetzt eine richtige Frau!»

Werner ging. Mir war, als müsse mir das Herz brechen.

Ein paar Tage später kam er zurück, zufrieden und selbstgefällig. Ich wusste, dass er bei einer Frau gewesen war. Er nahm etwas Geld und ging zu Elisabeth, seiner ersten Frau. Und ein paar Tage danach kam er wieder zurück.

«Bärbl kommt für eine Weile hierher.»

«Wie bitte?»

«Schick Gretl zurück ins Waisenhaus. Ich will Bärbl hier haben. Elisabeth braucht Erholung.»

«Nein, ich werfe Gretl nicht hinaus. Bärbl hat eine Mutter. Gretl hat niemanden.»

«Ich bin dein Mann. Du tust, was ich sage.»

«Ich werde nicht Bärbl zu mir nehmen, damit du ungestört deine Romanze mit Elisabeth erneuern kannst, o nein, das tue ich nicht! Ich habe Bärbl lieb und würde mich freuen, sie wieder zu sehen. Aber das ist nicht fair. Das ist unrecht.»

«Die Frau, die du jetzt bist, mag ich nicht«, sagte er. «Ich mochte dich so, wie du früher warst. Schreib mal an deine reichen Verwandten in London, sie sollen mir ein paar Farben schicken . . .»

«Meine reichen Verwandten? Bist du verrückt? Meiner Familie ist alles gestohlen worden! Meine Schwestern besitzen gar nichts! Du hast zehntausend Reichsmark!»

«Ach, die! Das Geld habe ich fortgeworfen, als dieser Russe mich gefangen nahm; ich wollte nicht, dass er mich für einen Kapitalisten hält . . .»

Ich wusste nicht, was ich darauf sagen sollte. Wahrscheinlich hätte ich lachen sollen, aber ich war zu unglücklich. Er sagte, er wolle sich scheiden lassen – je eher, desto besser.

«Gehst du zu Elisabeth zurück?»

«Natürlich. Ich muss doch meine kleine Bärbl retten.»

Ich weinte und weinte, als ich schließlich begriff, dass ich ihn nicht halten konnte. Nun sollte ich wohl für immer allein bleiben.

Eines Tages geschah dann etwas, das mich zur Besinnung

brachte. Angela war unartig gewesen – sie hatte mit Spielzeug geworfen und herumgebrüllt – und ich hatte sie zurechtgewiesen: «Hör sofort auf, sonst bekommst du Haue.»

«Wenn du mich haust, sag ich es Papa», versetzte sie, «und dann haut er dich so, dass du weinst.»

Von diesem Augenblick an war ich mit der Scheidung einverstanden.

Ein Kollege von mir bearbeitete die Sache. Werner bat mich, das Verfahren zu beschleunigen. Er war schon mit Elisabeth in den Westen gezogen. Er verlangte von mir, dass ich log; ich sollte sagen, sie hätten sich damals nur scheiden lassen, um mich zu retten; er hätte mir in München nie den Hof gemacht oder mich auch nur eine Sekunde geliebt; unsere Ehe sei nur ein Versteckspiel vor den Nazis gewesen.

Ich bat meinen Kollegen, alles zu tun und zu sagen, was dazu beitrug, die Scheidung blitzartig über die Bühne zu bringen.

Und so ging auch Werners zweite Ehe mit Elisabeth über die Bühne. Blitzartig. Paff. Ein Flämmchen. Ein Rauchwölkchen. Und aus.

Werner.

13

Ich hörte Goebbels aus der Hölle lachen

Um diese Zeit endeten gerade die Nürnberger Prozesse, und die Prozesse gegen die kleineren Nazis begannen. Dafür wurden Richter gebraucht. Die Wahl der Russen fiel auf mich, aber ich wollte davon nichts wissen.

«Wer würde denn ein Urteil aus meinem Mund als gerecht empfinden?», wandte ich ein. «Alle würden sagen: Sie ist Jüdin; sie will nur Rache. Und ich möchte mich auf keinen Fall nach der anderen Seite hin verbiegen. Ich bin befangen; ich bin dafür ungeeignet.»

Es bedeutete mir alles, dass meine Integrität nicht in Frage gestellt wurde; immerhin hatte es in zwei Jahren nicht eine einzige Berufung gegen meine Entscheidungen gegeben. Ich wollte das Vertrauen und den Respekt, die ich genoss, nicht aufs Spiel setzen.

Die Kommandanten waren anderer Meinung.

Ich fuhr nach Potsdam und wandte mich an einen Ministerialrat im Justizministerium. Er hatte Verständnis für meinen Standpunkt und versprach, sich bei den Russen in meinem Sinne zu verwenden. Trotzdem wurde ich eingeteilt. Ich fuhr noch einmal zu ihm; diesmal warf er mich förmlich hinaus.

Ich ging zum Innenminister und musste stundenlang warten, bis er mich endlich empfing. Er konnte mein Widerstreben überhaupt nicht begreifen. «Aber wenn Ihnen so sehr an Ihrem Ausschluss liegt», meinte er, «dann will ich Ihnen helfen.»

Ich erhielt den Bescheid, dass ich keine Nazis abzuurteilen brauchte.

Und dann erhielt ich den Bescheid, dass ich überhaupt nicht mehr Richterin sein dürfe. In Zukunft könne ich nur noch als Staatsanwältin arbeiten.

Mein Gefühl von Sicherheit geriet ins Wanken. Dauernd war mir, als lauerte mir im Dunkel des Treppenhauses jemand auf. Wenn ich abends meine Wohnungstür aufschloss, war ich nie sicher, dass ich alles in Ordnung vorfinden würde. Ich hatte den Eindruck, dass die Briefe, die ich von Hansi und Jultschi bekam, geöffnet und wieder verschlossen worden waren.

Die Russen luden mich zu einer Unterredung vor.

Sie fragten mich über mein Leben aus, fragten nach meinen Verwandten, meinen Freunden. Sie ließen sich die Namen und Adressen aller Personen geben, mit denen ich korrespondierte, und schickten mich nach Hause. Dann riefen sie mich erneut zu sich und stellten mir weitere Fragen, auf die sie die Antworten bestimmt schon kannten. Etwas in ihrem Ton erinnerte mich an den Standesbeamten: *Aber Ihre Großmutter mütterlicherseits, Fräulein. Was ist mit ihr?*

Mir gerann das Blut in den Adern, mein Magen krampfte sich zusammen – dieses Gefühl kannte ich nur zu gut.

«Wir haben Ihnen geholfen», sagte der Kommandant, «und nun helfen Sie uns.»

«Aber wie?»

«Wir wissen, dass Sie eine gute Zuhörerin sind, dass die Leute Ihnen vertrauen und Ihnen die Wahrheit über ihr Leben erzählen. Wir wollen nichts weiter, als dass Sie uns erzählen, was die Leute Ihnen erzählen.»

Sie wollten, dass ich meine Kollegen bespitzelte, Agnes

und ihren Mann, meine Haushaltshilfe, meine Sekretärin, Klessen, die Rechtsanwälte und ihre Mandanten, alle, die ich kannte. Sie gaben mir eine Telefonnummer, unter der ich sie jederzeit erreichen könne. «Wir erwarten in Kürze von Ihnen zu hören», sagte der Kommandant.

Die alte Angst war wieder da. Mir zitterten die Knie. Ich hörte meine Stimme leiser und leiser werden. Ich nuschelte nur noch. Mein Blick schweifte ab, und ich tat so, als bekäme ich von den Vorgängen um mich herum nichts mit. Ich sagte nicht ja. Ich sagte nicht nein. Ich hielt sie hin und hoffte, sie würden mich vergessen. Aber das NKWD oder «Volkskommissariat» war die Geheimpolizei, und die vergaß niemanden. Sie hatte ihre Mittel und Wege. Es verschwanden Leute. Es gab Gerüchte über Misshandlungen und Folter. Sie konnten einem die Arbeitsstelle wegnehmen, die Wohnung, die Kinder.

Wieder nahmen sie mich ins Gebet.

Ich konnte nicht schlafen. Bei jedem Geräusch im Treppenhaus zuckte ich zusammen. Ich begann meine Freunde zu beargwöhnen. Wenn ich aufgefordert worden war, sie zu beobachten, konnten sie doch ebenso aufgefordert worden sein, mich zu beobachten.

Ulrich sagte, ich solle mir nicht allzu viele Gedanken machen.

«Erzählen Sie denen einfach irgendetwas. Es liegt doch ganz bei Ihnen, was Sie sagen.»

«Aber es liegt bei ihnen, was sie aus dem machen, was ich ihnen erzähle.»

Er zuckte die Achseln. Ich nehme an, er hielt das nicht für ein besonderes gravierendes Problem. Aber für mich, verstehen Sie, für mich war es *dasselbe Problem* wieder von vorn.

«Wir haben noch nichts von Ihnen gehört, Frau Vetter», sagte der Kommandant.

»Ach ja ... richtig ... ich sollte Sie anrufen. Diese Nummer ...» Ich kramte in meiner Handtasche. «Ich weiß nicht, ob ich sie überhaupt noch habe ...» Bildete ich mir wirklich ein, ihm glaubhaft vormachen zu können, dass ich die Nummer verlegt hatte wie seinerzeit mein Rotkreuzabzeichen mit dem Hakenkreuz?

«Die Nummer liegt auf Ihrem Schreibtisch», sagte er lächelnd.

«Ja, richtig. In meinem Büro.»

«Nein, nicht auf dem Büroschreibtisch. Auf dem antiken mit den Messingbeschlägen und den Löwentatzen. Den Sie in Ihrer Wohnung stehen haben.»

Im Geiste hörte ich Goebbels aus der Hölle lachen.

Eine junge Bekannte von mir hatte die letzte Straßenbahn nach Hause verpasst und kam unerwartet zurück, um bei mir zu übernachten. Als sie an meine Tür klopfte, brach mir der kalte Schweiß aus. Bis ich die Tür erreichte, um sie zu öffnen, war ich ganz wacklig auf den Beinen. All die schrecklichen Erinnerungen – das Sich-gefasst-Machen auf Verhaftung, Verhör und Tod – waren wieder da.

«Sie sind eine Botin des Himmels», begrüßte ich sie. Natürlich verstand sie nicht, was das heißen sollte: Meine Reaktion auf ihr Anklopfen hatte mir jenseits allen Zweifels klargemacht, dass ich in einem System der Denunziation, Einschüchterung und Tyrannei, wo man sich ständig vor dem unerwarteten Gast fürchtete, nicht mehr leben konnte. Ich musste fort, das stand fest.

Ich erzählte Leuten, von denen ich wusste, dass sie es dem Kommandanten weitererzählen würden, dass ich für zwei Wochen zu meiner Schwester nach England wolle. Dann fuhr ich nach Berlin und erkundigte mich im York House, wie man am besten an ein Visum komme. Ein Engländer – ein Wildfremder mit großem Schnurrbart und dicker Aktentasche – erklärte mir, ich solle mir in Westberlin ein Zimmer nehmen und von dort aus einen Pass beantragen.

Ich ging zur Jüdischen Gemeinde. Dort traf ich einen Mann, der sagte, er könne mir ein Zimmer vermieten. Ich sagte ihm, dass ich nicht die Absicht hätte, wirklich dort zu wohnen; ich würde die Miete bezahlen, aber eigentlich brauchte ich die Adresse nur, um einen Ausweis zu bekommen. Dann ging ich zur Polizei, wo ich lange warten musste. Schließlich kam ein Beamter. Ich sagte ihm, dass ich keine Lebensmittel benötigte, sondern nur einen Personalausweis, um die Papiere für einen Besuch bei meiner Schwester in England beantragen zu können.

Es war, wie man wissen muss, die Zeit der Berliner Blockade. Eine Zuzugsgenehmigung zu bekommen war unmöglich. Aber dieser Polizist gab mir einen vorläufigen Ausweis – gab ihn mir einfach und wünschte mir eine gute Reise nach England.

Ich brauchte zwei Monate, um die übrigen Papiere zusammenzubekommen – Reisepass, Visum, die verschiedenen Genehmigungen. In der Zwischenzeit arbeitete ich bei Gericht, als gedächte ich dort ewig zu bleiben. Etwa alle zehn Tage reiste ich in den britischen Sektor Berlins, um mir die Papiere zu holen, die bis dahin fertig waren, und um dem jüdischen Paar die Miete zu bringen.

Mir war klar, dass ich nun auch bald unsere Beziehung zu Gretl abbrechen musste, und ich wollte es nicht im letzten Moment tun, damit es nicht als Zeichen für meine unmittelbar bevorstehende Abreise gedeutet wurde. So raffte ich eines Tages, ohne vorher etwas zu sagen, all meinen Mut und meine Kraft zusammen und brachte sie zurück ins Waisenhaus. Ich begann ihr vorzulügen, dass wir uns ja bald wieder sehen würden.

Gretl hielt sich die Ohren zu. «Nein», sagte sie.

Kinder verstehen alles.

Ich küsste sie. Das war ein Fehler. Ich hätte es nicht tun sollen. Sie begann zu weinen. Und ich begann zu weinen.

Als ich das Waisenhaus verließ, rief sie «Tante! Tante!» hinter mir her. Die Frau an der Pforte konnte sie kaum zurückhalten. Ich entfernte mich im Laufschritt.

Das war Teil des Preises, den ich dafür entrichten musste,

dass ich aus Deutschland herauskam: diesem weinenden Kind den Rücken zu kehren. Baron de Rothschild, der den Nazis seine Stahlwerke und Schlösser übereignen musste, hat keinen höheren Preis bezahlt.

In der langen Zeit der heimlichen Vorbereitungen für meine Abreise musste ich oft stundenlang mit Angela in irgendwelchen Schlangen stehen. Obwohl sie für ein kleines Mädchen ungewöhnlich reif war – ein typisches Kriegskind, das nie etwas verlangte oder jammerte –, wurde sie beim langen Warten doch manchmal unruhig und gereizt. Dann fing sie an zu quengeln oder machte Theater. Und ihren Kinderwagen über die Schutthaufen auf den Straßen zu schieben, ging über meine Kräfte.

Als ich mich wieder einmal durch die Trümmer kämpfte, schloss sich mir ein russischer Soldat an und half mir, den Wagen mit Angela in der Balance zu halten.

«Ihre Tochter erinnert mich an meine Nichte», sagte er.

«O, dann muss Ihre Nichte ein allerliebstes Kind sein.»

«Meine Nichte ist tot», sagte er. «Die SS ist in unsere Stadt in Russland gekommen und hat Jagd auf alle Juden gemacht. Sie fanden meine Schwester und meinen Schwager und haben sie auf der Stelle umgebracht. Und dann haben sie das kleine Mädchen aus dem Fenster geworfen.»

Der Tag ging seinem Ende entgegen. Die Sonne schickte sich an zu sinken. Und da konnte ein Mann auf der Straße stehen und einer Wildfremden eine Geschichte von solcher Grauenhaftigkeit erzählen, dass man meinte, die Sonne dürfe gar nicht mehr scheinen. Aber am Himmel zeigte sich keine Veränderung, kein Zeichen, dass die Schreie der Kinder gehört worden waren.

«Sie sprechen ausgezeichnet Deutsch», sagte ich. «Ich hätte nie gemerkt, dass Sie Jude sind.»

Er lachte. «Und ich habe Ihnen mit einem Blick angesehen, dass Sie Jüdin sind.»

Ein erstaunlicher Satz, finden Sie nicht? Jahrelang hatten die Deutschen mir nicht angesehen, dass ich Jüdin war. Der Standesbeamte hatte lange in meine Augen, in meine Vergangenheit geblickt – und nichts gemerkt. Nun kam da ein Wildfremder, ein Ausländer ... und sah es auf Anhieb.

«Ich möchte so gern in den Westsektor und dort Verwandte besuchen, die noch am Leben sind. Aber es ist mir bisher nicht gelungen, einen Passierschein zu bekommen, weil ich immer mein Töchterchen bei mir habe, und es ist einfach nicht möglich, sich mit einem Kind so lange anzustellen.»

«Lassen Sie Ihr Kind bei mir», sagte er. «Sagen Sie mir, wann Sie das nächste Mal aus Brandenburg hierher kommen. Sagen Sie mir, wo Sie mich treffen wollen, und ich werde da sein und auf Ihr Kind aufpassen, bis Sie Ihren Passierschein haben.»

Ein unglaubliches Angebot – und nicht minder unglaublich ist, dass ich es annahm. In der darauf folgenden Woche kam ich wieder nach Berlin und traf mich mit dem russischen Soldaten. Ich ließ mein geliebtes Kind den ganzen Tag bei ihm und dachte nicht eine Sekunde daran, dass er es missbrauchen, rauben, verkaufen oder ihm in irgendeiner Weise wehtun könnte.

Wieso ich dieses Vertrauen hatte? Weil er Jude war. Ich konnte nicht glauben, dass ein Jude meinem Kindchen etwas antun würde.

Immer wieder geschah etwas. Ein jiddisches Lied zu Chanukka, das Gebet eines britischen Rabbiners im Radio, eine freundliche Geste im Zug, auf der Straße – irgendetwas erinnerte mich immer wieder daran, dass die Juden allezeit mein Volk sein würden. Mochte ich mich noch so weit zurückziehen, mich von der Angst noch so tief in die Selbstverleugnung treiben lassen – ich würde immer zu ihnen gehören.

Sie möchten wissen, warum es mir erst so spät in den Sinn kam, Brandenburg zu verlassen? Wie ich auch nur davon hatte träumen können, in Deutschland ein normales Leben zu führen? Ich sage es Ihnen: Weil ich mir ein normales Leben anderswo nicht vorstellen konnte.

Ich hätte nie ein Visum für Palästina bekommen, selbst wenn Mimi mich dort hätte haben wollen, was nicht der Fall war. Nach Wien konnte ich nicht zurück. Wieder in der Stadt leben, die meine ganze Familie begraben hatte? Niemals! In Brandenburg verstand ich die Sprache, konnte arbeiten und meine Tochter ernähren. Unter dem kommunistischen Regime hatte ich eine Heimat, einen schönen Beruf, eine hübsche Wohnung und Freunde, die mein Schicksal geteilt hatten. Glauben Sie, ich hätte nach all dem Terror, dem Versteckspiel, dem Hunger, dem Davonlaufen, wieder in einer fremden, bösen Welt umherirren wollen, allein mit einem Kind? Wieder einsam, ohne Wohnung, ohne Mann, ohne Familie – *heimatlos*?

Als ich die Wohnungstür in Brandenburg endgültig hinter mir schloss, weinte ich bittere Tränen um den kurzen Augenblick des Friedens, der Kreativität und Sicherheit, der mir vergönnt gewesen war.

An einem Sonntag im November 1948 machte ich mich auf den Weg. Ich sagte niemandem etwas von meiner Absicht, um keinen zum Komplizen zu machen, und ließ genug Geld auf dem Bankkonto, um ausstehende Rechnungen zu bezahlen. Ich ließ sogar einen Laib Brot auf dem Küchentisch liegen, damit die Russen glaubten, ich wolle wiederkommen.

Angela und ich gingen zum Bahnhof, und da verließ mich der Mut. Ich kehrte nach Hause zurück.

Am Montag rief ich Agnes' Mann an und bat ihn, uns nach Potsdam zu bringen, von wo man die U-Bahn benutzen konnte; so mied man die Eisenbahn, in der die Russen eine Razzia hätten veranstalten können.

Zwei Wochen blieb ich bei der jüdischen Familie in Berlin-

Charlottenburg, Wielandstraße 33, und wartete auf das Ende eines Streiks bei der britischen Fluggesellschaft, damit ich das Flugticket benutzen konnte, das Hansi und Richard, ihr englischer Ehemann, mir geschickt hatten. Ein Freund aus Brandenburg ließ mich wissen, dass die Polizei meine Wohnung versiegelt habe. Man hatte wohl begriffen, dass ich nicht zurückkommen würde.

Endlich endete der Streik. Endlich endete alles.

Ich flog mit Angela zum Flughafen Northold.

Als ich meine Schwester Hansi sah, als ich ihren freudigen Begrüßungsschrei vernahm, als ihre Tränen sich mit den meinen mischten, als ich sie in den Armen hielt – mein kleines Soldatenschwesterchen –, da wusste ich, dass Edith Hahn wieder zu sich selbst gefunden hatte. Das Meer des Terrors hob sich von mir. Ich atmete die Luft der Freiheit. Meine Tarnung wurde Geschichte.

In den Augen meiner Schwester sah ich meinen eigenen Gram gespiegelt, den ich jahrelang mit Hoffnungsphantasien verdrängt hatte. Ich stellte mich der grauenhaften Wahrheit. Unsere Mutter, Klothilde Hahn, war im Sommer 1942 ins Ghetto von Minsk deportiert und dort ermordet worden. Sie hatte sich mir in Spiegeln gezeigt und mir ermutigend zugelächelt; sie hatte an meinem Bett gesessen und mich in meinen bangsten Stunden mit glücklichen Erinnerungen getröstet; sie war, einem Licht gleich, vor mir hergeschwebt, als ich die Tür öffnete, hinter der ich den sicheren Tod wähnte. War es nicht Mama gewesen, die durch die kalte Marmorstatue zu mir gesprochen und mich in die Sicherheit geleitet hatte? Mein Engel, mein Leuchtfeuer – für immer fort.

Und dank glücklicher Fügungen und des Eingreifens einiger weniger anständiger Menschen waren mein Töchterchen und ich gerettet.

14

Pepis letztes Packerl

In Brandenburg war ich eine geachtete Gerichtsbeamtin gewesen, eine Bürgersfrau mit angemessenem Gehalt und schöner Wohnung.

Nach England kam ich als abgerissener Flüchtling mit einem Sechzig-Tage-Visum, ohne Arbeitserlaubnis, mit spärlichen Englischkenntnissen und nichts als einer Aktentasche, die eine Garnitur Unterwäsche zum Wechseln enthielt. In den folgenden Jahren arbeitete ich als Haushaltshilfe, Köchin und Näherin für den nationalen Gesundheitsdienst. Meinen Beruf als Juristin übte ich nie mehr aus.

Ich gab die Scharade der Anpassung auf, schickte meine Tochter auf eine jüdische Schule und erzog sie als Jüdin.

1957 heiratete ich Fred Beer, einen Wiener Juden, dessen Mutter im Holocaust ermordet worden war. Wir erzählten einander unsere Geschichten einmal und noch einmal, und dann erwähnten wir diese furchtbaren Erlebnisse dreißig Jahre lang nie mehr. Wir ließen die Vergangenheit wie ein Wrack auf dem Meer treiben und hofften, dass es eines Tages sinken werde und vergessen sei. Darin verhielten wir uns, wie ich hörte, nicht anders als andere Überlebende furchtbarer Katastrophen.

Fred starb 1984, und 1987 zog ich nach Israel, um endlich unter Juden im eigenen Land zu leben. Und obwohl ich nun unter lauter Menschen bin, die aus ganz anderen Kulturen kommen als ich, fühle ich mich ihnen allen verwandt. Ich fühle mich wohl hier. Dies ist meine Heimat.

Ich habe versucht, mit den Menschen, die mir während meines Martyriums als U-Boot so nahe gestanden hatten, in Verbindung zu bleiben. Als Frau Doktor Maria Niederall aus dem gestohlenen Unternehmen vertrieben wurde und erkrankte, sparte ich zwei Wochenlöhne, um ihr eine hübsche Bettjacke zu schicken. Wenigstens hat sie das gefreut. Sie hatte femininen Luxus immer geliebt. Aber es machte sie nicht gesund. Sie starb viel zu jung. Zu jung gestorben waren auch viele von denen, die gewiss um sie getrauert hätten.

Ich las einen Roman des berühmten Nazi-Jägers Simon Wiesenthal. Eine der Figuren sagt: «Nie dürfen wir die vergessen, die uns geholfen haben . . .», und so schrieb ich an den Autor und erzählte ihm von Christl Denner Beran, meiner geliebten Freundin, die inzwischen tot ist. Sie erhielt einen Orden für ihren außerordentlichen Heldenmut. In der Holocaust-Gedenkstätte Jad Vaschem wurde in ihrem Namen ein Bäumchen gepflanzt – die höchste Ehre, die unser Land gerechten Nichtjuden zuteil werden lässt.

In England ließ ich Angela, wie es dort Sitte ist, immer viele Geburtstagskarten zukommen – Karten von Verwandten, die in Rauch aufgegangen waren –, um ihr das Gefühl zu geben, sie habe eine große, liebende Familie. Und immer war auch eine Karte von Großmutter Klothilde dabei.

Ich blieb mit Bärbl und ihrer Familie in Verbindung. Und ich sorgte dafür, dass Werner Vetter, dieser ungewöhnliche Mann, einen Platz in unserer Erinnerung behielt.

«Dein Vater hätte diese Wand bemalen können», sagte ich, oder: «Dein Vater hätte es geschafft, dass die Lehrerin diese Ausrede glaubte . . . Dein Vater hätte das Fahrrad reparieren können . . .»

Ich erzählte Angela, Werner und ich hätten uns wirklich geliebt und uns nur getrennt, weil er in England keine Arbeit bekommen konnte. Dass wir geschieden waren, sagte ich ihr erst, als sie schon ein junges Mädchen war. Ich organisierte sogar mehrere Besuche bei ihm, damit sie den Mann kennen lernte, den zu lieben ich mich so sehr bemüht hatte und den ich, trotz allem, immer achten werde.

Warum ich meine Tochter mit diesen freundlichen Lügen umgab? Weil ich wollte, dass sie sich nicht allein fühlte. So, wie Mama mir immer die Dinge geschickt hatte, an denen es ihr mangelte – den Kuchen, wenn sie hungerte, die Handschuhe, wenn sie fror –, versuchte ich, Angela das zu geben, was ich verloren hatte: eine Familie, einen festen Platz in dieser Welt, ein normales Leben.

Ich denke also, ich hätte diese Geschichte für immer unerzählt lassen können.

Hätte nicht Pepi Rosenfeld in einem Akt von – für ihn völlig untypischer – Tollkühnheit die Briefe und Bilder, die ich ihm geschickt hatte, entgegen meinen Anweisungen *nicht* verbrannt, sondern aufgehoben. Alle.

Sie hätten unser Tod sein können, diese Briefe.

«Was meinst du, liebe Edith», meinte er mit seinem verschlagenen Lächeln, als wir uns Jahre später in Wien trafen und einander die Menschen vorstellten, die wir geheiratet hatten. «Soll ich diese Briefe dem österreichischen Nationalarchiv stiften?» Ich muss entsetzt aufgeschrien haben. «Hab ich mir doch gedacht, dass du so darauf reagieren würdest.» Er lachte. Jahrzehnte waren vergangen, und noch immer fiel ich auf die Scherze dieses Mannes herein.

1977, kurz vor seinem Tod, schickte Pepi mir sein letztes Packerl. Es enthielt sämtliche Briefe, die ich ihm aus den Arbeitslagern und aus Brandenburg, wo ich als U-Boot im Nazireich überlebte, geschrieben hatte.

Und meine Tochter Angela, die nichts so sehr wollte, wie endlich die ganze Wahrheit erfahren, las sie.